有爱的青春陪伴者

与你清晨日暮

YuNi QingChen RiMu

北倾 著

上册

贵州出版集团
贵州人民出版社

图书在版编目（CIP）数据

与你清晨日暮：上下册 / 北倾著. -- 贵阳：贵州人民出版社, 2020.3
　ISBN 978-7-221-15828-4

　Ⅰ. ①与… Ⅱ. ①北… Ⅲ. ①长篇小说-中国-当代 Ⅳ. ①I247.5

中国版本图书馆CIP数据核字(2020)第295106号

与你清晨日暮：上下册

北倾 / 著

出版统筹：	陈继光
选题策划：	大鱼文化
责任编辑：	唐　博　胡　洋
特约编辑：	周丽萍
装帧设计：	颜小曼　西　楼
封面绘制：	容　境
赠品绘制：	我是阿猫　Cain酱
出版发行：	贵州人民出版社（贵阳市观山湖区会展东路SOHO办公区A座邮编：550081）
印　　刷：	长沙鸿发印务实业有限公司
开　　本：	880×1230毫米 1/32
字　　数：	380千字
印　　张：	15.5
版　　次：	2020年3月第1版
印　　次：	2020年3月第1版
书　　号：	ISBN 978-7-221-15828-4
定　　价：	68.00元

版权所有　盗版必究。举报电话：策划部0851-86828640
本书如有印装问题，请与印刷厂联系调换。联系电话：0731-82755298

目录·上册

（上册）

Chapter 01 / 001
一夜惊吓

Chapter 02 / 010
你有好果子吃了

Chapter 03 / 016
我喜欢秦霜

Chapter 04 / 022
她受了委屈

Chapter 05 / 028
一不小心就喜欢上

Chapter 06 / 034
秦霜完蛋了

Chapter 07 / 041
小怪兽，你舍不得我

Chapter 08 / 048
"我被骚扰了！"

Chapter 09 / 055
只是他不喜欢

Chapter 10 / 062
"来我心里看。"

Chapter 11 / 069
"禽兽……你你你！"

Chapter 12 / 076
他居然被调戏了？

Chapter 13 / 083
和你在一起

Chapter 14 / 089
小怪兽，你说要追我的

Chapter 15 / 096
在你心上的位置

Chapter 16 / 103
你认真一点，喜欢我一下

Chapter 17 / 110
上了车还不补票

Chapter 18 / 116
最爱他的独一无二

Chapter 19 / 123
小怪兽，你放心

Chapter 20/ 130
那是我媳妇

Chapter 21/ 136
你今天是开窍了

Chapter 22/ 142
你买不到的,以后也买不到

Chapter 23/ 150
再乱说话,我又要亲你了

Chapter 24/ 157
想和好?没门!

Chapter 25/ 163
赶紧毕业,我们也去洞房

Chapter 26/ 169
我是她哥哥

Chapter 27/ 176
不想只是你的哥哥

Chapter 28/ 183
背后的冷箭

Chapter 29/ 190
黑暗中的灯熄灭了

Chapter 30/ 197
你蠢在动了我的人

Chapter 31/ 204
消失的三年

Chapter 32/ 211
我一直都是一个人

Chapter 33/ 217
等她愿意嫁给我

Chapter 34/ 224
这辈子都不放

Chapter 35/ 230
没关系,他有的是时间

Chapter 36/ 236
这是在关心我,对不对?

Chapter 37/ 242
爬树捞月亮

（下册）

Chapter 38/ 249
最美的梦，也是最毒的魇

Chapter 39/ 256
他上了心

Chapter 40/ 263
晚上陪我

Chapter 41/ 270
非她不可

Chapter 42/ 277
缠绵至极

Chapter 43/ 282
示弱

Chapter 44/ 289
图谋不轨

Chapter 45/ 295
晴天霹雳

Chapter 46/ 302
有你暖暖的

Chapter 47/ 309
他家的小姑娘才是最无辜的

Chapter 48/ 316
对不起，我不知道

Chapter 49/ 323
你还有什么芥蒂？

Chapter 50/ 329
不要怕，我在呢

Chapter 51/ 336
他也是害怕的

Chapter 52/ 342
过眼云烟

Chapter 53/ 349
探班

Chapter 54/ 356
他的动情

Chapter 55/ 362
我教你，小怪兽

Chapter 56/ 367
我们来日方长

目录·下册

Chapter 57/ 373
他是真心待你的

Chapter 58/ 380
小怪兽，我真的好开心

Chapter 59/ 386
替你遮风挡雨

Chapter 60/ 393
爱，很爱，一直爱

Chapter 61/ 400
这是我未婚夫

Chapter 62/ 407
整颗心里都是你

Chapter 63/ 414
你是这辈子的责任

Chapter 64/ 421
我自然护你一生

Chapter 65/ 427
"这么不信任我？"

Chapter 66/ 438
无关旁人，只有她

Chapter 67/ 445
为了你，我愿意

Little theater（小剧场）/ 452
结缘

Extra 01（番外一）/457
小包子来报到（1）

Extra 02（番外二）/ 464
小包子来报到（2）

Extra 03（番外三）/ 470
禽兽

Extra 04（番外四）/ 475
一家人

Special extra（特别番外）/ 481
洞房花烛夜

Afterword（后记）/ 483
你们，也穿过我的心，来看一看

Chapter 01 一夜惊吓

秦霜这一觉睡得神志不清,头昏脑涨,只觉得四肢关节哪儿哪儿都疼。

手臂被枕得发麻,他动了动,迷迷糊糊间想起昨晚一夜春宵,销魂蚀骨,是从未有过的体验。

他的身体似还记忆着那种尾椎发麻的酥麻感,微微起了反应。

而窗外刺眼的阳光透进纱帘投进来,在他的眼皮子上方沉沉压着。

他的眼前是刺目滚烫的赤红色,脑海里却是青黑色的一片。

这种压迫感令他宿醉后的身体有些微微不适,他抽出手,想翻身继续睡。转身时,他的手摸到了她,因挨得近,翻身惊扰了她,她呜咽了声,蹭了蹭他的脚踝,往枕芯里又埋了埋。

秦霜有片刻的茫然。

他抬手遮住阳光,昏沉不醒的意识里,正逐条逐条分析着此刻发生的情况——

昨晚是他大哥秦墨和大嫂程安安的世纪婚礼。

碍于秦墨前阵子帮他收拾烂摊子时立下的"务必让大哥清醒着进洞

房"的军令状,他这个伴郎陪着新郎周巡全场,一整圈的政界名流敬下来,已经只能勉强保持着清醒。

程安安有双胞胎护身,秦墨这人又是从心黑到肝的,自然没人敢灌。若不是程安安心疼他,找的伴郎伴娘全是深不见底的大酒缸,估摸着他秦二爷这千杯不醉的一世英名要在昨晚毁得一干二净。

他皱眉。

还有苏清音那个臭丫头,嚷嚷着非要当什么伴娘,酒量又差劲得让人不忍直视,偏偏昨晚还跟傻子一样,那点机灵劲全没了,白白站在那儿被人痛宰。

秦墨替了程安安的酒,苏清音这白痴的酒也就只有他能挡了。好歹也算青梅竹马,若是见死不救,他良心过不去。

双倍的酒,还人情的军令状……一晚上下来,他心力交瘁。

只记得,醉倒之前,那小丫头还算有点人性,搂着他的后颈一点点地给他喂蜂蜜水。

再然后呢?

再然后……

他好像做了一个梦。

酒店房间的微光里,他触目所及一片宛如珍珠银白的光芒。耳边有女孩的声音,娇柔的、哀求的,带着点可怜,又咿咿呀呀的透着点娇气。

背着光,他只看到她仰起下巴时,弧线优美修长如同天鹅般线条流畅的脖颈。

迷醉中,这个画面像是定格的、静止的。他内心的焦灼和渴望终于有了宣泄点。

沉浸在回想中的男人,咽喉干渴,嗓子似烧起来般。

昨晚为了透气，酒店的落地窗窗口微微敞开，风有些大，凉凉地吹进来，窗帘被风吹得鼓起，发出鼓噪摇曳的声音。

秦霜试图从记忆回放中去看清女人的脸。

可就像是隔了一层雾，她的脸掩在黑暗中，不是埋在被子里，就是侧着脸时发丝凌乱。他能回忆起来的，只有她双手勾着他后颈时，泣不成声的呜咽声，那声音随着他的起落颤抖，时不时嘤咛一声，听着像只还没断奶的小奶狗，从里到外透着让人怜惜进骨子里的劲。

睡着前，室内微醺的酒气混着情动的味道，浓烈陈杂，如封存数年的烈酒，香蕴芬芳。

想到这里，他微微撑起身子，还有些迟钝的脑子突然有些反应不过来……

等等。

他顾着面子，昨晚在婚宴上愣是硬撑着自己走出了宴客厅。最后还是苏清音良心发现替他拿了房卡，扶他去酒店房间住下的。

那昨晚待在他身边的人……

他的意识先一步地打起警铃。脑海中模模糊糊地浮现出一个隐约的人影，他一怔，浑身都僵直了。

他豁然起身，转头看向躺在他身侧的女人。

女人缩在被子里，只露出个额头，呼吸轻轻浅浅的。

秦霜心里一直打着鼓，几乎是颤着手去扯被子的，明明谜底呼之欲出，可就是不敢相信这女人会是苏清音。

秦二爷这一生放荡不羁，现在他却颤得跟抖筛一样，浑身冰凉，如坠冰窟。

被子刚被扯开一角,秦霜就清晰地看清了那张脸——那张从小到大看了无数遍,掐了无数遍的脸。

然后,瞬间如遭雷劈。

苏清音被他一动,也醒了过来。她浑身酸痛,醒来前眉心皱了皱,等睁眼看见秦霜的时候,虽有些意外,但仍是笑眯眯地打了个招呼:"早啊。"

随即,她似想起什么,脸色顿时一白,一骨碌掩着被角爬起来,震惊地看着跟同样仿佛见鬼了一般的秦霜,无措又茫然地瞪圆了双眼。

苏清音不是完全没有印象。

那些片段式的零碎画面在她意识清醒的这一刻,蜂拥而至,一点点填补着她脑中的空洞。

她她她……她和秦霜?酒后乱性了!

终于意识到出事了的小姑娘恍如晴天霹雳般,突然放声大哭:"禽兽……"

昨晚,她见秦霜走路都走不稳了,醉得一塌糊涂,于心不忍。加上婚宴上每个人都忙碌着,都没人顾得上他,她一时同情心泛滥,又是送他回房间,又是倒水给他擦脸,又是泡蜂蜜茶给他解酒的……

然后发生了什么?

眼下是根本无法抵赖的事实。

秦霜的脸色也是变了又变,像是难以消化这个事实一般,阴沉着,铁青一片:"清音……"

苏清音一怔,下意识地抬眼看他。

他叫她"清音"。

既不是经常挂在嘴边的"小怪兽",也不是发脾气时的"白痴",而是只有正经起来才会叫的"清音"。

她只觉得神经绷得都要断掉了般,无措地抬眼看着他。

秦二爷被她这么纯良的小眼神一看,瞬间什么话都说不出来了。

他要怎么跟她说,他什么都不记得?昨晚的一切都是意外,是他没有预料到的?这些话,出口就会伤人。

可眼下,该沟通还是要沟通。

他顿了顿,颇有些艰难道:"清音,我不是故意的……我什么都不记得了。"

她脖子上还有触目惊心的吻痕,那些痕迹刺得他眼睛疼,他似突然哽住了般,什么都说不出口了。

苏清音一愣。

等反应过来他的意思,她瞪圆了眼,不敢置信地看着他:"这件事不是你说不记得就不存在的,我也没指望你负责,但你说这话是什么意思?"

秦二爷被这质问问得哑口无言,他抓了抓脑袋有些无措:"我不是这个意思。"

苏清音哪还会听他说下去,当下红了眼,狠狠地扑上去又是抓又是咬地折腾了他几下。

等撒了气,她这才抓起一旁的浴巾裹着就往浴室跑,边跑还边压抑地哭着:"你这禽兽,大浑蛋!"

秦霜呆呆地坐在床上,眼看着她冲进卫生间里,不多时,里头就传来了故意放大的水声以及隐隐约约的哭泣声。

秦二爷顿时觉得烦躁得不行,抓了抓蓬松的头发,正要下床,一转眼看见床单上刺目的红色——完了，脑袋更晕了。

苏清音把自己打理干净后，看都没看还僵坐在原地的秦霜一眼，抬腿就往门口走。

秦霜听见动静，哪能就这么放她走了，赶紧裹了被子跳下床去拉她："清音，你先听我说……"

苏清音正在气头上，几乎是本能地、狠狠地甩掉他的手，冷漠地看着他："你什么都不用说，现在这个时代，男欢女爱很正常。这件事我不会跟任何人说的，就当是被狗咬了。"

秦霜原本是想说，他会负责的，话到了嘴边，在听见这句话后，他的脸色顿时阴沉下来："你当小爷是什么？"

他的眼神似含着几分轻嘲，刺目异常。

苏清音抖着唇没接话。

她的沉默落在秦霜眼里就是默认，他冷笑一声，又问："或者你当自己是什么？"他本是恼火苏清音对他以及对这件事轻视的不满，可此时发难，无疑是火上浇油。

苏清音像是被踩到了尾巴的猫，二话不说抬手就是一巴掌，打完又有些不敢置信地看了看自己的手，后怕地咽了咽口水，欲盖弥彰一般把手缩到了身后。

秦霜被这么一下打蒙了，好半响他才侧过脸看向苏清音，眸色阴沉如乌云密布："我想我们需要好好谈谈。"

苏清音却一点也不想配合，谈话从刚才起就朝着一个不受控制的方向偏移。她站在秦霜面前，饶是他没有那个意思，光是与他对视，她都能立刻回想起昨晚那混乱且不堪入目的画面。

在这种要命的羞耻感下，她一刻也不想再待在这里。

苏清音从小娇生惯养，苏家上至老爷子，下至同龄的小辈，所有人都宠着她护着她，哪有像秦霜这样吃了她还一副嫌弃的样子的。

她既觉得侮辱，也觉得羞愧难当，当下只能含着眼泪扬着下巴不认输地看着他道："我跟你没什么好谈的，这件事就我们两个知道，我不会告诉任何人的，你放心好了。"

她这么一说，秦霜反倒不知道要说些什么了。

昨晚的一切都发生得太过出乎意料，像是上天给他秦霜开的一个天大的玩笑。他稀里糊涂的，犹在梦中。苏清音说的话、看他的眼神以及说话的语气都令他的脑壳像搅了把电钻，压根没法思考。

秦家和苏家是世交，老一辈的私交尤其好。苏清音更算是和他青梅竹马一起长大的……可问题就是在这里，他对苏清音一直以来都没有男女之情，眼下发生了这事，让他立刻开口要负责的确是有些勉强。

他这么一犹豫，苏清音就已经知道他的意思了，当下也不停留，拉开门就要出去。

但一开门，她就傻眼了。

程安安与秦墨站在门外，还保持着要按铃的动作，陡然看见门开了，脸上的讶异表情都还未收起。

苏清音这么怒气冲冲地一下子冲出来，门撞上门口的衣柜，"砰"的一声，什么都落进了他们的眼里。

苏清音的眼睛还红肿着，脸上可怜兮兮地挂着泪痕，更别说脖子上那怎么遮都遮不住的吻痕……

苏清音下意识去捂脖颈上的重灾区，刚一抬手又觉得自己欲盖弥彰。

两厢尴尬下，她微张了嘴，却连一句解释的话都说不出来，只手脚冰凉地站在原地，僵立在秦霜的身旁。

程安安不动声色地瞥了一眼神情挫败的秦二爷，余光又扫了眼屋里凌乱的大床，最后目光落在低头不语的苏清音身上，心里大致有了底。

当下，她不显山不露水地笑了笑，语气温和地缓和气氛："正好，我刚想叫你们一起回大院呢。赶紧收拾收拾，我们去停车场等你。"

苏清音尴尬极了，她怯怯地抬眼，目光正好撞上程安安清澈的视线。她张了张嘴，试图说些什么，可最终也只是闷头推了一把秦霜，低着头飞快地跑了。

秦霜被她吓了一跳，迈了几步正要去追，随即又想到自己此刻衣衫不整的样子，暗咒了一声，反手关上门："大哥大嫂，你们在楼下等我一会儿，我马上下来。"

秦墨下楼时一直皱着眉，程安安扫了他好几眼，他只是安抚般地虚揽住她的腰。

程安安想了想，自然知道这件事可大可小，对方可是苏家宝贝着长大的孙女啊。

苏清音女孩子脸皮薄，应该不会跟家里大人说，但秦霜不行。

这事儿秦霜必须要给个交代，要么处理好苏清音，要么就处理好苏家一整个家族的人。不管他喜欢不喜欢，这个责任肯定是要负的。

程安安倚在秦墨怀里，见他一直想不出办法，说道："主要看秦霜的意思。秦霜虽然一直吊儿郎当的，但是他总不会欺负了人家小姑娘的。"

而且，秦霜对苏清音总是有点不同的。

秦墨眉间一舒，正想说些什么，就见秦霜从电梯里走了出来，索性闭了嘴。

秦霜这一路眉头一直皱着，愣愣地看着窗外，偶尔低头拨电话，电话也总是传来机械冰冷的女声："对不起，您所拨打的电话已关机，请稍后再拨……"

程安安回头看了眼,见秦霜一直拧着眉,挑了挑眉,干脆把安全带解了手脚并用地往后爬。

秦墨被她吓了一跳,扶着她的手让她顺利过去:"小心点。"

程安安一过去就揍了秦霜一拳,见他捂着嘴角"嘶嘶"地倒抽冷气,这才解气地说道:"看你干的好事。"

秦霜脸红了红,轻咳了一声:"我不知道是她,否则死也不碰啊……"

程安安恨铁不成钢地又揍了他一拳,厉声道:"那你是不打算负责了?人家清音有说什么吗,你在这边就说个没完的。清音比你更后悔。"

秦二爷这回噤声了,皱着眉一副懊恼的神情。

显然,秦二爷纵横 A 市还没遇见过这么棘手的事情。

程安安却是暗自一挑眉,提醒道:"也没见你对谁那么上心过啊,没什么大不了的,扔点钱了事?"

秦霜皱眉,显然不同意,但一抬头看去,程安安表情戏谑明显是激将法,他一蔫,有些不知所措。

但更多的不是不想负责,而是害怕负责。

苏老爷子打小就看他不顺眼,他在自家老爷子这里挨的揍还没有在苏老爷子那儿的多,这回把人家宝贝孙女欺负了……

秦墨见他眉眼之间似是有了主意,这才提点道:"你最好先和清音谈一谈再做决定,苏老爷子也没那么不讲理,非要你负责到底。但是传出去,到底对清音不好。"

秦霜脸色沉重地点点头:"知道了。"

Chapter 02 你有好果子吃了

不过,秦二爷对之后发生的事情还是有些始料不及的。

苏清音自那日跑出去之后,也没回家,甚至连报平安的电话都没打一个,就凭空消失了。

起先苏家的人也不以为意,这小丫头有时候玩得疯了,就会忘记。

但两天过去了,苏家开始着急了。

秦霜这两天一直在找人,现在惊动了苏家,暗叹大事不妙。

程安安这边自然也是知道点风声的,她倒是一点也不着急,看着秦霜急得上蹿下跳的,这才凉凉地说道:"这下知道错了?"

秦霜一听有戏,也不管了,直接扯着程安安的袖子一脸讨好:"嫂子,你要什么明儿我都送给你,这事不是小事,你就赶紧行行好吧。"

程安安本就没有为难他的意思,当下扫了他一眼,谅他事后也不敢翻脸不认账,这才拿了车钥匙道:"跟我来。"

苏清音其实哪儿也没去,就住在酒店里,大门不出二门不迈的。

程安安其实早就联系到她了,但那时候见她精神状况并不是很好,自己手头的事情也多,暂时没顾得上。

秦二爷走到房门口时反而淡定了下来,深呼吸了几口气才敲了敲门。

片刻,门内就响起了脆生生的声音:"谁啊……"

透过门上的猫眼一看,不等秦霜回答,她声音又是一冷:"你来干吗?"

秦二爷这两天饭都吃得不香,就是为了这磨人的小丫头,当下语气也有些不好:"干吗?你就住在酒店里,往家里打个电话都不会打吗?整个苏家现在都开始在 A 市地毯式找你了……"

"那也不关你的事。"她沉了脸,语气越发不善,"晚点我会打电话回家的。"

见苏清音一点要给他开门的迹象都没有,秦霜的额角一跳,索性不理她,直接下了楼。

酒店的经理被惊动,他看着面色不善的秦二爷,大气都不敢喘,但一听是让人直接开门要"入室抢劫",脸色都吓白了。

"秦二爷,这个有点为难啊……"他擦了把汗,不知道该怎么婉转回绝。

还没等他想到合理的措辞,秦二爷眉一挑,不耐烦道:"把房卡给我,出什么事了我负责。"

见他都这样说了,经理赶紧多一事不如少一事,直接把房卡塞了过去。

秦霜捏着那房卡就是阴恻恻地一笑:"行,改天跟你们老总说一声,提拔你。"

这话一出,却让经理越发冷汗直冒,这事他还真的不敢邀功啊!

苏清音看见秦霜去而复返,不由得诧异地挑了挑眉:"你怎么又来了?"

秦霜现在手里捏着房卡，还怕她不开门不成，当下翘了嘴角冷笑道："再给你最后一次机会，开不开门！"

苏清音从小到大听得最多的就是命令，老爷子一兴起就喜欢带她练腿骨，那命令一连串下来都不带喘的。

秦霜这么一句就想糊弄她？没门！

她狠狠地往门上一踹："滚吧你。"

秦霜只觉得额角青筋都开始暴动了起来，低咒了一声，直接拿了房卡，"咔哒"一声开门开得干脆利落。

刚转身走了几步的苏清音顿时浑身一僵，不敢置信地回过头去："你你你！"

秦二爷放荡不羁地扬了扬手里的房卡，笑得邪气十足："我给过你机会的。"

苏清音只觉得那笑容寒意十足，她几乎是下意识地拔腿就跑。

秦霜都进了门了，还能放过嘴边的小白兔吗，长臂一伸就把人逮了过来。

不过苏清音也不是善茬，一个攻其不备，扭过他的手就躲开了。

秦二爷气得脸色都变了，三步并作两步，直接扑上去，把人按在沙发里按得死死的。

苏清音手被秦霜紧紧地抓着按在沙发椅背上，两条腿被秦霜的双腿死死地压住，除了奋力扭动身子来表达自己满腔的不满和愤怒之外，瞪圆了眼不甘示弱地瞪着他。

秦二爷被她气得够呛，这下把人抓到手了，这才松了口气："你闹什么脾气。"

"我怎么就闹脾气了，又没跟你闹。"她不服气，张牙舞爪着就想反抗。

秦霜把她按得更紧，死死地压在她的身上，让她越发不能动弹。

"你再来一下，我直接把你打晕了扛回家！"

这威胁似乎奏效了，苏清音除了瞪着他之外，没有别的举动。

见她终于安分了，他沉默了片刻，终于道："我负责。"

这不外乎是一道晴天霹雳，劈得苏清音那叫一个"外焦里嫩"，她几乎是下意识地摇摇头："我不要你负责。"

这下，秦二爷也纠结了："我之前稍微犹豫了下你就气得跟被兔子咬了一样，现在我愿意负责了，你还有什么意见？"

苏清音听他那二世祖的语气就来气，趁他一个不注意，屈膝狠狠地顶上他的小腹，趁他吃痛，一滚就撤出了他的包围圈，站在不远处双手叉腰，恨恨地道："这件事不准你跟别人说，谁要你负责了。"

她咬咬唇，掩住声音里的微颤，越发冷静："何必要惊动爷爷。"

秦霜坐在沙发上看了她半晌，才缓缓道："你怎么想就怎么告诉我，这不是小事能随你的性子来。"

苏清音一抬下巴，倔强得很："我就是这么想的。"

"很好。"秦霜也不知道是哪里来的一股子怒气，看着眼前这个白净的小女人，气得牙齿都痒痒了。

最后，他也只是深深看了她一眼，转身就走。

程安安还在地下车库等着，看见就他一个人下来，不由得挑了挑眉："谈妥了？"

秦霜拧着眉，整张脸跟结了寒冰一样："走吧。"

程安安难得看见秦霜这种表情，挑了挑眉，也不敢在这个时候虎口拔牙，直接把车开了出去。

不过，秦霜却没料到苏清澈会在门口守株待兔。

苏清澈一身军装还没换，倚在高大的吉普车旁，嘴里叼着一根烟，吞云吐雾。

看见秦霜走过来，苏清澈斜睨了他一眼，眼神不善。

苏清澈跟秦墨是同年的，一起入的军营，很少回来。

程安安也只是见过他两次，知道他是苏清音的哥哥，曾经也是秦墨的战友，再多的交集却是没有了，见状点点头算打过招呼。

秦霜见苏清澈显然是在等自己，走近几步："你回来了。"

苏清澈点点头，神色却还是不善："苏清音不见了。"

他盯着秦霜的脸，继续道："我查过录像，最后她进了你的房间。"

秦霜面色不变，他看见苏清澈的时候，就知道苏清澈肯定是为了这件事而来，他本来也没有打算瞒着苏清澈，此刻苏清澈这样开门见山，他反而松了一口气。

"是。"

苏清澈捻熄了烟头，目光灼灼："小音这两天失踪，跟你有关吧。"

他的声音压得低，语气里隐隐的警告更是听得人心狠狠一落，莫名生出一股子胆战来。

偏生秦二爷也是铁骨铮铮的男人，对苏清澈这样饱含威胁的话硬是一点腿软的迹象都没有，他干干脆脆承认道："是，我对不起清音。"

苏清澈眉角隐隐一抽，几乎是听到回答的瞬间，一拳挥了出去，狠狠打在他的下巴上。

程安安一看见苏清澈出现，就知道大事不妙，赶紧给苏清音打了电话，此刻见打起来了，自然要护着自家的小叔子。

她冲着另一边大喊了一声："清音。"

两个男人见状，都抬了头去看，见身后并没有人影，这才反应过来。

程安安堵在秦霜的身前,看着苏清澈的眼神就有点不善,语气也冷冷的:"苏团长,事情还没有弄清楚你就随意动手,这是什么意思啊?"

苏清澈眸色一沉,似笑非笑地看着程安安:"还请秦夫人让一让,这是我跟秦霜之间的事情,如果误伤了你就一点都不好玩了。"

程安安也是一个当仁不让的主,眼下这个局势说什么都不会让开。她冷冷地看着他,又道:"苏团长,有事不如等清音回来再说吧。到时候你要揍还是要怎么处理,秦家绝对不会干涉分毫。"

程安安表面上是向着苏家,但这话说出来没人是傻子,自然知道只是客套话。

事情摆上台面了,苏家再看秦霜不顺眼,也不能下狠手收拾。

秦霜捂着下巴,语气却是不敢有一丝的不满,当下表态道:"等清音回来,随便苏家怎么处理,我都不会说一个不字的。"

苏清澈得了自己要的话,冷哼一声,这才转身开了他那体积庞大的吉普走了。

程安安见人走了,这才松了一口气,转过身看着秦霜一副恨铁不成钢的样子:"你有好果子吃了。"

秦霜知道她那是关心,扯了扯嘴角想笑,一牵动就疼得龇牙咧嘴的。

捂着下巴缓了会儿,秦二爷这才委屈兮兮地道:"没办法,做错事不可活啊!"

苏清澈下手还真是不含糊啊……

Chapter 03 我喜欢秦霜

苏清音接到程安安的电话赶回大院的时候，秦霜已经被老爷子绑了起来，扔在了苏家的大厅里。

苏清音一踏进大门，就觉得大事不妙，这低气压包围了整个大厅，黑沉沉的。

她刚探头探脑地往客厅里看了一眼，还没抬头呢，眼前就笼了一层暗影。

她心下一颤，被吓了一跳，抬起头来，一看是好久不见的苏清澈，鞋一脱直接跳了上去，攀住苏清澈的身子就凑过去吻了吻他的脸："哥哥。"

不过此刻，苏清澈的脸色实在算不上好。

他冷冷地睨了她片刻，眼中责怪的情绪很清晰地传达了过去。

于是，苏清音讪讪地从他的身上爬了下来，老老实实地走到客厅里。

客厅里的人不多，但胜在分量实在太重。

两个老爷子坐在位置上都是身板笔挺的，抖抖脚都要震得Ａ市抖几抖。现在这么一聚头，根本没空让苏清音自怜自哀，直接杀了上来。

苏清音见秦霜被按跪在老爷子的面前，自己也乖乖地在他边上跪下。

秦二爷看见她倒是一点不意外,甚至连正眼都没有给一个,径直目光如炬地看着自家老爷子。

手臂上已经青一条紫一条的累累伤痕,看来老爷子的龙头拐杖不是吃素的。

苏清音扫了一眼他浑身的伤口,越发忐忑了。秦二爷这么被宝贝着老爷子也下了那么狠的手,虽然她不至于被揍得那么惨,但估摸着也好不到哪儿去。

当下眼观鼻鼻观心的,她垂下头不动了。

秦老爷子扫了一眼苏清音,见小姑娘收敛了性子低眉垂目的倒是有几分欢喜,当下虎了一张脸又是狠狠一拐杖敲在秦霜的肩头:"混账,看你做的好事。"

苏老爷子见事情都发生了,对秦霜也是满意得紧。

刚才秦老爷子提着秦霜上门来请罪的时候,苏老爷子不动声色地扫了眼那些伤痕,知道是下了狠手的,当下怒气全消。

此刻见秦老爷子这般佯似讨好般又是狠狠一拐杖,当下有些心疼起来,忙拦了人,道:"有话好好说。"

秦老爷子见苏老爷子松了口,面上也好看了许多。

秦二爷打小少不了被揍,但长大点就没被打过了,这次打得狠,他身子火辣辣的一片疼。

苏清音显然是被秦老爷子那一拐杖给吓了一跳,微微颤了颤,看着秦霜的眼神也有些愧疚起来。

苏老爷子见秦老爷子这边表了态,表明了是不会包庇自家的孙子的,当下对苏清音也是一通训:"你这像什么话,夜不归宿的,传出去能听吗!"

苏清音努了努嘴，却不知道该怎么回答，耳根子都微微红了起来。

苏老爷子又训了几句，这才对着秦老爷子道："是我家孙女不懂事，你也别怪秦霜了，小年轻犯下的错别影响了我们之间的感情。"

秦老爷子附和地笑了笑，目光微沉："哪会。定是霜儿不懂事了，清音我打小看着长大，如今也出落得标致讨人喜欢。"

苏清音这才偷偷抬眼看了看秦老爷子，见他看过来也不躲不避，直言道："不关秦霜的事，我们喝多了……"

她话还没说完，秦霜就抬起头来看她一眼，凉飕飕的，看似警告一般让她瞬间噤声了。

果然，苏清音的话一说完，秦老爷子就怒了："清音你不用给这浑小子开罪，你什么想法尽管告诉爷爷，爷爷帮你做主。"

苏清音浑身一凛，把嘴闭得越发紧了。

她不说话，苏老爷子就开口了，看着秦霜半晌，这才问道："那小霜是什么意思？"

秦二爷沉默了会儿，看了眼跪在旁边正看着他的苏清音，也不知道怎的，心下一软，语气也软了下来："我对不起清音，我愿意负责。"

苏清音一听，急了，当下反驳道："我才不需要，你又不喜欢我，负责什么呀负责，我又不是没人要了。"

她这么一反驳，客厅里都是一片暴风雨来之前的宁静。

片刻，苏老爷子才沉着声音道："清音，你到现在还不知道自己做错了什么，是吧？"

苏清音烦透了被人压制的感受，也不管苏清澈的暗示，直接跟苏老爷子扛上了："是，我根本没有做错！我跟秦霜之间的事情，爷爷你不会懂的。现在都什么时代啦，又不止我……"

话音未落，苏老爷子拿过秦老的拐杖一拐子就劈了下来。

苏清音被吓了一跳,忙伏低了身子双手抱头。

"啪"的一声下来,苏清音只感觉被人压在下面压得死死的,那温热的身子随着那声响狠狠一颤,闷哼了一声。

这下手下得可是十足的分量啊,比起秦老爷子心疼的花招算是真正打进肉里去了。

苏清音这下脸都吓白了,忙扶了秦霜一把,担忧地看着他的后背,急得一脑门的汗:"爷爷你干什么啊?"

苏老爷子见她胳膊肘往外拐,脸色越发难看起来,沉声喝道:"你给我滚回房间去,没有我的命令不准出房门一步。"

苏清音显然不满意这个安排,抻着脖子就要反抗。秦霜的手一把按住她,皱了皱眉:"上去。"

苏清音自然知道她上去之后会发生什么,她到时候连话都说不上,那还有个什么意思。

她当下不乐意了,刚起身就被苏清澈从后押住。

苏清澈看了旁边的秦霜一眼,脸色微缓,押住她胳膊的手劲大了点,见她疼出了冷汗也没松手,抓着人就往楼上走。

苏清音这会儿真急了,当下边走边回头:"爷爷,你别打秦霜,不然我真不理你了,我跑得远远的,让你找不到……"

"闭嘴。"苏清澈见老爷子没看过来,低喝了一声,直接捂了她的嘴,扭着她的身子就塞进房间里去。

苏清音身子刚一恢复自由,就开始挣扎着要往楼下跑。

苏清澈自然不会给她这个机会,摁住她的身子一扯,直接拉了回来:"小音,你别闹。"

苏清音怒火上涌,哪里管这些,一手挥开又要往门口冲。苏清澈这下也不留情了,直接摁住人沉声道:"你再动一下我把你胳膊卸了,你信不信？"

苏清澈一向说到做到，苏清音虽然有心反抗，但听了这话还是冷静了下来。

"哥，秦霜会被打死的。"她说话的时候都带了点哭腔。

苏清澈却是冷冷地扯了下嘴角："那也是他活该。"

苏清音现在也冷静了下来，看着苏清澈不由自主就觉得委屈，扯着他的衣服眼泪就成串地往下掉："真的不关他的事，虽然我们都喝醉了，但是我那时候还是有意识的，他没有强迫我，是我喝醉了半推半就才……"

她话还未说完，苏清澈的脸色就阴沉了下来，他几乎是压低了声音暴喝出来："闭嘴！"

苏清音从未见过他发那么大的火，突然被吓住，哭都不敢哭。

苏清澈也是心疼她，但说出口的话却变成了："你一个女孩子都不洁身自好……"

苏清音看了他片刻，这才清冷着声音说道："我喜欢秦霜。"

苏清澈一愣。

苏清音干脆又重复了一遍："我说我喜欢秦霜。"

其实苏清澈是知道的，只是一直不愿意相信而已。

苏清音打小就喜欢跟在他的身后跟一帮男孩子鬼混，秦霜就是那帮男孩子中的一个。她小时候就喜欢黏着秦霜，秦霜走到哪儿她就跟到哪儿，跟个小跟屁虫一样甩都甩不掉。

后来秦霜上学了，她就跟着去秦霜的学校，每天扯着秦霜的书包带赖着让他带她回家。一有不懂的作业，她也会拿了作业本去秦霜家。

后来秦霜上大学了，这才减少了联系，他们差了五岁，这五岁在那时就显出了时间的沟壑，让苏清音怎么也跨越不了。

她现在还在大三,秦霜却已经成功创业,坐拥金山。

苏清澈跟秦家这两兄弟的感情虽然好,但是苏清音喜欢秦霜他一直都是不赞同的。

苏清音太稚嫩了,她的向往和追求跟秦霜的根本不同。

所以,苏清音不说他也不会问,这几年看她跟秦霜联系越发少了这才没放在心上,哪料这件事就在眼皮子底下发生了。

清音喜欢秦霜,但秦霜……

苏清澈揉了揉疼得发胀的额角,有些无奈:"小音……"

苏清音听出他语气里的无奈,眼泪又往下掉:"安安姐早就看出来了,但是你们都不知道。"

她委委屈屈的,抽着鼻子哭得一塌糊涂。

苏清澈一时心软,又不知道要说些什么,他对苏清音总是没有办法。

苏清音哭了片刻,门就开了,秦霜皱着眉站在门口:"哭什么?"

正哭得起劲的人一噎,一抬头就看见她正担心着的人皱着眉头站在门口看她,她眼泪都忘记擦了,直愣愣地看了会儿才反应过来:"你没事啊?"

秦二爷就差龇牙咧嘴给她看了,能没事吗!

察觉到秦霜强烈的鄙视神情,苏清音这才有些不好意思地挠了挠头:"要不要我给你擦点药?"

苏清澈却是一声冷哼:"没事了就赶紧回家去,少在这里晃悠。"

秦二爷眉头又是一皱,看着苏清音道:"有事打我电话,我先回去了。"

话音刚落,楼下又响起苏老爷子的声音:"清音,你下来。"

Chapter 04 她受了委屈

秦霜听见这话,回头看了苏清音一眼,随即抬手揉了揉她的头发:"你秦霜哥哥已经搞定了,怕什么?"说罢,挑衅一般看了眼身后的苏清澈,转身和苏清音一前一后地下楼了。

秦老爷子正在门口等着,见秦霜下来,眼底露出一丝笑意来:"行,我们就先回去了。"

苏老爷子的目光也停留在秦二爷的身上,见到他身后的小丫头哭得眼睛肿肿的,那个心疼啊。顿时,他对着秦霜越发没有好脸色了:"我就不送了。"

秦老爷子知道苏哲是吞不下这口气,心下有了主意,不由得笑眯眯道:"小音有空记得来秦爷爷这边玩。"

苏清音手里还拽着秦霜的衣角,蒙眬的双眼扫了扫局势,见的确是雨过天晴了,这才一抹眼泪,爽爽快快地应道:"好,我会经常去的。"

苏老爷子重重地哼了一声,脸色越发难看了。

倒是吓得苏清音往后移了移,一脸紧张。

唔,爷爷发怒的时候比哥哥还恐怖啊……

秦霜不由得好笑,他打小就见惯了苏清音被苏老爷子收拾的惨样,要不是情况特殊，他此刻指不定得怎么嘲笑这臭丫头一番，但就目前的情势来看——他嘴还没咧开，估摸着就会被杖毙。

苏清音最早发现他抽搐的嘴角，不雅地翻了个白眼，趁着前面两位老人家联络感情，飞快地伸出手去在他的腰间狠狠拧了一把。

秦霜差点没忍住，硬生生憋了回去，转头狠狠瞪了她一眼。

苏清音是不怕他的，当下吐了吐舌头，俏生生地站着。

秦霜这么一个恍神，看着这姑娘的锁骨就想起那夜，他意乱情迷的时候还啃过这小丫头的锁骨……

想到这里，秦二爷一个激灵——

再想下去就不是被揍一顿这么简单了，估计得挫骨扬灰、粉身碎骨了。

这么说回来，老爷子还是明智的，不先把他揍惨了再提溜到这里估摸着苏老爷子会拆了他肋骨。

苏清音见秦霜这回是真要走了，不由得兴起也溜了的想法，眼睛骨碌碌地转了一圈，最后还是偃旗息鼓了。

苏老爷子似乎已经看出了她的想法，警告般淡淡地扫来一眼。

晚上吃饭的时候，难得苏清澈也在，爸爸妈妈也回了家。

他们早就知道这件事了，现在见女儿好端端地坐在这里，也松了口气。

苏妈却是上下扫了她一圈，饭桌上又不好发作，等吃过饭这才到苏清音的房里找她谈话。

苏清音正在收拾东西，反正过几天就开学了，她打算早点回学校。

苏妈一进来就见她把衣柜翻得一团糟，一股子怒气立刻就爆发了。

她沉着脸看苏清音这边理理，那边扯扯，房间越弄越乱，这才盯着行李箱道："你去哪儿？"

苏清音手上一顿，扫了苏妈一眼，这才梗着嗓子说道："我回学校。"

苏妈打从今天下午回来就没有给过她好脸色，她自然知道妈妈心情不好，不过妈妈心情不好才是正常状态……

苏妈是科研人员，回家的次数屈指可数，跟苏爸的感情也没有那么好，更别说从小让爷爷带大的苏清音。

苏妈见她这个态度，越发怒火中烧，但忍了忍，还是冷着语气说道："现在离开学还有一段时间你那么早过去干吗？别的孩子在外地的都没你那么积极……"

苏清音手里的衣架子重重地往行李箱上一扔："如果你每次回来都只会跟我说教的话，你还是别回来了，继续待在你的实验室里陪你的那些数据去！"

苏妈没料到苏清音会拿这个说事，当下也恼了："你怎么说话呢？自己做错事还有理了是不是，我连说都不能说了？"

苏清音清冷冷地站在灯光下，看着苏妈颤抖着唇、脸色铁青的样子，顿时就觉得委屈极了。

"你除了把我生下来，你有养过我吗？你别一出事就来教育我，这时候才让你有当妈的感觉了，是吗？你没教我就没资格说我。"

苏妈几乎是下意识地就是一个巴掌上去，不轻不重，倒是让苏清音的脸微微侧了过去，有些不敢置信。

听见动静过来的苏清澈正好瞧见这一幕，不由得微微皱了皱眉："妈……"

苏清音回过头来，眼神都不一样了，看着苏母哗啦一下就把手边的东西全部推翻在地："我不想看见你。"

"不想看见我就滚出去。"苏母白了脸，看着苏清音都是恨铁不成钢的神情。

苏清澈刚想拦，苏清音拔腿就跑，速度快得连苏清澈都没反应过来，

伸手去抓的时候只碰到她的衣角,就看见身后的房门被"砰"的一声甩上。

苏清澈的脸色一下子就沉了,看了苏母一眼,赶紧追上去。

老爷子还在客厅里跟苏爸说最近政界的事情,只听楼上摔门的声音,眉头一皱就看见苏清音眼睛红红地跑下来,当下喝道:"怎么回事,还不安生?"

苏爸也皱起眉头,但是苏清音连停顿一下都没有,就跟受了天大的委屈一样飞快地跑了出去。

苏老爷子后面那句宽慰的话还没说出来,连人影都不见了。

苏爸见苏清澈追出来,这才沉声问道:"怎么回事?"

苏清澈见老爷子都在,也不敢含糊:"小音跟妈有些矛盾。"

他说得还是很隐晦的,但老爷子和苏爸一听都脸色不好地沉默了下去。

苏清音从小就是老爷子带大的,还能不知道她的脾气。苏清音从小集万千宠爱,性子开朗活泼,平日里都是她陪在老爷子身边,逗他开心,也没见她跟谁红过脸。

唯独这苏母,跟苏清音却是怎么都不对盘的。

小的时候,苏清音还缠着苏老爷子问:"爷爷,我的妈妈呢?她怎么都不跟秦霜哥哥的妈妈一样天天陪着他一样陪着我?"

苏老爷子对这个媳妇一直不满意,苏清音生下来没多久就被扔给保姆照顾,苏老爷子不放心就让人把孩子带了过来自己照看着。

苏老爷子对这个问题从来不避讳,跟孙女说得清清楚楚的。

久而久之,苏清音也不缠着问这个问题了,反而三天两头往秦霜家里跑,天天不是蹭甜品就是蹭下午茶,跟秦家人亲得跟一家似的。

所以自打以后苏母回大院,苏老爷子也总是不给她一张好脸色,加上苏清音跟她也疏离，她也不知道弥补小音，反而变本加厉干脆泡在研究室了。

想到这里，苏老爷子一拍桌子，想着自己的宝贝孙女委屈的样子就心疼："清澈你赶紧去找人，把人带回来有爷爷护着。"说完，这才吩咐一旁的保姆去楼上把苏母请下来。

苏清音一跑出家门，就郁闷了。她现在兜里连手机都没有，身无分文，她能去哪儿啊。

她在街上瞎逛了一会儿，也不知道干什么，她谁的号码都记不住哪里也去不了。

街上人来人往，她从公园那边穿过去，尽往人多的地方走，但走来走去又不知道该去哪里，越发觉得心酸，蹲在路边就哭了起来。

苏清澈哪知道这小姑娘走捷径啊，几下就跑远了，急得直接给秦霜打电话。

秦二爷虽然浑身是伤，但是长袖一穿照样风流倜傥，被秦老爷子狠揍了一顿心情郁闷得只想找个地方喝点酒。

正开车到酒吧，他就接到苏清澈的电话，皱了皱眉，一边思忖着总不是苏清音出什么事了吧，一边快速地接了电话。

苏清澈几乎是在电话接通的瞬间就咆哮哥附体，直接吼道："赶紧去找苏清音，人不见了。"

秦霜脸色一白，眉头皱得越发紧了："怎么回事？"

苏清澈现在哪有心情跟他说这些，急得眼都红了："先找人吧，她跑出去什么都没带。"

秦二爷这下心中有数了，估摸着这丫头是跟她娘吵架了。

苏清音每回跟苏母吵架都只有一招，夺门而出……

秦霜以前不觉得，如今却不知道怎么回事，总觉得这丫头的事情跟他就是有千丝万缕的关系。

她受了委屈，他就不由自主地要去维护。

现在知道她不见了，他几乎是下意识地，车子一个掉头就往大院开，脑中更是不由自主地就想起以前苏清音红着眼睛来敲他家门的样子，不禁眸色越发深沉起来。

苏清音其实鲜少跟苏母吵架，他印象中的就只有三次。

前几次的印象他已经有些模糊了，但最后一次他始终记到现在。

那时候是高考完了填志愿，苏清音填的新闻专业跟苏母设想的天文专业差了好多。苏母希望苏清音学的专业能跟她的一样，那以后她还能帮助她，而且A大的天文系是全国最好的。

但苏清音对着天上那一闪一闪看得见摸不着的东西实在无感，自然不愿意被摆布，再说了，老爷子都赞同的，苏母的反对还能有效。当下甩了脸子跟苏母吵了一架，哭着就跑到秦老爷子这里。

那晚只有秦霜在家，他也是恰好回了大院，打开门的时候，看见苏清音缩成一团靠在门边，不由得愣了一愣。

苏清音也是一愣，显然没料到会是秦墨来开门，当下连哭都忘记了，仰着头直愣愣地看着他："咦，你怎么在家……"

秦二爷挑了挑眉："不然以为我家没人才敲的门？"

苏清音险些就点头了，还真是知道秦老爷子出门了才敢来敲门的，她并不知道秦霜在。

她跟他，好久没见了。

秦霜扫了她一眼，就知道怎么回事了，让开了身子："进来吧。"

苏清音犹豫了片刻这才磨磨蹭蹭地进了屋。

Chapter 05 一不小心就喜欢上

秦霜给她倒了一杯热牛奶,递过去的时候她正睁着一双红彤彤的眼睛直勾勾地盯着他。

他摸了摸脸,不由得好奇:"看傻了啊?"

苏清音接过那杯牛奶摇摇头,鼻尖红红的,一张脸埋下去,眼睫垂着一片淡淡的暗影:"禽兽,我们好久没见了。"

秦霜在她身边坐下,见她又开始掉眼泪,有些手足无措起来:"又跟伯母吵架了?"

苏清音点点头,自顾自扯了他的手过来擦着眼泪,可怜兮兮地看着他:"我想留在 A 市读新闻专业,但是她不同意。"

秦霜嫌恶地看着自己一堆鼻涕眼泪的袖子,无奈地叹了口气,伸手揉了揉她毛茸茸的脑袋:"喜欢什么就去做好了,不要让自己有后悔的机会。"

她手里捧着牛奶,一边扯着他的袖子,眼神亮晶晶的:"禽兽,你还走吗?"

秦霜对于她成年之后就由"秦霜哥哥"改成"禽兽"一直很不满,但无奈这丫头才不是任他摆布的人,当下还是心冷冷地接受了这个称呼。

秦霜表面看着好相处，万事好商量，可真得罪了他，便能发现他实际上做事情比较狠辣果断。加上名字谐音，所以人送外号"禽兽"。

"不走了，回来了。"

苏清音的眼神越发清亮，眼泪珠子还挂在脸上，就笑眯眯地搂住他的脖子蹭过去在他的脸上狠狠地咬了一下。

没错，是咬的，还是狠狠的一下……

于是，秦二爷觉得善心果然不能随便发，尤其是这个最能折腾人的小魔女。

秦二爷这时候公司刚上市，忙得不可开交，把苏清音搁在客厅里，自己处理好了公事下去时，那丫头已经捧着空空的杯子蜷缩在沙发里睡着了。

不知道是不是在做噩梦，一直掉眼泪。

他鬼使神差地站在沙发旁看了好久，这才想起来打个电话给苏家人交代一声。

哭得那么惨，应该是受了很大的委屈吧——

秦二爷找到苏清音的时候，已经过去了一个多小时。

他坐在驾驶座上，看着缩在喷泉池旁边的苏清音，没来由地就想把人吊起来狠狠打一顿。

他在车里静坐了片刻，这才缓过神开门下车。

苏清音正面对着喷泉捞硬币，整个手臂浸在凉凉的水池里，她却自得其乐一般，一边念叨着什么，一边伸长了手臂去抓。

他皱了皱眉，二话不说拿了件外套披在她身上，一把就把人拽了出来。

他这才看见苏清音已经很干脆地把脚都伸进去了，估计已经泡了好一会儿。

秦二爷看她旁边叠着的一堆一块钱硬币，突然就头疼了。

"你拿这些干吗？"

苏清音没料到他会来，愣了一下才说："我总得拿钱才能坐公交车啊。"

"这么晚你打算去哪里？"他皱眉，按着她坐下，直接把她的脚放在膝盖上蹭干。

苏清音惊讶得瞪大了眼，缩了脚防备地看着秦霜："你干吗？"

秦二爷才没有那么好的耐心陪她吹冷风，二话不说按住她的脚蹭干，两三下帮她穿好了鞋，然后一把拎起这个小丫头就往车里塞。

"抓你。"他咬牙切齿。

苏清音更恐慌了，扒拉着车门就是不愿意上车："我不要，你放开我……"

秦二爷冷哼一声，笑得越发阴险："放开你？"

苏清音被他的语气吓得都快尖毛了，却听他轻缓地说："你做梦！"

话音一落，他一点一点掰开她的手指，干干脆脆地用武力压迫着把人塞了进去。

"老老实实待着，不然真把你卖了。"

苏清音虽然不信秦二爷有那么大的胆子，但鉴于这起码是秦二爷说出来的威胁，所以她也就安安静静地扣上安全带，不动了。

秦二爷显然是很满意她的这些举动，落了锁控，油门一踩就在苏清音的尖叫声中奔驰而出。

苏清音见路不是往大院去的，这才松了口气，软绵绵地转了个身看着秦二爷，有些不甘心："我的硬币还没有拿。"

"那不是你的。"他干脆利落。

苏清音噘了噘嘴，发现面前这人心情似乎挺不好，这才闭了嘴。

她安静了片刻，秦二爷不习惯了，瞄了她一眼："能耐了啊，又离家出走。"

苏清音温暾地回答："提高一下存在感。"

秦二爷被这回答气得笑了起来，侧头扫了她一眼，阴森森的。

"是不是你妈又训你了？"

苏清音其实特喜欢秦二爷跟她这样说话。

苏清澈会问她："你是不是又跟妈吵架了？"

苏爸会问："又不听你妈的话了吧？"

但是，到了秦二爷这里，他就说"是不是你妈怎么你了"。

这让她很受用，有种有人无条件站在自己这方的满足感，当下就没心没肺地咧了嘴笑："这你都知道？"

秦二爷轻哼了一声，有什么事是连他都不知道的。

苏清音见他又傲娇上了，不屑地"嗤"了一声："你呢，我爷爷怎么就放过你了？"

秦二爷的身子明显一僵，很不是滋味地看了苏大小姐一眼："放过我？他就没打算放过我。"

这下，苏清音来了兴趣了，忙追问："啊，你是被踹了还是踢了还是怎么的？这都算轻的了。"

秦二爷险些被这个小没良心气死，但转眼一看见她那张脸还是有些气息不平："等你毕业了就订婚，这辈子都摆脱不了你了。"

这回苏清音傻了。

虽然她喜欢秦二爷，但她其实知道秦霜是不喜欢她的。

这次发生的意外事件，她却从来没想过以这个要挟他和自己在一起。

苏清音从小在苏老爷子身边长大，骨子里都是血性，都是不服输。她宁愿是秦霜自己发现她的好喜欢她，而不是用这种方式绑住他。

此时此刻,她心底除了一点小雀跃之外,却是越发浓重的失落。

在秦霜的心目中,她现在一定是很可恶的吧……

见她不说话,秦二爷皱了皱眉,不乐意了:"我还没来得及委屈呢,你就委屈上了?"

苏清音看了他一眼,心里说不上什么滋味:"你很委屈?"

秦霜没发现她沉下来的语气,哼哼了一声,反问她:"你觉得呢?"

不就是睡了一觉嘛,就被绑得结结实实,他秦二爷一生放荡不羁还没真正开始游离花丛中就被困住了,他能不委屈吗?

苏清音拨了拨垂到眼前的头发,垂了眼。

一路寂静。

秦霜把人带到了自己在"帝爵世家"的小别墅,见她还抱着靠枕不下来,无奈地抚了抚额:"到了。"

苏清音背对着他好一会儿,这才转过身,看都不看他一眼,飞快地走了下来。

秦霜见她莫名其妙地发脾气,也不在意,直接拿出一串钥匙递给她:"以后要是没地方去,可以来我这里。"

苏清音看着他手里的钥匙半晌,却一点接的意思都没有:"哟,这回就有特权了。"

秦二爷见她又摆上谱了,冷哼一声直接把钥匙塞进她的手里:"拿着。"

别墅门口开了一盏小灯,光线昏黄,他正好站在光线之内,脸上一层朦胧的光。

他的眉头微微蹙起,双眸黑沉沉的,亮得惊人。秦霜其实很优质,他继承了秦母惊人的美貌,这样站着,俊美、清冷,气质很干净。加上

他出身优越,自有一股子的贵族之气,很吸引女孩子。

苏清音一时迷了眼,痴痴地看着他转身开门,微俯低了身子,眼神专注。

这个男人,她整整喜欢了七年。

她和他中间隔着一整个五年,从他少年起,她便一直在他的身后看着他、追着他,一直到现在她还是站在他的身后,仰望他。

从五岁那年遇见他起,一起长大。

他宠过她、纵容她,甚至是不惜一切地护着她。

虽然他也会欺负她,抓着她的小辫子扯着她的衣服说她是小笨猪,虽然他也会恶劣地带她爬上树然后把她一个人留在树枝上,虽然他也会在知道她被欺负的时候挺身而出,但毕竟他对她的感情和她对他的是不一样的。

她一不小心就喜欢上他,无法自拔,一直停留在他的世界里。

但他的世界,她只是一个从小一起长大需要他照顾的小丫头,一个匆匆过客。

直到那一晚,她才隐约觉得,好像有些东西是真的再也回不去了。

她原本小心翼翼,即使喜欢也不想让他知道。

但如今,好像真的藏不住了。

而且,她发现——自己一点也不想错过。

Chapter 06 秦霜完蛋了

苏清音不是第一次来秦霜的小别墅了,但每次来都没有如今那么却步。

秦霜慢条斯理地解开衬衫最上面的两颗纽扣,顺手又解开袖口,微微挽起。见她还站在门口,踌躇着不进来,他不由得转过身去。

"站门口喂蚊子?头一次发现你那么高尚。"

苏清音动了动唇,这才有些不情愿地走进来,顺手把门关上。

秦霜见她耷拉着脑袋,微微皱了皱眉:"怕我了?"

苏清音"嗤"了一声,声音不大不小正好让他听见:"你敢,看我不把你阉了。"

秦二爷被这话逗得一笑,斜眼看着这只纸老虎故作姿态的样子,不屑道:"阉了我?那不是让你守活寡?"

苏清音一向伶牙俐齿,到了这会儿却是怎么都派不上用场,恨恨地趿拉着拖鞋把地板踩得噼里啪啦。

"你流氓。"

秦霜正翻着柜子找新买的毛巾,闻言头也没回,直接捞起毛巾朝她脸砸过去:"去洗把脸,哭得真丑。"

浓重的夜色里,她却看得分明,秦霜的眉睫低顺,恰好掩盖住水光潋滟的眼,给她一种近乎毫无攻击性的柔软感,瞬间失了防备。

到嘴的话硬生生咽了下去,她扯过毛巾抓在手里,看了他一眼,顺手拿过他手里的新浴巾,这才低头往浴室里走。

温热的水淋湿了她全身,苏清音才觉得那颗不安分的心渐渐平稳下来。

她衣服没脱,就开了花洒在下面淋着。

一双哭得红肿的眼睛此刻被水冲得涩涩发疼,她抬手抹了一把,突然笑了起来。

苏清音总觉得自己已经长大了,她二十一岁了,足够承担起自己的责任,走自己走的路。直到今晚,她才发现很多时候她都是无力的,在家庭面前,在秦霜面前,她似乎永远只是个被支配着的小姑娘。

可是,她并不想这样啊。

门外传来敲门声,秦霜的声音在外面响起:"洗快点,不然我直接进去了。"

一如既往的强硬霸道。

她睁开眼,盯着镜子里的自己片刻,才咒骂出声。

这人,什么恶趣味,难道自己洗澡的时候都要照镜子吗!

苏清音抹着湿漉漉的头发走出来的时候,正好听见秦霜在打电话。

"没事,我明天送她回去……"似乎是察觉到她出来了,他握着手机转身看过来,这才含含糊糊地应了几声,挂断了电话。

苏清音知道那电话应该是打到苏宅的,低了头擦着头发往客房走去。

她在这里赖着住过好多回了,熟悉得不得了。

秦霜淡淡扫她一眼,收了收摊在茶几上的文件,叫住她:"小怪兽。"

苏清音一顿，转过身来："干吗？"跟吃了火药一样，语气不善。

秦二爷也不在意，反正跟这丫头说话都是这样夹枪带棒的，早就习惯了。

"明天我送你回大院……"

苏清音脸色一变，显然有些不乐意。

秦霜这才慢悠悠地开口："当然你求我的话，我可以勉为其难再收留你几天。"

苏清音一把扯下毛巾就扔了过去，气得脸鼓鼓的："你做梦，让我求你，你怎么不把脑袋拧下来给小爷当球踢啊。"

啧，真泼辣……

秦二爷自然不吃她那一套，说白了这妮子就是一纸老虎，戳几下就成碎片了，实在没有什么威胁性。

当下，他清冷冷地扫过去一眼，警告意味十足："你也不想想你现在除了我还能靠谁。"

他语气轻蔑，欠扁得很。

刀枪不入的苏小姐此刻正在气头上，委屈得不行，他又往她痛处戳，当下垮了一张脸，眼眶红红的一副要哭给你看的模样，吓得秦二爷赶紧举手投降。

"行行行，你别哭……你一哭就什么都免谈。"

苏清音擦了擦脸，哑着声音看着他："你浑蛋。"

秦霜对着这天外飞来的指控实属无奈，但他从小到大，没怕过苏清澈的拳头，也没怕过自家堂哥的阴险，偏偏被这丫头的眼泪吃得死死的。

五岁的时候,苏清音刚搬来大院。

他只是好奇地打量了她几眼,就看见这姑娘委屈兮兮地睁大了眼看着他。

他还没发难呢,只是走近了几步,这丫头就惊天动地地哭了出来,还扯着他的裤腿就不让他走。

那哭声把秦老爷子引来了,那时候秦老爷子还没拄拐杖,捡了枝条就往他身上抽,着实让他疼了一阵子,自此就落下了阴影,喜欢跟苏清音对着干,每次欺负得她快掉眼泪了这才兴致盎然地甩了人回家去。

此刻,她又来这一招,他瞬间炸毛,但碍于这特殊的关系,只得忍气吞声,他一个被伤筋动骨的人都没哭呢,她倒是委屈上了。

"我过几天就要去部队了,明天我送你回大院去,收拾下东西先回学校。"

这下,苏清音目瞪口呆了。她记得秦霜高中毕业那会儿,秦老爷子逼着他去上军校,他硬是没答应,还跑到很远的地方上了大学。

"你去部队干吗?"

秦霜看了她一眼:"还不是因为你。"说罢,径直走进卧室。

苏清音空落落地站在那里,盯着脚尖的那缕光静静发呆。

为了她——

那应该是秦老爷子的意思了。

她突然有些歉疚,垂手站在原地,只觉得心一下一下抽痛。

隔日一大早,秦霜就把她送回大院了。

苏妈昨晚就离开了大院,苏爸倒是还在,正在吃早饭,看见苏清音回来,招了招手:"小音,过来吃早饭。"

苏清音昨晚没睡好,掩着嘴打了个哈欠,摇了摇头:"秦霜还在外面等我,爸你先吃吧。"

苏爸顿了顿,表情有些僵硬,但还是对她笑了笑:"那你上去吧。"

苏清音点点头,正往楼上走,一抬头就看见苏老爷子和苏清澈站在二楼的楼梯,看着她不知道在想些什么。

苏老爷子负手站了片刻,这才走了下来,见苏清音眼底下方淡淡的黑眼圈,抬手摸了摸她的脑袋:"小音不喜欢的人爷爷替你赶跑了,如果你想先回学校就让秦霜那小子送你去,不过,过几天记得回来看爷爷。"

苏清音点点头,上前抱了抱苏老爷子:"知道了,爷爷。"

苏清澈在一旁倒是眼也不眨地看着她,见她跑进了房里收拾东西,也跟了上去。

"秦霜三天之后就要进部队了。"

苏清音垂了眼,"唔"了一声表示自己早就知道了。

苏清澈扯了扯嘴角,皮笑肉不笑地继续说道:"我做教官。"

一句话,让苏清音顿时停了手。

她抬起头看着靠在门边一脸云淡风轻的苏清澈,眼皮狠狠一跳:"你说什么?"

苏清澈见她终于有了反应,却是转身就离开了。

苏清音盯着门口看了半晌,这才反应过来……秦霜完蛋了。

落在苏清澈的手里,不死也要脱一层皮。

想到这里,苏清音也淡定不了了——这到底是在折腾谁啊!

苏清音拎着行李箱从楼上走出来的时候,只有正要上班去的苏爸在玄关处,见她走过来,苏爸不咸不淡地说:"还有一个月的时间,就这样回学校?"

苏清音一凛,竖起了耳朵,小心翼翼地问:"爸,你是不是知道些什么啊?"

苏爸高深莫测地看了她一眼:"你说呢?"说话间,已经整理妥当,正要出门。

苏清音眼珠子一转,赶紧扔了行李箱把人给拦在门口,笑眯眯地看着苏爸:"爸,你领带没打好,我来帮你整整。"

苏爸见小女儿一下子就听明白了,当下满意地点点头。

苏清音一边帮苏爸调整着领带,一边小心措辞:"爸爸,其实秦霜对我还是很不错的。"

苏爸不动声色地看了她一眼,只点了点头,并不表态。

苏清音想了想,干脆直截了当:"爸,我能不能也去部队啊?"

苏爸见她都直接开口了,也不好不正面回答,沉思片刻,才说道:"部队哪是你一个女孩子想去就去的。"

苏清音顿时蔫了,扯着苏爸的手一直晃:"爸爸,爸爸。我可以去照顾哥哥,打扫房间。"

苏爸睨了这丫头一眼,那眼神怎么看怎么不信任:"你别把他弄得一团糟就谢天谢地了。"

苏清音赶紧扑上去又是搂又是亲:"爸,你最好了。只要你同意了,哥就拿我没办法啦。好不好,好不好?"

苏爸见鱼上钩了,这才不疾不徐地说:"那等快开学了,回家吃饭。"

闻言,苏清音浑身一僵,愣在原地。

苏爸全当没看见,拍了拍她的肩膀:"行,爸出门了,过几天你哥接你过去,不许闯祸。"

苏清音眼神哀怨地看着苏爸:"爸,你怎么忍心。"

明知道她跟妈妈不对盘,还偏要让她回去吃饭,可不是想看世界大战上演吗。

苏爸却是拍了拍她的头:"小音,她是你的母亲,爱你的方式再不对都是你的母亲。她不亲近你,不纵容你,并不是不爱你。"

苏清音垂着脑袋就是不想听,反正不对盘不是一年半载了,吃顿饭也改变不了什么。

当下,她视死如归地点点头:"行,我去。"

Chapter 07 小怪兽，你舍不得我

秦霜见苏清音折腾了那么久才出来，不由得眯了眯眼："你属蜗牛的啊？"

苏清音提着不轻的行李箱，当下叉腰吼道："没看见我提的东西很重啊，来搬下要死啊。"

嘿，还敢反抗！

秦二爷吐出叼在嘴里的狗尾巴草，斜睨着她和身旁那个大大的行李箱，硬是一步也没往前走："谁的东西谁搬。"

苏清音气结，对着那骚包的车子狠狠踹了一脚才解气，拎着行李箱就直接往后座一塞。

秦霜在一旁看着，见她报复般又是擦到车身又是撞玻璃的，恨得牙痒痒，一把扯开这小丫头，直截了当地把行李箱塞进去，这才转头恶狠狠地瞪着她："幼稚！"

目的达成，苏清音才不管他呢，冷哼一声，扬了扬下巴："修车的钱我报销。"

秦霜扫了眼被剔出一道白痕的车身，咬牙切齿："你放心，一定送到。"

苏清音显然也看见了车漆被蹭掉了一块，硬着头皮甩开车门就坐了进去。

因为还在放假，偌大的校园里，学生的身影寥寥无几。

秦霜一路开到了女生寝室楼下，这才熄了火。见四周都安安静静的，他不由得皱了皱眉："你寝室有没有人？"

苏清音一个人自然是不愿意回来住的，寝室里还有一个林小爱，因为留在本地实习所以早就回来了。

她点点头，解开安全带："有一个。"

秦霜自然不知道她过几天也要去部队，只当她一个人还要再住一个月，听她说寝室里有一个人还是有些不放心，干脆也下了车，帮她把行李搬上去。

林小爱刚睡醒，蓬头垢面的，听见开锁的声音还一直没反应过来，叼着面条瞪大了眼看着门口。

秦霜显然也是第一眼就看见这个姿势不怎么雅观正蹲在电脑前吃泡面的女生，眉头微不可察地皱了皱，随即走进寝室迅速扫了一圈，这才转头问身后的人："你的床铺在哪里？"

苏清音指了指他面前的这个床铺："这个。"

秦霜见是睡在上铺，不由得挑了挑眉，看向那边叼着面条还处于震惊中的女生。

"苏清音应该没少从上面摔下来吧？"

林小爱下意识地点点头："你怎么知道？"

苏清音还没来得及暗示，便看到秦霜一脸毫不掩饰的嘲笑，顿时捶胸顿足。

苏清音从小平衡感就不好，还有点畏高。

秦霜不止见识了她爬楼梯都会摔,这种硬板双层床更是看见她左脚绊右脚把自己摔下来过,当下越发幸灾乐祸起来:"床铺你自己收拾下。"

苏清音也没打算让他弄,一把拿过他手里的行李箱,就开始收拾起来。

他在寝室里站了片刻,见苏清音拿了毛巾来擦床板,便垂手立在一旁看她慢吞吞地往上爬,唇边的笑意越发灿烂。

苏清音被他看得恼了,擦完床板,干干脆脆把脏毛巾直接往秦二爷的脸上摔。

"禽兽,你笑够了没有,当真以为我是白痴啊。"

"你还真是白痴。"他越发放肆,一把捞过毛巾放在一旁,"我先走了,有事打我电话。"

苏清音此刻巴不得他赶紧走,几步从床上跳下来,推着他往外赶:"慢走不送,您老一定要走好走快。"

秦霜被她推着走了几步,一个转身一把抓住她的手,眼神深邃,看得苏清音一愣,扰了一池春水。

秦霜看了眼面面眼神直直黏过来的林小爱,缓缓松开手,薄唇微动:"有事直接找我,如果我不在,就找我助理,她都能帮你解决的。"

苏清音看得认真,动了动唇,想说些什么却也只是淡淡地应了一声。

秦霜站在原地看了她片刻,突然觉得不说话安静着的小怪兽居然那么好看。

不过很快,他的视线扫过她的眉眼,扫过她的鼻梁、她的唇,重新停留在她那双透亮的眸子上。

"傻站着干什么,小怪兽你舍不得我,对不对?"

他的唇边隐隐有着笑意,屈指弹了弹她的额头。

苏清音痛得一个回神,眨巴眨巴眼睛,咬了咬牙:"滚……鬼才舍不得你,你怎么还没走啊!"

秦二爷唇边的笑意越发泛滥,他抬手拍了拍她的脑袋,这才觉得舒心。这一舒心,他就觉得三天之后要入部队的事情,好像也没有那么抓心挠肺了。

林小爱见人终于走了,几口解决掉手里的方便面,抓了人就开始审问:"怎么回事?你赶紧老实交代。"

苏清音被堵了个正着,很不雅观地翻了一个白眼:"能有什么事啊。"

林小爱"啧啧"了两声:"他就是禽兽啊,长得也太不名副其实了。帅得掉渣啊,你身边都是优质男啊!"

苏清音揉了揉眉心,累得慌。她要怎么解释秦霜虽然长得人模狗样的,但其实是一个内心傲娇闷骚、性格恶劣到令人发指的臭男人……

林小爱眼冒红心,俨然还没有从刚才的美色里回过神:"啧,青梅竹马啊,你就该出手,肥水不流外人田啊。啧啧……"

苏清音无语望天,她倒是想啊,奈何路漫漫其修远兮啊。

林小爱发完花痴了,这才理智回笼:"你来学校干吗,你不是家在本市的吗?"

苏清音轻叹了口气:"跟家里吵架了,来避避风头,过几天去我哥那里,所以我住不了几天。"

林小爱这才察觉到她的不对劲:"怎么了,严重不?"

苏清音摇摇头,咬了咬唇:"没事。"

林小爱这才放下心来,转身帮她收拾起来。

苏清澈来的时候还很早。

苏清音还在被窝里睡得深沉的时候,就接到苏清澈的电话。

他的声音清清冷冷的,听不出太多的情绪,只有一句话:"我在楼下,下来。"

苏清音挂断电话还有些反应不过来,迷迷瞪瞪地睁着眼清醒了片刻才突然回神,手忙脚乱地收拾起来。

等她气喘吁吁地跑到楼下时,苏清澈指尖正夹着烟,高大挺拔的身影在晨雾里显得越发孤傲。

她站在离他几步远的地方,突然就止步了。

苏清澈早就看见她了,见她站在那儿不知所措地看着自己,捻了烟头:"上车。"

"哦。"苏清音挠了挠头,拖着行李箱慢吞吞地坐过去。

苏清澈见她系好了安全带,从后座上拿了豆浆和小笼包递过去:"行程有点赶,来不及带你去吃早饭,你将就一下。"

苏清音接过来,笑得眯了眼:"谢谢哥。"

苏清澈转钥匙的动作一顿,侧头看去,她正欢天喜地地喝着豆浆,一脸满足。

"客气什么。"他原想这么说,话到嘴边却是一顿,转过头去。

路的确有些远。

苏清音缩在座椅上,看着窗外越来越稀疏的人影,昏昏欲睡。

苏清澈见她精神不好,抬手摸了摸她的脑袋,一只大手罩在她的脸上,遮住她的双眼:"睡一会儿。"

他指尖粗粝,是常年握枪训练的结果。

苏清音却在这算不上温柔的力道里,渐渐睡去。

记忆里,苏清澈从小就是一个拒人于千里之外的人,他没有一般男孩子的调皮，总是安安静静的。

她反倒跟个野孩子似的，到处疯闹。

五岁以前，苏清澈是她的守护神。

苏清音的童年里，最记忆深刻的就是这三个男人，爷爷、苏清澈，还有秦霜。

很多时候，苏清音也会想这个哥哥对自己的好几乎到了有求必应的地步，但是对家里的人总有一股说不出的疏离和客气。

路有些颠簸，她睡得并不安稳，半梦半醒之间脑海里掠过很多个画面。

秦霜的，苏清澈的，她自己的。

苏清澈放缓了车速。这里的路有些不好走，他停车给她拿了毛毯盖上，见她微微动了动，看了她好半晌才重新上路。

一个转弯，苏清音的头一歪狠狠地撞上了车玻璃，疼得龇牙咧嘴，"嘶嘶"抽气。

苏清澈不由得笑出声来："醒了？"

苏清音还有些迷糊，捂着脑袋狠狠揉了几下，这才清醒过来，看着不远处的绿色军营，眼睛一亮："到了？"

苏清澈点点头："嗯，到了。"

门口站岗的小兵见到团长的车敬了个军礼，然后放行。

苏清音头一次来军营，好奇得不得了，开了车窗往外看。

"哥，你就是在这里的啊。"

苏清澈扫了她一眼，点点头："先送你去我那儿休息一下，我还有事。"

前面不远处的一幢楼下，有人站在那里候着。

苏清澈皱了皱眉，探头看出去："什么事？"

只见那兵探头过来看了看坐在一旁的苏清音，笑得连眼都眯了起来："团长，这是？"

苏清澈顺着他的目光看向苏清音，勾了勾唇："我妹妹。"

那个兵原本还以为是苏清澈带来的嫂子，没料到是妹妹，当下那放射着光波的双眼就暗淡了下去，笑着跟苏清音打过招呼，这才说道："哦，是师长在您的办公室等您来着，让我在这边候着。"

苏清澈点点头，开门下车："我现在就过去。"

那个兵犹豫了一下，试探着问："那团长你妹妹……"

苏清澈淡淡瞥了他一眼："你说呢？"

那个兵顿时立正站好，行了一个军礼，声音嘹亮："保证完成任务。"

苏清澈嘴角淡淡一勾，似笑非笑，拍了拍他的肩膀，压低了身子对一脸迷糊状的苏清音说道："你跟他去我那儿，等会儿我再回来。"

"哦。哪儿？"

苏清澈步子一顿："家属院。"

Chapter 08 「我被骚扰了!」

所谓的家属院就是一栋栋小楼,不高,总共四层,苏清澈的房子在三楼,视野很好,房间也整洁,没有多少家具,但样样实用。

那个兵把她的行李放在了大厅,见她四下看着,不由得挠了挠头:"苏小姐是第一次来这里吧?"

苏清音点点头:"是啊。"

"我叫赵斌,你有事可以来找我啊,团长这段时间有点忙。"

"谢谢。"

赵斌陪着站了一会儿,见没问题了这才说道:"我还要去训练呢,中午的时候团长应该会过来。"

苏清音这才意识到他还站在门口没走,不由得笑了笑:"谢谢,我知道了。"

赵斌是苏清澈的勤务兵,还只是一个小小的列兵,当下安排妥当了,飞奔着下楼去了。

等苏清音把行李都安置到客房,收拾妥当了,苏清澈也回来了。

苏清澈一身笔挺的军装,站在门口:"小音,吃饭了。"

苏清音还在磨蹭,听见声音,两步并作三步走了过去:"去哪儿

吃啊？"

"食堂。"他抬手揉了揉她的刘海，见她满头大汗，转身进了卫生间拿了湿毛巾递给她，"热就开空调，虽然这边家具少，但该有的都有。"

苏清音鼓了鼓嘴，也不接，笑眯眯地看着他。他无奈地皱着眉，端着她的脸擦得干干净净的。

家属院里还有很多从军的家属，见苏清澈这次出门牵了个白嫩嫩的小姑娘，不由得打趣："这谁家的孩子啊？"

苏清澈看了看一旁正探头探脑一脸好奇的苏清音，敲了敲她的脑袋："我妹妹。"

"原来是苏团长的妹妹，难怪长得好。"

苏清音差点没笑出声来，戳着苏清澈的胳膊笑得一脸奸诈："哥，你是不是该找女朋友了啊，这些人一副眼巴巴盼着的样子怎么看着比你还急呢？"

苏清澈淡淡扫了她一眼，语气不轻不重："瞎操心。"

正是正午吃饭的时候，食堂里挤满了人。

一堆的男人挤在一起，苏清音还没走近就觉得热气哄哄的，还有一股子汗味。

苏清音斜眼扫了一眼身旁的苏清澈，扯了扯他的袖子："哥……"

苏清澈自然是知道她怎么想的，牵起她的手就往食堂里面走："我们进去吃。"

食堂里原本吵吵嚷嚷的，不知道怎么的就跟按了暂停键停了下来一样，骨碌碌地转着眼睛看着信步走来的苏团长以及他旁边那正好奇地东看西看的苏清音。

人群中也不知道是谁起哄吹了一声口哨，此起彼伏的都是热烈的喝彩声。

苏清音被这阵势吓了一跳，一抬眼就看见人群里秦霜正吃着饭漫不经心地扫过来。

于是，两个人都是一愣。

秦霜立刻站起身来，皱着眉，一副凶神恶煞的样子。

苏清音也是一愣，还从来没看见过秦霜穿军装的样子，啧啧，真是人模狗样啊。

苏清澈显然也看见了那边的秦霜，勾着唇笑了笑，意味深长。

秦霜把手里的筷子一丢，快步走了过来。看了眼一旁云淡风轻的苏清澈，再看一眼这边的苏清音，他脑子轰地炸开了。

"你不是在学校吗？"他咬牙切齿。

苏清音却不以为意，扯了扯他的军装，笑眯眯地说："我来军营体验生活啊，你有意见？"

有，当然有！不只有，意见还大了去了！

秦二爷骄傲的性子当下就犯了，一把扯过她的手腕，压低了脸看着近在咫尺的小姑娘："军营是你来的地方吗？"

苏清澈也不打扰他们，站在一旁看了看时间。

苏清音微微往后仰了仰身子："你干吗，我来这边也是有事情的好不好，多管闲事。"

干吗一副她过来添乱的表情！

秦霜差点没磨牙一口把这孩子给吞了，冷静了片刻后，又觉得神奇，他发那么大火干吗！

她自己的亲哥哥在边上，自然苦不了她的，他瞎操这一份闲心可不是狗拿耗子多管闲事吗？

他松开她的手,往后一步拉开距离,眉眼间都是冷然:"对,我多管闲事。"说罢,看了眼一旁的苏清澈,转身就走。

几乎是同时,苏清澈薄唇轻启:"集合。"

呃……苏清音心里顿时默哀起来。

苏清澈饭还没吃就把新兵给集合了起来,苏清音站在那边看着瞬间空无一人的食堂,不由得手足无措起来。

真是凶残啊……

林小爱过来已经是几天之后了,她看着苏清音蜗居了好几天的家属院,摸着下巴"啧啧"叹息起来:"绝对是新世纪的好男人啊。"

苏清音随手帮她收拾着东西:"赶紧收拾吧,等会儿就能上岗了,我都闲了好久了。"

林小爱一边折腾着她的宝贝相机,一边手脚利索地拿出一堆文件来:"行,晚点就上岗。"

勤务兵正在门口站着,见林小爱东西收拾好了,跟苏清音一起出来,又笑了起来:"没看出来,苏小姐居然是记者。"

苏清音一愣,随即尴尬地点点头,她现在就一个蹭饭的……

林小爱也不戳穿她,把相机挂在胸前,和拿着纸笔的苏清音往外走。

这次被派来接待林小爱的还是那个叫赵斌的勤务兵,他似乎是刚刚从训练场上赶过来,满头大汗。

现在是带着人去见团长,接受领导的安排和慰问。

苏清澈训着三班的新兵,一张脸微微绷起,是苏清音从未见过的严肃冷冽。

"报告团长。"

听见这边的动静，苏清澈抬了抬眼。

勤务兵带着人走到跟前，敬了个军礼："团长，这是林小爱同志。"

苏清澈的视线从苏清音身上扫过落在林小爱身上，淡淡地点了点头："我一早就接到了通知，对于你的任务安排我不做干涉，但希望林小姐和苏小姐在采访的时候不要影响士兵的日常训练以及日常生活，我会尽可能地配合你们为期一个月的采访工作。"说罢，顿了顿，颇有深意地扫了眼秦霜，又移回视线，"也不希望出现你们对我士兵的骚扰。"

他话音一落，旁边那个正在休息的班顿时笑了起来，笑声和起哄声让林小爱这厚脸皮都撑不住红了脸，敬了个不怎么标准的军礼，大声道："报告团长，知道了。"

"嗯。"苏清澈点点头，这才转过身去扫了眼隔壁的四班。

只这一眼，顿时让一帮新兵蛋子闭了嘴，快速地列队排列整齐。

下午的太阳还是很炎热的，苏清音狠狠灌了几口水，好不容易找了一棵大树，索性躲在那里就不出来了。

三班已经站了一个多小时的军姿了，苏清音这边看着都觉得头重脚轻。

林小爱更是"啧啧"有声地拍了好几张新兵的英姿："你老哥真狠，我觉得他这个班的兵比隔壁班的惨多了。"

苏清音支着下巴，热得一直在拿湿巾擦脸："他那叫打击报复，利用职务之便打击报复，懂吗！"

林小爱多少是听苏清音说了些秦霜的事情，当下炯炯有神地看着队伍里站得笔挺的男人，戳了戳她的手："你家的禽兽跟你哥都是帅哥啊，怎么就忍心下重手呢。"

苏清音把手里最后一口水喝尽，把瓶子捏得噼里啪啦响，见苏清澈

皱眉看过来,这才松了手,不满地看了他一眼。

估计他是早知道她想"干涉"他的训练计划,所以那天才当着那么多人的面让她们采访的时候不要影响士兵训练来着,太阴险狡诈了。

好不容易等苏清澈这边放人,让人原地休息十分钟,苏清音赶紧抱了一旁的矿泉水过去递给苏清澈,见他眼风扫过来,她忙笑了笑,狗腿地给他捏了捏手臂:"辛苦啦辛苦啦……"

苏清澈的嘴角抽了抽,任由她去了。

苏清音见老哥放任不管了,开了瓶矿泉水兜脸就往秦霜的头上倒,倒完了还尽职地扇了扇风:"你怎么样?"

别人不知道秦霜,她却是知道。

秦霜最怕热了,娇贵着呢。

秦二爷抬手抹了一把脸上的水珠,终于凉快了些,但是对着苏清音,还是绷着脸严肃地说:"你这不是让我遭恨嘛。"

苏清音扫了眼一旁的新兵,不以为意:"臭禽兽,我还吃力不讨好了啊。"

秦二爷来了部队也有一个多星期了,早就习惯了这边的高强度,倒是这妮子一天到晚献殷勤给他惹来了不少的麻烦。

他站起身:"报告团长。"

苏清澈转过身:"什么事?"

秦霜扫了眼还蹲在地上的苏清音,一把拽了起来:"我被骚扰了。"

"噗……"

林小爱一口水喷了出来,咳得脸都红了。

苏清澈淡淡扫了她一眼,这才看向红了脸噘着嘴一脸不满的苏清音,招了招手:"过来。"

苏清音是苏清澈的亲妹妹,这事军队里谁不知道,当下笑得前俯后仰地看她笑话。

小怪兽也不是脸皮薄的人,当下捏着瓶子大声嚷嚷开来:"浑蛋,你才骚扰呢。"

再次见识小怪兽犀利语言的人,顿时笑得越发抑制不住了。

苏清澈一把将人扯了出来,弹了弹她的脑袋:"边儿去,不然直接收拾你。"

苏清音狠狠瞪了眼秦霜,气得转身就走。

Chapter 09 只是他不喜欢

苏清澈晚上倒是回来陪她吃饭,赵斌送来了丰盛的晚餐,见苏清澈挽着袖子斯斯文文的样子不由得笑了笑。

苏清音叼着筷子正咬着红烧肉,吃得津津有味:"哥,你今天怎么不卡着饭点收拾你那帮兔崽子?"

苏清澈刚扫完了一碗饭,正慢条斯理地夹着菜,闻言漫不经心地说道:"我在罚他们跑步,跑得太慢了,我先回来吃饭。"

苏清音顿时被卡住了,捶着胸咳了好几声,才慌忙从林小爱手里夺了水杯猛灌了几口。

苏清澈倒是一副置身事外的样子,还顺手拍了拍她的背帮她顺气:"你那么激动干吗?"

苏清音狠狠瞪了眼这个肚子黑透了的哥哥,把剩下的饭几口扒完匆匆下楼去了。

苏清音到训练场就看见操场上只有三班的人还在跑步,一圈又一圈,不知道还有多少圈没跑。

她在边上蹲了片刻,看见有人从操场里走出来,飞快地进食堂吃饭了。

她等了片刻，倒是没看见秦霜过来，走近了几步，才看见他正躺在操场上仰天看着星空，一动不动的。

她忙跑了几步，见他还睁着眼才松了口气："我以为你挂了。"

秦霜早就看见她了，当下动也没动，瘫在原地不知道在想些什么。

苏清音沉默了片刻，用脚踢了踢他："怎么不去吃饭？"

"不饿。"他声音微哑，眼神却明亮。

苏清音突然语塞，感觉到他话里的疏离，索性在他旁边坐了下来。

过了好一会儿，他才撑起身子，眸光灼灼："回去吧。"

苏清音一愣，反应过来他说什么的时候才不满地噘了噘嘴："凭什么，我又不是因为你才来的这里。"

什么叫不打自招……这就是。

秦霜低低一哂，嘴角微微勾起："你放心，我不会跑的。等你毕业了该怎么办怎么办。"

苏清音身子一僵，都不敢相信自己的耳朵听见了什么，扭头看着他："你说什么？"

秦霜看了她一眼，笑了起来："就是觉得挺没意思的。"

话音一落，他利落地撑起身子，离开操场。

苏清音还保持着刚才的姿势坐在原地，浑身僵硬。

秦二爷不是笨蛋，他在商场上摸爬滚打多年，对人心摸得很透。

他看得出来，苏清音是喜欢他的。

他不免怀疑这一切都是她设计好的，让他一步步掉进圈套里。但他始终不愿意相信苏清音有能耐设计他。

军队不是他的地盘，这里的一切都是有制度有规矩的，不是他能主

宰得了的。他那显赫的身份在军队里比一张白纸都还要没有作用,更何况自己也不愿意说。

他终于有些理解他父亲为什么那么热爱军队,以至于最后把生命消耗在这里。这是一群热血的人最向往的铁血之地,是他父亲一生的梦想。

只是他不喜欢。

连带着苏清音,他都觉得看着不喜欢。

他迫不及待地想离开这里。

苏清音回来的时候,苏清澈还在,正坐在客厅里翻着报纸。

见她回来,他看了一眼便已经了然:"受委屈了?"

苏清音没精打采地把自己往沙发上一扔,躺了一会儿又蹭过去挽着苏清澈的胳膊:"哥,我又没有做错事。"

苏清澈不动声色地翻着报纸,说道:"错了。你喜欢了不该喜欢的人。"

苏清音一顿,原本死缠着他的手顿时无力地松开了:"我现在不想听你批评我。"

苏清澈合上报纸,喝了一口水,这才看过去:"我告诉秦霜你喜欢他,他说他知道。"

苏清音如遭雷劈,一下子跟被打了鸡血一样从沙发上弹了起来:"什么?"

苏清澈随手整了整自己的衣服,漫不经心地站起身来:"以后老老实实的吧,别有不切实际的幻想。一个月之后回学校,该干吗干吗,不该动的心思别动了。"

苏清音只觉得这些话跟冰水一样狠狠地泼了她一身,炎热的夏日她却硬生生冷出了一身汗:"苏清澈,你浑蛋,谁让你去找他说这些的?"

苏清澈转头来看她,眼神却吓人得很:"我说了,别有不切实际的幻想,秦霜不喜欢你。"

苏清音炸毛,直接拿了沙发上的抱枕扔过去:"我喜欢谁要你管?"

此话一出,整个世界都静了。

苏清澈站在灯光下,一张俊美清冷的脸此刻透着丝丝青白之色。这般森冷,只让人觉得诡异非常。

那一股子压迫感也随之而来,苏清音顿时泄了气,吓得腿都有些发软了。

"我……"她想辩白,但那一腔话显得那么苍白无力。

苏清澈看了她半响,冷冷地翘了翘嘴角:"最好是不要我管。"

说罢,看都不看她一眼,转身离开。

这一个晚上,已经是第二个人只留了一个背影给她看。

她缓缓蹲下身子,只觉得委屈。

林小爱讪讪地站在门口,扯了纸巾递过来:"小音,你没事吧?"

她摇摇头,窝在沙发上一动不动。

程安安晚上接到苏清音的电话时还是十分意外的,她窝在秦墨的怀里,拿着手机听苏清音一把鼻涕一把泪地吐槽,不由得附和几下。

等苏清音说完了,她冷着眉眼坐起身,一本正经:"秦二爷真这么说?"

苏清音抱着电话,哭得一抽一抽:"嗯。"

程安安炸毛:"那浑蛋,真当自己了不起了啊,敢说这种屁话。"

秦墨抬眼看过去,顺手把她拉回来,按在身前圈着:"冷静点,不要吓坏小朋友。"

程安安忍了片刻,又挑着眉笑了起来:"既然他都知道你喜欢他了,

不如做给他看。"

苏清音一下子又噎着了:"什……什么?"

程安安静了静,这才严肃地说:"你追他。"

苏清音:"?"

吓得忘记哭了。

程安安挂完电话,还是有些气不过,蹭着秦墨的身子:"秦二爷那只猪居然对小音音说这种话,气死我了。"

秦墨揽着她坐好,又翻着手里的文件:"你急什么。"

也是,她急什么,但她就是急啊。

程安安掰着他的手指,颇有些抱怨:"你说苏清澈是不是去捣乱的,他居然找秦霜说小音喜欢秦霜,虽然这是明摆着的事情。"

秦墨这回终于有反应了,挑了挑眉:"苏清澈?"

程安安点点头:"是啊。"

"哦,那就不难理解了。"秦墨把最后一份文件看完,顺手理了理,在自家夫人如狼似虎的注视下,乖乖摊牌,"他不是苏家亲生的。"

程安安呆住了。

秦墨理解般拍了拍她的肩膀:"你蹭了我那么久,现在换我来……"

于是,还在呆愣中的人连点反抗能力都没有,就被就地正法了。

苏清音翻来覆去一夜没睡,等天边都透着白了,才一声哀号,爬了起来。

刚开门,她就看见隔壁房间的门也开了。苏清澈穿得整整齐齐正准备出门,看见苏清音捧着个杯子站在门口,顺手就从她手里拿了杯子去帮她倒茶。

苏清音还有些反应不过来,磨磨蹭蹭地过去接过水杯,低低说了声:"谢谢。"

苏清澈一愣,身子微微僵着:"跟我客气?"

苏清音抬眼瞅了瞅,见苏清澈自然得就跟以前的每一个早上一样,不由得开始反省,难不成是她自己以小人之心夺君子之腹了?

苏清澈没想那么多,顺手揉了揉她的鸡窝头:"等会儿早饭让赵斌送过来,我先出去了。"

"哦。"苏清音点点头,目送人走了这才反应过来,捧着茶杯抿了口水回房继续睡觉。

这之后,苏清音倒真没怎么去打扰秦霜,就算采访也是自己拿着个本子在那边记着什么,拍照全部交给林小爱了。

这转变的确是有些大,大得秦霜都有些措手不及。

偶尔跑十公里路过她边上的时候他都会看上几眼,不过这都已经引不起她的兴趣了,她连眼都不抬一下,干干脆脆跑去别的班采访别人去了。

秦二爷有些忐忑不安了。

小怪兽的坏点子一向多,如今这爱理不理的节奏让他一颗心悬着怎么都落不下去。

于是,一场基础训练的时候,他出意外了——

他从单杠上摔了下来,把脚给扭伤了。

直到人被送进军医那里,苏清音才知道这事儿,赶紧拉了林小爱过去。

所幸他摔得不严重,休息几天就可以了。

苏清音到的时候,秦霜正一个人坐在床边,看见她来了也不意外,指着旁边的座位:"坐那儿。"

苏清音一窘,手脚都有些没处摆了。

军医是个女的,见一小姑娘风风火火跑过来顿时就猜出她是谁了,当下挑了嘴角笑:"骨头裂了,没一年半载好不了。"

"啊?"苏清音脸色瞬间白了。

秦霜也被逗笑:"只是扭伤了而已,两三天就好了。"

苏清音这才觉得自己刚才的表情简直了,直接一脚踢了过去,疼得秦霜龇牙咧嘴。她笑了起来:"那你好好休养。"

军医看着这两人,撩开帘子就往外走。

秦霜坐了一会儿,朝她伸出手来:"扶我回寝室吧。"

苏清音看了他一眼,见他脸色都是白的。

"很疼?"说话间,她递出手去,稳稳地扶住他。

他掌心灼热,按在她的手上,只觉得那热度都流遍了全身,莫名地让她脸一红。

Chapter 10 『来我心里看。』

秦二爷这么多年摸爬滚打什么伤没受过,没几天,就活蹦乱跳跟只猴子似的。

不过自打那一天苏清音把他送回寝室之后,就不见了人影。

只有林小爱一个人在那边嬉笑打诨,见他看过来还热情地招了招手:"帅哥,你的腿好了啊。"

秦二爷扫来扫去,还是没看见苏清音这头小怪兽,于是隐晦地问:"她呢?"

林小爱一听就知道他问谁了,当下把脑袋蹭过去,不解地眨巴着眼装傻:"谁?"

秦二爷冷笑一声,扯着她的相机,缓缓一笑:"嗯?"

林小爱忙把相机抱回来,赶紧汇报:"不是你说没意思让她回去嘛,她今天早上刚走。"

这下,秦二爷愣了。

嘿,这小怪兽还有脾气了,二话不说就闪人了。

他眉头一皱,不悦起来:"那你怎么还在这儿?"

林小爱眨了眨眼,捂着嘴笑了起来:"你担心她一个人?"

秦二爷心道:有这么明显?

其实苏清音只是回去一趟拿点东西而已,顺便把答应苏爸的那顿饭吃了,再去见了一回她的军师——程安安小姐。

所以,秦二爷在一个傍晚光着膀子冲着水,看见苏清音正站在不远处看着他的时候,震惊了。

旁边没人,所以苏清音四下瞅了瞅,就很自然地走过去了。

秦霜这两个星期下来已经被晒黑了很多,但衣服遮掩下的皮肤却还是反差极大地露出一大片的白皙。

苏清音盯着看了好一会儿,直到秦二爷别扭到恼羞成怒才掩着嘴笑了起来:"我看过摸过,你现在害羞不觉得已经晚了吗?"

瞧瞧,见过军师之后说话都不一样了。

秦二爷赶紧一个战斗澡清洗完毕,把衣服顺手洗了洗,就套回了身上。

苏清音见他穿着湿漉漉的衣服就要往外走,赶紧把人一拦:"你这样会感冒的。"

秦二爷睨了她一眼,拧了拧湿漉漉的衣服:"没有别的衣服了。"

苏清音顿时松开手:"走吧,吃饭去。"

这下轮到秦二爷惊悚了,他往后退了一步保持一个安全距离,这才小心翼翼地看着她:"你干吗?"

苏清音一把拉了他的手就往外拖:"我刚回来,饿了好久了,先吃饭。"

秦二爷瞬间放弃挣扎,乖乖地陪苏大小姐去食堂吃饭。

苏清音吃饱喝足了,这才拍了拍肚子满足地打算送秦二爷回去:"走吧,我送你回去。"

秦二爷的脸色越发变幻不定了:"你在干吗……"

苏清音看着他,一双眸子亮晶晶:"我在追你啊。"

秦二爷:……

苏清音见他不说话,立刻负手说道:"你放心,我既不会人身攻击你,也不会贴身骚扰你,给你绝对的人身自由。"

这回秦二爷觉得他活了那么久纯粹是白混了,当下幽幽地开口道:"你是不是去找过程安安了。"

苏清音眨着眼不说话,他就知道了,当下拍了拍她的脑袋,语重心长:"别跟她走太近,你会被教坏的。现在赶紧回家睡觉吧……"

苏清音才不是傻瓜,当下拉了他的手,也不管来来去去那么多的兵是不是在看,抓得紧紧的:"你既然不喜欢我,那我就追你吧。"

秦二爷在这夏夜的晚上硬生生打了一个冷战:"小怪兽……"

苏清音踮起脚就在他的唇上啃了一口,随即手一松往后退了好几步:"行,我回家。"说罢,动作神速地赶紧撤退,徒留下秦二爷闻风而立。

苏清音跑了一段路这才捂着脸呼呼地吹着气,哎呀,做坏事真的需要勇气啊。

苏清澈见她脸红红地跑进屋里来,多扫了几眼:"回来了?"

"嗯。"苏清音点点头,捂着嘴笑,"哥哥饭吃了没有?"

"吃过了。"他合上手里的文件,眸色有一瞬的阴沉,"去见秦霜了?"

苏清音一愣,摇摇头:"没有啊,去吃饭了。"她下意识地就不想告诉苏清澈。

苏清澈的眼神是何等犀利啊,一眼就看出来了,当下笑了笑:"小音,你不适合说谎。"

苏清音喝水的动作一顿,险先被呛到:"那你还问。"

苏清澈却不接话,径直把东西一收,拿了帽子就出门了。

于是,三班那晚被狠狠收拾了一顿,跑了十公里才被放回去睡觉。

一个月的时间很快就到了,林小爱和苏清音也该回去准备开学了。

林小爱一早就跟苏清音整理了一些照片,给了苏清澈去贴公告栏,苏清音甚至窝在苏清澈的办公室里写了满满几千字的旁白。

苏清音长得就讨喜,性子又活泼,到现在整个军队的人都知道她正在追三班的秦霜,知道她们要回去了,赶紧申请了晚上办个送别仪式。

苏清澈接到这报告的时候,一丝犹豫没有,批了。

于是,大晚上的,苏清澈就把人带到了操场上。

那么多人,苏清音还是有些怪不好意思的,挠了挠头,在一边坐了下来。

三班的班长见人都来齐了,就开始了今晚的送别大会。

军队里忌烟忌酒,所以什么也没有,只有新兵连的战士们全部围着操场坐成一个大圆,把人包围在了里面。

军医也被请了来,据说这军医多才多艺,刚过来就被叫上来表演了。

军医也不推辞,站着就唱了一首嘹亮的军歌,好听得让苏清音直点头。

兴之所至,林小爱也干干脆脆同手同脚地跳了一支算不上舞的舞,感动得鼻涕眼泪一起流。

"谁说你们这帮臭男人除了汗臭腋臭脚臭什么都没了,平日看着铁血,实际都是一帮挖空了心思想看我哭的兔崽子。"

林小爱一吼完就鸦雀无声了,偌大的操场就听见林小爱哭得稀里哗啦的声音。

苏清音摸了摸脑袋,看了眼坐在一旁的秦霜。

的确是有些挖空心思了,偏把她跟秦霜凑到一起坐。

秦霜察觉到她的视线,抬手轻轻握住她微凉的手:"马上开学了。"

"嗯。"苏清音垂了眼睫,手指挠着他的掌心,"就要开学了。"她必须要走了。

秦霜缓缓松开,看了她一眼,抬手揉了揉她被风吹得乱七八糟的头发。

"这里被你祸害了那么久,总算是盼来你走了。"

苏清音一愣,顿时怒了,张牙舞爪地就要扑过去,被秦霜一把按在原地。

"别闹。"

苏清澈抬眼看过来的时候,就看见秦二爷笑得春风得意地在揉苏清音的头发,他眼神闪了闪,踢了踢一旁的赵斌:"上去。"

赵斌正沉浸在小姑娘的"滂沱大雨"之中,被这么一踢顿时清醒了,忙抹了抹眼睛,上去了:"咳咳,那个……"

他一出声,顿时所有人的吸引力都被吸引了过去。

赵斌习惯性地摸了摸脑袋,看向那边坐着的苏清音:"苏小姐给来一段?"

苏清音想了想,站起身来:"那我唱首歌?"

秦霜抬头看了她一眼,正好撞上她低头看过来满载笑意的眼神,皱了皱眉,总觉得有种不好的预感……

苏清音唱的是《Don't You Forget》(《勿忘我》),几乎她一开嗓秦霜就知道她唱的是什么了。

这首歌倒不是有什么故事或者说是有什么意义,但秦霜却是记得清清楚楚。

那年他刚出去念大学,那天他正在图书馆里自习,就接到了小怪兽发来的QQ抖屏。她分享了《Don't You Forget》给他,等他听完,又问:"禽兽,这首歌你听了有没有什么感触?"

秦霜皱眉研究了好久:"还真没有……"

小怪兽在那边就炸了毛:"你不觉得里面那句'Are you always gonna be there when I grow up'和男孩子说的那句'Cross my heart'很萌吗?"

秦霜有些不能理解这位大小姐的思维,干干脆脆地关了QQ,专心做自己的作业。

不过想着他那么不给面子地闪人之后,那只小怪兽一定抓狂到挠墙时,又淡淡地勾起嘴角笑了起来。

他始终记得小怪兽那日留在他QQ里的那句话。

"当我长大以后你会一直在我身边吗,会吗?"

"来我心里看。"

穿过我的心——

苏清音的声音清脆,唱这首歌显得有些稚嫩,却是意外地好听。

她眸子亮晶晶的,看着秦霜,有时候又看向别处,倒是那白净的脸上却是一点笑意都没有。

秦霜的心狠狠地一怔,突然明白这只小怪兽是认真的了。

苏清澈倒是不动声色地挑了挑眉,斜眼看了过来,正好撞见秦霜那双眼,冷冷地翘了翘嘴角,意味不明。

林小爱倒是没听苏清音唱过歌,今晚倒是被惊艳了一把,等她唱完了立时就是一声口哨:"苏清音!"

苏清音抬眼看去，林小爱一双眸子贼亮贼亮的，笑眯眯地对她竖了大拇指。

苏清音离开部队之后，倒还是很认真地整理着和林小爱一起合作采访的那些照片和内容，忙了整整一个星期才把内容刊登在杂志上。

林小爱捧着杂志时都是心满意足的，见苏清音魂不守舍的，抬手撞了撞她："怎么了，还没从你家兵哥哥身上回神呢？"

苏清音被她吓了一跳，噘了噘嘴，撑着下巴有些无奈："没回神又怎么样，他还要好久才能回来呢。"

林小爱摸了摸下巴，不作声了。

Chapter 11 「禽兽……你你你！」

苏清音去部队的这一个月说没收获吧又有点,说有收获吧眼神只盯着秦霜呢,能看得见什么?

苏老爷子见苏清音回来黑了一圈,可心疼了,隔夜打了电话给苏清澈就是一顿训斥,毫不留情。

苏清音在这边都替苏清澈委屈啊,老爷子递过电话的时候,她就是这么一脸愧疚的表情:"对不起……"

苏清澈自然知道她要说什么,轻笑出声:"行了,训都训了,你这道歉来得晚了。"

苏清音手指绕着电话线,支支吾吾了片刻才问:"哥,禽兽呢……"

苏清澈那边一顿,随即语气有些意味不明的幽远:"胳膊肘就知道往外拐。"

苏清音讪讪地笑了声,缠着他说了好一会儿才挂断电话,一转身就看见眼神精明的苏老爷子正笑眯眯地打量着她:"怎么,才回来就想秦霜那小兔崽子了?"

秦霜其实在苏老爷子那里一直都是印象不好的,因为他欺负苏清音不是一回两回了,早被苏老爷子拉进了黑名单成为拒绝往来户。

苏清音跟爷爷最亲,但这种女孩子的心思也是不好意思说出口的,当下嘴硬道:"那不是顺便一问嘛。"

苏老爷子心想:你是当我老年痴呆了?有顺便盘问得那么仔细的?

秦霜回来的那天倒是谁都没说,去过大院,又去看过苏老爷子了就回了市区的别墅。

苏老爷子见人结实多了,不由得点点头:"老秦家的孩子个个都是当兵的料,可惜了……"

秦霜抓了抓脑袋,在苏老爷子面前却是不敢造次的,只道:"人各有志。"

苏老爷子也不多问,让他坐了片刻就放他回去了,临走之前倒是想起什么,转身问他:"小音知道你回来了吗?"

秦霜一愣,他其实是推迟了好几天才回来的,但下意识地就没告诉小怪兽,当下面色微微一变:"还没有。"

苏老爷子淡淡瞥了他一眼,也不说别的,径直上楼了。

身后的秦霜脸色也是一沉,老爷子生气了……

杂志的稿费下来时,林小爱分了一半给苏清音,苏清音倒还真的不缺这点钱,当下直接还了回去:"你拿着就行。"

林小爱眉头一皱,不高兴了:"我在部队吃你的住你的,这点钱我们两个一起赚的……"

苏清音一听她开始碎碎念就头疼,忙堵住她的嘴道:"我话还没说完,我是打算庆祝来着,不够的到时候我贴。一寝室的姐们都好久没去聚聚了,全当聚会了。"

林小爱一想也是,倒没让苏清音贴钱,直接拿着稿费就去娱乐城定

KTV 去了。

秦霜刚回来就被闻风而来的发小拉出去了,他在部队这三个月,晒黑了不少,倒是越发添了丝成熟男人的魅力。

秦二爷倒是不以为意,敬了一圈的酒,觉得闷就起身在门口抽了根烟才回去。

里面闹得疯,个个都带了女伴。

李亦为也是打小就认识了秦霜跟苏清音,这次拉他出来见他没有兴致不由得好奇了,递了杯酒过去:"怎么了,才三个月,出来就混不开了?"

秦二爷冷睨了他一眼,拿着酒杯直接抿了一口。

李亦为想了想,琢磨着应该是苏家那小公主让他不好过了,当下笑得越发幸灾乐祸:"不简单啊,把苏家小公主都睡了。"

秦二爷这回有反应了,双眸跟凝了层冰一样盯了他一会儿,沉声警告:"别开她玩笑,女孩子的名声要紧。"

李亦为只觉得这眼神一扫过来,周身瞬间降了温,闻言抖了一抖,彻底闭嘴了。

不过沉默了片刻,他还是有些好奇:"那……你跟苏清音就这样定下了?"

秦霜心头烦躁,被他这么一烦,面色都不善起来:"小爷没空搭理你,烦着呢。"

李亦为这一看就知道有情况,这位爷摆明了是不想负责任啊,但也不敢多嘴,拿着酒杯走了。

秦霜待了片刻便有些坐不住了,跟李亦为这边打了声招呼就出门了。

苏清音中途喝得高了,肚子憋得难受,扶着墙往厕所走。

奈何她的方向感不好,连绕了好一会儿也没看见厕所的影子,一个拐弯就直接撞了人。

苏清音抬眼看了看,是KTV里面的侍者,她也不知道哪儿来的脾气,一手甩了他的盘子:"你走路不长眼啊?"

侍者见惯了喝多了的人,这么一弄倒是有些为难,但也只能自认倒霉,收拾了一下就要走。

苏清音还没找到厕所呢,肚子又憋得难受,就直接抓住他的领口,说什么都不让他走。

她酒劲大,一拉一扯间竟扑了上去,整个人把侍者压在墙上,还未开口说话呢,眼角余光就看见一抹修长的人影走了过来。

苏清音刚晃了晃脑袋,一抬眸就看见一双摄人的黑眸,她一愣,这眼睛好熟悉。

秦霜差点没被她身上的酒气熏死,拉着她的衣领一把将她从侍者的身上拉了开来。

"你干吗?"

苏清音的脑袋胀得疼,只觉得难受,顺手就缠着秦霜的手臂:"我就是想去上厕所……"说完,摸着肚子打了一个饱嗝,自己都被自己的酒气熏到,皱了眉。

秦霜不由得好笑,拉着她就往厕所带。

苏清音上完了厕所,洗了一把脸,意识这才慢慢回笼,一个转身看见秦霜正靠在墙边低头玩着手机,不敢置信。

"禽兽……你你你!"

秦霜淡淡扫了她一眼,站直了身子看着她。

苏清音穿平底鞋的时候只到他的下巴这里,此刻脸上红彤彤的,看着秦霜的一双眸子波光潋滟,倒是让秦霜难得觉得这丫头渐渐有了属于女人的媚态。

他收回视线,拍了拍她的脑袋:"你在哪个包厢?"

苏清音一愣,才想起自己是跟室友一起来的,微微皱了眉:"关你什么事?"

秦霜挑了挑眉,意味深长地看了她一眼:"你这样怎么回去?"

苏清音皱着鼻子哼了一声,显然在生他回来了却不告诉她的气,当下直接道:"开房啊。"

秦霜这回终于皱了眉头:"包厢几号?"

苏清音就不告诉他,站在他的身前气势却是一点不弱,鼓着一张脸气呼呼地看着他:"那你先告诉我,为什么你回来了不通知我。"

秦霜这下才知道这小怪兽是在生气,不由得哂笑起来:"通知你来给我负重?肩不能挑手不能提通知你干吗?"

苏清音狐疑地看了他一眼:"真的?"

秦霜却是翘了嘴角微微一笑:"假的。"

苏清音顿时又怒了,攀着他的脖子,一个借力就跳到了他的身上,死死地缠着他:"你不说实话我就不下去。"

秦霜倒是被她这耍流氓的姿态吓了一跳,忙稳住她,见她自己钩得牢牢的,这才松开手,无奈地皱起眉头来:"下来。"

苏清音才不会乖乖听话呢,干脆双腿也缠了上去,蹭着就盘到了他的腰上。

秦二爷原本不耐烦的表情顿时一变……

她身子柔软,蹭着他的敏感点还不自知,又扭又动的。

苏清音还不知道自己做了什么事,又是一晃:"不准不说话,你快说……"

秦霜几乎是触电一般想把她扯下来，偏她缠得紧，越拉她越发死死地抱着他的脖子，整个人把他抱得透不过气来。

于是，秦二爷怒了，一巴掌拍在了小怪兽的臀上。

清脆的一声……

苏清音愣了，秦二爷自己也愣了。

片刻，苏清音就反应了过来，瞬间松开手脚往下蹦，往下蹦得太急切差点摔了，还是秦二爷出手一把扶住她的腰给拉了回来的。

苏清音这么一闹，自己也不好意思了，红着脸就往外跑。

另外三个姑娘也已经是烂醉如泥了，秦霜可不愿意当免费的苦力一个个搬走，直接打了电话给值班的经理，开了间房让人送上去。

等安顿好了这三个人，秦霜这才转头看正要往里走并大有留宿在这里的苏清音。

"跟我回去。"

苏清音一直到现在都不好意思看他，支吾着抱住门就是不愿走。

秦二爷见她这么磨叽，也懒得跟她废话，直接一根一根地掰开她的手指握在手里强势地把人拉出了娱乐城。

苏清音这下也顾不得别的了，忙抓着方向盘不让秦霜动："你不能送我回大院。"

"为什么不？"他反问，黑夜里，一双眸子尤其亮，此刻盯着她的眼神也是凉飕飕的。

这证明秦二爷现在的心情并不好。

苏清音还是不敢松手，小脸红红的，眼睛湿漉漉雾蒙蒙的："你送我回去我爷爷会揍我的……"

她声音压得低低的,可怜兮兮的小模样。

秦二爷这才翘了翘嘴角,拨开她的手,见她还要扑上来,冷冷一个眼色扫过去,看得小姑娘缩了手,这才不紧不慢地问她:"我什么时候说过要送你回大院了?"

"啊?"这回轮到苏清音目瞪口呆了。

Chapter 12 他居然被调戏了?

秦二爷瞥了眼头脑简单四肢也不发达的某人一眼,这才徐徐启动了车子往别墅驶去。

苏清音绷着身子看了一会儿路况,见他真不会把她送回大院,这才松了口气:"禽兽,你什么时候回来的?"

秦二爷正看着路况呢,闻言,头也没抬:"就这两天。"

"哦。"

见她不再问下去,秦二爷反而觉得奇怪,转头去看她,她正捧着脸支着车窗在看他。

喝过酒之后,整张脸都红红的,一双眸子却是晶亮晶亮的,一眨不眨地盯着他,甚至还跷起了二郎腿,手指搭在膝盖上一下一下敲着。

秦二爷顺势探过去摸了摸她的额头,她也就微微笑着,乖乖任他摸。

比起刚才张牙舞爪的样子,现在可爱多了。

趁着红灯,他侧过身来看了看,见她眼神迷离,就确认她是喝醉了。

苏清音的酒量,打秦二爷认识她起,就没好过。

等到家了她还是乖乖的样子,只是偶尔看着他,看着看着就笑了起来。

秦二爷摸了摸自己的脸,不由得好奇地问她:"小怪兽你笑什么?"

苏清音也不回答,只是抬手捏了捏他的脸,回答的内容却是风马牛不相及:"果然很嫩啊……"

秦二爷的脸色顿时黑了……

这是被调戏了?他居然被调戏了?他竟然被小怪兽给调戏了?

秦二爷被打击得沉默了,这才抬手在她面前晃了晃:"你喝醉了没有?"

苏清音下意识就回答:"没醉。"

秦二爷见她那分明醉得不轻的样子,不由得笑了起来:"没醉就跟我走。"

苏清音本想应"好"的,但随即转动着不打清明的大脑,不由得问道:"去开房吗?"

秦二爷一个不小心就磕到了车门——

苏清音被秦二爷拎着后领扔进浴缸里的时候还是很不老实,抱着秦二爷的大腿就是不松,不仅不松,还抱着就往上蹭。

秦二爷哪见过这个阵势,当下脸色都青了,一把掰开她的手,直接摁着她的后领,把她按在了水里。按下去了又担心这小怪兽会呛水,直接拎了回来。

"清醒了?"

苏清音摸了摸脸上的水珠,这才睁开眼,一脸愤怒:"浑蛋,你灌我喝洗澡水。"

"噗……"秦二爷一个没忍住笑出声来,看来是真的醉得不轻。

他当下就去扯她的衣服,她穿的是衬衫,娃娃领的白衬衫,此刻浸湿了正黏在她的身上，衬得她身材凹凸有致，女人味十足。

秦二爷见多了身材火辣的女人，却从未像此刻一样，冲动地生出一股子想把她按在浴缸里办了的想法。

当下微微红了脸，别过头去。

苏清音却不知道自己已经陷在了狼爪子下面，还蹭过去抱秦霜的脖子，滚烫的唇落在他的耳畔，低声咕哝着："这水好冷啊，你抱抱我……"

秦二爷那股子燃烧的火苗彻底被小怪兽点燃了。

他皱了皱眉，被她无意亲过的耳朵都红了一圈。

秦二爷深吸了一口气，这才二话不说拧开了花洒的开关，直接往下淋了微烫的水。

苏清音被烫了个正着，一把扑过去想要逃离浴缸。

秦二爷正蹲在浴缸旁边，这一个不留神被小怪兽扑了个正着，直直压在了冰凉的地板上。

他错愕地睁大了眼，看着扑在自己身上还不断动来动去的苏清音，低咒一声，几近粗鲁地把苏清音从身上扯了下来抓着站在淋浴器前。

苏清音被淋得顿时一个激灵，睁开眼看去，就见秦二爷脸色微红正扯着她的衣服。

她被酒精占据的脑袋昏昏沉沉的，随即下意识地顺着他的手把扣子一颗一颗解开。

"你想干吗？"

秦二爷双目圆睁，见她低着头认真地解着扣子，一口气堵在喉咙里不上不下："苏清音！"

苏清音抬眼看了看他，自顾自把衣服脱掉露出里面黑色蕾丝的内衣："还要脱什么？"

秦二爷只觉得自己的威严被挑战了，顿时头昏脑涨失去了理智，看

着眼前这具雪白的身体，喉结滚动。

苏清音却不知道自己在做什么，双手绕到后面就要去解暗扣。

但由于没有掌握平衡，她绕开秦霜的手时就是一颤，险些摔倒。

秦霜一个倒抽冷气，理智告诉他不要碰她，但还是下意识一把托住她的手臂，揽着她的腰抱进怀里。

触手之间温香软玉，柔嫩细滑，却如烫手山芋，让秦霜几乎自焚。

苏清音眼神迷离，只知道自己差点摔倒，此刻被秦霜抱在怀里，微微仰头看他。

那双眼的焦点有点涣散，眸子却是晶亮的。

秦二爷凝视片刻，鬼使神差地低头就吻了上去。

一如记忆里的柔软。

这么一触越发控制不了自己，他把她紧紧地按在墙壁上，低头狠狠地吻住，辗转。

苏清音本就有些呼吸困难，抬手就是一抓，刚碰到秦霜的脸就被他一把扣住按在胸口。

到底还是有仅存的理智，他张嘴在她唇上一咬，缓缓松开。

苏清音被他揽在胸前，脸色红润，一双眼此刻水汽氤氲越发动人心魄。他咽了咽口水，还是后退了一步，声音沙哑："我去找人给你换衣服。"说罢，一刻也不停留，径直走了出去。

秦霜泡了蜂蜜水，见她乖乖地躺在床上，眼神微微一闪，从她裸露在外的白皙手臂联想到刚才的柔软触感。

他握着杯子的手就是一顿，抬起手指揉了揉眉心，这才走过去。

苏清音睡得迷迷糊糊，被秦霜拍醒了，感觉到唇边凑了东西，当下就张开唇喝了进去。

入口丝丝的甜，润得她火烧火燎的喉咙一片清凉。感觉到这个好东西的作用，她微微掀了掀眼帘，抱着杯子配合地喝了个底朝天。

见她喝完，他扶着她这样坐了片刻，这才把她放回床上，转身出门。

隔日苏清音醒来的时候，摸了摸钝痛的脑袋，看着这并不算陌生的房间，微微出神。

好像昨晚跟秦霜一起回家了来着……

随即她想起什么，一把掀开被子，衣服已经换了，她脸就是一红，正想冲出门去，随即一摸衣服，顿时了然。

秦二爷才不会那么不知道分寸。

秦二爷正站在门口，听里面还没有动静，敲了敲门。

"喂，小怪兽。"

苏清音正抱着被子迷迷瞪瞪地揉脑袋，听见动静走到门口，一把拉开门就看见秦二爷正捧着杯子在喝牛奶。见她起来了，他淡淡地扫了一眼，道："早饭我买好了，赶紧起来吃。等会儿送你回学校。"

秦二爷还是那寸头，晒黑了不少，但此刻看上去还是一如往昔的痞气十足。

她摸了摸鼻梁，打量了他一圈，问道："其实跟我见面可以不用那么将就我的，我知道你很少穿休闲装。"

秦二爷正抿着牛奶，闻言就是一呛，呛得他瞪眼看着一脸无辜的小怪兽，差点没挥拳："咳咳……谁穿给你看了。"

小怪兽顺手接过他手里的牛奶杯，好心地拍了拍他的背顺气："为什么和我说话要那么激动呢，真是困扰。"

秦二爷刚缓过来，闻言一张脸都绿了。

餐厅的饭桌上正放着一份三明治和一块小蛋糕,苏清音也不跟他客气,坐下就吃了起来。

秦二爷的牛奶已经喝完了,重新回厨房倒了一杯,顺手给她也添了,这才问她:"早上有没有课?"

苏清音努力想了一下,晃了晃头:"我今天一天都没课。"说罢把挂在嘴边的煎蛋卷进嘴里,一双眸子亮亮地注视着秦霜,"你打算带我出去玩对不对?"

秦霜下午还要开会,自然没空,当下喝完牛奶就去厨房洗杯子了。

苏清音边吃着三明治边有些不死心道:"禽兽,我大三了。"

秦二爷刚把杯子放回柜子里,闻言看了她一眼:"我知道。"

苏清音把最后一口西红柿吞进去,捂着嘴嚼了好一会儿才拼命咽了下去。

"为什么有西红柿?"

秦二爷是知道苏清音不喜欢吃西红柿的,但买三明治的时候却眼也没眨直接要了一份。

此刻见她一副吞了苍蝇的表情,他顿时笑出声来:"那你干吗还吃下去。"

苏清音能说她没看见吗,夹在里层她就没注意。但斜眼看见秦二爷那副嘚瑟的模样,她顿时一笑,阴恻恻道:"既然是你买的,我自然要吃得干干净净才能表达我的喜悦之情啊。"

秦二爷一愣。

苏清音继续道:"为了你我连西红柿都吃了,是不是证明我很有诚意?"

秦二爷这才知道什么叫搬起石头砸自己的脚,当下一脸正色地拍了拍她的脑袋,眸子里却带着淡淡的笑意:"挑食不是好习惯。"

苏清音也懒得跟他继续这个"西红柿"的话题,当下拽着他的手:"我大三了要实习,可是没人要我怎么办?"

秦霜看一眼小丫头的表情就知道她在打什么主意了,当下拒绝得干脆利落:"你放心,我这个甩手掌柜更不需要你。"

苏清音顿时噘了嘴,皱着眉头苦大仇深:"你不能这样。"

秦二爷扫了她一眼,摸了摸下巴道:"不如你去我大哥那里,他的星光公司跟你的专业挺对口的。"

苏清音才不信秦霜听不懂她的意思呢,当下也懒得说,直接摊手道:"我还就想去你的公司,你不让我进,我走后门不行啊。"还真当她没办法了。

秦霜显然是知道她肯定会这么说的,也是缓缓一笑:"随你。"

苏清音拽着衣袖怨念更加重了,还要等到放假呢。

Chapter 13 和你在一起

天气渐渐转凉,满是绿意的校园也渐渐染上了秋日的萧瑟。

苏清音抱着一堆书还流连在书架前,她要找的考试资料大概是已经被人借走了,她找了整整一圈都没找到。

林小爱要的书全部找齐了,见苏清音还在找,不由得也帮着找。

"还没找到?"

苏清音叹了口气:"算了,我自己去买一本好了。"

秦二爷接到小怪兽的电话时,刚从秦墨的公司出来,他边走边接电话,手里还转着车钥匙。

苏清音正在书店里,坐在书架的下方,手里正捧着一沓书。

"你快点来书店。"

秦二爷对小怪兽此刻居然会出现在书店里表示了极大的兴趣,电话一挂就开了车过来。

他赶到书店二楼的时候,苏清音坐在书架下方的木椅子上正翻着书看,就连他走近的脚步声都没留意。

秦霜不动声色地拿起她手里的书,翻到封面一看——《一线大腕》。

他顿时有些无奈："这本书你不是翻了很多遍了吗？"

苏清音一骨碌站起身来，抢过书就往怀里抱："看过就不准多看啊。"

秦霜扫了空荡的书店一眼，问道："你来这里就是看这书？"

苏清音这才想起来自己要干吗，一拍脑袋拉着人就往考试资料处走："我找你来是帮我找书的，图书馆我都跑了好几遍了，这书就是没找到。"

秦霜闻言顿时明了："找我当苦力来了。"

苏清音皱眉嫌弃地看了他一眼："如果不是你有用，我都想不起你来。"

这话还真伤心……

苏清音找了好几遍还是没找到，不禁急得眉头都皱了起来："再过一个星期我就考试了，连佛脚都不让我抱吗？"

秦霜扯了扯嘴角，恨铁不成钢地抬手敲了敲她脑袋："就这点出息。"

苏清音干脆不找了，直接挨着他的裤腿坐下来。这才发现他身上穿着的是西装，道貌岸然的。

抬手掐了掐他的小腿，见他低下头来，她问道："你刚从公司出来啊？"

她就坐在光洁的大理石上，秋意渐浓，大理石已经有些凉了。他放下手里的书，微微一皱眉，拉着她的手就把她扯了起来。

"别坐地上。"

苏清音拍了拍屁股，浑身跟没了力气一样直接靠在他的身旁："我饿了，你快请我吃饭。"

秦霜手里正拿着书，只用一只手扶着她，她偏生还不老实，左晃来右晃去的，弄得秦霜无奈地只能扣住她的肩膀一把扯远了些："你别闹。"

苏清音被他这么一推开，嘴一噘，不乐意了："我没闹，钱花光了，我已经饿了一整天了。"

秦霜眉头都没动一下，依然翻着书。

　　小姑奶奶花钱如流水,但还是少不了到他这里来蹭饭的。苏老爷子疼她,那零花钱就跟不要钱似的往她卡里打。更别说苏清澈这个妹控了,给钱眼都不眨一下。

　　不过苏清音虽然乱花钱但还算有谱,嘴里一直念着没钱,那是她钱都在卡里存着呢,十足的小富婆。

　　苏清音见秦霜不理她,几步上前拽着他的手晃了起来:"你听见没有啊。"

　　秦霜被她闹得不行,书一合就往她头上一敲:"烦人精。"

　　苏清音也不跟他计较,见他把书递过来,很狗腿地把书塞回书架,转身跟在他的身后,蹦蹦跳跳地往前走。

　　秦霜带苏清音吃饭的地从来不讲究,更别提那些什么西餐厅了,一般都是下的小饭馆。

　　大厅里的人多,他不喜欢这样的环境就包了二楼的小包厢。

　　包厢的走廊有些窄,苏清音就跟着秦霜往前走,服务员在前面带路。

　　这家小饭馆苏清音来过很多次,每次都是跟秦二爷一起来的,所以现在也算熟门熟路,坐下就点了一堆自己喜欢的,这才把菜单递给秦霜。

　　秦霜见她今天才点了那么点,不由得挑了挑眉:"这些就够了?"

　　苏清音揉了揉自己的肚子,颇有些无奈:"最近肠胃不好,所以你放心吧,吃不穷你。"

　　秦霜扫了眼菜单,又点了几样清淡的小菜,上了暖胃的汤便作罢。

　　苏清音正握着手机偷拍秦霜,他这么一抬头吓得她手一哆嗦,手机直接摔在了桌子上。

　　秦霜离得近,快她一步把手机拿了过来,上面已经有了一张他的照片,他勾勾唇,顺手删除了又去看她的相册。

苏清音就怕他乱动,忙扑上去要抢。

她相册里一堆自己的自拍照啊生活照啊,真给秦霜看见了,她就抬不起头来了。

但显然人与兽斗总是斗不过的,秦二爷快她一步按住她的手压制在自己的沙发上,见小怪兽横眉竖眼的,当下笑眯眯地摸了摸她的头:"有胆子偷拍我,没胆子承担后果?"

苏清音哼了一声,张大嘴就要去咬他。

秦霜偏不如她的意,抬手凑到她的唇边,见她一张嘴就是一闪,逗了好几次见苏清音都红了脸这才作罢。

"坐回去,我看完就还给你。"

"我不。"她下巴一抬,偻着一张小脸。

秦二爷才不把她那张气呼呼的小脸放在眼里呢,苏清音一向都是纸老虎,当下他扬了扬手机威胁道:"当然,你不听话我就直接没收了。"

何必得不偿失呢。

秦二爷很无耻地翻了相册,苏清音的自拍俏皮靓丽,倒是他不常见的一面。他微微挑眉看了眼对面气呼呼的小姑娘,嘴角缓缓扬起。

他随手挑了几张存进他的邮箱里,这才毁尸灭迹顺手把这几张照片也删了。

他刚把手机还回去,包厢门也打开了。

服务员一一上了菜,苏清音开了一瓶红酒就要下菜。

秦霜不动声色地看了她一眼,盛了一整碗的白米饭就把她面前的红酒换了过来。

苏清音刚要喝,手还没伸出去,酒杯就到了他面前。

"这是我的。"

秦霜拿起酒杯就喝了一口:"我喝过了算我的。"

苏清音气结,拿着筷子戳着白米饭,恨恨地夹了狮子头,就往嘴里塞。

秦霜还记得她说自己肠胃不舒服,抿了一口酒就放在了一边:"下次要喝红酒我带你去酒店拿珍藏的,这味道实在不怎么样。"说着,给她夹了一筷子的菜把碗堆得满满的,"前提是先养胃。"

苏清音一愣,嘴里还含着饭,闻言抬头去看他。见他微微眯了眼认真给她剔掉葱叶,她心头一跳,只觉得脸上都是一热。

秦霜见她直勾勾地盯着自己,眼皮子一跳,把菜夹到她碗里:"再看要收费了。"

苏清音一口咬在他的筷子上,顺便把菜都卷进了嘴里,见他一副惊呆的样子,这才好心情地勾了勾唇:"不好意思,本人拒绝喂食,仅此一次,下次也要收费。"

秦二爷默默地收回筷子,给自己添了一碗汤压惊。

等吃过饭,外面已经下起了雨,雨丝细且凉,绵绵不断。

苏清音摸了摸鼻子,语气幽然像这场悄无声息的雨一样:"我没带伞。"

言下之意便是,你不送我,我就要淋雨回去了。

秦霜的车停得比较远,刚才是饭点,附近都挤满了车根本没有车位。此刻却犯了难,他一大老爷们总不能出个门还把伞带在身边吧。

想到这里,他突然想起他家里唯一一把伞还是苏清音当初塞给他的——一把碎花公主伞。

秦霜从来没带过,一直放在鞋柜边上。

"我先去开车。"他说,"你在这儿等着。"

苏清音扫了眼这边已经乱成一锅粥的狭窄车道,略一迟疑:"可是……开得进来吗?"

这边私家车和出租车已经头挤头挤在了一起,堵得喇叭声震天,更何况此刻下着雨，撑着伞的或者拿包顶在头上挡雨的更是把道路堵得水泄不通。

秦霜显然也意识到了这个问题，他略一皱眉，扫了眼苏清音单薄的外衣，很干脆利落地把身上的西装脱了下来："快过来。"

苏清音犹豫了片刻这才一咬牙走过去钻进了衣服下面。

秦霜和她贴得极近，都能闻到她身上淡淡的香气，不由得也微微有些心猿意马，扫了她一眼，这才往前走。

苏清音看了眼他撑在两个人上面的衣服，轻叹了口气："好贵的伞。"

秦霜没听清楚，微侧过头去："什么？"

身旁就是滴滴答答的雨声，他这么一侧头踩到了水坑还溅起了水珠甩了苏清音一脚。

她却一笑，抬手抱住他的胳膊，伸手撑起另一边："我说和你一起。"

秦霜一顿，抿了抿嘴角，眼底却晕开淡淡的笑意。

等到车上，秦霜一边的身子已经湿了一半。苏清音也没好到哪里去，鞋子已经全部湿了，连裤子都沾满了脏脏的水渍。

秦霜探身到后座拿了条毛巾塞进她的手里："先擦干，别着凉了。"

苏清音一个胳膊跟泡在水里一样，此刻坐进温暖的车里才缓了一口气，只觉得手臂刺骨地凉。

她衣服一向不喜欢多穿，今天出门更是穿得单薄，此刻冻得脸色都有些发白。她忙拿毛巾擦干了手臂，又抹了把脸，这才开了空调探手过去。

秦霜显然也注意到了，他看了眼被他随手扔在身后湿透了的衣服，也没辙了。

"我先送你回学校。"

Chapter 14 小怪兽,你说要追我的

过了两天,秦霜就来了电话,让她中午就去大院一趟。苏清音还有些莫名其妙的,不过也乖乖地应了下来。

秦霜一听声音不对,又问了句:"你感冒了?"

苏清音扯了面巾纸擤鼻涕,那声音听得电话那头的秦霜毛骨悚然。

"是啊,中了大奖。"

秦霜那边顿了一下,才轻笑起来:"那我去接你吧,到了打你电话。"

苏清音也没觉得不好,应了下来就去收拾了。

秦霜半个小时后就到了,给她打了电话,她就抱了书下楼。

走到寝室楼下倒是碰见了刚回来的寝室长叶紫杉,见到她出门不由得问道:"上哪儿去啊?饭点还没到呢。"

苏清音嘴角一抽:"我在你眼里就是那种只知道吃的人吗?"

话音一落,那厢看见苏清音的秦霜按了下喇叭。

两人都闻声看去,苏清音唇边泛起笑来:"不多说了,我有事先走了。"

"哎……"叶紫杉话还没来得及说,就看见苏清音一溜烟钻上了车。

她一顿，扫了眼车上那劳斯莱斯的标志，眼底有一闪而过的怪异。

秦霜手里正拎着一杯豆花，见她上来顺手递了过去。

苏清音干脆把碍事的书往腿上一搁，接过来就是风卷残云。

"我们干吗去啊？"

秦霜扫了眼小怪兽的吃相，不紧不慢地倒车掉头："你们这寝室楼下的路就不能修宽一点吗？"他每一次把人送到这里回去倒车都要花上一分钟。

苏清音边搅拌着豆花边含混不清地道："你要抗议找我们校长去。"

秦霜这两天一直忙着处理公司的事情，本来今天也是没空的，不过那日没找到书，他回去之后就留意让人去找。

今天书到了，他知道小怪兽一个星期后就要考试了，就带着她去书店拿书。

晚上要去大院，老爷子亲自召唤的，他哪敢不从。原本是想让小怪兽在大院等着，他吃过饭送去的。

但接到电话，听她重重的鼻音，不知道怎么就改变了主意。

等红灯的空隙，他的视线落在她的身上，沉默了几秒道："如果感冒了就留在大院里温习吧。"

苏清音抬头看了他一眼，掩着嘴咳嗽了几声才回道："在大院我就看不进书了。"说罢，又扫了他一脸，见他没什么表情便补充道，"你打算监督我？"

秦霜见她一双眼珠黑漆漆的动人，沉思了片刻才道："我这几天很忙，你要是来就来我公司。"

这答案倒是让苏清音一阵诧异："咦，这么好商量？"

秦霜只是看不惯她病恹恹的样子，此刻脸色还微微有些苍白，鼻尖因为老是跟面巾纸摩擦一直是红红的。而且他莫名地有一股内疚感，毕

竟感冒也是因他而起。

当下，他表情微微有些波动："不乐意就算了，小爷我忙着呢。"

苏清音赶紧摇头："乐意乐意，怎么会不乐意呢。"

秦霜微微眯了眯眼，不置可否："但如果你来捣乱的话，我不介意把你丢出去。"

苏清音顿时老实了。

车到书店门口的时候，苏清音还有些反应不过来，四下看了看还有些莫名："来这里干吗？"

秦霜边解着安全带边道："哪那么多的废话，自己进去看看不就知道了。"

苏清音撇了撇嘴，对秦二爷挥了挥拳头，这才连滚带爬地抱着书下了车。

苏清音要的书已经被压在了前台的收银员这边，秦霜这边走过去就直接找了她要书。

小怪兽原本是站在秦霜的身后，此刻见他手里拿着的书顿时眼睛一亮："我都不抱希望了。"

秦霜见她高兴，眉角也是一舒，勾起唇："你什么事我没办好过，嗯？"

最后那个尾音拖得又长又轻柔，跟羽毛一样刷在人心上一般。

苏清音被惊了个正着，抬眸去看时，他已经移了目光去付钱。

苏清音的视线从他的脸移到了他修长的手指上，骨节分明，很好看。她微微一愣，不知道为什么就想起了那一晚这双手在她身上到处点火的样子，顿时害臊得直接拿书挡了脸，转身就要钻回车里。

但很不幸的是……

"砰——"

秦霜付完钱转过身看见的就是苏清音拿书挡着脸狠狠地撞上玻璃的样子，他一愣，随即"扑哧"一声笑出声来。

苏清音抓着书沿的手也在瞬间收紧，她暗暗咬唇，也对自己有些不忍直视。

秦霜笑够了，这才把尴尬得不敢转过身来的苏清音往自己这边一拉，见她还拿着书挡着自己的脸，抿了抿唇，一把将她揽进怀里遮掩得密密实实，这才护着走了出去。

苏清音听着玻璃门被推开的声音，这才窘得狠狠抬手掐了秦霜一把。

秦霜也不恼，唇边一直带着笑，等带到了车子边上，才把她的书一把拿下。

苏清音撞得也不重，只是磕了一下，额头微红。

秦霜顺势就抬手给她揉了揉额头："你是不是在试验玻璃和你的脑袋哪个比较硬？撞得那么义无反顾。"

秦霜不止一次做过这种事，小怪兽以前一直都是磕磕碰碰的，跟着他们一帮捣蛋鬼爬树掏鸟窝无恶不作，受伤的次数真是数不胜数。

秦霜以前也不会顾着她一个小姑娘，后来被秦老爷子追着狠狠揍了一顿，这才心不甘情不愿地开始顺带着照顾这个小怪兽。然后，几年下来也已经驾轻就熟了。

苏清音也没有什么不自然的，只是微微红了耳根子，一双眼珠子四下乱转。

苏清音也有一阵子没回大院了，秦霜要回去，她理所当然地坐了顺风车。

门口站岗的兵见是秦霜的车，只敬了个礼就放了进去。

苏清音还在翻着书,等车停了下来才抬头看去,这一看不打紧,却是一愣。

秦霜的车前堵了一辆军用吉普,而这车——正是苏清澈的。

苏清音"哎"了一声,都忘记了还坐在这里,猛地站起身来,不负众望地撞得头昏眼花。

秦霜扫了眼已经下了车就站在车门旁边的苏清澈,眸色却有一瞬间的冷。

他转头看了眼龇牙咧嘴的小怪兽,握着方向盘的手一抬,揉了揉她的脑袋,低声道:"小怪兽,你说要追我的。"

苏清音闻言,瞬间忘记了疼,眨着一双充满雾气的眼睛看着他。

秦霜此刻却没有平日的那股痞气和桀骜不驯,眼底都是认真。他停留在小怪兽头上的手一滑顺势扣住她的下巴,语气也分外认真:"既然要追我,就要跟别人保持距离。苏清澈也一样。"

苏清音一愣,还没有反应过来呢,秦霜就已经微俯过身来帮她解开了安全带。

"回去吃点药,好好睡一觉,明天再开始复习。"

苏清音抱着书,顿觉手脚都颤了……

他是穿越了吗,怎么突然那么温柔体贴了?

苏清音直到下了车,看着秦霜的车快速地离开,都还是一副恍若梦中的状态,还是瑟凉的秋风把她吹醒的。

她转身看了眼苏清澈,嘴角一弯,正打算扑上去,想着秦霜那句"既然要追我,就要跟别人保持距离。苏清澈也一样"的话,瞬间手脚僵硬了。

她讪讪地收回手,几步跑过去挽住苏清澈的手臂:"哥哥,你怎么回来了。"

苏清澈看了眼她手里抱着的书,也是微微一笑:"秦霜对你好不好?"

好不好?

秦霜对她一直都很好啊。

苏清音要的,他永远会满足她。

苏清澈见她那副表情就知道了,当下淡淡一笑,刮了刮她的鼻尖:"傻瓜。"

苏清音只当是苏清澈的宠溺,下意识就忽略了他语气里那一丝若有似无的寂寥。

老爷子正坐在沙发上看报纸,听见门口的动静,抬了抬架在鼻梁上的老花眼镜看去,却是一愣。

两个人回家事先都没有通知老爷子,此刻一双走进来,倒是让老爷子一时有些反应不过来。

苏清音随手把书放在茶几上,几步上去就扑到苏老爷子身上:"爷爷,我好想你啊,想得抓心挠肺、茶饭不思的。"

苏老爷子敲了敲孙女的脑袋,颇有些无奈:"想我一个电话也没有,当这里是饭店,你想来就来,不想来就不来?欠教训了。"

苏清澈恭恭敬敬给老爷子敬了个军礼,这才摘下帽子在单人沙发上坐了下来。

苏清澈这趟回来的确是无踪迹可寻,他演习在即,一上战场就是个把月的事情。此刻不在备战反而回了家里,实在可疑。

苏清澈自然看透了老爷子那探究的眼神,当下神色自然道:"有一份文件放在家里了过来取,过几天就是拉练演习,明天早上就要回

去了。"

老爷子看了眼一旁还腻歪在他身上的苏清音,眼神颇有深意:"清澈啊,你也老大不小了。清音都已经订婚了,你自己是个有主意的人,花点心思。"

苏清音一听这个就来劲:"哥哥你要是没时间的话,我可以帮你物色的,什么类型都可以,包君满意。"

苏清澈的眸子却是一沉,随即不动声色地笑了笑,撇开了话题。

Chapter 15 在你心上的位置

在大宅里做饭的王嫂因为家里临时有事,就请了几天假。而且凑巧的是,正好是苏清音和苏清澈回来的这一天。

苏清音盘着双腿坐在沙发上正吃着薯条,见苏清澈下来,这才把膝盖上横放着的书移开。

"哥哥,我肚子饿了。"

王嫂请假他也是刚知道,而苏家会烧饭的只有苏清澈和苏父。苏父不在,家里只有苏清音、老爷子和他,做饭的任务自然落到了他的身上。

苏清澈那一身军装已经脱掉了,一身浅色的休闲服,大概是刚刚洗过澡,发梢还有些湿漉漉的,有一种不常见的慵懒感。

苏清音咽下满嘴的薯条,趿拉着拖鞋就跟着进了厨房:"我可以打下手。"

苏清澈扫了她一眼,显然对这个十指不沾阳春水的大小姐抱着怀疑的态度:"今天那么勤快?"

苏清音笑了笑,洗了把手。

苏清澈拉了冰箱看食材,见她只是过下水就拧上了水龙头,不由得无奈地转身抓过她的手重新塞到了水龙头下面细致地抹上洗手液。

苏清音一愣,随即笑眯眯地拿满是泡沫的手在他的手背上蹭:"好香。"

苏清澈看了她一眼,用水冲干净了,又拿了毛巾给她:"懒虫。"

苏清音眼巴巴地等着他做饭呢,知道苏清澈会做饭还是一年前苏清澈带她出去烧烤,她在一旁坐着差点都流了口水。这才听苏清澈说是在部队里慢慢就学会了。

苏清音那时候还问:"部队是不是很辛苦?"

苏清澈一愣,随即笑了笑,抬手把烤鱼递了过去:"为了值得的人,所以不辛苦。"

苏清音却没大留意,只是一笑置之。

苏清澈入伍的原因其实有两个。

一是因为他的父亲就是战死在战场上的,无论是遗愿还是什么,他最终都想参与父亲曾经经历的。二是因为……

因为只有他有了一席之位,才有拥有苏清音的资格。能照顾她,保护她,名正言顺地——爱她。

冰箱里的食材倒是满满的,苏清音想吃什么就从冰箱里拿了出来。说是打下手,苏清澈也没吩咐她做别的,只让她洗了土豆,给她做最爱的酸辣土豆丝。

苏老爷子下来的时候桌上已经放了还冒着热气的菜肴,四菜一汤。

苏清音听见老爷子下楼的动静,围着围裙就出来了,手上还湿漉漉的。

"爷爷,你下来了啊,马上就可以吃饭了。"

苏老爷子对苏清音这一身形象不禁有些兴致盎然,随即看见苏清澈正在厨房里忙着,略一点头,笑意满满地坐了下来。

吃过饭,老爷子坐了片刻,这才上了楼去。

苏清音正收拾着碗筷，对今晚的这一餐还有些意犹未尽："哥哥你演习结束了，回来再给我做一次饭，好不好？"

苏清澈眸色微微一深，抬眼看去时，苏清音正直勾勾地盯着他看。那双眸子里的确是有些依依不舍。

他顺手接过她手里的碗筷送进厨房里，抬手拍了拍她的脑袋："这里不需要你，去复习。"

苏清音本就不喜欢洗碗，闻言眉梢一挑，笑眯眯地在他衣服上蹭了蹭："好。"

苏清澈收拾完了厨房就看见苏清音正坐在沙发上温习，他顺手给她添了一杯牛奶放在左手边，又把她一旁的英语试卷拿起来看。

苏清音感冒还没好，此刻呼吸有些不顺畅，微微皱着眉画着重点轻声地念。她的声音因为感冒还有些瓮声瓮气的，略略沙哑。

苏清澈看完了试卷，这才提醒她："药吃了没有？"

苏清音点点头，拿着书捂着脸就往后躺去："最讨厌考试了。"

苏清澈对她那点小心思早就看透了，却是半点兴趣都没有，当下拍了拍她，训道："就你这个试卷错成这样，你还打算过关？"

苏清音本就是临时抱佛脚的，此刻捏了捏眉心有些无奈："可是你知道的，我功课里面英语最糟糕了。"

苏清澈哪里不知道，这小丫头学不好就搬出"我是中国人我要爱国"的理论来。老爷子也由着她，渐渐也就放任了过去。

苏家本来就不指望苏清音能有多大的出息，她只要安安稳稳，到时候家里给她安排一个妥当的职业，就算她不愿意上班苏家也是养得起的。

不过老爷子虽然宠爱苏清音却不是溺爱孩子的人，学要上，她要是喜欢读书就继续上，考研考博士都由着她来。学不上了，那就大学毕业

了给她安排一个工作,她是成年人总该要对自己负责的。

苏清音也不是任性的人,虽然从小就集万千宠爱于一身,性子却有些刚烈,骨子里也是倔强的人。

对的她自然会听,也会努力地学,做事也始终有自己的目标。但是对于学习,她有时候就会有些马马虎虎。

苏清澈拿了她的笔在她做错的地方勾了出来,顺便写上注释,这才递了回去:"理论要看,但是重要的还是多做题。你现在也只能用题海战术了。"

苏清音认真地点点头,看了眼试卷上苏清澈大气好看的字不由得微微感叹。

苏清澈从小到大无论做什么事都是一丝不苟,绝不马虎的,比起她的吊儿郎当不知要好上多少。

苏清澈又给她画了一些重要的词汇:"你今天跟秦霜一起去干吗了?"

苏清音抬眼看了他一眼,嘴角勾起一抹笑来:"我和他一起去书店了。"说罢扬了扬手里这本书,"我怎么也找不到这本书,跟秦霜去过一次书店,他就帮我记着了。今天是带我去书店拿书的。"

苏清澈轻轻地"嗯"了一声,看着她唇边那抹笑却微微皱了眉。

"回房去复习吧,感冒了早点睡,明天早上我还在家里,有什么可以问我。"

苏清音这才看了眼时间,的确是不早了,当下收拾了书本,抱着就要上楼。

"哥哥,你之前不是说要转业吗?"

苏清澈冲了杯咖啡,见她停在楼梯上,步子也是一顿:"转业?"随即又想起是上一年苏清音二十岁生日的时候跟她提起的,但那时候苏清音的身边并没有人。如今却是怎么都不一样了。

"那你希望我转业吗？"

苏清音想了想："哥哥你要是喜欢军队的话，可以继续做下去啊，反正你现在已经做到了团长，也是可以经常回家来的。"

苏清澈闻言，低了头看白瓷杯中还散发着浓郁香味的咖啡，微微垂了眼："那我……知道了。"

苏清音见他好像不是很高兴的样子，又蹦蹦跳跳地几步走下来，挽住他的胳膊："哥哥，无论你做什么选择什么，我都只希望你开心，就像你希望我过得开心幸福一样。"

苏清澈这才扬了嘴角，昏暗的壁灯下，她巧笑嫣然，一双眸子神采飞扬。他一顿，又问道："那我在你心里有没有特殊的位置？"

苏清音只觉得苏清澈今晚的问题都有些怪怪的，不过还是认真地回答："你是我的亲哥哥啊。"

亲哥哥？

苏清澈低了头看她，身子却是一僵。

楼上的门打开，苏老爷子按亮了走廊上的灯，见两个人站在楼梯口，对苏清澈道："清澈，你来我这儿一下。"

苏清音见状忙松开手，安慰地拍了拍他的肩膀："爷爷大概又要跟你讲实战经验了。"

苏清澈却是一笑，只是笑意丝毫没有到达眼底。

老爷子正在房里看新闻，原本打算下楼看看苏清音的，就听到了他们两个人之间的对话。

苏清澈是他一手抚养长大的，什么脾性他最清楚不过。

苏清澈是老爷子年轻时一个出生入死的老战友的孙子。他们的关系

好,就算之后进了不同的部门都一直保持着联系。

在苏清澈八岁那年老战友把他托付给了苏老爷子,从此便杳无音讯。苏老爷子派了人去查,却只听到苏清澈父亲牺牲的消息,而苏清澈的爷爷也在托付了苏清澈之后去了。

苏清澈这一夜之间亲人全部没了,老爷子便直接做了主,把他落户在了苏父的名下收养,苏父更是对他视如己出。他九岁那年,苏清音出生。

苏老爷子正喝着雨前龙井,见他进来,指了他面前的沙发:"坐。"

苏清澈如今已经三十而立,面目俊朗。

苏老爷子也是满意的,当下轻咳了一声道:"苏丫头可回房里了?"

苏清澈抿了口咖啡,声音清润:"她这几天都忙着考试,现在大概在房里临时抱佛脚。"

苏老爷子一笑,看了他一眼:"我知道你的心思。"

苏清澈也不意外老爷子能看出来,当下点点头:"我是认真的。"

苏老爷子淡淡地抿了口清茶,眼神却犀利起来:"你是我苏家的人,是清音的哥哥,若是清音喜欢你便罢了,但她却是喜欢秦家那二小子。"

其实苏老爷子也是极为护短的人,他怎么看都觉得规规矩矩在军队有一番作为的苏清澈成熟又稳重,是照顾苏清音的不二人选。

但他想是这么想却并没有这种念头,先不说苏清澈此刻落户在了苏家是苏家的人,更何况此时的情况,就算他偏袒苏清澈也是没用的。毕竟苏清音喜欢的是秦霜,等再过些日子两人培养一段感情之后便可以订婚了。

秦霜也是他从小看着长大的,虽然看起来吊儿郎当的,性子却是好的。小时候虽然总欺负苏清音,如今却护得紧。

若说没有点喜欢，自当不会如此。

苏清澈这段时间也看得清楚，闻言顿时明白了老爷子的意思，点点头："爷爷你放心，我并没有打算告诉清音。至于结婚，如果没有我动心的，我是不愿意的，还希望爷爷你能谅解。"

做军人的时刻要有牺牲的准备，他不愿结婚等的是苏清音。如今不能如愿以偿那便打算一生孤单。

苏老爷子点点头，顿时宽慰了："你是明白人，爷爷也不多说。这次演习准备得怎么样了？"

见话题转了，苏清澈这才暗暗松了口气，面上却没有一丝表情："准备好了。"

苏老爷子赞许地看了他一眼："我等着看你的成绩。"

Chapter 16 你认真一点,喜欢我一下

　　苏清音一大早就醒了,昨晚忘记关窗,外面下着的雨丝也缠缠绵绵地落了进来。她的床正好对着窗口,沾了浅浅淡淡的一层细碎雨丝。

　　床头柜上还放着昨晚苏清澈送进房里来的咖啡,她渴极了就着杯沿呷了一口,被微凉的口感刺激得头皮一阵发麻。

　　苏清澈早做好了早饭,清粥小菜看着就让人食指大动。

　　老爷子吃完已经出门散步了,他收拾了一下就去敲苏清音的门。

　　苏清音刚洗漱完毕,正用湿漉漉的手捂着脸呢,脸色略略有些苍白。

　　他眉头一皱,抬手探了探她的额头,见温度正常也放下心来。

　　"下楼去吃早饭,再吃点药。"

　　苏清音懒懒地打了个哈欠,还有些困:"哥哥你什么时候回部队?"

　　苏清澈看了眼时间,说:"等解决你的午饭问题再走。"

　　苏清音现下也觉得有点小惭愧了,长那么大,她下厨房的次数那是屈指可数。她想说,其实是可以叫外卖的。

　　吃过早饭,她顺手收拾了碗筷。从厨房走出来就看见苏清澈正坐在沙发上,他今日穿回了军装,身姿挺拔,面上没有表情的时候,更衬得他有些冷峻。

苏清音是见惯了他穿军装的样子,也一直觉得好看。

他今日倒不如往常一样,衣领并没有一丝不苟地扣着,上面两粒纽扣没扣,衣领微微敞开。他的肤色是健康的小麦色,看着就很结实健康。

他微微侧坐着,手里拿了一本杂志,正微蹙了眉头看着。双腿交叠,踩着一双黑色的军靴。

苏清音细细地看了看,这靴子还是当初她收获了第一桶金的时候给他买的,没想到哥哥一直留着。

苏清澈被苏清音盯着看了好一会儿才侧过头来,见她的视线落在军靴上还晃了晃。

"你自己买的不认识了?"

苏清音挠了挠头,有种被抓包的窘迫感:"难怪那么眼熟。"其实她认出来了。

苏清澈也不点破,拍了拍身侧的座位:"过来。"

他语气里虽然平和温润,却隐隐有股不能抗拒的威严。

苏清音走近了才发现这本杂志是她和小爱在军营生活后投稿的杂志,当时过了稿子刊登了,就拿回家给老爷子看的,现在居然在苏清澈的手里。

苏清音眨了眨眼,再眨了眨眼,挠了挠头:"这个,你随便看看就好。"

苏清澈淡淡地扫了她一眼,轻笑了一声。

这声音落在苏清音的耳朵里却别有深意,深深让她打了一个冷战。

"那不是为了衬托你高大伟岸的形象吗!"

苏清澈的手指触着那一段描写他的段子,微微促狭:"我一丝不苟,严厉苛责?"

她哪里还记得当初用了什么词,只是看着他对新兵那么严厉,比起

其他班来更是严上加严,又有些气他故意给秦霜加重训练量,所以一个好字都没有。

当下她一挑眉,谄媚地笑了笑:"这不是夸你铁面无私嘛!"

苏清澈哪里会跟她计较这些,站起身的时候抬手弹了下她的额头,见她捂着额头顺势装可怜,唇边却是笑意满满。

"中午要吃什么?现在一起去超市。"

苏清音想着她那些零食已经被解决了,便欢快地答应了下来。

秦霜正要出门去公司一趟,车子刚开出大院等红灯,就来了一个电话。他微俯低了身子去够,一抬头顺势看了眼后视镜。这一眼却怎么也移不开目光了。

后面那辆吉普车不正是苏清澈的座驾吗。

他眉头微微一皱,随手接了电话。

电话是公司的人事部经理打来的,他接了电话,语气却微微有些冷:"什么事?"

苏清音正埋头打着游戏,车内有着清雅的钢琴声,旋律轻缓。

苏清澈却是看见前面那辆车是秦霜的,眉角微微一挑,也不顾前方还是红灯,径直微微拐了一下方向盘,从秦霜的身侧擦过。

经过的瞬间,他状似无意地看了秦霜一眼,见他脸色微微有些沉不由得勾了嘴角。

还真以为大舅子好惹吗?

起码大舅子能名正言顺地收拾你。

超市里人来人往,苏清音好久没来,看见货架上那一堆吃的,双眼一亮。

苏清澈陪着她先去挑了些零食,这才带着人往果蔬类的地方走去。他挑了些她爱吃的菜式,又去挑水果。

苏清音对水果都不挑,应着挑了几个时下季节的水果便拿着去称了。

苏清澈看着她抱着一袋苹果去称,超市里暖暖的灯光照在她的身后。她微微侧头似乎正在跟对面的人说什么,笑眯眯的。

他心下一暖,却是移开眼去。

苏清澈出门的时候还是换了便装,虽然不如以往军装来得显眼,却显得分外挺拔修长,气质清隽。

苏清音眨了眨眼,还想起刚才那位大姐说的:"那个是你的男朋友吗?"

苏清音一愣,随即摇摇头:"哪里,是我的亲哥哥啊。"

大姐似是疑虑地看了她一眼:"可是你们怎么一点都不像啊。"

苏清音也是一愣,片刻又弯了眸子笑起来:"我哥哥长得好。"

大姐也觉得是自己失言了:"姑娘你也长得好。"

苏清澈见她走过来,顺手接过她手里的苹果放进购物车里:"还有什么要买的?"

苏清音四下扫了眼,摇摇头。

回程的路上,苏清音却不怎么说话。

从小到大,说苏清澈跟苏清音长得一点也不像的人很多。苏清音也从未当回事,但今日心底不知道怎么的,隐隐有了丝古怪。

想着,她便偷眼瞧了瞧,见苏清澈正认真盯着路况,心底越发发堵。

苏清澈见她一直神色诡异地看着自己,似是有什么话要说,嘴角隐

隐勾起个笑容来:"有心事?"

苏清音低头闷闷地"嗯"了一声,过了一会儿才嘟囔着说:"刚才那大姐说我们长得一点都不像。"

苏清澈一顿,双眸微眯,连带着握方向盘的手都差点打飘。他沉思了片刻,才道:"所以你不高兴了?"

苏清音摇摇头,却不再说话了。

苏清澈吃过饭便要赶回部队里。苏清音中午接了秦霜的电话,收拾了书,就坐着苏清澈的车,往秦霜的公司赶。

沿途的光景越来越繁华,等了几个红灯之后便到了。

苏清澈没有下车,只是看着她进了公司,这才在车里坐了片刻,开车离开。

前台的小姐虽然不认识苏清音,但秦总亲自交代过,下午会有一个叫苏清音的人来,到时候直接带到办公室就可以了。

所以苏清音报出名字之后,前台小姐就多看了她几眼,指了路。

"苏小姐你乘总裁的专属电梯直达顶楼就到了。"

苏清音一边想着秦霜公司的前台长得好漂亮,一边低了头抱着书,毫无压力地上了专属电梯。

电梯门口已经等了一个秘书,叫许优,模样比起前台那位小姐有过之而无不及。

苏清音一边感叹秦霜这只兽丧心病狂,一边不动声色地跟着进了办公室。

秦霜正坐在办公椅上,这还是苏清音头一次看见秦霜正经地坐在办公室里办公,不免有些稀奇。

办公室里开了暖气,温度适中。

秦霜听见动静抬起头来,就看见小怪兽脸上微红正好奇地打量着,点点头示意秘书先出去,这才起身给她安排了位置。

秘书片刻后进来送了杯果汁,这才出了门去。

秦霜见她此时面色红润,探了手过去。

"按时吃药了?"

苏清音点点头,捧着杯子喝了一大口:"你开公司的还是选美的,女员工一个比一个好看。"

秦霜一顿,眉目一转:"羡慕?嫉妒?恨?"

苏清音没好气地翻了个白眼,抬手推了他一把:"我天生丽质,才不需要跟别人比呢。"

秦霜却是一笑,随即附和地点了点头:"嗯,天生丽质。"

小怪兽这下又不乐意了,噘了噘嘴,那双点漆了似的眸子看上去格外黑亮:"不要打扰我复习,考试不过你赔我!"

秦霜好久没听见她用这种无赖的语气说话了,当下不动声色地敛了下眉,心底却隐隐有些欢喜:"怎么赔?"

苏清音倒没想他当了真,认真地想了想,却还真的没有想起来有什么是最近自己想要的。

见她犯了难,秦霜也不逗她:"敢挂科,回家等着挨揍吧。这次我肯定不拦着不护着。"

这倒让苏清音想起了一次考试,那时候还是初中,正面临着升学考试。苏清音考试不认真,还拿了同桌的试卷抄,被李亦为那臭小子捅了出去,不知道怎么的,苏父知道了,当晚就训起人来。

秦霜来的时候她正摊开手被苏父打手心,偏生她又倔着脾气,咬着唇眼底都是眼泪却忍着不掉下来。

  他倒是一个不知道情况的,正寻了苏老爷子的邀过来喝茶,这回算是明白了让他来救场。

  小姑娘那副可怜兮兮的样子着实让他心下一震,生起一股子护短的劲来。

  他那时候不知道怎的走上前就拦了苏父把人拉了起来,见她一下子掉了眼泪,心跟揪了下一样,他从小护着长大的人怎么能这样受委屈。

  无论她对不对,就是舍不得看她掉眼泪。

  苏清音想着想着就笑了起来,抬手拉住他,语气认真:"秦霜,你认真一点喜欢我一下,好不好?"

Chapter 17 上了车还不补票

苏清音的眸子漆黑,此刻一脸期盼,那双眼睛就跟被点了一点火光,灼灼发亮。

他心头一震,微微抿了嘴角。

其实不是不喜欢,对小怪兽,秦霜的态度也始终是有些模糊不清的。也许之前他并不知道自己的感情,但是那一晚,相互纠缠,交颈而眠。他的心就有一块塌陷了。

也许还不是爱情,但这份喜欢足够让秦霜挺身而出,把她收纳进自己的怀里。

他还站在桌前,此刻微俯了身子去看她。

那双眸子清澈分明,清楚地倒映出他的人影。他抬手摸了摸她柔软的头发,嘴角也是微微一勾:"好。"

她得了这个答案顿时欢天喜地,弯了眸子笑,勾着他的脖子把他拉了下来。但拉到了跟前,她却是一愣,看着他微微勾起的唇又看看白皙俊俏的脸蛋,突然有些为难。

秦霜只看她那眼神就知道她在想什么,抬手指了指脸:"今天先亲这里。"

苏清音闻言，很乖地在他脸上亲了一口。亲完，她便心满意足地放开他，安安分分地缩回到沙发上看书。

秦霜却是低笑一声，丝丝入扣，心也一下被填满了般。

秦霜身边围绕的女人并不少，他家世不错，在 A 市也是排得上名号的人。不管是他自己看上的还是别人送来讨好的或者是自己有心攀上来的，他从来都不当一回事。

他对小怪兽却是不同的，他容许她对他大胆放肆、无所顾忌、肆意妄为。这独一份的不同就不小心把她放进了心里。

不过说起来，那天早上起来的时候，他差点被吓到……

苏清音见秦霜还站在原地不走，不由得好奇地抬头扫了眼，就看见他的脸色一变再变。顿时，她脸色一白："你……你你……你该不是反悔了吧？"

秦霜被她这么一嚷回过神来，一眼就看见她握紧了拳，一副你敢点个头就跟你拼了的架势。他无奈地抬手按了按眉心："我……"

苏清音顿时把耳朵一捂，先发制人："你敢说你反悔了，那你就……就这辈子都不举。"

秦霜的脸顿时绿了。

苏清音话一说出口见秦霜这副表情顿时愣住了，随即捂了嘴一副"我是无心的不原谅我的是小人"的表情。

秦霜阴恻恻地冷笑一声，几步绕过茶几，一把将她抓了过来按着就扛在了肩上往他的休息室走。

"胆子肥了不少。"

苏清音才不怕他呢，捏着他的耳朵，掐了一把，见他不为所动，使劲蹬着腿就要滑下去。

秦霜被她闹腾得不行，刚想扔地上，她已经张嘴在他的耳朵上狠狠咬了一口。

这力道,真是不知道心疼啊。

于是,片刻之后,苏清音委屈兮兮地站在办公椅边上给秦霜揉耳朵:"好嘛,你不要生气了。谁让你先吓唬我的。"

秦霜连翻白眼都不想翻了,径直一扭身拿着文件换了个方向。

苏清音巴巴地又跟着跑到他的边上继续给他揉耳朵:"那我晚上请你吃饭?"

秦霜的耳朵被她揉得发疼,但那双手柔柔嫩嫩的手感却甚是舒服。他轻叹了口气,终于转过身来:"你蹭我办公室也要请吃饭。"

苏清音一脸犹豫。

秦霜的脸越发阴沉了:"上了车还不补票。"

苏清音很无奈好吗,她又揪了一把秦霜的耳朵,这才心满意足地回去温书了。

秦霜下了班后,打算带苏清音去吃火锅,她还在感冒,要出一身的热汗才好。

苏清音却摇了摇头:"家里烧饭的阿姨回家了,要回家做饭。"

秦霜饶有兴致地看了她一眼:"我怎么不知道你会做饭?"

苏清音看着手指略显无辜:"你应该会做吧。"

敢情这丫头打的是这个主意,他意味深长地看了她一眼,直到她头越来越低,他才轻舒了一口气,妥协了:"需不需要去买菜?"

苏清音想着早上和哥哥买的那些菜应该够吃了:"不用了,早上我和哥哥一起去买菜的。"

她这么一提他倒是想起来早上那个擦肩而过,顿时磨了磨牙,声音突然冷了下去:"也好,不如趁这个机会去讨好下老爷子,以后来日

方长。"

苏清音听懂了,然后脸微微红了。

到家的时候,家里一片漆黑,并没有人在。

苏清音摁亮了灯,从鞋柜里拿出一双新的鞋子递给他:"我特意买的。"

秦霜看了眼大大的粉色拖鞋上面还有一只硕大的猪头,一头的黑线:"你的品位还是一如既往的独特。"

苏清音谦虚道:"哪里哪里,谬赞了。"

时间已经不早了,他便径直去了厨房开冰箱看有什么吃的,见冰箱上层的保鲜层里面还有一碟酸辣土豆丝,微微一挑眉,拿了出来。

厨房里还放着一本崭新的《厨艺二十八式》,他随手翻开看了看被折了边角的地方,问走进来的苏清音:"想吃这些?"

苏清音一眼看去,只觉得口水直流,肚子都开始抗议起来。

秦霜扫了她一眼就知道她此刻想什么,直接把要吃的菜搬出来,和苏清音一起洗了,他顺手就把菜切好。

秦霜一年到头下厨房的次数屈指可数,不过天分倒是很足。

程安安头一次尝到他手艺的时候还感叹:"二爷,你哪天穷困潦倒了,也不必担心,给酒店当烧菜的一样能养活自己。"

老爷子听了这话笑了,还叮嘱道:"安安说得对。"

那边正等着被夸奖的秦霜却哭笑不得,大嫂,你敢不敢当大哥的面直接夸我!

苏清音也是尝过的,最喜欢的就是秦霜的红烧肉,每次一有这盘菜她铁定能撑着肚子吃上两碗饭。

这边厨房烧着菜,苏清音去给苏老爷子打电话。说来也巧,苏老爷子正在秦家玩呢。

一听到是秦霜下厨，个个都凑热闹说要过来。

苏清音拿着话筒呆立在原地，秦霜会不会兽性大发把她连着厨房一起吞掉？

不过她显然是低估了秦二爷的承受能力，他倒是一点也不意外，微眯了眼，道："幸好菜烧得多，不然过来也没得吃。"

秦霜烧的菜不如苏清澈，不过各有千秋，口味也是别具特色。

苏清音趁现在餐厅没人，拿了筷子就偷偷夹红烧肉吃。

红烧肉刚出锅正烫着呢，她这么一口全部塞进嘴里，烫得嘴都疼了。

秦霜正热了苏清澈中午烧的酸辣土豆丝，一出来就见小怪兽眼睛红红鼻子红红嘴巴也红红地在原地瞎蹦跶，顿时不厚道地笑了。

苏清音被烫得眼泪都要下来了，黑眸蒙了一层水汽。

秦霜把盘子放下，这才走过去捏着她的下巴掰开她的嘴让她吐出来。

苏清音刚被烫急了又舍不得吐出来，现下忍不下去了，这才吐在了桌子上，舌头都烫得火辣辣作痛。

秦霜抽了餐巾纸给她擦嘴巴，顺手递给她一杯水，这才敲了敲她的脑袋："让你偷吃，遭报应了吧。"

这回轮到苏清音黑了脸。

两位老爷子姗姗来迟的时候，桌上已经摆满了热气腾腾的菜。

苏清音正在大厅候着，见只来了两个不由得探头往外看："两位爷爷，就你们两位？"

秦老爷子一向喜欢这个丫头，当下看了眼苏老头子，笑眯眯地背了手："嗯，就我们两个。"

苏清音还以为秦阿姨、秦墨、程安安和秦家两个大胖宝贝都来呢。

秦霜正拿了碗筷出来，看见老爷子招呼了一声，乖巧得很。

秦老爷子满意地扫了秦霜一眼，坐下身来："我家这个二孙子不轻易下厨房，还是清音有办法啊。"

秦霜瞥了眼正在盛饭的小怪兽，勾了勾唇不说话。

苏老爷子尝了他的手艺没说不好也没说好，只是淡淡地看了他一眼，但眼底已经有了赞许。

饭后，秦老爷子却没急着走，等秦霜帮着苏清音收拾完了厨房，这才让两个小辈坐回位置上。

秦霜一看这就是有事要说，眉头微微皱起。

苏清音泡了茶过来，给两位老爷子斟上，这才坐回了座位。

秦老爷子也没急着说，闲情雅趣地和苏老爷子打了半晌的哑谜这才抿了口清茶，微微笑起来："小音泡的茶不错，等放寒假了就准备准备和秦霜先订婚吧，怎么样？"

说话间，秦老爷子扫了两人一眼，最后看向苏老爷子。

苏老爷子早就知情了，当下移开眼去就当作没看见秦老爷子的眼神。

苏清音却觉得有些突然，扫了眼一旁坐着一动不动的秦霜，噘了噘嘴："我不要。"

苏老爷子这才看了过去，倒是有些稀奇。苏丫头平日喜欢秦霜喜欢得紧，今日倒是把话拒绝得那么利落。

秦霜倒是不意外，这妮子那日在他的床上醒来也没要他负责。

他那时还猜不透她的想法，如今却是看得分明，如果没有爱情她宁愿不要婚姻，即使对方是他。

想到这里，他的内心却有些柔软，抬手按住她搭在膝上的手。

Chapter 18 最爱他的独一无二

苏清音抬眼看去，秦霜的五官在水晶吊灯的光芒下显得异常柔和。他嘴角微微勾着，眼神里也有淡淡的笑意。

苏老爷子却是有些看不懂秦霜眼底的深意，抿了一口茶这才问道："那秦霜你的意思呢？"

手心里的手小小的，正好被他包裹在掌心里。他顿了顿才说道："我没有意见。"

这个答案有些模棱两可。

秦老爷子几乎是下一刻就沉了脸，手里拿着的杯子也重重地放在了桌子上，面上一片阴沉之色。

苏清音原本没想什么，但见秦老爷子这个反应再去看秦霜。他唇边虽有淡淡的笑意，但那笑意清冷冷的，让她顿时心冷了些。

她默默地抽回手，装作有些汗湿的样子，在裤子上蹭了蹭，起身去给秦老爷子倒茶。

苏老爷子面无表情地看了秦霜一眼，也不说话了。

秦霜却并没有觉得自己有做错的地方，他对苏清音的感情他自己都有些模模糊糊的，虽然答应了小怪兽要认真地试着喜欢她，但他不知道

自己能不能做到。

不是不喜欢,只是不知道这种喜欢是不是小怪兽要的。

他本性凉薄,和秦墨是一样的性子,要么不爱,要么深爱。

苏清音从小和他一起长大,他了解她的脾气、性格、习惯,他不排斥她也能接受她。所以那晚的事情一出来,他就觉得如果要负责,他是愿意的。

他比谁,都不愿意小怪兽受一点委屈。

他眉头微微一皱,突然觉得有些摸不透自己的心了。

不排斥就是喜欢?舍不得也是喜欢?想占为己有也是喜欢?

秦老爷子见他这副表情险些把旁边放着的小瓷瓶扔过去,脸色凝得跟冰一样:"小兔崽子,跟苏丫头在一起还能委屈了你不是?"

秦霜抬眼看去,见老爷子认真了,这也严肃了脸道:"我不是这个意思,对清音,我会负责的。"

"负责?"秦老爷子冷冷一笑,"苏丫头难道还缺了人?非要你来负责?"

苏老爷子却是不动声色地喝着茶,一副事不关己的样子,眼神却是时不时地往这里看来。

秦霜看了眼在厨房里的小怪兽,这才压低了声音道:"爷爷,我是尊重清音的意思。"

秦老爷子还想着要不是这些话不好让苏清音知道,还真想抡起椅子狠狠教训他,当下面色越发沉重:"你个浑小子,苏丫头什么意思你不知道?"

秦霜被兜头训了这么一句,也坐不住了:"我是不知道,她要的是我这个人的话,我就在这里。"

苏老爷子这下也不高兴了，当下冷冷地扫了他一眼："要你这个人？是要你那寻花问柳的本事还是别的什么？"

苏老爷子这话一出来，秦老爷子也不高兴了，眉头紧紧地一皱。

秦霜正想说些什么，只听见厨房那边传来了些动静，他眉头一皱，把话都咽了回去："我先走了。"

秦老爷子这边话还没训完呢，还没得到自己想要的答案，见他起身要走，直接踢了椅子挡在过道上："你给我坐下。"

秦霜抿了抿唇，却是分毫不让："我说我要先走了。"

秦家这两辈下来，脾性都跟秦老爷子无二，都是你越跟他硬着来，他就越是分毫不让的主，原先没有什么此刻也有了什么。

苏清音在厨房里也留神听着动静呢，都来不及收拾厨房里洒了的茶水，就端了一杯新茶走了出来。

她头垂得低低的，手也微微颤着："爷爷，你让他先走吧。"

秦霜闻声看去，见她脸色有些不好看，也觉得自己过分了，抬手去握住她的。他小心地抽走了她手里拿着的玻璃杯放在桌上，这才看着她说道："清音，我不是那个意思……你别误会。"

苏清音低低一笑，抬起头看："不好意思，我已经误会了。"

秦霜却是一怔。

她的声音轻柔，只是吐出的话却有些强势，那微轻的调子倒是秦霜从未听见过的。

秦老爷子见状也不拦着了，直接闪开了身子："你这臭小子，迟早有一天你要后悔。"

苏清音却不这么想，只是看了他半晌，这才缓缓甩开他的手，重新坐回了自己的位置上。她坐在里面的角落里，正好有淡淡的阴影打下来，落在她的头顶，添了一丝说不出的寥落。

秦霜的心一紧，正要说什么，她却轻轻地一笑："爷爷，其实我还小，又不是非他不可。"

苏老爷子却笑了笑，那笑声怎么听怎么不舒服："非他不可？你敢！"

这下子，秦霜倒是听出味道来了，当下微微弯了腰："老爷子你们坐，我还有事，先走了。"

说罢，他皱着眉拿了衣服就快步往外走去。

苏清音抬眼就看见他手臂挂着衣服，拉开门时淡淡投过来的一瞥，与陌生人无二。

这个下午还答应了她要认真喜欢她的人，晚上便摔门而去。

她掐着手心，眉色都冷了几分："爷爷，我是说真的。我知道秦霜他不喜欢我……"如果不喜欢的话，何必倒贴？

她苏清音，这点骄傲和气度还是有的。

苏老爷子哪里不知道她的性子，他这孙女拿捏有度，他自然不会太过担心，倒是秦霜，别日后反过来求着他把孙女嫁给她，到时候不给秦霜点苦头吃，他这辈子都白混了。

秦老爷子沉默了片刻才道："其实秦霜那小子是喜欢你的，只是他自己还没意识到而已。不喜欢他不会那么上心的，但是这个臭小子有一点不好，就是长辈掺和进来，他就会起逆反心理，就要跟你对着干，苏丫头你别放在心上。"

苏清音却是扯着嘴角笑了笑："老爷子你也别放在心上，从小到大他的那些臭脾气，我都知道。"就像我也知道强迫他只会让他觉得更厌烦一样。

她最喜欢秦霜的是他那种性子，要么就不喜欢，一旦他上了心，无论是谁都奈何不了他半分。

她苏清音要什么没有，最爱的无非是他的这份独一无二。

秦霜出了门被冷风一吹，步子就是一顿。

外面的天色冷冷的，就连路灯都昏暗得有些寂寥。他摸了摸口袋，摸出一根烟来叼在嘴边。

车子就停在不远处，他几步走过去，靠着车门看着苏清音家点着灯的窗户良久，这才有些烦躁地把烟头扔掉，拿脚狠狠地碾了几下。

他上了车，随手开了音响，把电话拨给了李亦为。

李亦为正在酒吧里玩，摸到振动着的手机一看，顿时挑了挑眉。

秦霜这小子可是有一段时间没出现了，每次一喊他，他都兴致缺缺的。今日倒是自己来了电话，李亦为当下就走出去接电话。

秦霜听见电话那头震耳欲聋的音乐声时，眉头皱了皱，不过很快就猜到了他在哪里。

"在蓝色沸点？"

李亦为指间夹着烟吞云吐雾道："是啊，过来不？"

秦霜笑骂了他一句，这才挂了电话往酒吧赶去。

李亦为就在酒吧门口等着秦霜，怀里还黏黏糊糊地抱着一个佳人。那女人见来者是秦霜，不由得挑了挑眉，手指绕着李亦为的胸口，媚眼如丝："这就是秦二爷？"

李亦为眸子一冷，面上却是不动声色地抱紧了怀里的女人："是啊，我们风流倜傥的秦二爷。怎么，一见倾心了？"

女人羞红了脸，在他的唇上亲了一口："李公子能不能引见一

下啊。"

李亦为笑得越发欢畅:"引见?"

女人正觉得有机会,眼还没亮起来呢就被狠狠一推,直接倒地。刚才还抱着她眉目传情的男人此刻冷眼看着她,脸上却是笑得好看:"也不看看你什么身份就敢往上面攀?晦气。"

秦霜刚走近就看见李亦为发脾气,扫了眼地上的女人却是半点怜惜之心也没有,径直走了过去。

李亦为看见他笑了笑,一起往酒吧里走:"今晚有两张新面孔,等会儿看看?"

秦霜抬手捏了捏眉心,点了点头:"你的人?"

李亦为点点头,摸了摸下巴:"身段不错。"

秦霜提不起兴趣,只推辞道:"等我看看吧。"

李亦为新开了家模特经纪公司,秦霜早些时候帮忙挑人倒是知道些。

李亦为是不折不扣的纨绔子弟,开个公司也是半玩票的性质,更多是自娱自乐。

秦霜一向不蹚这些浑水,李亦为知道他的原则也一向会顾及着。

秦霜很少碰女人,虽然逢场作戏不少,但总会规规矩矩。女方一有心思他立马断绝来往,刀枪不入。

外界却是不知道这些的,只以为秦二爷也是个花心种,花丛里来来去去从不洁身自好。

秦霜也不管这些,只有时候老爷子误会了这才解释几句,时间久了便也懒得解释。

李亦为坐在他的对面,给他斟了酒:"怎么了,出来喝闷酒?"

秦霜睨了他一眼,笑了笑:"这你倒是看得清楚。"

李亦为先自己抿了口，这才认真问他："谁惹你不顺心了，小爷去收拾了他。"

"谁敢让我不顺心？"他嗤笑了一声，眉头却是一皱，"除了……"

"除了苏清音那丫头，我知道。"李亦为弯唇笑了起来，上下打量了他一眼，"没急了上嘴咬你吧？"

秦霜因为这句话倒是想起来苏清音急了就咬他的情景，从小到大他可还真没少被她咬。想着想着，他便笑了起来："行了，不说她了。"

一说起她，这一晚可就没完没了了。

Chapter 19 小怪兽,你放心

苏清音打电话给李亦为的时候就已经做好了准备,此刻听着那头震耳欲聋的音乐声和尖叫呐喊声还是觉得耳边一刺。

李亦为接到这大小姐的电话时还有些错愕,看了眼一旁有了些醉意的秦霜,偷偷摸摸地往外走。

"这么晚给我打电话总不是聊人生聊理想的吧?"

苏清音翻了个白眼,边抬手擦着头发边没好气道:"聊人生理想也不能找你啊。"

李亦为被噎了一下也不介意,反而笑起来:"那大小姐这么火急火燎的是为了什么事啊?"

苏清音听着他的话音就有些不对劲,当下问道:"秦霜有没有跟你在一起?"

敢情还真的是来查岗的。

李亦为回头看了眼人声鼎沸的酒吧,快步走到门口的僻静处:"没有啊,秦二爷哪能跟我一起厮混啊。"

苏清音冷笑一声:"真的没有?"

李亦为小心肝就是一颤,忙转移话题:"怎么的,你们吵架了?这查岗把电话打到我这怎么行啊。"

苏清音随手把毛巾扔在一旁的椅子上,蜷到了窗台的沙发上:"没,你玩你的。"

李亦为一听这是要挂电话啊,赶紧把人拦着:"我告诉你啊,秦二爷最近可老实了呢,你真没必要查岗,这么好的男人上哪儿找啊,是吧。"

苏清音听得发笑,从善如流:"行,那我往他家里打电话。"

……

苏清音见他不说话,又问道:"哪里有问题吗?"

李亦为都要哭了,当下哭丧了脸道:"行,姑奶奶,都是我的错行了吧。秦二爷正跟我一起呢。"

苏清音自然是知道的,不然也不会贸贸然打电话给他了。可是知道了真相她却又不知道说什么了。

李亦为还当她被气到了,想着秦二爷和苏清澈那拳头,浑身都颤了起来:"也没什么,就是我那公司来了俩丫头让秦二爷给我过过目。"

苏清音一听这个气就不打一处来,当下就嚷嚷开了:"你怎么不找我过目啊,我眼睛可比秦霜叼呢。"

得了,这下是撞枪口上了。

李亦为抹了一把额头上的冷汗,又开始补救。

"不一样啊,秦二爷能带我模特上位啊。"

苏清音只觉得额头隐隐发疼,无奈地叹了口气,干脆利落地挂了电话。

李亦为听着电话那头的忙音,浑身发虚。

这苏家的小姑娘有点不爽可是实实在在会拿他开刀的……

李亦为在酒吧外抓耳挠腮了好一会儿,这才打定主意去找秦二爷背黑锅了。

苏清音隔日一大早起来，王嫂已经回来了。

苏清音原本还想着早起煮个粥的，她总不能等老爷子动手吧。这回看见老爷子神采奕奕地坐在饭桌上说笑，再看看一旁的王嫂，顿觉自己还是晚了一步。

王嫂见她下来忙招呼着，进了厨房给她盛了薄粥端上来："音音可是好久没回来了。"

苏清音一掐日子算了算，好像都快有一个月了。

苏老爷子倒是不甚在意："孩子长大了就该多在外面走走。"

苏清音笑了笑，却不说话。

她放在一旁的手机倒是响了起来，她扫了眼来电显示，不由得有些惊喜，赶紧接了起来。

苏老爷子自然也看见了的，淡淡地瞥了一眼，继续不动声色地吃他的饭。

苏清澈马上就要去演习了，今天是最后一天休整。所以，在手机还能用之前，他控制不住就打了电话过来。

"哥哥，你还没出发啊。"

苏清澈听着小姑娘那软软糯糯的声音，心都软了半截子："还在吃饭？先把嘴里的东西咽下去。"

苏清音赶紧嚼了几下咽下去，搅着手里的筷子："咽下去了。"

苏清澈看了眼时间，这才慢条斯理地继续问她："刚起来？好好复习了没有？"

可不是刚起来还在吃饭嘛，苏清音咬着筷子支支吾吾："当然复习了。"

苏清澈一时不知道说什么，声音却轻了些许："想哥哥了没有？"

苏清音忙不迭地点头："想了，你演习完了就要马上回来。"

苏清澈却是一笑，抬手揉了揉眉心："那你等我回来。"

苏老爷子这边抬眼看了看她，把筷子一放先离席了。

王嫂是个会看人眼色的人，虽然不知道老爷子怎么突然有些不开心了，但还是给了苏清音一个眼色。

苏清音也有些莫名其妙，心情越发低落："哥哥，你快点回来吧。"

苏清澈也听得电话那头她的无措，眉微微一拧："秦霜欺负你了？"

"也没有。"她拌着碗里的饭，语气闷闷的，"心情不好。"

心情不好为什么不给我打电话？

这话就在嘴边，却在脱口而出的瞬间咽了回去。他记得有一回苏清音和苏母吵架了，他那时候正在军队里，手机没放在身边，她打了一整晚的电话，却没人接。

自打这以后，苏清音有事也不会第一个打给他了。

他沉默了片刻，看着窗外的晨光，这才道："心情不好怎么帮哥哥找漂亮的姑娘当嫂嫂啊？"

苏清音这才来了劲："哥哥你说真的啊？"

苏清澈微垂了眸子去看早年她送他的袖扣，似笑非笑："你都有男朋友护着了，已经不需要我了。"

苏清音不知道为什么，突然就难过了。

苏清音吃过了饭就回了房，原本下午还打算去秦霜公司的，可是昨晚的事之后她突然有些不知道怎么面对他。

虽然他也没有说什么过分的话，短短的几句也并不是针对她的，只是这种追着人跑的活真不是人干的。让一个人收心怎么就那么难呢。

苏清音这边还在纠结要不要去呢，想着昨天都那样了，自己去不是讨嫌吗，就一直犹豫着。

等下午下起了雨,她这才收了心思复习去了。

不过这一回,她倒还真的下了功夫,接下来几天更是一个电话短信都不发,人也不出门了,着实让秦霜那边摸不着头脑了。

苏清音终于接到秦霜电话的时候是在公交车上,外面淅淅沥沥地下着雨,她坐在空旷寂静的公交车车尾上支着下巴看外面的雨帘。

秦霜拨了电话又不知道说什么,迟疑了片刻才道:"今天不是要回学校吗?在哪儿,我送你。"

苏清音张了张唇,正想说不用,公交车到了站台。

她一个鬼使神差,就拎着包下了公交车。下了公交车后,她才发现自己完全坐错车了,此刻这个站台鸟不拉屎的,差不多都是荒郊野外了。

她一下就绷不住了,当下哭丧着道:"我在××站台,你能过来吧?"

秦霜自己想了下,但是他对公交车站台实在是没有多少研究,当下只有一个模模糊糊的影子。

"你怎么到那儿去了?"

苏清音才不会告诉他自己是看差了坐错了车,支支吾吾了半天就是不说实话。

秦二爷自然也能猜出来,当下便道:"你就站在那里别动,我马上就来。"

苏清音嘟囔了几句,默默地挂了电话。

秦霜找到苏清音的时候,这丫头正蜷在站台下面避雨。见到秦霜的车子亲切得不得了,她几下就钻了进去。

秦霜其实来得也挺快,挂了电话之后也只用了十多分钟。

A市的秋天并不和煦,几乎是一晃而过的,连绵的雨不断,淅淅沥沥的，天气也在一场场连绵的大雨中渐渐转凉。

苏清音钻进车里这才舒服地叹了口气，扯着他的袖子擦了擦微凉的手，这才熟门熟路地开了广播频道。

"快听听天气预报，今天怎么一下子冷了那么多。"

秦霜好笑地瞥了她一眼："A市的夏天和冬天就是个极端。"

苏清音自然知道，忙调了频道听广播。

不过这个时段怎么可能会有天气预报，苏清音顺手调到了娱乐频道。

秦霜几日不见她，今天这么一看不知道怎么的，一直空荡荡的心就是一暖。他抬手摸了摸她的头："考完试我带你去庆祝。"

苏清音也早就忘记了前几天的不愉快，此刻恨不得揪着秦霜的袖子不撒手，当下跟小鸡啄米一样点了点脑袋，乐滋滋的。

"那就星期五晚上你来接我好不好？我要吃大餐。"

"大餐？"秦霜眉头一皱，很严肃地看着她，"想吃大餐不拿出一点实际行动怎么行。"

实际行动？

苏清音被难住了……

"考试？"

秦霜摇摇头："你要是这样都挂科了还想吃大餐？这连基本条件都不具备。"

苏清音："难不成你需要我开车吗？"

秦霜的脸色又是一变："我一直都在怀疑你的驾驶证是怎么考出来的。"

苏清音很怨念，那不是给你英雄救美的机会吗。

于是，这一路，苏清音都光顾着琢磨什么"实际行动"了。

直到车子停在了寝室门口，苏清音还抓着安全带一脸严肃地在想着。

秦霜原本就是顺口一提的,她这么认真倒让他有些不好意思起来。他揉了揉她的脑袋俯身过去解开她的安全带,这才说道:"你先认真考试。"

苏清音看着他近在咫尺的脸,鬼使神差地抬手捧住他的脸,一口就咬在了他的唇上。

秦霜愣了,苏清音自己也愣了。

不过,她还算处变不惊,啃完意犹未尽地舔了舔唇,笑眯眯道:"我先预支了这实际行动,等我考完再补上。"说完也不敢细看他的脸色,赶紧蹦跶着跳下车去。因为跑得太快跟被火烧了眉毛一样,她一个不留神还撞到了不知道在那儿等人还是干啥的叶紫杉同学。

她捂着通红的脸,都来不及跟叶紫杉打招呼,一溜烟蹿上楼了。

秦霜还保持着身子前倾的姿势,此刻回过味来摸了摸唇,眼角含笑:"预支?再补上?"

他沉沉一笑,眼角微微上挑,原本就俊美的脸此刻更是魅惑十足:"小怪兽,你放心。我一定会好好跟你算算的。"

Chapter 20 那是我媳妇

马上就要考试了,寝室里也都开始人人自危起来。

叶紫杉更是天天泡在图书馆里,寝室熄灯很久之后才姗姗来迟。

苏清音倒不觉得有什么,反正她平时都是在被窝里玩手机。

林小爱见灯熄了,叶紫杉的床铺还是空空如也,不由得抱怨:"寝室长要不要这么用功啊,连带着我们晚上也要挑灯夜读。"

苏清音正赤脚往上层爬,差点没滑下来,抬腿踢了林小爱一脚:"别瞎说。"

叶紫杉今日却回来得早,苏清音之前门没关紧,她这么一推就推了进来。苏清音一愣,林小爱也是一愣。

寝室里本就三个人住,叶紫杉这回进来看了两个人一眼,径直去了自己的床铺。

苏清音跟林小爱对视了一眼,顿时沉默了。

苏清音吐了吐舌头,飞快地爬回床上。

苏清音考试的前一晚才终于有了紧张的感觉,把书又翻了一遍,一脸菜色地把电话打给了秦霜。

秦霜正在秦墨的家里逗两只小宝贝呢,给小暖阳喂着苹果,怀里还抱着小昭阳,接到电话便把小昭阳递给了程安安,去了阳台接电话。

苏清音叼着笔正翻着书呢,眉头却皱得紧紧的:"我觉得要便宜你了。"

秦霜今天一整天的心情都很好,不知道她说的是哪出,遂问道:"便宜我什么了?"

苏清音差点把头栽进书里去:"我的大餐啊,你这就忘记了?"

阳台上还有微凉的雨水,他抬手扫落,捏了一手心的水:"还没考试呢就惦记着这些?"

苏清音这回是真的把头磕在书桌上了,疼得她龇牙咧嘴的:"还不准我惦记吗?"

秦二爷好心情地勾起嘴角,顿时觉得就算考不好也没关系,反正还有他。他当下调侃道:"不用行此大礼,爱卿平身。"

苏清音咬牙切齿地把电话挂了。没办法,贱不过某人,还不准她挂电话吗。

秦霜却拿着手机,径直对着一弯雨后云散的明月笑得勾魂摄魄。

程安安透过窗户看出去,被那笑容惊艳了一下,直接蹭到秦墨身边:"等会儿你问问谁的电话。"

秦墨正逗着儿子玩呢,手指钩在儿子的手上拉钩钩:"你怎么不问,长嫂如母,他敢不说。"

程安安无奈地看了他一眼,一把抱过儿子,亲了昭阳一口:"乖儿子,你爹是个死没良心的。"

昭阳懵懵懂懂地看了眼程安安又看了看秦墨,抬起肉乎乎的手就敲了秦墨一下,屁颠屁颠地往程安安怀里扑。

这回倒是让程安安乐了,挑着下巴笑看着秦墨又是示威一般亲了儿子一口:"没你什么事了,我有儿子护着呢。"

秦墨脸一黑,一把抱过昭阳就去婴儿房了。

秦霜不一会儿就把电话拨了回去,苏清音有气无力地接起:"有事启奏,无事退朝。"

秦霜一挑眉,说道:"行了,我也不多说什么了。别给自己太大的压力,考得好不好都有大餐,行不行?"

苏清音眼神就是一亮:"一言为定!"

秦二爷答应的事情哪能没谱,当下懒洋洋地道:"因为我早就知道你这半吊子不是读书的料。"

苏清音怒了:"你才是半桶水。"

秦二爷见小怪兽一撩拨就怒了,忍着笑意道:"那你这半吊子落在了我的半桶水里……"

苏清音一愣,恼羞成怒:"禽兽,你给我等着,现在就欺负我不能咬你是吧。"

秦二爷还就真欺负人了,当下贼痞贼痞地道:"印我满身的牙印?"

苏清音想着自己把秦霜一口吞进去嚼了嚼又吐出来全部都是牙印的样子,顿时有些犯恶心,干呕了一声,急忙拿水压压惊:"你太恶心了。"

秦霜受教:"能恶心到你是我的荣幸。"

苏清音被气得头顶冒烟,狠狠地"嗷唔"了一声,干脆利落地挂了电话。

不过这么一闹,倒是让她一点紧张的感觉都没有了,捧着水杯默默地发呆。

秦霜心情好的时候什么玩笑都敢开,心情不好的时候好的也要顺着他的意变成坏的。她一向知道秦霜的性子,他的心里并不是没有她。估

计这样的认知,他自己也知道。

但是……她咬着笔头,轻叹了口气。

但是,她要的不仅仅是心里的一个位置,而是独一无二的爱。

程安安正靠在窗台边上看着他,见他挂了电话转过身来,挑了挑眉也是一笑:"你家小怪兽的电话?"

秦霜摸了摸一直上翘的嘴角,让自己显得不是那么得意:"是啊。"

程安安点点头,也走进阳台:"秦霜,有不懂的可以问我。"

秦霜心下警觉,默默地抬眼看向屋里:"咦,我大哥呢?"

程安安似笑非笑地睨了他一会儿:"秦二爷,你大哥忙着当好爸爸呢,不如我们谈谈心?"

秦霜"嘿嘿"笑了两声:"不了,这孤男寡女的被人看见了多不好。"

秦墨却在这个时候走进来,手里搭了一件外套披在程安安的肩上,这才看了眼秦霜说道:"听说你前几日刚拒了和清音的订婚?"

程安安还不知道这件事,吃惊地看了秦霜一眼,挥手就是一下狠狠拍在他的手臂上:"瞧你这出息,带人模特出去逛场子不亦乐乎,订个婚是会死是吧?"

秦霜这回是冤枉的好吗,当下捂着手,叽叽歪歪地叫疼。但没用啊,秦墨可是帮亲不帮理的。

他当下歇了心思,脸色也认真了起来:"我并不是不愿意和她订婚,只是我不知道我对她到底是什么感情。"

程安安冷冷笑了一声,眉目间冷了起来:"秦霜,你摸摸你的心口就知道了。你要是不喜欢苏清音,我就立刻让苏清音走得远远的,保准什么都赖不上你。"

秦二爷这可不乐意了,当下板下脸来:"不行,那是我媳妇,凭什么让她走得远远的。"

话一出口,三人都是一愣。

程安安第一个反应过来,笑着就走了。

秦墨唇边也有了淡淡的笑意:"秦霜,你心里有她,也是喜欢的,为何不敢迈过那道坎?"

秦二爷平日里的胆子大着呢,单枪匹马的谈判都干过,感情这事却始终是小心翼翼的。

秦墨却是了解这个弟弟的,秦霜自幼就没了父亲,母亲一个人支撑着整个家庭,所以打小秦霜就知道心疼人。

不过真正的感情却是丝毫不敢交付的,秦霜也怕生命脆弱,孤独一生的寂寞。而苏清音,并不是不喜欢,只是她的出现太另类,让他毫无防备。

原本是当作妹妹的人,突然变成了情人,也许他不知道自己的感情就是喜欢,心底的防线却越筑越高。

秦霜看着秦墨的那双眼,似乎突然就明白了些。

他心里,好像是喜欢小怪兽的,比他想象中的更深更重。

苏清音早晨是被林小爱叫醒的,她揉着被粗鲁拍红的腿一脸怨念:"你可以温柔一点的。"

林小爱却急忙爬上来拖着还想睡回笼觉的苏清音起来:"你赶紧的吧,别忘了考好了找你家秦哥哥赏你一顿。"

话音一落,苏清音就看见原本正收拾东西的叶紫杉转眼看了过来,眼神似乎是有点不对劲,直直地看了她片刻这才移开。

苏清音倒没多想,挠了挠脑袋飞快地下来收拾自己。

林小爱却看着叶紫杉离开的背影暗自嘀咕了几声。

苏清音考完出了考场就打了电话给秦霜,哪料他已经在校门口等她了。

叶紫杉、林小爱和苏清音都是同一个专业的,所以考试时间也相同。

苏清音正愁这里离校门口远呢,就看见叶紫杉骑了自行车,便兴冲冲地要去搭顺风车。

叶紫杉倒是也乐意,反正也要出门一趟,载着人就走了。一路聊起试卷聊起老师,到最后聊到男人。

叶紫杉犹豫了一下,还是问道:"清音,我看见过两次有个男的来接你,是你男朋友?"

男朋友?苏清音仔细想了想,他只是答应了要试一试认真喜欢她一点。她有些失落地摇了摇头:"不是男朋友。"

叶紫杉一顿:"挺有钱的样子,干什么的?"

苏清音下意识地有些不喜欢她谈起秦霜的语气,当下就有些别扭:"不知道。"

叶紫杉听出她话音里的意思,笑了几声,不再多说。

苏清音看着道路两旁闻风而过的树木,心头却有些乱,又怕叶紫杉误会她的意思,本来叶紫杉对这个寝室就没有特别多的爱,别让她弄糟糕了。

踌躇了片刻,她还是解释道:"我挺喜欢他的。"

叶紫杉不知道有没有听见,只余耳边呼啸的风渐渐加大回响。

Chapter 21 你今天是开窍了

秦霜坐在车里等她,见小怪兽几步从自行车上跳下来跟同学挥手打过招呼走过来,顺手给她开了车门。

"你同学?"他问。

苏清音点点头:"她是我们寝室的寝室长,很清高。"

秦霜这才多留意了一眼,见那寝室长腿支着地还看着这边,不禁皱了皱眉:"你们关系好不好?"

苏清音摇摇头:"一般不怎么说话的,更别说深交了。"

苏清音性子活泼,走哪儿都能交到朋友,倒是少有她交不到心的。

秦霜见叶紫杉一张脸白白净净的,但是看着并不是很好相处,不知道是她本身给人冷若冰霜的感觉还是那双单眼皮的眼睛太过犀利。

他转过头揉了揉她的脑袋:"还是小怪兽可爱。"

起码生气发飙都那么明明白白地写在脸上,根本不用多费心思去猜。

苏清音一边护着头一边抬手反抗,闹腾得连车子都是一晃一晃的。

不过这么显眼的车停在校门口的确有些张扬,两人闹了片刻就开走了。

秦霜原本打算带苏清音去吃西餐的,不过料着她那性子,本就不喜

欢那么优雅却禁锢十足的西餐,便直接把这个给淘汰掉了。

想了想打算去吃火锅,但在火锅店吃实在没意思,于是……

苏清音一路叽叽喳喳地说着试卷多么难,监考老师多么变态,就看见路的方向有些不对劲。

她看了眼一路上的标牌,扭过头问他:"我们去哪里?"

"情人山。"

情人山以前不叫情人山,而是另一个名字,但是后来因为它的历史典故就换了名字叫情人山。

苏清音倒是没来过这里,因为情人山只是一个小山头,并不是很有看头。

偶尔跟着秦霜和李亦为出来玩更是从来不会来这种地方。

想着也是,秦霜和李亦为这样的人出来玩可不都是前拥后簇的,每一次出行就跟游行逛大街一样声势浩大,去的地方更是声色场所,无酒不欢。

苏清音打小跟着两人混,要问A市最熟悉的娱乐场所,她闭着眼睛都能找到,但这种文艺十足的地方别说去过了,有些连听都没有听过。

情人山的山腰上有一家风土人情的小酒馆,什么东西都卖。

秦霜一早就订了位置,去吃火锅。

等到的时候天色已经擦黑了,小酒馆里面已经点亮了灯。

秦霜把车停在了山脚下,牵着苏清音就踩着台阶往上走,这座山不大,走几步就能看见山腰上亮着的霓虹灯。

行人也有不少,附近过来锻炼身体的,也有从酒馆下来的。

秦霜怕她看不清路,一直牵着她的手,握得紧紧的。瑟凉的秋风下,两个人的手心却都黏糊糊地出了汗。

苏清音却觉得这样挺好的，靠得他极近，近得都能闻到他身上淡淡的香气。

她扯了扯秦霜的手，一双漆黑的眸子在山道两侧昏暗的灯光下闪闪发亮。

秦霜顺手就把她揽进了怀里抱着走，身上的体温透着薄薄的一层衣服透过来，倒是让苏清音微微红了脸。

小酒馆里的人不多不少，秦霜订的位置就在山腰一块巨石上面。

巨石旁边围上了栅栏，摆了不少的位置。已经有人三三两两地坐在那里吃上了，她本来就饿得慌，此刻爬山上来更是饿得前胸贴后背。

秦霜见她那可怜兮兮的小神色就明白了，刮了刮她的鼻尖，视线往她身上一扫，道："这边风比较大，冷的话我们去里面吃。"

苏清音连忙摇了摇头："不啊，难得来一次，这风景多下饭。"

秦霜一边想着小怪兽这句话真实在，一边怎么看怎么顺眼，不知道是不是认清了自己的心思，连带着看小怪兽的眼神都开始不一样起来。

情人山虽然不高，但是从山腰上俯瞰下去，便是一整片的万家灯火。天上是星辰闪烁，如今秋高气爽，星星更是多得不得了。

放眼看去，眼睛里缀满了星光，无论是天上的还是人间烟火。

苏清音只觉得稀奇得不得了，吃饭的时候还兴致勃勃地看着风景"下饭"呢。

于是，秦霜就负责把火锅的食材往下下，下了又挑了熟的夹到她的碗里去。

苏清音这边被喂得饱饱的，看着秦霜吃得慢条斯理，便拿着纸巾擦唇边溅上的汤水。

"你今天是开窍了啊，对我这么温柔体贴的。"

秦霜扫了她一眼,嘴角带笑:"因为怕你消受不起我的火锅大餐啊。"

苏清音的脸顿时黑了。

秦霜却笑得越发欢畅了。

苏清音就知道,温柔体贴什么的就是天边的浮云。

消受完了秦霜的火锅大餐,苏清音跟秦霜一起去结账。

老板是个热情好客的,收了钱还不忘提醒道:"不去山顶许愿吗?今晚是情人节,去许愿的人特别多。"

苏清音瞄了眼不远处的山顶,看着亮起的灯如彩带一般蔓延到山顶,不由得心微微一动,扯着他的衣角就要去爬山。

秦霜见天色已经不早,估摸着这从来不运动的小祖宗肯定得累死,他微皱了眉头,拐着她的脖子就往山下走:"你省省力气吧,等会儿别求我背你下来。"

苏清音还就耍赖了,抱着路灯就是不撒手:"你跟我一起去山顶,大不了不下山了。"

秦霜见她一副壮士断腕的表情,略略有些忧伤:"你就不能让我吃的肉丸子在肚子里多待一会儿吗!"

苏清音这才松开手紧紧抓着他的衣袖:"那你拉着我,我不敢走山路。"

秦霜一脸鄙视地拍了拍小怪兽的脑袋,嫌弃地甩开她的手:"不敢走你还要上去。"

苏清音被甩了手,再接再厉直接整个人扑上去,抱着他的腰抱得紧紧的:"你这辈子都别想甩开我了。"

秦霜正搭在她手上的手顿时一顿,低头看着怀里那小小的一颗脑袋,心下柔软:"那就不要放开。"

苏清音还因为脱口而出的那句话暗自发窘呢，听见秦霜这句话还有些愣神。她呆呆地抬了头去看他，正好对上他一双笑意盎然的眸子。

秦霜抬手蒙住了她的眼，拉高她的身子，就在她的唇上轻轻亲了一下："傻瓜。"

苏清音觉得脑子越发晕了。

等秦霜移开手，她还是一副呆愣震惊的样子直勾勾地看着秦霜，好一会儿才捂着嘴一把跳开："你你你……"

秦霜早就习惯了她这种一惊一乍的性子，当下万分淡然地看着她。那眼神的言下之意就是，乱说话，老子就再亲你，亲到你会说话为止。

苏清音还真的就蔫了，秦霜耍起流氓来都理直气壮的，她一跟他对视气势就弱好吗……

秦霜见她僵在那里，上前一步一把将人抓进怀里："不是要去许愿吗，动作不快点我就把你从这里丢下去。"

苏清音这下也没空娇羞了，当下一脚踩在他的脚上，咬牙切齿："你就不能不傲娇吗！"

秦霜被这毫不留情的一脚踩得冷汗直冒，干脆身子一垮直接把重量全部压在了苏清音的身上。

啧啧，这小怪兽要是再狠一点，这力道换个地方准能断子绝孙。

山顶风大，大树上面绑满了丝带。

一旁卖许愿带的小摊前更是人满为患，苏清音在秦霜口袋里掏了掏，也没掏出零钱，就直接拿了他的整钱去拆。

秦霜就在外边等着她，天上繁星璀璨，他就坐在一旁的座椅上。远远看着苏清音大笑的样子，嘴角也慢慢地勾了起来。

苏清音买了两条,零钱全部塞回他的风衣口袋里,拿了笔捂着许愿带就去别处写了。

临走之前还硬塞了笔给他,她恶狠狠地威胁道:"必须写,不写我就咬死你。"

苏清音找了个足够远的地方,这才写下愿望。回头见秦霜那边正在写着,她就自己拿了许愿带沿着树下横着的梯子往上爬,系在了树枝上。

秦霜也没让苏清音看见,直接挂在了自己够得着的树枝上,一转头就看见苏清音站在梯子上抱着许愿带笑。

他一挑眉,刚往前走了几步,就看见苏清音一溜烟往下爬,几步跳了下来。

秦霜被她吓了一跳,忙抬手去扶,按着她的身子就接了过来。等人安全落地,他脸色一沉:"万一摔着了怎么办?"

"我看见你过来了。"她弯了眸子笑,转头看了眼身后的许愿带,挽着他的手臂就要下山,"禽兽,你这样陪着我,我就很开心。"

秦霜低了头去看她,她正一弯唇松开了手自己先跳着下去了。

苏清音于他一向是很特别的,却从来没有预料到有一天会以这么特别的方式走进他的心里。

他看着她的背影,只有一个念头——

秦霜,你完了。

Chapter 22 你买不到的，以后也买不到

苏清音昨晚从山上下来，秦霜就送她回了大院。

她一大早起来就拉着王嫂在厨房捣鼓着小点心，说要送去秦霜的公司里。

王嫂是看着苏清音长大的，她这辈子最遗憾的就是没有自己的孩子，所以打小就把苏清音当作自己的孩子看待。

苏清音也是打小娇生惯养的，如今下个厨房，倒是惊扰了苏老爷子和昨晚回来住的苏父。

老爷子坐在客厅看电视，还时不时转过头去看厨房里的动静，倒是苏父比较淡定，见老爷子这么放不下心不由得好笑："爸，您放心吧。"

苏老爷子却是叹了口气，眉头也微微皱起："肯定是给秦霜那小子做的。"

苏父觉得两个孩子感情这么好是件好事，但见苏老爷子表情严肃，也放下了手里的报纸回身望去："怎么了？"

苏老爷子可还记得那晚秦霜说的话呢，气就不打一处来："秦霜那小子可没我们家的丫头用情深，我怕清音吃亏了。秦霜不是她能镇得住的。"

苏父一听原来是这样，当下脸色又舒缓了过来："孩子自己处着就会好了，秦家都是情种，秦霜怎么着也不会基因突变的。"

"基因突变？"老爷子顿时竖了眉毛，"上次她回家晚上打完电话就偷偷地哭呢，她还以为我不知道。"

苏父闻言只是淡淡一笑，不置可否："爸，您放心吧。这孩子不会让自己吃亏的。"

苏老爷子怎么放心得下，他捧在手心宠着的小孙女，为了另一个男人偷偷哭得眼睛都肿了。虽然现在看起来是和好了，但他就是放不下心啊。

苏清音那一盒的小点心经历了好几次的失败才总算有模有样，想着等会儿拎去给秦霜看，他肯定要大吃一惊的表情，乐得嘴一直上翘着。

所以一吃过饭，她就蹦着去秦霜的公司了。

她昨晚就打听了，知道他今天在公司等李亦为。

一提起李亦为，苏清音就忍不住皱眉。

李亦为也是这个大院里的，打小跟在秦霜的屁股后面，什么怪习惯都有，特别是那张嘴见人说人话，见鬼说鬼话。

如今自己半玩票地开了一家模特公司，更是时不时拉着秦霜去捧场。这么损的事情只找秦霜，压根不敢让秦墨知道。

估摸着他也知道秦墨手下那都是大将，可不是小模特能比的，而且家里还端着宠着一个"皇后娘娘"，那手段可不比李亦为差上半分。

他玩手段玩阴谋还不见得玩得过程安安，倒是秦霜这边偶尔都配合着，所以这些年只跟秦霜亲近些。

秦霜如今这位置也不是靠秦墨提携或运气，而是他自己的本事。虽然平日里吊儿郎当的，但骨子里却是自有一分傲气的。

苏清音来了就直接去了秦霜的办公室，秘书看见她倒是有几分惊讶，想着里面李亦为在，又带了个女人过来，不由得先把人拦在了外面。

苏清音见这阵势就明白了，脸上的笑容也淡了几分："我认识李亦为。"

秘书见此也不好再拦，只笑着提醒道："秦总和李总在谈公事。"

苏清音点点头，拎着那一盒的点心就走了进去。

李亦为正靠着沙发搂着一个女人说着些什么，门突然打开，见是苏清音，倒是惊了一下："稀客啊。"

苏清音随意扫了李亦为一眼，便笑眯眯地直接到秦霜那边去了。

秦霜见是苏清音倒是不诧异，昨天她问起的时候，他就大概猜到她有什么安排了。

李亦为身边的那个女人没见过苏清音，不禁挑高了眉，不动声色地打量着她。

苏清音一向不喜欢应付这些人，直接坐在了秦霜办公椅旁边的凳子上："李公子才是稀客吧，居然直接来了这儿。"

李亦为和苏清音倒是常开玩笑的，也不在意，知道她是看那女人不爽呢。

"这不是谈事嘛，什么场合什么架势，是吧。"

苏清音没立场说这些，只觉得胸口堵着一口闷气，自顾自玩着手机。

秦霜看了她一眼，吩咐秘书端了果汁来，便忙自己的事情去了。

苏清音间或抬头看两眼他对着的电脑屏幕，看着一堆的文字数据，不知道怎么的，只觉得心头越发沮丧。

她和秦霜之间隔了一个五年，虽不算长却也实在不短。

她从来不认为婚姻是附属是依附，两个人之间的差距太大，是会累的。

她揉了揉眉心,听着李亦为说着什么股票什么利益增长点,只觉得头疼得厉害,踢了凳子,起身就去洗手间。

这动静不大不小,倒是让李亦为的话茬子一顿,面色有些不好看起来。

苏清音扫了他一眼,也不解释,径直走了。

等人走了,李亦为怀里的小模特倒是说话了:"谁家的姑娘,脾气那么大。"

秦霜原本还没在意这段小插曲,闻言,搭在键盘上的手指一顿,抬眼扫了过去。眸子里的戾气连李亦为都大吃了一惊,他忙推开那模特:"滚出去。"

秦霜这才收回视线,淡淡道:"以后别在我面前出现。"

那模特还没反应过来呢,人已经站在了办公室的门口。

她哪受过这个气,当下横眉竖目地把包往秘书的桌上一扔,语气不善:"刚出去的那女的是谁?"

秘书眉头一皱,也是不悦,直言道:"你高攀不上的人。"

模特刚想发火,秘书推了推架在鼻梁上的眼镜说道:"识相的赶紧走,惹急了秦总,可是吃不了兜着走。"

这下话里的意思算是彻底明了了,那女模特一跺脚,狠狠地回头看了眼紧闭的办公室门,走了。

苏清音一个厕所上了差不多半个小时,还是秦霜打了电话给她。苏清音又不好意思说她突然脑子搭错线了,顺手把一旁的纸巾全部撕碎了,语气无辜:"秦霜,让你的美女秘书给我送点纸吧。"

秦霜一愣,随即笑得不可遏制。

李亦为见他心情好,正逢肚子饿了,指了指桌上那包装精致的盒子道:"我午饭还没吃呢,这个赏我了,你回头跟苏清音说声,下次我请客。"

秦霜原本已经打算打发他走了，现下小怪兽还困在厕所里，越发没有心思理他了，直接挥挥手道："以后别带那些不入流的人来了。"

李亦为"嘿嘿"一笑，顿时明了："行，以后我不带了。"说罢，提着那点心便走了。

苏清音坐在马桶盖上等了好一会儿才听见脚步声，敲了敲隔间门："美女姐姐，我在这儿。"话音刚落，她就透过隔间门看见了一双男士皮鞋。

苏清音顿时浑身僵硬，说话也有些不利索了："帅哥，这里是女厕所，你走错地方了。"

等了片刻，见那双鞋子还没有要走的趋势，苏清音害怕了："喂，你要是性骚扰的话，我会揍你的喔！"

说话间，她已经拿了手机打算隔间门一开就往他的脸上砸。

秦霜在另一头却憋笑憋得辛苦十足，掩了唇压低声音道："我是秦总派来送厕纸的。"

苏清音脸顿时红了，忙起身后退几步贴着墙站好："你是他秘书？我明明叫的是女的啊，太变态了，你怎么能答应他这么过分的要求。"

这回秦霜是真的忍不住了，直接笑出声来。

乖乖。

这下苏清音便听出了不对劲，额头顿时三根黑线，她铁青着脸一把拉开隔间门就看见秦霜拿着一卷厕纸正笑得前俯后仰的。

"秦霜！"

"哈哈……"

苏清音赶紧拿了他手里的厕纸塞进小盒子里，拉了人就要出去。

秦霜见她连耳根子都红了，知道是真的恼羞成怒了，这才配合她的手劲被她拉着走。

他刚出来问秘书要厕纸的时候,整个秘书室都惊掉了下巴。他不紧不慢,等她拉着走到门边了,这才反手一拉把她卷进了怀里:"你还没用我送来的厕纸呢。"

苏清音本来就不是来上厕所的,用什么厕纸啊,当下别别扭扭:"再笑我真的生气了。"

秦霜敛了笑,一本正经:"我没笑了。"

苏清音瞪了他一眼,挣开他的手大步走回去。

刚走到门口就看见面前坐着的秘书姐姐一脸诡异地看着她,嘴角还隐隐抽搐,她的脸顿时更黑了。

拉开门倒是没见着李亦为,她四下转了转,见秦霜回来了这才指了指沙发:"人回去了?"

秦霜点点头,你都甩脸色了还能待着?

苏清音这才想着刚才就是要拿小点心给秦霜吃的,不过碍于外人在场,尤其这个外人还是李亦为时便提都不提了。

李亦为有个坏毛病,幸灾乐祸,还爱凑热闹。

苏清音之前给秦二爷送东西,什么球衣啊、签名照啊、钥匙链啊各种东西,李亦为在边上的时候总会大惊小怪地先拆了她的,还特别恶劣地嘲笑她送的东西土啊,质量差啊,没新意啊……

苏清音那时候特别想喷他一脸血,直到前年李亦为生日的时候她才出了一口恶气,因为她送了他一箱避孕套!

苏清音现在想起来李亦为当时那表情,都还想笑。

他正兴高采烈地打开礼物盒,苏清音还一边吹鼓着,等他这么一当众拆开,好了,完了。李亦为那面子被小怪兽踩脚下了,秦霜那时候可还护着她呢,否则当晚李亦为就能把她给揍了。

不过貌似也是那时候,两个人之间的嫌隙越发深了起来。

秦霜见她找东西，便问了一句："找什么呢？充电器没带？"

"不是，我来的时候不是拎了一盒点心吗。"

秦霜想着被李亦为提走的点心盒，后背顿时一凉："是不是放在我文件夹边上的。"

苏清音点点头："是啊，去哪儿了？"

秦霜手脚麻利地开始拾掇文件："刚被李亦为提走了，在哪儿买的，你要吃我现在带你去买。"

"什么？"苏清音不敢置信地回头看他，"你怎么让李亦为拿走了……"

"要吃就再买一盒？"他一边轻哄着，一边拉着她往外走。

苏清音却是心都凉掉了半截，一把甩开他的手，直勾勾地看了他好一会儿，才脸色苍白地收拾起自己的东西。

"不用了，我想先回家了。"

秦霜眉头一皱："你又发什么脾气？"

苏清音手一顿，一双眸子清冷："我没生气没发脾气，只是想回家了。"

秦霜也自觉自己说了不该说的话，看着小怪兽冷了一张脸，却不知道怎么才能让她不置气："那我送你回去，路上再买一盒吧。"

"你买不到的，以后也买不到。"她笑了一声，只觉得室内的暖气都不足以让心头暖起来，拿了包转身就走。

秦霜刚要上前拦，座机就响了起来。

他这么一顿，苏清音已经甩了门走了。他折回办公桌前接起电话。

李亦为："这点心好难吃啊，问问苏家那小公主哪儿买的，小爷这就去收购了。"

秦霜却是一凛，想起刚才她冷着语气说"你买不到的，以后也买不

到",顿时醍醐灌顶,差点没想甩自己一耳光。

瞧他说的什么话,当下他恶狠狠地对着电话那头的李亦为道:"行,你小子给我等着,看爷不扒了你的皮。"

这回李亦为也反应过来了,当下傻眼:"该不是苏大小姐的'处女作'吧……"如果是的话,那就太罪过了。

他低头看了看手上被摧残的点心,顿时觉得眼前一片黑暗。

得了,小公主没上来收拾他,这护短的男人要先上来料理他了。

Chapter 23 再乱说话,我又要亲你了

苏清音眼睛哭得红红的,没敢回家,直接去找程安安。

程安安今天正在家带娃,见苏清音一副受了天大委屈的样子,不由得一惊,眉头也是一皱:"怎么哭成这样?"

程安安这么一提,她才手忙脚乱地脱了鞋子就往卫生间跑,见自己眼睛红得跟兔子一样又有些不好意思。

张妈现榨了果汁端上来,她这才下去。

昭阳正陪着安安看电影呢,见未来的小婶婶被欺负,一张小脸也绷了起来,奶声奶气:"未来的小婶婶,谁欺负你了?"

程安安拿了纸巾盒放在了她的手边,见她情绪已经平稳了下来才问道:"秦霜?"

苏清音现在正害臊呢,当下捂了脸只剩一双兔子眼睛转悠:"其实也不是什么大事,我也不知道自己怎么哭成这样,丢死人了。"

昭阳还小,有些不懂大人之间的勾勾绕绕,看了眼妈妈,见她面色平缓就知道并不是大事,便自己溜下沙发蹦跶着去厨房找张妈了。

苏清音灌了一口果汁,才说道:"我今天给秦霜做了小点心,然后他直接让李亦为拿走了。"

程安安一听是这事,有些莫名:"就为这事?你心里肯定还藏着事呢。"

苏清音越发不好意思起来:"我觉得我跟他之间的差距太大了。"而且她不像程安安有那雄心壮志能与秦墨比肩,她生性爱玩,和秦霜之间的五年始终横亘在两人之间。

"差距大?"程安安嚼着这三个字好一会儿才说,"差距在哪儿了?你跟秦二爷门当户对,你们最懂这里面的弯弯绕绕了,有什么差距?"

苏清音挠了挠头,她也说不清今天怎么就起了这么个心思,而且患得患失的。

以前她偷偷喜欢秦霜不让任何人知道,她对他好些,就算缠着他摆出一副我们从小是朋友的姿态来也没人说什么。

可是如今,这样的相处模式,她却觉得秦霜离她越来越远。明明秦霜也是喜欢她的,可到底是哪里不对呢。

程安安见她自己钻了牛角尖,拍了拍她的肩膀:"说差距我跟秦墨之间那才叫差距。"

苏清音却撇了撇嘴:"你们那么般配,哪里有差距了。"

程安安见她说的差距不是家世方面的,转念一想便明白了:"那你说的是跟秦霜的观念差距?"

苏清音哪里能揣摩得那么细致,一脸的迷惘:"我没想那么多,只是觉得我跟他之间隔了好远。"就像现在他在上班了,她还在学校里混日子。

两个人相处的环境也是天差地别,她有吃的有玩的,日子过得顺心就很满足了。但秦霜却不是,他有太多她不懂的事情要做,她想融入进去却是怎么也踏不进那扇门。

程安安也不知道怎么开解她,陪她坐了好一会儿才说道:"你就是太在乎秦二爷了。"

在乎吗？

是在乎的，而且很在乎。

程安安见她还是有些不明白，才道："你现在还不够成熟，你觉得的喜欢和秦霜的不一样。清音，你还需要时间，两个人之间的相处和你以前暗恋秦霜时是不一样的。"

苏清音似懂非懂地点了点头："那我不生气不难过了。"

程安安对苏清音有时候的一根筋颇为赞赏，留了她吃晚饭。

秦墨从公司回来的时候是跟秦霜一起来的。

苏清音正趴在沙发上跟昭阳玩拼图呢，嘻嘻哈哈没个正经的样子，听见开门声一扭头看见秦霜，笑容一下子就没了。

程安安在一旁看在眼里也不说，迎上去接过秦墨怀里抱着的暖阳。

秦墨刚一进门就察觉到了不对劲，扫了眼身后神色郁郁的秦霜，心下了然。

暖阳刚睡醒，睡眼惺忪的。

苏清音凑上去让她亲一口，她也乖乖照做，鼓着一张包子脸就在苏清音脸上蹭了一口："小婶婶。"

程安安当初教的是让昭阳叫"未来的小婶婶"，算是给苏清音正名了。暖阳说话却是喜欢方便省事的，听了一阵子就干脆叫小婶婶了。估计再过几天就要把"小"字也省略了。

苏清音这么一听觉得有些诡异，看了眼乖宝贝，顺手抱过来就去厨房了。

程安安怀里落空了，看了眼秦二爷，挑了挑眉问道："你再不长点心，你老婆准跟别人跑了。"

秦霜还真不信程安安说的这话,当下嗤之以鼻地哼了一声,转眼就被秦墨狠狠地拍了一下。

秦墨一双眸子都带着笑意,看着程安安转身离开,这才卷起袖口在沙发上坐下:"吵架了?"

秦霜那个无辜啊,他哪敢惹这小姑奶奶生气啊。

秦墨见他那表情就知道他自己也不开窍呢,审视了他一眼,也不再说话。

感情方面的事情从来不是提点就能通透的。

暖阳现在吃饭都要喂,不喂她自己就是不吃,看着你们吃她也不吃。

今天饭桌上叔叔跟小婶婶的诡异气氛她更是一点也没有察觉到,拿着勺子直接塞给小叔叔,拍着小手在凳子上扭来扭去:"叔叔喂,叔叔喂。"

程安安瞪了她一眼,见她老实了,才拿了秦霜手里的勺子,漫不经心地说了句:"你让小叔给你喂,小心喂进鼻孔里。"

暖阳顿时一脸惊恐地捂着鼻子往秦墨那边缩:"暖阳吃饭的是嘴巴不是鼻子。"

苏清音一个没忍住笑出声来,笑完又被自己噎到,顿时咳得红了一张脸。

秦霜手边正有一碗汤,直接递了过去喂着她喝了好几口,顺气了才放在她的手边。

昭阳看了好一会儿才瞪着圆溜溜的眼睛不解地问:"是不是叔叔只能喂未来的小婶婶吃饭?"

秦墨扫了眼那边窘得要钻地缝的苏清音,提醒自家的儿子:"有些话适合放在心里,不要说出来。"

昭阳顿时悟了,一双眼越发亮晶晶:"就像叔叔和未来的小婶婶互相偷看这种话就不能说出来,对不对?"

程安安笑得眼都眯了起来,忙给昭阳夹了一个大鸡腿:"乖儿子,真棒。"

于是,苏清音觉得这顿饭越发难以下咽了。

吃过饭,苏清音便有些坐不住,说要回家。

程安安也不挽留,看了眼那边一直拿着遥控板换台的人道:"你也赶紧走吧,别我家的遥控板没被暖阳摔坏,先被你弄坏了。"

秦霜正郁闷着呢,见苏清音拿了包要走,也站起来:"我大哥又不是没出息到买不起。"

程安安被堵了也无所谓,笑眯眯道:"别嘴贱来刺激我,女人是要哄的。你哄那些小模特的时候不是挺带劲的?"

秦霜被说得脸一臊:"扯哪儿去了,早八百年之前的事了。"

苏清音的脸色却是一变,开了门就走了。

秦霜紧追着出来的时候,苏清音已经跑了个没影,他边拿着手机打电话边往外走,平时倒不见她溜那么快。

苏清音接了电话,正绕了小路往站台走呢,说了地方便在那边等着。

秦霜也没开车,一袭黑色的风衣,身材颀长地站在不远处的灯光下。倒是看得苏清音一怔,等走到了近前才回过神来。

"你怎么没开车啊?"

"离大院不远,走回去吧?"他问。

苏清音看了看不远处的灯火阑珊,点点头:"我要是走不动了,你会背我的吧?"

秦霜一愣,随即点头:"要不你现在就爬我的背上来?"

"去你的,又不是没脚。"她又不是残疾人好不好!

秦霜却是一笑,牵住她的手。

苏清音象征性地挣了挣,没挣开也就不矫情了,由着他温暖干燥的手把她握在掌心。

街上来往的人很多,秦霜和她贴得很近,一双手紧紧地握着她,虽然什么都没说,她却觉得满心温暖。

等走过广场,听着广场上震耳欲聋的音乐声,看着人头攒动跳着广场舞的中年妇女时,苏清音就想起了她的妈妈,像她这样不顾家的人一定是全身心扑在她的事业上,却不知道其实这样的人生也是很精彩的吧。

秦霜见她一整晚都不怎么说话,也不知道小怪兽那跳跃性的思维跳到了哪里去,握着她的手越发紧了。

"要不要买点吃的回家备着?"

苏清音哪里有胃口,摇摇头。

秦霜也由着她去,等走过了广场,没有那么喧嚣时,秦霜才酝酿着开口了:"今天下午的事情我不是故意的,我不知道是你做的。"

苏清音倒是不怎么在意了,看了他一眼,轻声道:"其实我觉得跟你在一起很累。"

秦霜一愣,步子也是一顿。

苏清音倒没察觉这些,自顾自说下去:"你如果不配合我一点,我觉得我们终究是走不到一起去的。"

秦霜顿时黑了脸,也不管他一手下去的力道重不重,一把扯过她的手拉近:"你以为我有这时间陪你胡闹?还是觉得我的感情可以作假?"

苏清音被他这质问的语气弄得一蒙:"胡闹?"

秦霜这才微微缓了语气:"小怪兽,你不要闹了,好不好?"

苏清音不知道为什么突然痛恨他这种哄小孩子的语气,当下一把甩开他的手，眼底细细碎碎的都是陌生的光芒。

"秦霜，我知道你身边走马灯一样来来去去很多的女孩子，比我好看的比我家世好的都多着呢，只要你想要。今天算我得了你的青睐，承蒙你的喜欢了。"

秦霜一听话头不对，想去堵已经来不及了。

苏清音眼底都有了水光，不知道是气的还是委屈的："秦霜，我终于明白你以前对我说的。你说再好的情人还不如当朋友，情人要适应你要附和你，但即使这样不得心的还是要散。但是朋友就不同，你遇见的时候是什么样的就是什么样的。"

秦霜傻眼了，他什么时候说过这些话来着？

貌似是李亦为生日那天，苏清音送了一箱的避孕套，李亦为被他拦着动不了苏清音就拿他出气一直灌酒。

难得那晚尽兴，他也喝醉了一回，迷迷糊糊倒是真说过这些胡话。可是这跟现在有半毛钱的关系啊！

但是，看着小怪兽眼底隐隐的水光，他却有些不忍心，直接上前一步把人整个霸占进了自己的怀里。

"你再乱说话，我又要亲你了。"

Chapter 24 想和好？没门！

很多时候，你觉得非他不可的人，在时光流逝间或是某种环境下你才发现，其实没有他你一样可以活得好好的。

苏清音被秦霜抱在怀里，隐忍着的眼泪掉了下来。她紧紧地抓着他的衣服，哭出声来。

秦霜也不好受，苏清音从小就由他护着，连看她皱下眉头都觉得难受，更何况还是自己把她弄哭了。当下又无可奈何，他只一下下拍着她的背。

"你别哭了，哭得我浑身都难受。"

苏清音才不管呢，她只觉得委屈，也不知道这股气是不是闷的时间久了，一次性爆发出来才猛烈得连她都有些承受不住。

秦霜平日里身边有些女人她也是知道的，但是她从来不说，她和秦霜只是朋友关系这些话哪里轮得到她来说。

如今她觉得秦霜也是喜欢她的了，可是总觉得俩人之间差了点什么。她没有安全感，也觉得两个人之间始终有隔阂。

苏清音隔日一大早就回了学校，只跟苏老爷子说临时有急事就走了。

秦霜昨晚就睡在了大院里，早上起来吃过饭就去找小怪兽了，临到苏家的门口迟疑了一会儿,还是王嫂要出门买菜开了门才看见站在门口的秦霜。

她笑了笑:"老爷子在里面呢。"

苏老爷子正在看晨间早报,听见动静,探头出来见是秦霜,丝毫不给一点好脸色:"你来干吗?"

秦霜哪里看不透苏老爷子在生闷气,但眼下也只能装傻啊,只说:"我来找清音。"

"不在。"

不在?

秦霜眼皮子一跳,昨晚哭完了不是好好的吗,还跟他说了再见的。语气再正常不过了啊,怎么今早就不在了。

苏老爷子留意了一下他的脸色道:"你是不是欺负我们家清音了?"

秦霜赶紧否认:"没有,绝对没有。"

苏老爷子这才瞄了他一眼,道:"没有最好,清音一大早就回学校了,说是有事。"

秦霜眉头一皱,跟苏老爷子告了别就回去了。

叶紫杉不在寝室里,中午饭苏清音就跟林小爱一起去食堂解决。

林小爱见她回来就闷闷不乐的,不用猜就知道是什么事了。

"怎么不开心了?"

苏清音这才动了动筷子夹着一块肉塞进嘴里:"小爱,你打算考研吗?"

林小爱是打算过段时间就去实习的,所以考研什么的根本不想,就等着大三下学期去实习积累经验,大四的时候写毕业论文。

苏清音这才后悔当初干吗要报新闻系这个专业,现在怎么看怎么鸡胁: "我想了好久了,我打算考研。"

林小爱筷子一抖,伸出手探了探她的额头: "你没烧糊涂吧?你这样的一出去就有体面的工作了,还考什么研啊,白受罪。"

苏清音却看着她出神,好半晌才轻叹了口气: "我也不知道自己钻进了什么牛角尖里。"

林小爱见她老毛病犯了,就知道她肯定是受什么刺激了。

"得了吧你,别想着一出是一出的,考研起码还有一年呢。到时候想还来得及。"

苏清音却不说话了。

不过打这之后,苏清音还真的是发愤图强,突然认真起来了。那学霸精神比起叶紫杉可是有过之而无不及。

苏清音这么一努力倒是跟叶紫杉多了些话聊,偶尔叶紫杉也会给她占位置,一起去上课或者自习。

秦霜倒是好久没来过电话了,一次和程安安通电话才知道他出差了,大概要两个星期才能回来。

她听到这话的时候,顿时就沉默了。

秦霜是在苏清澈回来的前几天才回的A市,上午到的,倒完了时差才给她打的电话。

她看书看得累了直接睡着了,正是饭点。

秦霜刚洗过澡,正打算出门,听着电话里软软糯糯的声音,心下顿时一软: "在睡觉?"

苏清音一听是秦霜,顿时清醒了,三两下爬起来,一头撞上了旁边的铁栏杆上疼得龇牙咧嘴的。

"嘶,扫把星啊这是,连接你电话都能撞到脑袋。"

秦霜在电话那头笑出声来:"明明是你自己比较蠢。"

苏清音一边揉着脑袋一边去够自己放在上铺的书:"你回来了?"

秦霜低低"嗯"了一声:"出来吃饭?我去接你。"

苏清音才不想见他呢,搬着书往书桌上放。叶紫杉就在旁边,她顺手移开自己的水杯,回道:"你叫我出去就出去,你不叫我,我就得等着是吧?秦二爷你这可跟翻牌子一样了。"

林小爱正听着墙脚呢,当下笑得乐不可支,直接趴上去对着手机叫道:"秦二爷,你这艳福不浅啊。金屋藏娇啊这是。"

苏清音明天就考试了,所以晚上也不打算出去了,直接回了:"我明天要考试呢,一跟你出去就要弄到好晚,准累得我明天上不了考场。"

秦霜听她说有考试,看了眼时间,问她:"那你吃饭了没有?"

苏清音都不觉得饿,还吃什么啊,寝室里叶紫杉吃过了刚回来,林小爱比她还懒更不会出门买东西了,今晚她早就准备饿着了。

"没吃,不饿。"

秦霜这回倒是二话不说,直接挂了电话。

苏清音听着忙音,越发气闷。

叶紫杉留神看了她一眼:"清音,我这里还有饼干要不要吃?"

苏清音心情正糟糕呢,哪有空吃饼干,也没注意自己的语气,凶巴巴地说:"不要。"

叶紫杉正去拿饼干的手一顿,眼神一闪,默默地把手收了回来。

苏清音余光瞄见这些,这才有些不好意思,在她身旁坐了下来:"紫杉,不好意思,我刚才是心情不好,语气有点冲。"

叶紫杉笑了笑,径直看书。

苏清音看了眼一旁看好戏的林小爱,心情越发不畅了。

一个小时之后，倒是又接到了秦霜的电话，她看了眼屏幕直接挂断，扔在了林小爱的床上。

"他要是再打来，就直接告诉他，我睡了。"

林小爱"啧啧"了两声，一脸嫌弃："你还没睡呢，这话你不能自己说？"

而且，怎么看都是想接电话又在摆谱好吗……

果不其然，秦霜的电话马上又打了回来。

林小爱被苏清音这么一瞪，乖乖接了电话。

"喂。"

秦霜一听声音不对，眉头一皱："苏清音在不在？"

林小爱原本想实话实说的，但见苏清音看过来，还是配合地说道："她睡了。"

秦霜哪里不知道苏清音玩什么把戏，当下直截了当："那就把她从床上端下来，告诉她，我现在就在寝室楼下。不想人围观，自觉点。"

秦霜声音低沉，尤其说这种命令语气的话时，更是有不怒自威的感觉。林小爱对秦霜的印象一直停留在军营里那帅得有点过分的刺头列兵上面，当下被这么一震慑，赶紧把手机扔给她。

"你男人说他就在楼下，你不下去，估计我就完了。"林小爱边说边把她往外面推，连外套都没给她拿直接把她关在了门外。

叶紫杉被两个人吵得看不进书，此刻眉头微皱，有些不悦："清音的男朋友？"

林小爱一向不喜欢她，只说道："不知道。"

叶紫杉听出她话里的意思，笑了笑，眸色却冷了些。

苏清音只穿着一件单薄的衣服，一走出宿舍楼就被冻得浑身一颤。

秦霜的车子停在一处角落里，那边路灯坏了一阵，他的车停在那里，她起先还没看见，还是秦霜自己亮了车灯，她才注意到。

秦霜给她带了吃的，连带着足足四人份的外卖。

苏清音一坐进车里，秦霜就把饭盒递了过去："先吃饭。"

苏清音见他给她拿了菜，拆开来，那饭菜的香气弥漫在车间，不由得窘了窘："你这么名贵的车沾上这么油腻的味道，真的没关系吗……"

秦霜闻言，动作就是一顿，看向她时一双眸子里都是笑意："小怪兽，你的关注点会不会太奇怪了？不应该是在我千里迢迢送外卖上面吗？"

苏清音干脆当没听见，默默掰了筷子吃饭。

秦霜见她一边说不饿，一边跟饿死鬼投胎一样，靠着椅背有些好笑："刚才谁说不饿不吃饭的？"

苏清音顿时被噎了一下。

幸好来往的人不多，秦霜这辆车虽然停在角落，但是车内开着灯，车里坐着一个吃相极其不雅观的人的话，那也是挺惊悚的吧。

见她吃完了，四处找纸巾，他顺手翻出纸巾递给她。

苏清音伸手来拿，他却一个闪避，躲了过去。她诧异地抬眼看他，秦霜只是翘了嘴角笑道："想我了没有？"

苏清音一愣，随即便恼火了。出个差什么的一个电话都没有，她还以为他闹失踪或者又去花天酒地了。

现在回来了，倒是亲自过来了，一顿饭就想和好？没门！

所以，当下，苏清音就扯着他的袖子狠狠地蹭了蹭，在秦霜阴沉着脸就要暴走之际，甜甜一笑，吐出一个字："呸！"

Chapter 25 赶紧毕业,我们也去洞房

秦霜晚上受了打击,本来打算去找秦墨取取经的。怎么这个小姑娘还不等他拿出礼物来就跑了呢,太不配合了!

可是秦墨晚上没在家,和程安安带着两个小家伙回了大院陪老爷子。

于是,秦霜就马不停蹄赶着回大院了。

程安安正跟秦母逗着昭阳玩,就听见门口有动静,抬眼一看,见秦霜黑着脸一副人人欠他钱的表情阴沉着走了过来。

程安安一看就知道他是在苏清音那里吃瘪了,不然哪会是这种有气没处撒的表情。

她移开目光抱着昭阳笑眯眯地说:"宝贝,你小叔回来了?跟你那倒霉催的小叔打个招呼。"

秦老爷子一听有戏可看,很不厚道地选择了围观。

秦霜额角一跳,看着程安安时脸色越发凝重了:"嫂子,我有话跟你说。"

程安安什么阵仗没见过,何况是秦霜这只纸老虎,处变不惊道:"那你说,我听着。"

秦墨正从楼上下来,见秦霜那脸色便多看了几眼,一针见血:"在女人那里碰了钉子，回来找你嫂子撒气？"

秦霜哪敢啊，脸上那好不容易摆出来的表情下一秒就垮了："我哪敢啊，我只求嫂子高抬贵手放我一马。"

程安安把昭阳给秦母抱着，恰恰然喝了口茶，慢条斯理："我什么时候对你下过手了？"

秦霜这会儿是真的碰着了钉子，小怪兽已经半个月都是这种不冷不热的态度了，怎么都哄不回来。

他出差得又那么恰好，连跟苏清音交代的时间都没有，在美国那边忙翻了天，每次闲下来的时候国内都是深更半夜了，他难不成还打电话回来吗。

起先，他倒没觉得什么，过了一个星期才越发觉得不是味。仔细这么一想，那就是程安安下的套啊。虽然他一直没想明白程安安的目的是什么，好处是什么。

不过话说回来，程安安还真的是无辜的。这事要怪秦墨……

原本这活派下去随便找个高管都能凑合，但是美国那边非要这边公司的总裁去。而秦二爷那时候正不知死活地在他眼前瞎晃悠，你说，这活不让他去让谁去？

其实说到底是之前春风太得意了，秦二爷自己走了霉运。

可是秦霜现在烦的是小怪兽，这边他明白自己的心思了，小怪兽又闹上了。他不是一个细心的人，很多她的小心思他都看不懂。

他灌了一口茶，这才烦躁地重重踩着楼梯上楼去了。

程安安见他要走，连忙把人拦着："回来。话没说清楚就想跑？"

秦霜心情实在不好，此刻被程安安这么一截，就站在楼梯上转身看她。

程安安不紧不慢又喝了口茶才说道："这个世界上原本就不存在天

造地设的一双,只有付诸努力成为越来越适合彼此的对方。"

秦霜一怔,还未说话,程安安又道:"你用了心她自然会懂。"

只是两个人现在各有自己的一套心思,都没用尽全力,能怪谁?

方向不对,越努力,越尴尬。

秦老爷子倒是想起什么来,说道:"苏清澈过几日好像就要回来了,这孩子厉害。这次演习又拿了头筹,苏家那老头子前阵子让我帮他留意着好的姑娘家,你们同辈的说得上话,秦霜你还得叫他一声哥哥呢。"

秦霜这回来了兴趣,忙下了楼来:"老爷子你给苏清澈安排相亲了?"

秦老爷子点点头:"姑娘我看着不错,配苏清澈正合适。"

秦霜"嘿嘿"贼笑了两声:"哪家的姑娘啊?"

秦老爷子见他这副表情抬手就拍了他一下:"不像话。"

秦老爷子给苏清澈相的倒不是家世显赫的大户,而是书香门第,那姑娘他也见过,性子有些像程安安,行事作风落落大方,生得也是眉目如画。

老爷子一看就喜欢,不过秦霜有了苏清音,他便想着了苏家那在军营里的苏清澈。

这么一仔细打算,倒是越发觉得两个人相配。

姑娘名字叫宋星辰,明眸皓齿,真正是美人一个。据说是自己开了一家网店,卖什么却不说,只说是小本生意,还是个作者。

秦老爷子这么一合算,正适合。以后随军也方便,当下便直言直语跟人说了目的。那姑娘也不扭捏,只说自己二十四岁还早着便推了。

但老爷子看上的人哪有轻易放过的道理,还是忽悠着人留了号码,让人答应了下来。

秦霜顿时拍大腿赞成,他可是能看得出来苏清澈对小怪兽存的那点心思。苏清澈对苏清音至关重要，不管是坦白身份还是坦白心思，怎么着都能让小怪兽钻进死胡同里去。

这回秦老爷子做了媒，真是解了燃眉之急。

当下，他就把跟小怪兽置气的事情给忘得一干二净。

过了几日，秦霜估摸着考试的结果也出来了，打了电话去问。

苏清音刚看见自己挂科了，难受得不得了，接了电话也没好气："你干吗？"

秦霜一愣，随即眉头蹙了蹙："吃了炸药了，见谁喷谁。"

苏清音心里正难受着呢："对啊，刚吃了一吨呢，全用来喷你。"

秦二爷懒得跟她计较："成绩出来了没有？"

得，真是揭她伤疤。苏清音说："要你管啊，还是来看好戏的。"

秦霜正想顶回去呢，这么一回味不对啊，于是就发现苏清音的情绪有些不稳定。他明白了过来，放缓了语气："行了，考不好的又不止你一个。我们家小怪兽德智体美都全了，考试挂科再考。"

苏清音被哄得高兴了，这才笑起来："找我什么事啊？"

秦霜正感叹着小姑娘就是柔软好哄，当下美滋滋地说道："你哥什么时候回来知道吗？"

苏清音当然知道，苏清澈昨晚刚打了电话给她，说是明天就回来了。不过秦霜一向对苏清澈的事情不热衷，这问题连着追问了好几天，怎么着都有些不对劲。

"你找我哥什么事啊，跟我说也一样。"

秦霜气的就是她这么护着苏清澈，说句话能把苏清澈吃掉吗！他有些咬牙切齿："有事跟你说？那苏清澈找老婆是不是你代着娶了，洞房你也尽力？"

苏清音闹了个大脸红:"喂。"

秦霜一想着洞房,脑子里那勾勾绕绕的心思就起来了,当下抿了抿唇笑道:"赶紧毕业,我们也去洞房。"

苏清音二话不说,把电话挂了。

秦霜听着那头"害羞的忙音",朗笑出声。

苏清澈回来当天,还在路上的时候就接到了苏清音的电话。苏清音知道他的脾气,如果直说去相亲肯定是行不通的,便约了他明天下午出去吃饭。

苏清澈听着苏清音那语气有些不对,倒没多想,反正他一回来时间绝对是充足的。

秦霜这边也约好了人,第一次相亲正式又不能太正式,随便又不能太随便,于是他就订在了两岸咖啡厅。

秦霜下午就来接苏清音了,打电话的时候她就在边上,她见他那么熟门熟路地安排包厢顿时一拐子狠狠地撞在他的肚子上,又不解气地踩了他一脚,这才抱着一堆零食霸占他书房的电脑玩去了。

秦二爷倒没把她那小胳膊小腿的放在心上,揉了揉,敲定了时间这才挂了电话。

他和苏清澈也是打小玩到大的,不过苏清澈和秦墨一样都是很没劲的人。相比起来,秦墨是一座大冰山,而苏清澈却是彻头彻尾的腹黑男,一举一动都能算计人。

秦霜打小还真没少让苏清澈给算计了去,所以这间接地导致他和小怪兽建立了深刻的革命友谊。

苏清音正吃着薯片,咔嚓咔嚓跟只小老鼠一样。

晚上秦霜送苏清音回去时,苏清澈已经到家了,那辆标志性的军用吉普就停在门前，让人想不注意也难。

苏清音一个多月没看见哥哥了，当下欢天喜地的，车还没停稳，就急着解开安全带。

秦霜一看见脸就黑了，锁控就是不开。

苏清音这才发现他不对劲，见他阴沉着脸，脸色臭极了。

"开锁。"

秦霜手靠在方向盘上，就是一副"爷就是不开，你咬我啊"的欠扁表情。

苏清音才不上他的当呢，直接摸出手机给苏清澈发信息，理也不理那边求存在感的秦霜。

秦霜又没法对女人动粗，眼睁睁看着苏清音发求救信息，一把夺过手机，语气也恶劣了起来："你怎么那么没礼貌。"

苏清音眉头一皱，抬起脚就踹在了他的车门上："不开我就砸碎你的玻璃。"

虽然秦霜知道她就是说说的，但还是被气着了，怒气冲冲地开了锁控。见她开了门已经一脚迈出去了又坐回来，一双眸子紧紧地盯着他。

秦二爷心下一喜，这丫头总算还有一点人性。不过他嘴角还没来得及翘起来，苏清音一把夺过他手心的手机晃了晃："再见。"

秦二爷顿时呆坐原地。

等苏清音开了门，还把门关得震天响，他才狠狠一捶方向盘。喇叭急促又尖锐地响了一阵，他磨着牙，恨恨然："迟早有一天要把你收拾了，看你小样再给我作！"

Chapter 26 我是她哥哥

苏清音回了家才发现爸爸和妈妈都在家,苏父正陪着苏老爷子下棋呢,说是下棋两个人的脸色却是一点也不轻松。

她轮番叫了一遍,就坐在苏老爷子边上给他喂葡萄吃:"爷爷,来。"

要不说苏老爷子怎么最喜欢苏清音呢,这小姑娘自有一套本事在呢,当下笑眯眯的,边借着棋局指点江山,边看了眼苏清音。

门外响起车喇叭声的时候,苏父还皱了眉:"谁家小子?"

苏清音猜肯定是秦霜,却不敢这样说,怕坏了印象,忙给苏父也塞了一颗葡萄:"我在外面看见哥哥的车了,哥哥呢?"

苏母正端了花茶出来:"在楼上呢。"

苏清音看了苏母一眼,不说话,一门心思全扑在棋局上面。对下棋,苏清音一向是一知半解的,厉害的数苏清澈和苏父。

当然,苏老爷子在这上面绝对是大 BOSS。

苏父回家了好几天都没见着她,一问苏老爷子说是最近在考试就住在学校里。今日回来想必是成绩也出来了,他不由得问道:"这次考试怎么样?"

苏清音"啊"了一声,挠了挠头:"不怎么……好。"

苏父闻言心中有数，看了她一眼："学习不能落下。"

苏清音这边还来不及应承呢，苏母站在苏父身后就拧了眉头："考了多少？你们大学这么点难度你还考得不怎么好，我知道的那些姑娘哪个不是拿奖学金的。"

苏清音一听这话就皱了眉头，反正她也早就习惯了苏母的这种态度，只当没听见，由着她说几句。

苏母见她不回应更来气了："你不说我打电话给你们老师问问。"

苏老爷子看了苏母一眼，见她真拿出手机来，这才转头看了眼脸色不怎么好的苏清音，阻止道："小音自己心里有数，她不是没主意的孩子，你平日不关心现在要你打什么电话。"

苏母被说了一通，手机虽然是放下了，话倒是没落着好："看她这样子该是挂科了，不然哪能一声不吭呢。"

苏清音正剥着葡萄皮的手一顿，这才苍白着脸色看过去："妈，是不是我挂科了，你就高兴了？"

苏母见她终于说话了，越发咄咄逼人："你倒是把成绩单拿来给我看啊。当初让你去上天文系你不乐意，由着你了，你又不好好学，你从小到大什么事能自己干好？"

苏清音脸色一僵，一把推开眼前的盘子，起身就往楼上走："我懒得跟你说。"

苏母见她上了楼，脸色阴郁了一阵，也跟着上去了。

苏老爷子的脸色也不好看，瞪了眼苏父，直接把棋子重重地落在他的棋上："你以后别带她回来了，哪次回来能老老实实待着的。"

苏父看了苏老爷子一眼，笑了笑不说话。

苏清澈听见开门声，就看见苏清音鼓着一张脸走了过来："怎么了，

小包子?"

苏清音由着他捏了捏自己的脸,这才一把甩开门走进他的房间坐着:"不怎么,一回来就找我碴儿,我到底是不是她亲生的啊。"

苏清澈笑了笑,揉了揉她的脑袋。

他刚洗完澡出来,身上一件小背心,一条黑色长裤,倒也不嫌冷,显得身材真好。

苏清音抬手摸了摸他胸口上的肌肉,又戳了几下,这才长叹一声:"哥哥你身材太好了。"

苏清澈长期训练,身材能不好吗,精瘦结实,看上去只觉得身材好,倒不是什么肌肉男。

苏清音顿时联想到秦霜,他几次出浴她也都瞧见了,身材居然也不差。

苏清澈见她脸色红红的,不知道她想到哪儿去了,直接弹了弹她的脑门,见她回神,这才问道:"怎么想到去喝咖啡了?"

苏清音一愣,一时没反应过来,随即想起还是她自己约的,却不知道怎么解释了。

她还未说话,房门就被敲响。苏清澈看了她一眼,见她脸色瞬间灰败,眉头就是一皱,但还是去开了门。

苏母站在门口正看着她,见苏清澈衣服穿得少,脸色更沉。

"清澈衣服多穿几件,也不嫌冷。"苏母说完,看向苏清音,"你出来,那么大了,还腻在哥哥身边像什么样子。"

苏清音磨磨蹭蹭就是不想出去,苏清澈可比她好上不止一倍,才不会骂自己呢。

苏母见她磨蹭半天也不出来,直接几步走进来扯了她的手就往外走,力道下得不轻,疼得苏清音倒抽冷气。

苏清澈看不下去，一把摁住苏母的手："您弄疼清音了。"

苏母这才看了他一眼，眼神意味不明，但还是轻轻松开了些，拉着苏清音就走了出来。

等把苏清音塞进了房里，苏母的脸色这才缓和了些："以后别老是跟清澈腻在一起，保持距离。"

这话苏清音就不爱听了："你什么意思啊，嫌弃我还是嫌弃我哥啊，有你这么当妈的吗？"

苏母冷笑一声："你放心，你是我亲生的。"

苏清音只觉得她话里的讽刺听得她难受，指着门口就下了逐客令："行，你赶紧走吧，看见你我就头疼。"

苏母也不跟她计较，瞥了她几眼这才轻叹了口气："秦霜才是你良人，得紧紧地抓着。至于清澈，妈最近也给他看看，三十岁的人了。"说话间，也走出了房间。

苏清音握着门把手，只觉得脑子里一阵嗡嗡杂响。

隔日。

苏清音看着还留在家里的苏父和苏母一阵发愣，随即才想起来，倒是有些诧异。

在她印象中，苏母一向都是只来一天，隔日是一定要回去的，除了过年期间。

苏老爷子见她下来了，忙招呼她在他边上坐下。王嫂已经准备了她的份，这就能吃了。

苏母见她起得晚，说了她几句后，便由着她去了。

苏清音因为挂科心情一直不好，今日想着苏清澈要去相亲，神经一直亢奋着，吃过饭就去找秦霜了。

她出门正好碰上回来的苏清澈，笑眯眯地提醒他别迟到了，这才欢天喜地地走了。

下午约定的时间还未到，苏清音就已经跟秦霜到了两岸咖啡厅，秦霜原本是包了封闭式的包厢的，但是想着不能时刻注意情况，便干脆订了大厅，他们则选在了后面一桌。

先到的是苏清澈，被引着到了桌边的位置坐下。

没过多久，苏清音就看见一个身材高挑的姑娘推开门走了进来。

她四下看了看，问询了服务员几句就看向了苏清澈所在的地方。

苏清音一看，这个就是哥哥相亲的对象，当下激动地扯了扯一旁秦霜的衣服："美女哎美女！"

秦霜却颇为淡定，一把拉起半蹲着的苏清音，轻声道："你坐着也能看，蹲着也不嫌累得慌。"

苏清音还是头一次看见这个阵仗，被拉着坐回座位这才猛灌了几口咖啡，喝下去又发现苦得难以下咽，直吐着舌头。

虽然位置就在苏清澈的后面，但是因为怕被苏清澈发现，他们挑选的位置都是有一大堆阻隔物的。

苏清音只能远观美人和背对着自己的哥哥的动作，却是一点也听不清楚两个人说了什么。

秦霜看着看着便皱了眉头，他看着宋星辰的口型就有些不妙。正想拉着苏清音走呢，宋星辰就先起身离开了。

苏清澈还坐在原处，抿了口咖啡。

苏清音见这么一出，顿感遗憾："我觉得那姑娘挺好的啊，怎么就没戏呢。"

秦霜见小怪兽还皱着眉头，不由得好笑："不合适就不合适，只能说缘分没到吧。"

话音一落，就见苏清澈站起了身，秦霜赶紧拉着小怪兽坐下，却见苏清澈笔直地转身走了过来，一张脸阴沉沉的。

看见苏清音戴着一副大墨镜拿书挡着脸，再看一眼坐在一旁若无其事的秦二爷，他当下勾起唇冷笑一声，也不多废话，直接抓了苏清音，拎着她就往外走。

秦霜哪能眼睁睁看着苏清音被他带走，也不管事情是不是败露了，当下起身一拦："放开她。"

苏清澈此刻正在气头上，理都不理秦霜，径直看着缩着脖子的苏清音问道："你什么都知道，就把我蒙在鼓里，是不是？"

苏清音还是头一次看见苏清澈那么生气，被吓了一跳，看了眼同样寒气逼人的秦霜一眼，沉默着点了点头："我知道。"

苏清澈却笑了起来，眸色越发沉："很好，连你也算计我。"

"算计"这个词用得太狠，苏清音的脸色瞬间就发白了，忙挣脱开他的手义正词严："什么叫算计，我是为了你好。"

"为了我好？"他轻声重复了一遍，笑声越发冷，"苏清音，你什么都不知道，凭什么就觉得这是为了我好？"

秦霜见苏清澈这回是来真的，赶紧拉过苏清音："苏清澈，你别怪小怪兽，是我的主意。你要是不爽我们打一架好了。"

苏清澈这才抬眸看他，那眼神阴鸷，如幽灵一般寒光乍现，偏又平静如死水。

"我是她哥哥。"

秦霜一愣，有些不明白他突然说这句牛头不对马嘴的话是为了什么。

下一刻，苏清澈一把握住苏清音的手腕，把人拉进自己的怀里，直盯着秦霜说道："所以我要把我妹妹带走，还需要你这个还不是妹夫的

人同意吗?"

秦霜的脸色也不好看起来:"苏清澈,你什么意思?"

苏清澈却不想再跟他废话,直接拉了人就往外走:"我带她回去,你自便。"

等到了家,苏清澈一把拎着苏清音直接抓到了楼上。

幸好楼下没人,不然还真的不知道要怎么解释。

手机一路上都响着就没停过,苏清音看了看苏清澈不敢接,但又不敢挂电话。现在又响起,她正打算接呢,苏清澈就这么看着她,看得她毛骨悚然,最后乖乖关了机。

苏清澈自己喝了口茶,居高临下地看着坐在椅子上跟受了惊的小动物一般的苏清音,挑了挑眉:"你自己老实交代。"

Chapter 27 不想只是你的哥哥

屋内的气氛此刻看来着实有点诡异,苏清音站在自己的角度,左思右想都没觉得自己哪里有错,可是看着平日里不轻易对她发火,连说重话都很少的苏清澈此刻一身的怒气,有些不知所措起来。

在苏清澈看来,苏清音和秦霜狼狈为奸,也许苏清音什么都不知道,秦霜却知道得一清二楚。

所以苏清音作为共犯,理应要接受他的审理。

苏清音斟酌片刻才说道:"其实不关我和秦霜的事情……"

她看了眼苏清澈的脸色,这才继续说:"是秦老爷子要给你相亲来着,再说了,人家姑娘不是挺好的吗,你有什么不满意的。"

她是为了他好啊,三十岁的人了怎么也该谈恋爱,给她找个嫂子了吧。你说没时间没关系,相亲怎么就不行了啊。

苏清澈闻言却是冷笑一声:"这么说来,我还要谢谢你是不是?"

苏清音打小就怕苏清澈沉下脸来,此刻他语气一凉,她就下意识往后缩了缩,小声辩解:"没有,都是我应该做的。"

苏清澈扯着嘴角冷笑了一声,气得脑袋都疼了:"继续说。"

苏清音想了想,避重就轻:"但是老爷子不知道怎么联系你啊,就

跟秦霜说了,然后秦霜就找我商量,谁让你的信誉一直很差的……"

这话说来也没错,苏老爷子给苏清澈安排过好几次的相亲。

第一次,苏清澈刚到目的地凳子还没坐热,见姑娘一来就说自己还有事回家了,连人的自我介绍都没有听完。第二次,他勉强坐了十分钟,说是上厕所,一去不回了。第三次,他喝了杯茶,对人姑娘说:"我不爱女人。"

得了,这么一闹,苏老爷子不能跟人交代了,他则拍拍屁股走人回了军营,双耳不闻窗外事。

苏清音那时候刚上大学,还没见苏清澈这么损过,乐得在家打滚。

所以深知他对相亲深恶痛绝,才有了今天这么一出。

苏清澈这么一听,点了点头:"这么说来你还是挺有道理的对吧?"

苏清音连忙点头,可不是嘛,她绝对占理。

"可是……"苏清澈话锋一转,"你用得着瞒着我吗?这个家里谁都可以不信任我,但是你不可以。你从小到大跟我提的要求我哪一件没有办到过?你就这么和秦家那小子合伙起来……"

苏清音这次总算听出点苗头来了:"呃,哥哥,你生气是因为丢了面子?"

面子?

苏清澈冷笑一声,只觉得胸口隐隐作痛。

窗外的阳光照射在地板上,晕开淡淡的光圈,她就抱着抱枕坐在他的床上,一双眸子漆黑如墨,怎么看都让他觉得心驰神往。

他蓦然走近一步,眼底的光深深浅浅,晦暗不明:"苏清音。"

苏清音眼皮子一跳,赶紧拿过他放在一旁的饮料灌了一口:"你别生气别生气,有话好好说。"

好好说？

苏清澈笑了笑："我没什么话可以好好跟你说。"

苏清音一愣，眉头瞬间跟打结了一样："哥哥，你不要这样嘛。不就是小事吗，以后我一定会事先跟你说，绝对不会让你出糗的。"

见苏清澈脸色沉沉，不知道在想什么，她挪了挪身子拉了拉他的袖子："而且你也真的可以成家立业了啊，你去当兵又不是当和尚，又不用守身如玉。"

她喋喋不休地说了一大堆，苏清澈却只是抬了抬眉毛，眸色越发深沉。

等她终于停下来时，他才看着她："说完了？"

苏清音点点头："说完了。"

他虽然面对着阳光，苏清音却不知道为什么，总觉得此刻的苏清澈身上笼着一层阴霾。那影子就在他的身后，遮盖着他身上的光华，无端生出一股孤凉。

苏清澈从来都是光彩照人的。苏清音从未见过他这个样子，所以这么突兀地看见，不免心头一震，总有种不好的感觉。

苏清澈见她一双眸子有些闪躲，却硬是狠下心来，慢慢欺身逼近："苏清音，你想不想知道我今天为什么生气？"

苏清音下意识地想点头，可是看他这么认真的样子，却恐惧得只想逃离这里。

她现在一点也不好奇他今天为什么要生气，她感觉这个理由一定会让她承受不住。

只是苏清澈有心让她知道，她就算不听，也要听。

他逼近她，俯身面对着她的脸，眸色认真，唇边还带着若有似无的笑。但这些，此刻只让苏清音觉得浑身发冷。

苏清澈道:"我今天生气是因为我吃醋了,我喜欢的女孩子和她喜欢的人联手算计我去相亲。你说——我该不该生气?"

苏清音一怔,瞬间吓得脸色苍白,毫无血色。呆愣了片刻,她却只是扯了扯嘴角有些尴尬地笑了几声:"哥哥,你开什么玩笑。什么喜欢的……"

声音却越说越低,心头像哽了一根刺一般,让她有些喘不过气来。

苏清澈见此只是笑了笑,抬手摸向她的脸:"清音,我从来不跟你开玩笑。"那声音似是叹息又好似在发笑。

苏清音却听得头皮发麻,眼睛一眨不眨地紧盯着他的脸,想从他的脸上找出一点开玩笑的痕迹来。

可是,就如苏清澈说的,他从来不跟苏清音开玩笑。

此刻,苏清澈在她脸上的手也在瞬间变得有些让她毛骨悚然起来,她不动声色地避开,往后挪了挪:"我想回房了,你让一让……我以后一定不会再这样了,你不要生气。"

苏清澈却是分毫不让,笑话,此时此刻怎么能让她跑。

他一把扣住她的肩膀,紧紧地按住,那双眸子简直是要在她身上落下一个沉沉的烙印,眼神灼热:"清音,我从来就不是你的哥哥,更不想——只是你的哥哥。"

这回是彻底惊吓到了,苏清音看了他好一会儿,才颤着声音问:"你说什么?"

苏清澈用拇指摩挲着她脖子上的肌肤,眼神却柔和了下来:"我们没有血缘关系,这样说,够清楚了吗?"

苏清音浑身一怔,全身血液瞬间倒流一般疼得她浑身发紧。她不敢置信地看着苏清澈,只觉得荒谬至极:"你骗人。"

苏清澈这才发现苏清音的反应有些过头,她根本接受不了。刚想软下声音安抚她时，苏清音却猛然推开他，脸色苍白："我去问爷爷，只有爷爷不会骗我。"

苏清澈眉头一皱，伸手去抓时，她已经快步后退，眼底都是水汪汪的水汽。她转身把门一开，飞快地跑开了。

苏清音脑子里一片空白，她甚至开始怀疑自己是不是在做梦。

她叫了二十几年的哥哥不是亲哥哥，那是不是她根本不是苏家的？所以那个她叫妈妈的人才会用这种态度对待她？

她飞快地跑到苏老爷子的房间，推开门却不见老爷子，只看见正在收拾东西的王嫂。

王嫂倒是被苏清音这个样子吓了一跳："这是怎么了？"

苏清音见没人，也顾不上答话，又往书房跑去。

苏清澈紧跟着追出来，只看见王嫂忧心忡忡的样子。

"清音呢？"

王嫂见这势头不对，赶紧指着书房的方向："去那儿了，老爷子就在里面。"

苏老爷子正跟苏父商量着事，苏母也在一旁陪着，猛然听见门被推开，刚皱了眉要训话，就看见苏清音一张脸惨白惨白的，眼圈红得跟兔子一样，看起来就吓人。

他顾不上责怪，站起身就走过去："我心肝宝贝儿这是被谁欺负了？"

苏清音却猛然后退一步，看着不远处坐着的爸爸妈妈，突然觉得很陌生。见苏老爷子走过来，她也只是贴着墙角根，哑着嗓子问他："爷爷，我是不是苏家的孩子？"

苏老爷子脸色一变，看到随后出现的苏清澈顿时明了："说什么呢，怎么会不是爷爷的孙女呢。"

苏清音只觉得手脚都是冰凉的,无措地看了眼身后的苏清澈,又问:"那哥哥呢……"

苏父也察觉到事情不对,先苏母一步开口道:"问的什么混账话。"

苏老爷子倒是认真看了眼身后的苏清澈,见他脸色沉着,也知道今天下午这几个小辈出去干吗了,这么一细想,差不多也能知道发生什么事了。

他转身走回沙发上坐下,也不打算瞒着:"苏清澈是你爸爸收养的,但就算是这样,也是你哥哥。"

这话看似是说给苏清音听,其实实实在在的都是讲给苏清澈的。

苏清音得了答案,却突然不知道怎么面对这个事实。她站了好一会儿,才狠狠地拿袖子擦了擦眼泪:"行,那我知道了。我想回学校了,下星期再回来。"

说罢,她也不管有没有人同意,转身跑下楼。

苏清澈早就知道苏清音跟自己是不可能的,但是孤注一掷地说出来,也只是想让苏清音和秦霜消停些,再说他那时候还真有点怒气上头,却不料一向没心没肺的苏清音反应那么大。

苏老爷子见人走了,手里拿着的书也是一下子扔在了书桌上,发出好大声音来。他沉了眸子,看了眼苏父又看了看门口的苏清澈,冷冷笑了几声:"好,好。"

苏清澈垂了眸子:"我去追她。"

苏老爷子却重重地哼了一声:"你先回部队吧。"

苏清澈站在一片阴影里,似笑非笑地应道:"对不起。"

苏清音到了学校,才想起手机放在苏清澈的房里没有带出来,随手一摸却只摸到了一口袋的零钱。

她轻吐出一口气，心里还是沉甸甸的。这个事实一时半会儿她还真的消化不了。

而随着这个事实浮现出的往昔的一幕幕，此刻也越发好解释了。

她摸了摸胸口，只觉得眼睛酸得难受。她不知道要怎么面对苏清澈。

苏清澈是她叫了二十一年的哥哥，她一直以为他是有血缘关系的亲哥哥，今天才发现他根本不是。更荒谬的是，他居然说他喜欢……

就算苏清澈和她没有血缘关系，但苏清音投放的感情却是真的。她做不到心无旁骛地再去享受他对自己的好，也不敢想苏清澈这些年在苏家是怎么过下来的。

这些她暂时都接受不了。

Chapter 28 背后的冷箭

寝室里空无一人,苏清音想,还好,不然还要费心解释她这双兔子眼是怎么来的。

晚上吃饭她没胃口便没去吃,等林小爱回来开了灯看见苏清音躺在床铺上才吓得一声尖叫。

苏清音撩开被子看了她一眼,又闭上眼去睡觉。

林小爱见是苏清音这才松了一口气,抬手就拍在她的脚踝上:"死丫头,在寝室也不出声,吓我一跳。"

苏清音浑身没力,也懒得跟她扯嘴皮子,等她碎碎念了好一会儿,才盖着被子翻了个身睡去。

隔日,林小爱有课,一大早起来叫苏清音。

苏清音身子不舒服,也不知道怎么的头昏昏地发着热,被拍了一下脑子也是晕乎乎的,只让林小爱给请了假,就窝在床上一动不动的。

林小爱见惯了她这种样子,虽然有些不放心,不过点名的时间迫在眉睫,她匆匆交代了几句就撤了。

叶紫杉早上倒是空得很,见林小爱一副不放心的样子便说道:"寝室里还有我呢,放心吧。"

林小爱也不再多说什么，转身就走了。

叶紫杉见苏清音睡着也不多说，只是到早上十点的时候走过来问她借笔记本电脑，说是自己的坏了拿去修，现在要查点资料。

苏清音睡得迷迷糊糊的，答应了一声就又昏沉沉地睡去。

林小爱中午在食堂吃的饭，还给苏清音带了一份，进了寝室见她还在睡，叶紫杉正在看书，问道："清音，你手机怎么是个男的接的，我吓得马上把电话挂了。"

叶紫杉看过来一眼，眼神有些轻蔑："放男朋友那儿了吧？"

林小爱撇了撇嘴："她只有情哥哥哪来的男朋友。"说话间，爬上上铺看苏清音，一掀被子见她脸色潮红不禁吓了一跳，"我的天，苏清音，你赶紧给我醒醒。"

苏清音被她一巴掌拍在屁股上，虽然隔着一层被子还是有些疼，当下挣扎着醒过来。

"干吗啊你，扰人清梦。"

林小爱吓得脸色都有些发白了，拿手去探，虽然有些温度，但还好并不是很严重，这才松了口气。她硬是把苏清音押下床喂了吃的，又去买了退烧药，眼睁睁看着苏清音吞了这才放心。

叶紫杉有课早就走了，林小爱见苏清音一个人不放心，便逃了课留在寝室里照顾她。

这么大阵仗倒是让苏清音有些不好意思："别啊，耽误你学习。"

林小爱却是哼了一声："你先照顾好你自己吧，怎么突然就发烧了。"

苏清音也不知道是怎么感冒的，就算林小爱和她的关系好，有些话也是难以启齿的，当下等胃不那么胀了，又缩回去睡觉了。

晚上的时候，苏清音的胃口倒是好了许多，林小爱特地跑了一趟食堂买了吃的回来，吃过饭就去校园论坛刷帖子了。

苏清音想着上次的挂科要补考，也没空再去想别的，更何况她此刻的脑子一团乱，也不敢让自己有空闲的时间去胡思乱想。

她甚至连秦霜都不愿意去想，生怕会牵扯到一丝一毫的不痛快。

没过多久，就听见林小爱那边气急败坏地骂了起来："谁那么缺德啊发这种帖子，真是……"

苏清音探了脑袋去看，林小爱一转头看见她赶紧用身子一挡，挡完又觉得不妥，直接让了位置，让她坐过来。

"你最近是得罪人了还是怎么的，被人捕风捉影了。"

苏清音一听这个就心中有数，滑了鼠标去看。

帖子名字是：社会风气败坏，被包养做情人还自鸣得意，无节操。

往下拉，已经有几千条的回复了。

而前面放的都是截图，这些截图是她以前暗恋秦霜时偶尔难熬了就写了日记存在电脑里的。

她脸色顿时一白，往下拉更是看见几张秦霜来学校接她的清晰照片。

有些离得远看不清楚，有些却是真真切切，连秦霜在 A 市的身份都被深扒了出来。

她气得肺疼，看见那些截图就知道这帖子是谁发的了。

往下看那些评论，更是说什么的都有。

林小爱这边看得越发不对劲，赶紧扯了扯她："清音？"

"我没事。"她深呼吸了一口气，脸色却是煞白的，"我手机丢在家了，你帮我打个电话给叶紫杉，就说我有事找她。"

林小爱随口应下，刚拿出手机要拨号，顿觉不对："你的意思是说……"

苏清音冷笑一声:"我的这些告白可都是锁得好好的,她今天上午刚跟我借了电脑用。"

林小爱眉头一皱,顿时爆了粗口:"看等会儿罪名落实了,老娘不好好揍她一顿。"

苏清音却垂了眼,看着回复帖子的那一串声讨之声,只觉得讽刺至极。

一段文字,几幅图片就能引导舆论。看帖的人更是不分青红皂白上来就被当枪使,还自以为自己有多么圣洁高尚,可不都是傻子一个吗。

林小爱打完电话也是一肚子的火气:"叶紫杉这不是找死吗,她要是知道你家的背景,绝对跪下来磕头认错。"

苏清音却不说话,心里空荡荡的,有些委屈。

叶紫杉来得很快,倒是和往日不同,她今日进门一副扬眉吐气的表情,眼角眉梢都是笑意。

她一进门看见坐在林小爱床上脸色苍白的苏清音,这才敛了笑容:"找我有事?"

门没关,这个红帖一出来,就有人认出里面的人是苏清音了,当下一个个探头探脑地往里面看。

林小爱倒是凶神恶煞地往门口一堵:"看什么看!"

苏清音冷眼看了叶紫杉片刻,这才站起身来:"你做的?"

叶紫杉顺着她手指的方向看去,见是那个帖子,面上的神色都没有多大的变化:"你有证据?"

这话一出,便是间接承认了。

苏清音面上更寒,一双眸子更是犀利阴鸷。

她从未有过这种表情,连林小爱都觉得这眼神太过毒辣,愣了一

下神。

　　苏清音平日很少留校,因为家在本地,也办了通行证,所以来去很方便。就算留在学校也不怎么与人交往,就窝在寝室里,亲近的人无非就一个林小爱和班上一些同学。

　　叶紫杉奇怪的态度她不是第一次察觉,倒没料到这个看起来文文静静、平易近人的姑娘竟然会来这么一手,倒真的是出乎意料。

　　"证据不重要,我知道是你做的就可以了。"

　　叶紫杉没料到她这么回答,沉默着算是默认了。

　　林小爱也不管身后那么多双看好戏的眼神,直接上前破口大骂:"叶紫杉,还真是小瞧你的能耐了,原来你就是这种背后放冷枪的主,今天倒是不花一分钱把你看透了。"

　　苏清音等林小爱骂完了,才神情平淡地问她:"为什么要这么做?"

　　叶紫杉显然是从一开始就没预料到苏清音的想法和做法,此刻顿了顿才说道:"看不过去而已。"

　　"呵呵……"苏清音笑了起来,笑声却让人有些不寒而栗,"叶紫杉,你到底觉得自己是有多清高啊,还看不过去?我被包养了?这些照片就是你所谓的证据?"

　　她这么一问,叶紫杉倒是哑口无言。

　　苏清音继续道:"我不管你究竟出于什么原因,我希望你赶紧联系版主删帖并且道歉,那么我就既往不咎。如果你不愿意,我不介意用激烈一点的手段来回应你。"

　　叶紫杉眯了眯眼,冷笑一声:"激烈一点的手段?跳楼、割腕、服安眠药?你选择哪种?"

　　苏清音看了她好一会儿,才转身开始收拾东西:"到时候别怪我没给你机会,是你自己不要的。"

林小爱见苏清音这是要走,重新堵了路:"我的姑奶奶,这时候你不能跑,一跑这流言更是止不住了。有话好好说,说清楚,犯不着置气。"

苏清音此时只觉得手脚都有些无力,脑子也是晕晕的。她不知道事情怎么会变成这样,但是脑子此刻就跟空白了一样什么都想不起来。

她现在不想做别的,只想寻个可以安抚她的人好好被安慰一下,不然她真的没有力气面对这些。

亲哥哥不是亲哥哥,室友做的这些,和那么多人虽然无意却恶狠狠地中伤……

她现在真的支撑不了,心理防线已经被逼得退无可退,再多一步就会全线崩溃。

林小爱跟她对视了一眼,这才默默地让开位置来:"那我陪你吧?"

叶紫杉见苏清音要走,眼底也有些快意,当下笑着说:"林小爱你赶紧离这种人远点吧你,别也被泼了一头一脸的脏水,洗都洗不干净。"

林小爱闻言顿时夵毛,转身恶狠狠瞪了她一眼:"奉劝你一句,以后造谣中伤别人之前先调查清楚怎么一回事再说。还有,A市虽然姓苏的不少,但是名门望族倒是不多,不如你抽空查查?"说罢,她狠狠握了一下苏清音的手,留下最后一句重磅炸弹,"秦二爷虽然人比较随意,但是我倒记得一旦触了他的逆鳞,日子不会好过到哪里去。叶紫杉,不知道你的好日子什么时候会到头。"

苏清音倒是一直没说话,甚至连看都没看叶紫杉一眼。对那些投射过来的惊诧眼神也权当没看见,和林小爱一起走出了寝室。

叶紫杉听完这些话脸色顿时一白,在原地站了好一会儿才想起来,飞快地开了电脑。

苏清音等走出了校门,这才松开林小爱的手:"你回去吧,我晚上

还不知道要去哪儿呢。"

林小爱想着她就算回去大概不是回家就是去找秦霜,送她到了校门口也就放心了,帮她拦了出租车:"记得我号码吧?有事给我打电话。"

苏清音上了车才淡淡一笑:"我没事。叶紫杉的事你也别管,没几天就删帖了。"

林小爱才不担心这个呢,她就是觉得苏清音的状态看上去很不对劲,但是具体又说不上来,细细叮嘱了几句才放了人走。

Chapter 29 黑暗中的灯熄灭了

司机往前开了一段路才问苏清音:"小姐,去哪儿?"

苏清音正看着窗外掠过的树影发呆,被司机叫了好几声才回过神,下意识就说道:"帝爵世家。"说完,自己也是一愣,暗暗握了握自己的手心。

秦霜不在家,她又没带手机,钥匙也没在身上,一时不知道去哪儿,便蹲在秦霜家门口等着。

A市的秋天已经快要离开了,冬日的冷意也缓缓靠近。

所幸她今天有点发烧衣服穿得足够厚,在这种夜晚也不觉得有多么冷。

天色有些黑,她开了门口的灯照亮,暗暗后悔来之前怎么不先打个电话通知他一声,也不知道他今晚是不是住在大院。

如果住在大院,怕是她今晚晚点只能去酒店了。

不过时间还早,她就坐在门口等着,偶尔抬头看着树影婆娑,心底那股子悲凉就跟发了酵一样,越来越浓。

苏清音不由得都想嘲笑一下自己,其实她哪有那么弱不禁风。

以前小的时候苏清澈对她好,她就会想以后不要秦霜然后跟哥哥结

婚。那时候都没考虑过他是亲哥哥所以不能结婚的道理,只觉得苏清澈对她好就跟苏老爷子宠她是一样的。

苏母也是对苏清澈比对她好,她就觉得特别不公平,那时候会很幼稚地想,如果苏清澈不是我的哥哥多好,这样妈妈只爱我一个了。

可是当苏清澈不是亲哥哥的假设终于成立了,她却发现没有一个比苏清澈是她哥哥来得好。

她不知道要怎么面对他,面对他不一样的喜欢。

她也觉得这个世界好疯狂,很多事情说变就变,让人措手不及。

所以这些事情串在一起,她下意识地就不想独自一个人面对。她脑子里第一个想到的人就是秦霜。

她对他的依赖太强,一有困难就喜欢找他,捅了娄子也是找他,不开心了还是找他。

秦霜之于她,是天是地是遮风港,天塌下来都有秦霜。

所以一旦喜欢这样一个被自己全身心依赖的男人,对于苏清音来说,不亚于一场毁灭。

其实叶紫杉的事情完全可以摊开来说,告诉她,秦霜就是我男人,我们从小一起长大。秦霜什么身份,苏清音什么身份,哪来的攀高枝一说?

凡是知道内情的人,都会赞一句,门当户对,金童玉女。哪有叶紫杉说的那么不堪。

可是苏清音说不出口,如叶紫杉所说的,苏清音一直都是倒贴上去的,这些都是她缠来的,而秦霜——大概只是逢场作戏。

不过,秦二爷这人一般谁勉强都不行,若是付出真心,绝对一心一意。

但就算这样又如何,她现在还是想靠着他。

又等了片刻,苏清音迷迷糊糊都要睡着了,才看见一辆车由远及近,赫然就是秦二爷骚包的座驾。

她敲了敲已经麻木了的腿,这才撑着墙壁站起来。

秦二爷走过来的时候脚步还有些不稳,一身酒气,看见门口站了一个人便停在几步远的地方顿了一会儿,自言自语道:"我又走错了?"

苏清音站着等了一会儿才见他走近,晃了晃手:"是我。"

秦二爷一顿,随即快步走了过来,捏着苏清音的下巴看了好一会儿,才摸着她的脸问:"怎么那么冷,你是不是刚从冰箱里面出来?"

秦二爷……彻底喝醉了。

苏清音第一次看见秦二爷这么孩子气,说话这么胡言乱语还是在安安和秦墨的结婚典礼上。这是第二次。

她抬手扶了他一把,心里却隐隐挫败,就这样还怎么指望他来安慰自己啊。

秦霜被她扶着,一半的重量都落在了她的身上,抬手就握住她冰凉的手,皱着眉抱怨:"小怪兽,你怎么把自己弄成这样。"

苏清音一愣,被他温热的掌心握住,看着背着光五官柔和双眸晶亮的秦霜,狠狠地撞进他的怀里,把他的衣服扯得紧紧的:"秦霜。"

秦霜的眼底这才恢复一丝清明,他皱着眉似乎是疑惑了会儿,这才扯了扯领口:"好热。"

苏清音心里一时思绪陈杂,扯开一段距离,从他手里拿过钥匙去开门:"你喝多了。"

秦霜也不辩解,只牢牢抓着她的手不松手。等门开了之后,更是握得紧紧的。

苏清音只觉得耳后的呼吸热热的,一回头就看见秦霜压了下来,她微微一侧头,脸色有点难看:"秦霜。"

秦霜却好像根本没听到一样,一双眸子炽热,牢牢地拉着她的手,便俯下身子去亲她。苏清音只觉得他此刻不对劲,但是她实在没心情在现在这种状态下和他做那种亲密的事,用了七分力使劲推开他:"秦霜,你清醒点好不好?"

秦霜一双眸子沉得几乎能滴出水来,他猛地俯身把她紧紧压制在鞋柜上,唇狠狠地落下碾压着她的唇。

苏清音顿觉脑子一昏,刚弱下去的挣扎又强烈起来。

秦霜此刻却管不了那么多,她越是挣扎,他心底深处越是有一只强大的怪兽从地底崛起,那种撕扯的痛感,以及对征服自己领地的渴求,烧得他心口像是有把燎原之火,火头由细变粗,火势渐渐扩大,烧得周围寸草不生。

他顾不得许多,被酒精麻痹的大脑像是只有一个指令,让他不住渴望着去温暖的地方。

苏清音只觉得腰间被他扣得发疼,再加上在清醒的时候被秦霜这么毫不怜惜地压在鞋柜上,脑袋一阵一阵抽痛,嗓子里更是堵了一团棉花一般,呜咽着说不出话来。

秦霜一双眸子的焦点已经涣散,只看得见面前一具美好的身体,更是控制不住了一般,吻又急又重地落在她的脖颈、耳后。

苏清音被亲得一阵发昏,想要反抗,身子却被他控得牢牢的,只能眼睁睁看着他毫无商量余地地扯破她的衣领,那双眸子里浸了夜色和火花。

苏清音只觉得害怕,手紧紧地抓住他,像攀附着一叶扁舟,声音还犹带几分惊魂未定:"秦霜,你知不知道我是谁?"

整个房间都是暗沉沉的,只有身后沉重浓烈的喘息声。她触目所及的地方都是一片黑暗,心像是被谁掐住了一般,一阵阵发紧。

她终于呜咽着哭出声来:"我再也不要理你了。"

秦霜却是充耳未闻,他只觉得拥有一种满足感,怀里温香暖玉。

眼前似乎是一个扭曲的世界,他看不见别的。

他压抑地哼了一声,声音低沉又沉厚,像夏天躁动的小虫。那声音是藏在草叶里的,透着捉摸不定的存在感。

两人之间靠得太近太近,他的呼吸落在她的耳垂上,热得发烫。

苏清音怕得厉害,不停地扭动着身子想避开他。可男女的力量本就悬殊,秦霜又是个喝醉了一根筋认死理的人。他想做什么,不达到目的誓不罢休。

反而,她越是想避开,他越是要强迫。

那种近乎强硬压迫的力道令苏清音浑身不适极了,心理逆反到了极点,她的手指紧紧抓着鞋柜的边缘,指甲几乎要抠进掌心里去,金属的冰凉感和他的体温截然相反。

她咬着唇,一双眸子里的水汽全部化成了泪珠,止不住地滚落下来。

苏清音紧紧咬着唇,一遍一遍地重复:"秦霜,我是小怪兽。"

他的灼热已经贴了上来,隔了一层薄薄的衣料。

她脸涨红着,想挣扎,每每刚有反抗的意识,他就本能镇压。一来二往间,她不仅没为自己争得什么便宜,反而方便了他。

苏清音觉得前所未有的屈辱。

那种不按她意愿,被强迫的屈辱感。

就像有人把她的世界放在她的眼前,一点点扭曲碎裂般,直观得令她厌恶。

秦霜的手指还停留在她的锁骨上,他像是寻到了新玩具,指尖沿着她锁骨的曲线和弧度,一下一下绕着圈。

苏清音脸上发热,丝毫没有一点反应,心里那根弦在一点一点地收紧。

秦霜上了瘾,触手可及的地方都是绵软如凝脂的触感。这种感觉前所未有,可越是拥有越是空虚,眼前迷幻的景象带给他巨大的快感,耳边迷迷糊糊似乎有一个熟悉的声音正拉扯着他。

秦霜一怔,短暂地陷入了一丝迷茫中,但这种迷惘只让他暂停了一刻,很快他甩甩头,抛开这个噪音。

苏清音身下一凉,她立刻就知道眼下发生了什么,扭动得越发剧烈。

秦霜正尝试着突破防线,手下微微一松,倒是让一直挣扎的苏清音有了可乘之机,她几乎是立刻转身猛地推开他。

偏巧秦霜正揽着她的腰,这么一推连带着她也摔在了地上。

秦霜捂着脑袋闷哼了一声,意识这才清明了些,他睁眼看着天花板迟钝了片刻,刚聚焦起来的眸子又涣散了起来。

苏清音赶紧从他身上爬起来,飞快地钻进旁边的卫生间收拾了一下自己。她连灯都忘记了开,穿好衣服就靠着冰凉的墙面抽噎起来。

黑暗就像一个巨大的牢笼,此刻困得她寸步也离开不了。

她哭着哭着就好像真的被全世界抛弃了一样,心灰意冷。

门外还有浓重的喘息声,片刻之后不知道怎么了,便一点声音也没了。

苏清音开了门看去,秦霜已经起身到沙发上去了,不知道是睡着了还是怎么,蜷缩在沙发上。

她手脚僵了一下,然后飞快地开了门,身后像追了野兽一般跑了出去。

外面不知道什么时候下起了雨，她站在别墅外围的廊檐下，被雨丝打到的手臂丝丝凉凉的。

身上刚才被秦霜捏过的地方此刻还火辣辣地痛着，她回头看了眼身后紧闭的大门，眼底期冀的光渐渐熄灭。

就好像她的心底始终为秦霜留了一盏灯，但是风太大，雨也太大，终于在黑暗中慢慢熄灭。

"啪嗒"一声，结束了。

她紧紧握住自己的手，不知道笑什么，缓缓扬着唇，然后头也不回地走了出去。

Chapter 30 你的人我的蠢在动了

深夜已经没有公交车了,连出租车也少得可怜。

苏清音走出帝爵世家,沿着马路走了好一段路,才到站台避了会儿雨。等了片刻,才等来一辆出租车,不过司机停下来看了她一眼,又匆匆开走了。

苏清音扫了自己一眼,想着一定很狼狈。

雨渐渐大起来,她浑身湿透被冷风这么一吹浑身都凉飕飕的。她在站台边上坐了一会儿,等雨势歇了许多,才起身往大院里走。

她不知道苏清澈回部队了没有,但是大院是她此刻唯一能去的地方了。

来开门的是王嫂,她睡在一楼,听见门铃就赶紧起来开门了。没料到门口站着的是苏清音,还浑身湿淋淋的,她吓得脸色惨白,忙叫唤了起来。

苏清音张了张唇却是半个字都说不出来,只觉得脸热热的,浑身都酸软无力。她踉跄着扶了门框一下,忙被王嫂半拖半抱地撑着。

苏清澈是第一个下来的,看见玄关站着的苏清音脸色也是一白,几步下了楼来,一把将人抱着就往外走。

"怎么弄成这样？王嫂你赶紧拿车钥匙上来，先送清音去医院。"

苏清音浑身的温度烧得很高，唇色苍白如纸，脸上却是泛着病态的潮红，浑身上下湿淋淋的，看着实在狼狈。

王嫂被吓得不轻，忙去拿苏清澈的车钥匙："我的小祖宗喔，怎么弄成这样。"

苏清音却紧紧地抓着苏清澈的衣服："不要去医院。"

"说什么混账话。"苏老爷子被惊醒，一出门就看见这模样，顿时气急败坏地下了楼来，"赶紧送医院。"

苏清音只觉得头晕得厉害，掩着唇咳嗽了几声，那沙哑的声音听得苏老爷子一阵心疼。

苏清音此刻还是有些抵触苏清澈的，挣扎着要下来。苏清澈一见眉头一皱，威胁道："你要是再乱动，直接把你丢出去。"说罢，又轻叹了一口气，缓了语气，"现在不是计较这个的时候，等你好了怎么处置都由你来？"

苏清音现在也清醒了很多，环着苏清澈，语气凝重："爷爷，我不要去医院，你让医生来家里，我谁也不想见。"

苏老爷子脸色凝重地看了苏清澈一眼，这才叹了口气："你把人抱她卧室里去吧，王嫂帮小音洗个澡，我现在就叫医生过来，先吃点退烧药。"

苏清音这才乖乖不动，看也不看苏清澈一眼，只垂了眸子。

林医生来看过，打了点滴，苏清音的温度才退下了许多，临走之前交代了几句才打着哈欠走了。

苏清音已经睡着了，睡得却极不安稳。

王嫂还在边上候着，犹豫了片刻才说道："苏小姐是不是受侵害了，

我刚才帮小姐洗澡的时候,见她身上有青紫的痕迹。"

苏清澈诧异地抬起头来:"你确定?"

王嫂点点头:"应该是的,等小姐醒来我再探探口风。"

苏清澈却是额角一跳,手紧握成拳:"最好不是。"

王嫂见他还没有走的意思,这才道:"少爷你先回房吧,这里有我照顾着。"

苏清澈看了她一眼:"今晚我守着吧,你去休息。我明天早上就走了,之后就要麻烦你了。"

王嫂诧异:"不是还再待几天的吗?"

苏清澈自嘲地笑了笑,抬手按了按额角,颇有些无奈:"怕是她不想看见我。"

王嫂也是知道一二的,当下沉默了会儿就退出房了。

苏老爷子就站在门外,见她出来也不意外,只问道:"姑娘睡下了吧?"

王嫂点点头,手里还端着茶杯:"老爷子您放心,没事的。"

苏老爷子微一颔首,脸色却沉得像是暴风雨来之前的前奏,转身回房了。

苏清音一觉睡到隔日的早上才起来,手机已经充好了电,放在了她的床边。她撑着身子坐起来,就看见王嫂正背着她,在收拾她的书桌。

王嫂听见动静看了过来,笑了笑,便下楼端了一碗粥上来。

苏清音脸色稍微好了些,勉强吃了些下去,才转着眼珠子说:"爷爷在不在,我找爷爷有点事。"

苏老爷子听见她醒了,迫不及待就上来看她了。

见她脸色稍微好了些,他却还是有些不放心,非要叫了林医生过来再看看。

苏清音吃过药，斟酌了半响才跟苏老爷子一本正经地说道："爷爷，您送我出国吧。"

苏老爷子一愣："你说什么？"

苏清音垂了眸子，只觉得心头酸楚："我在这里待不下去了。"

苏老爷子还想着早上苏清澈过来说的那些话，顿时气得一挥拐杖："是不是秦霜那小子对你怎么了？还真是无法无天了。"

苏清音浑身一震，随即想起王嫂昨日多留意了几眼，又松下心神来："没有，他喝多了……"

苏老爷子这回是认定了，当下气得吹胡子瞪眼睛："你等着，我这就去秦家把那小子扯出来给你撒气。"

苏清音鼻子一酸，一把拉住老爷子的衣服，从床上爬起来，跪坐在老爷子的面前，还未说话，眼睛一热，泪止不住就掉了下来。

"爷爷，谁都没有做错，是我待不下去了。你别去找秦霜的麻烦，他真的没有对我做什么。就算有……"她颤声道，"那也是我自愿的。"

苏老爷子心头一震，心疼得无以复加："那臭小子！"

这么多事情交织在一起，她真的无力去应付了。抹了把眼泪，她压低了声音哀求道："爷爷，您送我出国吧，求您了。"

苏老爷子原本还想拒绝，话到嘴边看着自家的宝贝孙女一夜之间憔悴成这样心疼难忍，抿着唇不说话："爷爷送你去别的地方……"

苏清音摇摇头，哭得上气不接下气。她挪了几步，挨着老爷子坐下："会找到我的，我知道逃避不是办法，但是请您再纵容我一回吧。"

苏老爷子顿时无话可说，沉沉叹了口气："你打小就是个有主意的人，既然有了决定我也不会多加干涉。"想着顿了顿才问，"那苏清澈的事……"

苏清音一愣，随即笑了起来："我和他以后都会好的。"

苏老爷子这回是真的不知道要说什么了，叹着气就走了。

手续很快就办好了，苏清音这段时间在大院倒是真没被人打扰。听苏老爷子说，秦霜倒是每天都来一回，见不到人坐了片刻就回去了。

苏清澈却是一点消息也没有。

苏清音去的是美国，留学的手续还没办好，学校就联系好了，手续还需要些时间。苏清音想着要走，也等不了那么久，订了机票打算过去先熟悉熟悉。

美国那边已经有人接应了，苏老爷子近日就要体检了，挪不开时间便只能送机。

苏清音走得急，没告诉别人，只是临走之前给林小爱发过一个信息，说是稳定了再联系，被林小爱骂了个狗血淋头。

苏清音登机前走了几步又跑了回来抱了抱苏老爷子，轻声道："爷爷，以后想我了就跟我语音视频，我还是陪着您的。"说罢，看了他的脸色又道，"爷爷，您不要为难秦霜，我那么喜欢他，舍不得的。"

苏老爷子见她走之前还说这个，不禁气得瞪了她一眼，但想着她这一走又不忍心起来："秦家那小子能让我收拾那去……"

苏清音扯着嘴角笑了笑，又抱了抱苏老爷子才走了。

苏清澈是两天后回家才知道这件事的，面无表情地在老爷子面前站了好一会儿，才一言不发地抿着唇上楼了。

而秦霜是在一个星期之后知道的，他知道这个消息的时候手机都没拿稳，直接落在地上，摔得屏幕四分五裂。

那用小怪兽的照片做桌面的屏幕就那么亮了一下，瞬间暗了下去。

他心一紧，只觉得被一双手给掐住了不能呼吸，扯着领口大口喘气了好一会儿，才飞快地跑了出去。

林小爱在教室门口看见秦霜的时候，先是诧异，随即面无表情只当没看见就要擦肩而过。

秦霜此刻哪管这些，一把扣住她的手，一脸恳求："你一定知道发生了什么对不对？"

林小爱看了眼刚从教室里出来的叶紫杉一眼，这才扯了嘴角笑道"秦二爷你这话问得有些晚了。"

秦霜自然知道有些晚了，又是威胁又是利诱的，把林小爱拐到校外的奶茶店里。

林小爱正抱了电脑，直接把帖子翻了出来给他看："清音最后一天在学校的时候就发生了这件事，别的我不清楚，她也没告诉我。不过来学校的时候，情绪就有些不对劲，难道不是你这边出了问题？"

秦二爷手抵着下巴，皱着眉想了很久，都没想起来自己出了什么问题，只记得那天苏清澈把苏清音带走了，他隔天去买醉，喝得多了，随后发生了什么却是一点印象都没有。

林小爱一直留意他的表情，见他也不像是对苏清音没感情的样子，这才大着胆子问他："你喜欢清音吗？"

秦霜已经是下意识地脱口而出："我不喜欢她喜欢谁。"说罢，自己也是一愣。

林小爱显然也没有想到他的反应那么激烈，不过秦二爷这样的人坐在她的对面说这种话……她还是觉得好神奇。

帖子的事情因为苏清音的突然离开又火了起来，不过马上就有一个新帖代替了这个帖子。

　　这次帖子的内容是有知情人爆料，说苏清音身世显赫。舆论主导方向也由她死缠烂打变成秦二爷死皮赖脸，更是影射了叶紫杉因为嫉妒而恶意中伤。

　　苏清音迅速洗白，当事人却看不见了。

　　林小爱看着这个帖子，扫了眼脸色不佳的叶紫杉，说道："清音那时候就说给过你机会的，现在没机会了。我已经提交了调寝室的申请，我想很快就会有人知道，连我都忍受不了你这种人。"

　　秦二爷却并没有点到为止的打算，这段时间的郁闷全部发泄了出来，对叶紫杉施加了压力，直到逼着她上网公开道歉这才收了手。

　　一日傍晚，叶紫杉看见了这个幕后推手，他站在她的面前，只是漫不经心地说了一句："你就是蠢在动了我的人，别为自己的清高找借口，你就是羡慕她。可惜这一切都没能留住她。"

　　最后一句，语调清冷。

Chapter 31 消失的三年

三年后。

A 市机场大厅。

秦霜焦躁不安地来回走了两圈,又可怜巴巴地看向一旁稳坐如山的程安安,挠了挠头继续走。

程安安推了推架在鼻梁上的墨镜,拉低了些帽子这才抬腿踢了踢秦二爷:"坐下。"

苏老爷子闻声也看了过来,不由得冷哼一声,权当没看见。

秦二爷摸了摸鼻子,灰溜溜地在程安安身侧坐下,可刚坐下还没三分钟又开始坐立难安:"这飞机怎么回事啊,又晚点。"

程安安看了眼时间,弯着唇提醒:"哪里晚点了,你急什么。"

秦二爷这会儿终于老实了,拿出手机丝毫不顾及形象噼里啪啦打起游戏来。

程安安瞄了眼屏幕,这款游戏是苏清音的最爱,以前总是打不过关,每每都会让秦霜帮着过。

时间算来也快,眨眼三年。

一旁的昭阳眨巴着眼也去看秦二爷打游戏:"小叔,你在干吗?"

秦二爷一边心急着,一边又心思雀跃,还隐隐担忧着,此刻心头烦躁得不行,直拿手机泄愤:"我在打游戏。"

昭阳看着屏幕上一架架飞机呼啸而过,笑眯眯地跟程安安说:"妈妈你快看,小叔在打飞机。"

童声清脆响亮,不由得招惹了一大串的目光看了过来。

秦二爷手指一顿,抬手挥了挥拳头,做威胁状。

昭阳才不怕他呢,当下哼了一声,吧嗒吧嗒跑到苏老爷子身后扯着衣服朗声道:"小叔你还有暴力倾向,等未来小婶婶回来了,我一定要去告状,让她别喜欢你了。"

秦二爷见昭阳那腹黑样,没辙了,只问他:"那喜欢谁?"

昭阳想了想拍了拍自己的胸口:"爸爸说我文明讲礼貌,聪明又能干,对妹妹和妈妈都很好,所以嫁给我就好啦。"

闻言,在场的大人都爆笑出声,只有秦二爷一头黑线。

于是,本来就心急的秦二爷越发郁闷了。

话说回来,当年苏清音这么一走还真是狠心,除了苏老爷子、程安安之外也只跟林小爱偶有联系。

秦二爷眼巴巴等了一年,等不及就要出国去找,程安安知道了当着老爷子的面就是一通训,无外乎就是他当年自己行为不检点,现在人出国了才知道去追。

不过程安安还是没舍得自家的小叔子这般,晚上就打了电话过去,让苏清音和秦二爷说两句。

苏清音那头沉默了片刻才说:"不了,如果我回来了,再通知他吧。"

对此,程安安也是爱莫能助。

秦二爷打此之后倒是戒骄戒躁，安分老实，跟变了一个人一般，也没再多问苏清音的事情，偶尔提及几句知道近况还好，便不再多问。

程安安还以为秦二爷这会儿性子是真收敛了，哪知道苏清音前一个星期透露了风声说要回来，他便一个星期没能睡好，一大早起来就在机场等下午两点多的飞机……

最先看见苏清音的还是秦昭阳。

午后的阳光浓烈，光可鉴人的大理石地板上洒上一层暖人的阳光。

而苏清音就拉着行李箱从人群中走了出来，一张脸上干干净净脂粉未施，但在人群中却是第一眼便能看到。

只三年而已，苏清音便跟脱胎换骨了一般，光彩夺目。

昭阳一眼看见，扯着秦二爷的裤腿直拉："小叔，你答应给我零花钱，我就告诉你一件事。"

秦二爷低头看了昭阳一眼："你小子诈我的钱诈上瘾了是吧？"

昭阳扬着脸笑眯眯的："我告诉你未来小婶婶在哪里。"

秦二爷眼一亮，刮了刮昭阳的鼻尖，抬眼看了过去，这一眼，却是再也没办法移开了。

苏清音刚走出来就看见秦霜了，步子就是一顿，站了好一会儿才走了过去。

本以为自己不想的，但一见到人，却发现哪里是不想，分明噬心噬骨。

苏老爷子一见到宝贝孙女就乐了，迎着人快步走过去。

苏清音也是真的高兴，几步走过来上前抱了抱老爷子，还撒起了娇。

昭阳也是好久没见到苏清音了，站在程安安身侧，看看苏清音还有

些费解地皱了皱眉头:"妈妈,小婶婶好看了好多。"

苏清音耳尖,听到这句话,顿时乐了,蹲下身抱起昭阳:"重了好多啊,好结实,想不想我,大宝贝儿。"

秦二爷这边眼巴巴地等着呢,见苏清音转过身来,眼睛还没亮起来,就看见苏清音目不斜视直接转到了昭阳这里,连眼角余光都没分过去一个。

程安安倒是把这些看在眼里,过去抱了抱她,顺手捏了捏她:"漂亮了好多。"

苏清音弯着唇笑,笑容却是一如往昔。

程安安扫了眼一旁又开始失魂落魄的男人一眼,直接拉着苏清音的手,朝秦霜看去:"这边还站着一个人,不打声招呼?"

苏清音一愣,看向秦霜时,却落落大方地笑了笑:"你还好吗?"

秦霜正想说一点也不好,但是又觉得话一出口会显得矫情,这么一迟疑却是什么都没说出来。

苏清音倒也没真的想等他的答案,放下昭阳改为牵着他的手,边拉了行李箱就往外走:"有什么事回去说。"

苏老爷子也这么想,看了一旁的秦霜一眼,顿了顿才道:"司机把我送到就回去了,秦霜你有开车过来吧?"

被点名的秦霜赶紧点头:"有,坐我的车回去好了。"说罢,一把拉住正往前走的苏清音。

他双眸漆黑,拉着她的手腕抓得紧紧的。她抬眸对上,只觉得他的眼里翻涌着太多情绪,如深潭一般引人陷入。

她一愣,就见他低了头按住她拿着行李箱的手,那滚烫的触觉,时隔多年,还是让她觉得心悸不已,这么一缩行李箱就落入了他的手中。

秦霜眸底失望一闪而过,握紧了还有她余温的拉杆,抬起头看了她一眼:"走吧。"

苏清音顿了一下,见他先转身往前面走去,不由得摸了摸自己的胸口,暗暗低咒了一声。

苏老爷子和程安安两个人心里都跟明镜似的,对视一眼,都笑了起来。

苏清音比起三年前,成熟了许多也明艳了许多。她抱着昭阳坐在后座,一直絮絮叨叨地和程安安说着话,说话也成熟了许多,字字句句分明,连气质都有些不同。

程安安倒是不意外苏清音的这些改变,在国外一个人生活,自然没有在国内这么方便。很多事情都是需要自己处理自己拿决定,而困难就是磨炼一个人最好的方法。

秦霜把人都送到了大院,下车帮她拿了行李后,便打算离开。

苏清音见他就要走了,略一迟钝,还是问道:"不留下来吃饭吗?"

秦霜手按着车窗门,笑了笑:"不了,估计你也不想看见我。"说罢,略有深意地看了她一眼,见她垂了头,也不多话,直接开车离开了。

苏清音回来之后,在家休整了几天,便打算去上班了。

她在美国修的是金融管理,三年学成归国,便打算自己去公司发展。

苏老爷子原本放她出国是打算一年之后骗她回来的,哪知道她自己主意捏得牢,就一口气在美国待了三年毕业了才归国,这么一回来更直接去应聘财务总管。

苏清音也打算搬出去住,和老爷子商量了一下,便打算在公司附近租房子。

苏老爷子差点没气得扔筷子,一回来就告诉他工作已经找好了,还要搬出去住,他盼了三年把孙女盼回来了,这回又得见不着了。

苏清音这才再三保证,一个星期起码回去住两晚,苏老爷子这才大手一挥直接给她交了附近小区的首付,剩下的留给她自己还房贷了。

苏清音对这种安排还是挺满意的,也没什么好收拾的,直接拎着她从美国带回来的行李箱就入住了。

苏清澈部队里一堆的事情,等忙完了出来,正好赶上苏清音买东西装饰新家,不遗余力地开着他的吉普上阵了。

苏清澈身份特殊,所以不能出国,之前也一直没有联系苏清音,直到交了女朋友才打了电话过去。

苏清音那天对着电话哭了一晚,说了很多的话,心结倒也是解开了,松了一口气。

苏清音后来知道苏清澈的女朋友是宋星辰时,差点没一口老血喷出来,隔三岔五打电话骚扰苏清澈缠着他讲他们之间的事,烦得苏清澈那时候一个头两个大。

最后还是宋星辰出来,只用了一句,就把苏清音这烦人精给秒杀了,打此还一直保持敬畏的态度。

宋星辰如是说:"我男朋友跟另一个女人每晚讲电话,虽然内容是我,但我还是觉得很硌硬。我时间很充足,不如找我聊聊?"

苏清音握着电话愣了好久,才在听见苏清澈的声音后反应过来,当下对着话筒就是一串的尖叫:"哥哥,你找了个那么厉害的老婆,以后欺负我咋办。"

苏清澈低笑了一声,才道:"厉害点才好,省得你一天到晚还往外跑。"

苏清音心下松了一口气,真心祝福:"哥哥你幸福就好。"

"嗯。"苏清澈应了一声,"那你呢,你跟秦霜一直没联系?打算给我找个聪明点的妹夫了?"

苏清音窘了:"秦霜哪里笨了!"

话一出口,她就是一愣,听着苏清澈那边的笑声,才急得跳脚:"你就是来套我话的。"

苏清澈:"你要是没话,我怎么套得出来。"

被戳中心思的苏清音就跟气球一样,漏了气。

Chapter 32 我一直都是一个人

苏清音是在市中心一家老牌公司迦曼工作,她一来就是财务部总管,公司里很多人对于她的到来还是抱有怀疑态度的。

毕竟,二十四岁的总管,太年轻了。

虽然是空降,家里也宠着,但业务能力还是过硬的。

苏清音的名字在A市并不算有名,她也一直很低调,但是A市都知道苏老爷子有个宝贝孙女。

苏清音刚投简历的时候,回应的都是些小型企业,她就动了心思,打个电话回去给了苏父。

苏父一直没指望苏清音能有什么出息,只希望大学毕业随便上个班能养活自己就好。她这么突然地飞去美国,又毕业回来,心下也是欢喜的,当下便答应了下来。

所以就有了以下这一幕。

苏清音刚走进公司就看见迦曼那四十八岁的总裁,刚想打过招呼就闪人,迦曼总裁就笑眯眯地走了过去:"清音啊,办公室在哪儿知道吗?"

苏清音摇摇头:"我今天是第一次来。"

迦曼总裁点点头:"那我带你过去吧。"

苏清音步子一顿，看了看电梯周围那些神色各异的眼神，婉拒道："我知道人事部在哪里，就不劳烦您了。"

迦曼总裁扫了她几眼，意味深长："你和秦霜什么关系啊？"

苏清音沉默了。

所以，她还没正式上任，全公司都知道她是空降兵，还知道她跟A市大名鼎鼎的秦二爷有关系……

程安安知道她今天第一天上班，秦墨的公司又正好在附近，直接去公司找她。

前台刚想拦着她，程安安把墨镜一摘，嫣然一笑："我只是去找苏清音，我是她……"程安安眼珠子一转，笑得十足腹黑，"我是她嫂子。"

于是苏清音刚上任一个中午，全公司都知道苏清音跟秦霜是什么关系了。而那些蠢蠢欲动的男人，也全部偃旗息鼓。

程安安见目的达到，上电梯前还打了个电话给秦二爷道："任务完成了，你答应的也要做到。"

秦二爷在办公室弯了嘴角笑："放心。"

所以，你们明白这一切是谁干的了吗？

程安安拐了苏清音出来吃午饭，去了一家西餐厅，点了牛排。

午后悠然，餐厅里背景音乐轻柔，时光似乎一下子就回到了三年前。面前坐着的人，面对着的事，似乎还是一如既往。

苏清音随手挽了长发盘起，一双眸子也似点缀了星光一般亮晶晶的。

"安安姐，小昭阳和小暖阳呢，怎么没带出来。"

程安安支着下巴看了她好一会儿才笑眯眯地端起茶杯喝了一口水："上学。"

苏清音这才想起来这两只小宝贝已经被发配去祸害别的小朋友了。

一时无话,等牛排上来了,程安安才抬眼看向正推门进来的两个人,招了招手:"这边。"

苏清音闻声望去,见走进来的是秦墨和秦霜,眼下一暗,随即了然,倒也没有多少意外,手下还专注地切着牛排。

三年前,她切牛排还会发出细碎的声响,动作也不够标准,但在美国待三年之后,她的动作举止已经变得十分优雅,挑不出一丝不对来。

秦霜就在她的身侧落座,只是落座前看了她一眼,也叫了份牛排,便坐着不说话了。

秦墨扫了眼对坐的两个人,移过程安安面前的牛排,细细地切碎成小块,才移回她的面前:"会不会不够?我再点些点心?"

程安安随手叉了一块牛排塞进他的嘴里:"好啊。"

秦霜淡淡一笑,转眼去看苏清音,她面容沉静,也不分心,只是细白的手指捏着叉子时,轻微握紧了些。

"工作还适应吗?"

苏清音顿了顿,才反应过来秦霜是在跟她说话,放下刀叉,抿了口水,才慢条斯理地转过头去:"工作挺好的。"

秦霜看着她唇边那淡然的笑容,一时语塞。

倒是程安安打破这尴尬说道:"你晚上有公司的聚会吧?"

苏清音知道她打的是什么主意,笑了笑:"安安姐,你就别操心了,赶紧努力再生个小宝宝出来。"

秦墨倒是颇玩味地看了苏清音一眼,嘴角一舒:"那你打算什么时候要?"

苏清音被秦墨不动声色就将了一军也不恼,她不再是当初那个小姑娘了,当下言笑晏晏地说:"等我有男人了,这事还会晚吗?"

秦霜却是意味不明地看了她一眼,再也没有说话。

中午的这段插曲很快就过去了，苏清音吃过午饭，就借口公司业务还没有熟悉，便先行离开。

今天和她一起进公司的还有两个姑娘，所以部门就举办了个迎新聚会热闹热闹。

苏清音也懒得回去，直接这一身职业装就上阵了。

众人吃过自助餐便去了KTV。

苏清音知道今晚铁定要被灌酒，索性车也没开，随大流。

刚走进大厅，就看到坐在沙发上似乎是在等人的秦霜，她一愣，步子也是一顿。由于她走在前面，这么一停，身后的人都停了下来。

秦霜正好也看过来，倒是没料到能看见苏清音。

有些人是认得秦霜的，当下窃窃私语开来，苏清音回头扫了一眼，眉间微蹙。

秦霜原本正要走过来，看到这个小动作，步子却是一顿，直接走到迎上来的经理面前指着苏清音说道："给他们安排个大包，费用记我这里。"

经理顿时点头，走过去亲自带苏清音去豪华大包。

苏清音看了他一会儿，这才抿了抿唇，跟着经理走过去。

秦霜就站在那里，却是一身冷汗。他多怕她会直接开口拒绝了他，不过幸好没有。

经理安排好了人，走回大厅，秦霜已经不在了。他挠了挠头，只吩咐了前台苏清音那个包厢的消费全部划到秦二爷的账上。

前台处理好，见经理还在整理东西，不由得问道："刚才那女的是谁啊，秦二爷为她买单。"

经理是认得苏清音的，当下看了眼前台说道："那是苏家的大小姐，金贵着呢。"

前台一脸的惊叹:"好漂亮啊。"

苏清音心思复杂,连唱歌都没有兴致,推了几杯酒之后也没人敢上前,便由着她这个主角在角落里待着了。

聚会结束的时间也早,她只是微微有些醉意,刚走出KTV就看见秦霜站在车门旁边,指尖夹着烟,正看着远处的街道。

她面上的笑意一僵,跟周围的同事告别了之后便走了过去。

秦霜刚看见她,便捻熄了指尖的烟。

苏清音一直到走到他面前了,他还是面无表情地看着她,只是眼底的光明明灭灭的,不知道在想些什么。

苏清音问:"你在等我?"

秦霜点点头:"我怕你喝多了。"

苏清音脑子里正晕着呢,闻言笑了笑,一抬手就拉住秦霜的手臂:"那你送我回家吧。"

秦霜眯细了眼仔细看了她一眼,才看出她眼里的醉意,也不矜持着那一点的戒防。他半抱着她扶着坐进副驾驶座上:"家在哪里?"

苏清音想了想,报了一个小区名,便闭上眼昏昏睡去。

秦霜没急着启动车子,坐着看了她好一会儿,才往她说的小区驶去。

苏清音微侧了侧身子,脸直接扭到窗口,睫毛微微颤了颤。

秦霜知道她没睡着,一路到了小区门口,却没急着把锁控打开,他转身从后座的座椅上拿了瓶果汁递过去:"到了,喝点果汁醒醒酒。"

苏清音见装不下去,揉了揉眼睛慵懒至极地转过身来,见他拿着自己爱喝的果汁,扯了扯嘴角接过来:"谢谢。"

秦霜对她这种冷淡的态度倒是不以为然,又扯了纸巾递过去:"喝完再回去吧。"

苏清音不说话，只是一口一口抿着："你……还好吗？"

秦霜抬了抬眉："你指哪方面？"

苏清音忽地扯了嘴角一笑："综合。"

秦霜状似认真地回想了一下，才轻叹了口气，一双眸子紧紧锁着她，语气认真："生命里缺了一个必不可少的人，你说会不会好？"

苏清音扯了嘴角笑："会吗？反正你的生命里人来人往那么多，缺一个有什么关系。"

秦霜苦笑了一下："小怪兽，我一直都是一个人。"

苏清音只当没听见，敲了敲车窗："开门，我回家了。"

秦霜瞄了眼只喝了一小半的果汁，眼都没抬一下："喝完。"

苏清音却是降了车窗，直接把手里的果汁顺手扔进外面的垃圾桶，听见"砰"的一声脆响，她摊手看向秦霜，一脸的无辜："不好意思，脱手了。"

秦霜眉角一挑，怒气还没上来呢就被她这副样子熄灭了，抬手揉了揉额角，开了锁控："要不要我送你上楼？"

苏清音看着他一脸的疲惫，扣在车门上的手一顿，卡了一下，她回神摇了摇头："不用，你回去路上小心。"

秦霜点点头，手下却快速地解了安全带下了车来："我刚才只是象征性问一下而已，你没必要回答得那么认真。"

苏清音语塞，看着秦霜还是把到嘴的话咽了回去。

秦霜见她不说，才勾了下嘴角："苏清音，你少跟我装不熟。"

苏清音这回是真的沉默了。

Chapter 33 等她愿意嫁给我

苏清音在迦曼适应得很快,而且这个职位并不像营销部的需要出去跑业务,人际关系相对简单。

在那天之后,倒是好几日没看见秦霜了,短信、电话一个也没有。

松了一口气的同时越发失落。

苏清音这三年从未忘记过秦霜,当初一时冲动出国也不是没有后悔过,但是她攻读了金融管理之后,便静下心来埋头学习。

在美国上学比在国内辛苦很多,英文的教材晦涩难懂,老师上课更是十句有五句听不懂。

生活方面,苏清音自己租房子住,吃不惯美国的西餐,她便自己学着烧菜吃。

即使这样,她也从来没有想过要放弃,始终坚持着。

现在苏清音回来了,并不是打算和秦霜划清界限,而是一步步勾着他心甘情愿入围城。

苏清音从来没有想要而得不到的,并且秦霜对她很珍贵,她愿意花费所有的精力去换取他。

不过对秦霜这种性子的人,倒贴不行,只能让他吃尽了苦头才能知道自己想要什么。而且，苏清音心里有些疙瘩，从未解开。

想到这里，苏清音也不想等了，直接拨了电话给程安安，准备晚上去她家蹭饭吃。

程安安自然也不负众望。

秦霜刚下飞机就接到程安安的电话，看了眼时间也不耽搁，反正两家离得近。于是他匆匆回了家里放下行李又洗了澡就马不停蹄地赶了回去。

苏清音刚开车到门口，由于国内和国外的驾驶习惯不同，她还有些不适应，一路上把这高性能的车开得跟蜗牛一样。

正在停车，看见秦霜从小道上走出来，苏清音被吓了一跳，方向盘一拐差点没撞到一旁的花坛，赶紧踩了刹车。

秦霜也被吓一跳，眉头一皱，但看到车牌就多留意了一下，见是苏清音顿时整张脸就黑了。

他快步走过去敲了敲车窗："开门。"

苏清音降了车窗，一脸的疑惑："怎么了？"

"你给我出来。"

苏清音见他语气不善，一边解了安全带一边开了车门。刚开门，秦霜就一把拽开了车门，直接扣住她的手把她拉了出来。

"你会不会开车啊，把车开成这样。"

苏清音莫名其妙地被训，顿时也不服气，下巴一抬："我怎么开车了，又没撞到你，你管得着吗？"

秦霜被顶回来，一张脸更黑了："我怎么管不着了？！"

苏清音被他的声音吓了一跳，一把甩开他的手，冷笑一声："你是不是脑子有病啊，又不是我的谁，管我干什么？"

秦霜只听见了那句"又不是我的谁,管我干什么",顿时火冒三丈,上前一步逼得她紧紧靠在车门上,才冷着脸,咬牙切齿道:"我不是你的谁?"

苏清音不躲也不闪,直直看着他的眼睛,一字一句无比认真地说:"是,我们没有半点关系。"

秦霜似乎是反应过来,低了头自嘲地笑了笑,血压直线上升,脑袋都疼。就这样站了片刻,他才后退一步,拉开了彼此间的距离:"抱歉,冒犯了。"

苏清音一愣,紧紧掐住自己的手心,不吭声。

秦霜看了她一会儿,才转身离开道:"赶紧进来吃饭吧。"

苏清音看着他步履稳健地走开,只留了一地的路灯余光。她抱着手臂好一会儿,觉得夏夜的闷热都凉意十足。

昭阳正盘腿坐在沙发上教小暖阳识字,耐心十足。听见门铃响了去开门就看见一前一后的两个人,眨眨眼却不让开身子。

"两位是不是走错地方了?"

秦霜顺手就揉了揉他的脑袋:"别闹。"

身后跟上来的苏清音听见这句话一怔,抬眼看去就看见秦霜一脸宠溺的眼神。好久没看见秦霜这么温柔了。

察觉到她的视线,秦霜回头看了她一眼,也是一笑:"昭阳越大越腹黑,也不知道像谁。"

苏清音看了眼正眨着眼的昭阳蹲下身来:"我的大宝贝儿,今天乖不乖?"

昭阳晃着脑袋,一下子就被转移注意力,指着暖阳一脸讨赏的表情道:"我很乖,教妹妹认字数数。以后妹妹会比小叔还聪明。"

秦霜前面听着觉得还行，后面一听那就不是味了，直接一把抱起昭阳扛在肩上就往里面带："臭小子，看你小叔今天不教训你。"

昭阳咯咯地笑，一回屋让暖阳看见了就抱着秦二爷的腿不让走："小叔你快点放开我哥哥！"

秦二爷扛着昭阳就是不放："我就是不放，你怎么办！"

小暖阳可不是吃素的，直接把卡片一扔："那以后就让哥哥来教你识字，你不听话我就咬你。"

秦二爷一头的"黑线"，放开了昭阳，一把拉起暖阳抱在怀里逗："怎么跟小怪兽学来了，她小时候最爱咬人，长大了都改不过来，所以现在嫁不出去。"

苏清音刚关了门进来，听到这一句差点没翻白眼，直接上前抢过暖阳抱过来："瞎说什么，破坏我形象。"

可是暖阳单纯的脑袋接受了信息之后就转不过弯来了："小婶婶为什么嫁不出去了呢？可是我都叫她小婶婶了啊。"

秦二爷见苏清音在原地发窘，心情这才好了起来："因为我还没娶她呀。"

苏清音这回可不是吃惊了，顿时诧异得以为自己得了幻听。还没回过味来，小暖阳倒是先问了："那小叔你什么时候娶小婶婶？"

秦二爷看了眼苏清音，一双眸子像黑洞一般幽深不可测："等她愿意嫁给我了，小叔就娶她。"

于是，暖阳鼓着她的包子脸抱着苏清音一脸严肃地问了一个晚上的"你什么时候嫁给我小叔啊？"

苏清音说了无数遍"谁说要嫁给他了"，之后便直接塞了暖阳一个鸡腿。就这还没堵住暖阳的嘴，一直念到苏清音出门回去。

苏清音只觉得神经衰弱，狠狠瞪了眼秦霜，拎了包就走人。

程安安是知道她驾驶技术的,直接踢了踢秦霜暗示道:"赶紧的啊,追老婆也要我教吗!"

秦霜在傍晚回来的时候被她打击得不想搭理她,但经程安安这么一说,他也不顾别的,快步走了出去。

苏清音正要坐进车里,秦霜在后面就是一扯,力道之大,直接把她扯进了怀里。

苏清音后背贴着秦霜的胸膛了才反应过来,也不急着挣脱,只是回过头去笑眯眯地说:"秦二爷请自重。"

秦霜反正是不打算搭理她的,直接拉开她坐进驾驶座:"上来,我送你回去。"

苏清音目瞪口呆:"这是我的车。"

秦霜正要关车门呢,闻言挑眉笑了起来:"你不是说我们没关系吗,我这是努力地在建立关系啊。上不上来随便你。"

苏清音只觉得一口气堵在胸口,不上不下差点没闷死她。僵持了片刻,她才不甘不愿地去了副驾。

秦霜这回赢了半局,又能多和他的"小怪兽"相处,心情也好了起来:"去别的地方逛逛吗?"

苏清音摇摇头:"我要回家,累死了。"

秦霜一边发动汽车一边转头看她:"工作?"

苏清音捏了捏脖子,这才舒了一口气,直接把高跟鞋脱了,跷着腿架在一旁:"高跟鞋也累。"

秦霜这才留意到她的高跟鞋,跟细得一踩就会断一般。他眉头一皱:"不喜欢干吗要去适应。"

这话他自己不觉得,听在苏清音的耳里就不是个味道,回呛道:

"不喜欢干吗要去适应？这你应该心里有数？"

秦霜被她堵个正着，眉头皱得越发紧："我又不穿高跟鞋。"

苏清音笑了笑，转头看向窗外。半晌，在秦霜以为她不会再回答的时候，她说道："三年前我穿的不是职业装，穿的是我的平底鞋；三年后我穿了职业装，就再也穿不回当初的平底鞋了。"

秦霜直觉不喜欢这句话，微微着恼："我不喜欢听你说这个。"

苏清音开了车窗，抬手拄在车窗上媚眼如丝地看着他："好，你不喜欢我就不说。"

秦霜从她回来为止还没听过这么柔顺的语调，转头去看，看见她的眼神和表情，喉结滚动了下，片刻才转回头去。

该死，好想吻她。

苏清音见他转过头去也收回视线："等会儿上楼坐坐吧，我电脑主机的一些插头不知插哪儿。"

秦霜顿了顿，才道："好。"

这还是秦霜第一次到苏清音现在住的公寓来，环境不错。他四处走了走，看了看窗口的锁又绕去门边看了看防盗的情况，这才转回客厅里。

"电脑在哪里？"

苏清音正给他倒茶，指了指自己的房间："在我房间里。"

秦霜顺着走了过去，一眼就看透整个房间，倒不是房间小，只是整洁清爽一眼就能看透。

电脑就放在窗边，他接好又开机试了试。

苏清音来到他的身后看着，看着看着就觉得鼻子发酸："秦霜。"

"嗯？"秦霜转过头来就看见苏清音鼻尖有些红，这才丢了鼠标

站直了身子,"怎么了?"

苏清音赤脚踩在地板上,仰着头看他,却突然不知道要说些什么。

秦霜也不说话,等了片刻见她仍呆立在那里,忽然就心疼了,上前一步,把她揽进怀里:"让我抱一抱,别动。"

Chapter 34 这辈子都不放

夜色幽静，秦霜抱着苏清音在怀，竟然不想再放开手。

苏清音也没动，好一会儿才挣扎着推开秦霜："时间不早了，你早点回去吧。"

秦霜身子一僵，低头却看见她双眼清亮，并无丝毫的情绪起伏。他后退一步，却怎么也不甘心就这么回去。

秦霜："苏清音，我们谈一谈。"

三年时光，秦霜由以前的意气风发到现在的冷静内敛，不得不说沉稳了许多，也越发有魅力。

她转了身，却是有点抵触可能会说的那件事。

当初她被苏清澈告白并得知他并不是自己的亲哥哥时，她在学校被人抹黑说被包养时，她在他家门口等来醉醺醺的他时，以及他神志不清几乎要强暴她时，她是心灰意冷的。

她想过，如果那一天秦霜没有去买醉，乖乖地在家里待着，然后安慰一下她，也许她就不会选择离开三年。

而这些，在时隔三年之后已经不知道再怎么说起了。

人一生的经历中，做出的很多决定在不久以后回顾时总会觉得那是

不成熟的处理,而苏清音虽然没有悔恨离开三年,但是她也知道当年离开更多的是逃避。

秦霜见她要走,上前一步从身后揽住她一把抱进怀里:"不准逃了。"

苏清音心下一颤,却不知道怎么开口,片刻才说道:"很多事情不是坐下来谈谈就能解决的。"

秦霜才不管呢,胡搅蛮缠什么的一下子就用出来了。他抱得她紧紧的,呼吸声就在她的耳后,不紧不慢:"那你定个时间,我去苏家提亲。"

苏清音错愕,一把抓住他扣在她腰上的手:"你说什么?"

秦霜笑眯眯地把唇凑过去,贴着她的耳垂轻声又重复了一遍:"提亲。"

苏清音被吓得不轻,还打算狠狠甩开他的手抬起下巴给个冷艳高贵的回复,碍于他防守比较严密,她下手太轻没挣开……

她懊恼地咬了咬下唇,恼羞成怒:"你先放开我。"

秦霜无赖地抱得越发紧:"不放不放。"

苏清音勾了勾唇,又问了一遍:"你真的不放?"

秦霜以为苏清音没辙了,当下美滋滋地答道:"不放,这辈子都不会放。"

苏清音笑容凝固在嘴角,眼底复杂的情绪一闪而过,说:"男人都是使劲地犯贱,我喜欢你的时候,你拽得跟个啥一样。现在倒贴也要蹭上来了?"说话间,脚后跟一移,狠狠地就在他的脚上踩了下去。踩完还不解气,手肘往后一拐,直接击上秦霜的肚子。

秦霜被这么猝不及防地来了一下,捂着肚子脸色都青了。

"苏清音!"

苏清音转身泰然地看着秦霜痛得弯下腰的样子,得意扬扬地拍了拍手:"男人的话最不能信,还这辈子都不放呢,这不,马上就放开了。"

他这三年别的事没好好干,倒是借着出国出差的机会老往美国跑,所以这胃弄坏了。苏清音这一下还结结实实打在这上面，顿时疼得他浑身直冒冷汗。

苏清音这话明显把他刺激得不轻，他当下站直了身子一把搂住苏清音直接往身侧的床上一拐，把她牢牢压在了身下。

苏清音这回傻眼了，被他紧紧压在身下顿时连反击的机会都没有。

秦霜却扯着嘴角一笑，笑得狡黠十足："我说不放就不放。"说罢，看着她那双清澈的眸又补充了一句，"也从未想过要放。"

苏清音看着他那双漆黑的眸子，他的眼里悔恨惋惜的神色一闪而过。片刻，他才闭了闭眼，撑在她两侧的手也放了下来沉沉地压在了她的身上："小怪兽，我一直都是喜欢你的。"

他微垂了头，呼吸却有些急促起来，紧贴着她的脑袋。

苏清音一时不知道怎么反应，幻想过太多他们重新相遇之后的情景，却始终没有料到这一幕。

苏清音有时候一个人累得慌了，深夜睡不着时就会想着回国之后一定要跟程安安一样，姿态摆得高高的，把秦霜当成一个路人甲，她再喜欢也要把他踩在脚底下死死的。

刚开始的时候苏清音做到了，把秦霜的位置摆在"普通朋友"上时，她就能说服自己眼前站着的不是那个自己朝思暮想深爱的人。

但现在……

她缓缓抬手环在他的身后，感觉到身上这具身体一震，她轻轻地笑了起来："秦霜，我离开的那段时间，你有没有问过我去了哪里，为什么要离开？"

秦霜听她说话声音带着重重的鼻音，怕压得她喘不过气来，这才微微撑起身子："我知道苏清澈跟你说了什么，也知道你在学校里遭遇了

什么,但是你为什么不来找我?"

苏清音一怔,拿食指戳了戳他的胸口:"我没去找你?"

秦霜一愣,想起那次他去找苏清澈时,苏清澈提到的那晚看见苏清音身上青青紫紫的痕迹,眸底顿时闪过一丝狠厉。

他这才放轻了声音安抚道:"没关系的,不管你发生了什么,我依然还是如初。"

苏清音这回是真的傻眼了。

听这句话的意思,他应该是知道些什么,但是这话怎么听都不对味啊。什么是她发生了些什么,他还"如初"?

敢情那事他做了还不承认?

当下,苏清音狠狠推开秦霜,直接拖着他的手臂就往外走。秦霜被她一直拉着还有些不知所以然:"喂喂喂,你干吗?"

"我干吗?"她恶狠狠地重复了一遍,直接把他推到门外,"这么明显你看不出来吗?我在把你扫地出门!"说罢,把门狠狠一甩,彻底把他关在了门外。

秦霜站在只有一盏昏黄壁灯的公寓门前,只觉冷风呼啸而过。他按了几下门铃开始捶门:"我的鞋子。"

苏清音也正好看见他脱在门口鞋柜上的鞋子,直接拎了起来,开门。

秦霜见她开门了,眉一挑,唇还没来得及勾起呢,她直接把鞋子往他怀里一摔:"拖鞋就当送你了,慢走不送!"

秦二爷站在门口,彻彻底底地觉得——受委屈了。

苏清音洗了澡再回到卧室就打开电脑上网,秦霜调试过的电脑又安装了一些软件,速度也快了许多。她顺手整理了下工作文件,登上QQ加入公司的QQ群。正打算下线睡觉,林小爱的消息弹了出来。

林小爱：清音，这个星期六有空吗？

苏清音：有空，怎么了？

林小爱：你回来了还没见过朕呢！小心把你打入冷宫。

苏清音：暴政下出暴君，亲爱的，这么凶残会有老天收拾你的。

林小爱：不跟你贫，我们系好多人都留在 A 市工作，星期六正好约好了聚一聚。你必须来。

苏清音：我就知道你主动找我一定没好事。

林小爱：不管，你必须来，到时候联系你，我先滚了。

苏清音：默……你赶紧马不停蹄地滚！

苏清音的职位看着挺高，其实工作并不繁重，她底下有个得力助理，还有一个三人团队，她负责审核就好。苏清音觉得她读的这三年书全部没地方使。

她瞄了眼时间，后天就是星期六了，根本没给她找借口的时间。

苏清音起身去衣柜里翻了翻，程安安在她倒时差的第二天晚上，就拖着她从街头逛到街尾，看中的衣服让她试过之后全部打包刷卡。

苏清音还没来得及喘口气呢，衣柜就可以塞满了。

苏清音那时候饶是再淡定都不能面不改色了。程安安倒是干脆利落，一句话概括："这里补的是三年的衣服，不用感谢我。你也可以直接全部打包送回来。"说罢，又笑眯眯地补充了一句，"不过这样送进来，秦墨应该会怀疑我是不是被人包养了。所以你不如直接送我颗钻石一劳永逸。"

苏清音黑着脸直接回了一句："我没钱。"谁像程安安这个一线大腕，随随便便拍个广告都够普通人吃上好几年了。

程安安也不恼："有个人一直眼巴巴盼着让你刷光他的小金库呢。"

苏清音差点想一口咬死她："能别提那只不招人待见的'禽兽'吗？"

程安安正挑着衣服呢，闻言很诧异地转头看她："禽兽？我什么时候提到他了？"

苏清音看着她一脸严肃认真又意外疑惑的表情也开始反思自己是否说错话了，可是还没等她细想呢，程安安脸色又恢复如常地调戏道："是你自己非要想到他的，关我什么事呢？"

苏清音看着换脸比翻书还快的程安安，差点没一口吞了自己的舌头。程安安摆明了是来调侃她的，她还傻乎乎地往陷阱里跳。苏清音你怎么那么不长记性呢……

程安安见苏清音一脸懊恼的样子，欢欢喜喜地揉了揉她的脸："没关系，败在我的演技下没人会笑你的。"

苏清音觉得自己其实就是来自取其辱的！

而程安安可没打算放过苏清音，接下来买化妆品之类的更是从头到脚调戏一遍，见她终于崩溃得就要钻地洞了，这才大发慈悲放过她。

然后，几日之后，卷土重来，一直刷某人的存在感，偏偏还绕着弯影射，苏清音吃了一次亏嘴巴就闭得紧紧的，怎么都不愿吃亏了。

但是苏清音明显忽略了程安安的多重身份，比如：秦墨的老婆，秦霜的嫂子，昭阳的妈妈。

苏清音忍无可忍，气壮山河地吼了一句："你放心，迟早把他放倒在我的石榴裙下！"

程安安这才满意地拍了拍她的肩膀，一副孺子可教的表情："这才是我弟妹。"

Chapter 35　没关系，他有的是时间

昨晚稍有进展，秦霜便审时度势决定乘胜追击，所以他一大早就到苏清音的楼下候着了。

苏清音一出门，看见沐浴在晨光中一身清爽的秦霜就是一愣，随即径直往自己的座驾走去。

秦霜愣了一下，一把拽住从跟前走过去的人："坐我的车。"

苏清音的目光移到他白皙修长的手指，抬手缓缓抽了回来："可是我晚上还有事。"

秦霜扫了她一眼："我载你。"

苏清音在原地站了好一会儿，才认栽地绕过车头去副驾驶座。

秦霜见她妥协了，这才转着车钥匙吹着口哨，小步子走得春风得意。

苏清音坐进车里就看见了后座的一大捧玫瑰花，她抬了抬眉毛，淡定地扣上安全带，转头看向上车的秦霜："后面这束花真好看，你打算友情赞助谁啊？"

秦霜原本喜滋滋地打算拿过来送给她的，闻言讪讪地缩回手，提起放在前面的一袋小笼包："你最喜欢吃的小笼包。"

苏清音看了眼纸袋子上印着的"神仙居"字样，微微晃了眼。

"神仙居"作为一家早餐店却取了一个极其不相符的名字,这让苏清音一度怀疑过这家早餐店里的小笼包有质量问题。

初中时要跑800米,那时候秦霜放假在家,便一大早约了她出门跑步。

每次路过这家排队都要排上好久的早餐店,她都是一脸的垂涎。后来终于有一天她800米达标了,秦霜就带着她耐心地排着队,买了一笼的小笼包。

这家神仙居的店内装修并不是富丽堂皇的那种,更像快餐店。秦霜就陪着苏清音坐在窗边的位置晒着早晨的太阳一口一个肉包子。

苏清音至今还记得他那天的笑容,那温暖的模样。

秦霜见她不开动,以为她不喜欢,边发动车子边说:"要是不喜欢再去买,小笼包留给我好了。"

苏清音抿了抿唇:"你还没吃早饭?"

秦霜瞄了眼后视镜,看向后座那束玫瑰花:"我早上去了花店挑了花,怕等会儿错过你出门的时间,就过来了。"

苏清音抿着唇不说话,只是打开了袋子。

秦霜虽然不排斥小笼包,但是他却讨厌小笼包的味道:"你把车窗开了散散气。"

苏清音一口一口地吃起了包子。等路口红绿灯的时候,她还夹了一个递到他的嘴边。

秦霜没看是什么,感觉苏清音夹了东西喂到嘴边他就下意识张开了嘴,一口下去被热腾腾的小笼包汁溅了一嘴,烫得直哈气。

苏清音被他逗笑,拿了纸巾垫在他的嘴边:"笨蛋,吐出来。"

秦霜抬手握住她伸过来的小手,五指包裹,紧紧握住,哈着气把小笼包全部吃了进去，这才把脸伸过去："帮我擦擦嘴。"

秦霜的手指微凉，握在她的手腕上，触手之间一片冰凉。他松了手状似什么都没发生，她便当不知，拿了纸巾细细地擦了擦他的嘴。

于是，有了意外收获的秦霜得意扬扬地笑了一整路。

等到了公司门口，秦霜望着后座那一束玫瑰花皱了皱眉。

苏清音很显然也看见了，当下瞄了他一眼，走出几步又转过身道："我家花瓶的花好像刚刚枯掉了。"说罢，也不管身后的人什么反应，径直走开。

秦霜看着她的背影，嘴角的笑容越来越大，赶紧扑到后座抱着玫瑰花亲了一口，才屁颠颠地把花移到副驾。

返程的途中，他间或看一眼花束，笑得幼稚至极。

苏清音进了公司，刚想按电梯，旁边就伸出一双手来帮她按下。

转眼看去，见是自己的小助理，笑了笑算是打过招呼。

小助理刚才步行过来可是全部都看见了，当下笑眯眯地挽着苏清音的手，八卦地问她："刚才那男人是谁啊？"

苏清音沉默了半晌才说道："一个正在努力挽回的男人。"

小助理一听有戏，双眼发光，跟饿了好几天的狼一样："是你前男友？长得好眼熟啊。"

电梯也在这时到了，她挑起助理的下巴，弯了唇笑得妖孽十足："小朋友，这些都属于我的个人信息，我没有义务跟你交代清楚。"

小助理被她那笑容惊得目瞪口呆，站在电梯外好一会儿才追上去："可是那男人好帅！"

苏清音莞尔一笑："那是他人模狗样的伪装。"

小助理这回不敢再追上去了,因为苏清音话里那实打实的占有欲可是强烈得在整个办公室都散发出了一股浓烈纯正的醋味。

不过片刻,小助理又发出一声惊叹!

"终于知道他像谁了,像秦二爷!"

苏清音正好出来递交文件,闻言脸上的表情错综复杂。

他就是秦二爷本尊好吗……

秦霜中午打了一个电话来确认苏清音下班的时间,到晚上的时候倒是迟到了。

苏清音在办公室把工作都完成了,这才慢悠悠地晃下楼。

天色有些昏暗,苏清音站在街口路灯下,照得一张脸有着淡淡的苍白。她低头戳着手机,一下一下,不知道在按些什么。

苏清音和秦霜之间的相处,有一半都是她在等秦霜。

她刚上大学的时候,秦霜在A市办公司忙得昏天暗地,偶尔约出来吃饭或者回大院起码都要等上半个小时。

苏清音是个没有耐心的人,却偏偏违背自己的心愿耐着性子为喜欢的人甘心等待。

她知道,秦霜是知道的。因为她始终相信,爱是相互的。

她的爱从来都是建立在别人爱她的基础上,哪怕那时候秦霜对她的爱也许只是因为她年纪小,他需要照顾她。

秦霜远远地在对街就看见了垂着头正用脚尖划拉着地面的苏清音,这样孩子气的"小怪兽"已经好久没有见到过了。

身旁车水马龙,他的心却在这嘈杂喧嚣的大街上状若止水。

苏清音和秦霜去吃过饭之后,苏清音便拉着他去剪头发。早上她其实是随口说的晚上有事,就她现在还能有什么要紧的事情。

秦霜陪她进了理发店,心头却隐隐有一丝不妙的预感。微微皱了皱眉头把前面走着的人扯回来,他拿手拨了拨她的长发:"挺好的,剪什么?"

苏清音挑了挑眉,在自己的下巴上比了一比:"短发。"

秦霜狠狠一蹙眉,脸色微沉:"剪什么短发!"

苏清音刚上大学的时候剪过一次头发,顶着一头靓丽的蘑菇头笑着和他说:"喜欢了一个不喜欢我的人,所以剪了短头发。"秦霜那时候还笑着揉乱了她的发型,叼着烟漫不经心地说:"傻瓜,你以为感情能随着头发说没就没了吗?"

那时候苏清音仰着小脸说:"剪断的是喜欢了他很久的头发,现在是新的,可以不用再喜欢他了。"秦霜听着觉得很不是滋味,不过碍于她年纪还小,只当是幼稚女生的举动,虽然心底有一丝不对味,却也只是笑了笑不再说话。

但现在,他眉头微皱,抿着唇不说话。半晌,他才松开手,喉间涩涩的,却怎么也说不出话来。

苏清音在原地站了片刻,这才微微一笑,挽了长发去洗头了。

就是故意的,看他晦涩的表情,看他眼底的懊悔,看他的不知所措。

等苏清音出来时,秦霜正坐在一侧的沙发上,叼着烟一言不发地看着她,一双眸子深邃难懂。

苏清音咬了咬牙才没在那种眼神中退缩,直接翻出手机里的一张照片,狠了狠心递给理发师。

女子断发都是为了心爱的人。

虽然苏清音也不懂自己这么做的意义在哪里,但是她就是义无反顾

地上了。她的那点小任性,都是秦霜惯出来的。

新发型渐渐成型,她随手拨了拨,还颇为满意。

苏清音的脸比较小,如今又是一整套的职业装,短发显得干净利落,看起来也成熟许多。

秦霜却一直坐在沙发上一动不动,也不知道在想什么,倒是抽了好几根烟。

见她头发剪好了,这才起身走到她面前,一双眸子紧紧地盯着她看了好久,这才把手搭在她的肩上搂着去前台付钱。

苏清音见他一直阴沉着脸,扫了他好几眼,出门之后还明知故问:"不好看吗?你都嫌弃成这样了?"

秦霜狠狠瞪了她一眼,毫不留情地拧着她的鼻子:"你绝对是故意的。"

苏清音把头发别到脑后,这才微抬了下巴,神气至极地挑衅道:"那又怎么样,剪掉的是我的头发,你有什么损害吗?"

秦霜恨得咬牙切齿:"我一直没忘记你大一那次剪头发跟我说的话。"

苏清音笑了笑,漫不经心:"那又如何,我都已经不记得了。"

秦霜看着她娇俏的下巴,恨得心痒痒,却无计可施。他现在算是看明白了,这小姑娘可是实实在在地想着要折腾他。

没关系,他有的是时间,慢慢折腾。

Chapter 36 · 这是在关心我,对不对?

又到周末,她这次按掉了闹钟,缩在被子里,睡到了中午才晃悠悠地起来。

昨天开始财务统计,她加班一个晚上。想着今晚上还有一个所谓的聚会,头疼地按了按太阳穴,趿拉着拖鞋晃悠着去洗脸刷牙。

饥肠辘辘,煮了包方便面,还细腻地加了火腿肠,煎了一个嫩黄的荷包蛋。

苏清音原本是不下厨房的,在美国的三年,那里的牛排实在是吃得她想吐,便自己去超市买了菜做。

三年下来,厨艺精进不少。她闻着香味食指大动,到客厅开了电视,盘腿坐在沙发上一口口吃着。

门铃响起来,她抽了纸巾擦了擦嘴,从猫眼里看见门口站着的人,略为犹豫,还是开了门。

秦霜手里拎着一大盒吃的,见她嘴里还嚼着什么,走到客厅一看,挑了挑眉,直接按住她坐在餐厅里,把保温盒拿出来摆在她的面前。

"都是我做的,知道你肯定没吃就拿过来了。"

苏清音看着面前色彩斑斓、香味四溢的饭菜,只觉得刚才能勾起她肚里馋虫的方便面都不算什么了，拿了筷子就开吃。

秦霜是做好就直接带过来的，午饭也还没吃呢。他先是走到客厅把方便面端了过来几口吃干净，见苏清音一脸见鬼的表情，还满足地舔了舔嘴角："有长进。"

苏清音立刻垂头不语了，只说道："你还没吃吧，这么多我吃不掉。"

秦霜也不多废话，进了厨房拿了碗筷就在她对面坐下来。吃过饭，苏清音硬是拿了保温盒去洗。

秦霜见她卧室里乱糟糟的，随手就帮她整理了起来。

苏清音洗好保温盒，擦干净手，就看见秦霜食指勾着她的内衣，一脸钻研的表情："这个要洗吗？"

苏清音红着脸，拿了赶紧跑浴室里去："我自己来。"

秦霜顺势靠着墙，饶有兴致："你要不要考虑一下雇我当临时工。"

苏清音也没觉得自己的房间有多乱啊，只是昨晚加班，一些书和资料便随手放置而已。想到这里，她顿时有些不对劲。

为什么要让秦霜进了她的房间还加予干涉的！

秦霜见她眯了眼，表情有些不对劲就顿感不妙，先一步开溜去客厅的沙发上坐得乖乖巧巧。

苏清音被他的理直气壮惊得目瞪口呆："你怎么还不走，等着喝下午茶？"

秦霜可是打定了主意下午要赖在这里的，直接往后一躺在沙发上挺尸："睡着了。"

苏清音一脸的不悦，不过倒是没再管他，回了卧室打开空调开始收尾工作。

不过片刻她就有些心神不宁，今天的温度高，客厅里的空调刚买但还没运到,秦霜一个人在客厅真的不会被"烤熟"吗?

想着想着,她又开了门。

沙发上倒是没看见秦霜了,反而是浴室里传来水声,她刚走近,水声便停了下来:"要偷窥吗?"

秦霜的声音戏谑,他其实只是去洗把脸而已,看见浴室的花洒在滴水便顺手修了修,现在浑身上下半干半湿的。

苏清音才没兴趣看他的裸体呢,转身正要走,就听见秦霜闷闷的声音。

"你进来。"说罢,他又补充道,"门没锁。"

苏清音这才拧开门把。

秦霜正站在雾气缭绕的浴缸里,衣衫半解:"给我条毛巾,我上身都湿掉了。"

苏清音咽了口口水,这才开了柜子给他拿毛巾:"你洗澡了?"

秦霜看她细嫩的手就在眼前,伸手接过毛巾,连着毛巾一起将她的手握在手心里。他手湿漉漉的,一手的微凉。

苏清音赶紧挣开,直接把毛巾扔过去。

秦霜这会儿哪能让她跑了,直接跨过浴缸上前一步搂着她的腰就把人抱了回来。

苏清音被吓得叫了一声,秦霜还以为弄疼了她微微松了手,苏清音这么扭来扭去倒是让他一个脚步不稳,直接摔进了浴缸里。

苏清音这回是真的惊吓到了,脚下却滑溜溜的没个着力点。秦霜一把搂过她,手在身后撑了一把还是摔在了浴缸里。

浴缸里被秦霜蓄满了水,这么大一个动静直接掀起水花铺天盖地袭来,浇了苏清音一头一脸。

秦霜为了扶苏清音一把,手正好落在浴缸边缘的铁架子上,"咔嚓"

一道疑似断裂的声音让他瞬间闷哼出声。

苏清音这回是真的脸都吓白了,赶紧转身,倒是正好碰上秦霜碰伤了的手。他一咬牙直接用右手抱紧她,翻身把她压在身下。

苏清音这回是看得清清楚楚,秦霜一张脸已经苍白了,估计不单单是扭了一下那么简单。

她一骨碌想爬起来,却被秦霜抱得越发紧。

"你先别动,别碰我的手,大概是骨折了。"

秦霜自己也郁闷,本想抱了人占点甜头的,哪知道出师不利,赔了夫人又折兵,想想就不爽。

苏清音急了,捧着他的脸揉了揉:"赶紧起来去医院。"

秦霜从她眼底看见那些关心的情绪,哪里舍得放弃这次的好机会,直接垂了头靠在她的肩膀上,沉沉的,一动不动:"小怪兽,我好疼。"

苏清音不敢推他,僵持了片刻才环着他的脖子拍了拍他的背:"那赶紧起来,我们去医院。"

秦霜还是一动不动,只是微微侧了侧头,蹭着她的脸:"小怪兽,这是在关心我对不对?"

苏清音只觉得一颗心揪得紧,浴缸里冰冷的水更是让她浑身冰凉。

好半晌,她才轻轻地说道:"你不要仗着我喜欢你,就随便乱来。"

秦霜起先还以为自己听错了,抬了头就看见苏清音面色微微有些凝重,很是认真的样子。

他直起身子,微微抬高了些脑袋,右手扣住她的下巴俯身就吻了上去。

起先还是细细摩挲勾画,最后反而越来越不受控制,就像是拿了糖时还欢天喜地的,片刻便耐不住准备享用。

秦霜的吻又凶又急,直吻得她喘不过气来,这才稍稍松了一些,一下一下地轻吻着,等她呼吸喘匀了又是攻城略地,毫不留情。

苏清音的双唇被秦霜吻得有些疼，却也不想放开，只觉得紧贴着他的身子都如火一般燃烧着。偏生又顾念着他手上的伤势，对他这种不爱惜自己身体的行为有些恼火，狠了狠心一口咬在他的舌尖。

秦霜吃痛，却还是没有放开，只是右手下滑将她的手紧紧握在手心。

唇与唇相贴，细细地摩挲，片刻才彻底离开。

苏清音狠狠瞪了他一眼，抬手擦了擦唇，这才屈膝顶了顶他覆在上面的腿："起来，去医院。"

秦霜原本还想柔情似水地说几句情话哄哄小姑娘的，但是她声音不大，语气却让他无法反驳。

苏清音从浴缸里爬起来才看清他的左手，已经不能自己控制了，就那么了无生气地垂着。她眉头一皱，心疼得要命，狠狠地拧了他一把又怕下手太重，有些手足无措地红了眼眶。

秦霜见状也不知道是该高兴还是心疼，只觉得伤口一阵阵撕裂的疼都没有看见她红了眼眶来得心疼。

他用右手揉了揉她的头发，微微抽了嘴角："我没事，你别慌。"

"我没慌。"她抬起眼来，有些凶狠地又补充了一句，"更不会心疼。"

秦霜一愣，不过手臂实在疼得有些厉害，便垂了手扶住："好，你不心疼。"

苏清音这才手忙脚乱地去拿手机，刚想拨电话又想起自己有车，还不如直接过去比较快，于是拿了车钥匙就扶着他下楼。

苏清音下了楼赶紧去开车，扶着秦霜坐上去，看着他一头冷汗，抿紧了唇，脸色却是比他还要苍白。

秦霜一时不忍心，握住她的手片刻才松开。

苏清音这一刻红了眼，鼻子一酸眼泪就掉了下来。她狠狠地擦掉眼泪，

稳定了会儿情绪才缓缓开动了车。

苏清音的短发正好垂下来盖住了她的脸,但秦霜还是看见了她的眼泪,眉头一皱,用右手去擦她的脸:"小怪兽,你别哭。"

苏清音才不承认她哭了,眨眨眼,抿了唇不说话。

等到医院的时候,林医生已经在门口等了,见秦二爷脸色苍白地从车里出来,还吹了声口哨:"跟谁干架呢,被收拾了?"

秦霜也有兴致和他开玩笑,抬手捶了捶他,看着苏清音意有所指:"不小心栽了。"

林医生这才看了过去,对着苏清音笑了笑:"你回来了啊,再不回来怕是有个人要病入膏肓了。"

苏清音知道那是打趣自己呢,冷笑一声,翻了翻手机道:"我正好有林伯伯的号码,我要不要去打个招呼呢?"

林医生脸色一变,咬牙切齿:"上担架!"

苏清音:"上什么担架啊,脚又没断。"

秦二爷被逗笑,觉得手也不是那么疼了。

林医生被开涮了也不恼,只是扫了眼秦二爷那手臂,摸了摸下巴若有所思。

苏清音见状,赶紧扶了秦霜往里面走,边走边说:"林医生医术高明,赶紧的吧。"

Chapter 37 爬树捞月亮

打完石膏之后,苏清音先把他送回了大院。

秦霜还不愿意回去,一个小小的骨折,去了大院之后那就是可劲地折腾,秦母肯定一日三餐给他吃大补的,还限制他的行动。

不过苏清音眼一瞪,他的反抗就减弱了一半。

苏清音等红灯的空隙,这才瞄了眼打完石膏还是英气不减的秦霜,说道:"你现在已经是个残疾人了,你还打算自己做饭?"

秦霜心里跟被爪子挠过了一般:"我们两家不是离得很近吗……"

苏清音哼了一声,直接否决:"你想得美。"

秦霜的母亲今天正好来大院看老爷子,正站在门口呢,看见秦霜打着石膏从车上下来顿时大惊失色:"这是怎么了?"说罢,又看见正好下车的苏清音,微微错愕地睁大了眼,"小音送秦霜过来的啊。"

苏清音笑着打过招呼,这才从后座拿了药递过去:"按时吃药,别跟小孩子一样。我还有事,先走了。"

秦霜的母亲是知道这两人之间那点事的,当下挽留道:"小音你不留下来吃饭吗?"

秦霜听苏清音说过晚上有聚会,也没表现出多大的热情来,只是拉

了秦母的手说道:"小怪兽今晚有事。"

秦霜的母亲这才移回视线,看着他那打着石膏的手,有些埋怨:"怎么弄伤的?"

秦霜似笑非笑地看了眼那边脸色有些迥异的苏清音:"我爬树捞月亮,没捞着,倒是摔着了。"

秦霜的母亲是何等人物,自然知道大概是自家儿子又去招惹苏清音了,当下拍了他一下,训道:"少不正经,白天哪儿来的月亮。"

秦霜只是笑,不再说话。

秦霜的母亲来回看了两个人一会,这才提了药袋子先进去了。

秦霜见苏清音还傻站着,挑了挑眉:"还不走,不是说还要回去换衣服吗?"

苏清音看了眼手表,时间的确不早了,这才上了车打道回府。

秦霜站在车旁看她倒好车,这才走上前敲了敲车窗,叮嘱道:"开车小心点。"

苏清音点点头,瞄了眼他明晃晃的手臂,勾起嘴角笑起来:"你也是,以后捞不到月亮就别痴心妄想了。"

"痴心妄想?"他恶狠狠地重复了一遍。

苏清音笑得一脸轻松,抬手扬了扬,示意他往后退一退:"我要走了,拜拜。"说罢,踩下油门,轰的一声飞快地离开,只留下被喷了一身尾气的某人在风中凌乱。

林小爱生怕晚上会被苏清音放鸽子,连着打了好几个电话过去。

苏清音到餐厅的时候,门口已经站了一干人等。她降下车窗,扫了一圈才问道:"这是要干吗,我迟到了吗?"

林小爱见到苏清音顿时眼前一亮,又绕了一圈她的座驾:"不错啊,赶紧停车,我们在这儿等你。"

苏清音停好车过来时,只剩下林小爱一个人。她拨了拨被风吹乱的头发,眯了眯眼:"行,进去吧。"

林小爱拽着苏清音看了一圈后啧啧有声地夸着:"真是越来越漂亮了啊。"

苏清音拥抱了林小爱一下,这才被林小爱挽着往里面走,让她意外的是他们点的餐居然是牛排。

靠窗的位置被留了出来,苏清音几乎是一走进包厢,整个热闹的氛围就是一静,随即颇有些客套地招呼起来。

苏清音其实一向不喜欢这种聚会,说不上很熟的人却要坐在一起吃饭,别扭。

她四下打过招呼,这才落座。

而在座的人也是颇有些微妙的尴尬,片刻之后才活络了起来。

苏清音一边吃着牛排,一边低声问林小爱:"叶紫杉呢?她怎么没来?"

林小爱瞄了她一眼,有些奇怪:"她还有脸来吗?"

"怎么回事?"她抽了纸巾擦了擦嘴,颇有些好奇。

林小爱挠了挠脑袋:"不是你家男人干的嘛。"

苏清音手里的叉子突兀地割到了盘子,她却不自知,微微出神:"秦霜?"

林小爱眨眨眼再眨眨眼:"所以你上次跟我说三年没和秦霜联系是真的?"

苏清音点点头:"是啊……"

林小爱顿时恨铁不成钢地瞪圆了眼:"你你……你也不怕他跑了?"

苏清音心底微微起了波澜,面上却还是一派沉静:"事实证明他还

在原地。"

林小爱痛心疾首地叉起她盘子里的牛排狠狠地塞进自己的嘴里嚼了个粉碎:"你狠。"

要说这一次聚会有什么收获,大概就是从林小爱那里听到三年前她离开之后发生了什么。

苏清音咬着吸管,一双眸子漆黑沉静。林小爱手舞足蹈了半天都没见她吭声,猛灌了口茶道:"你不喜欢秦二爷了?"

苏清音这才瞥了她一眼,说道:"我不喜欢他喜欢谁。"

这回轮到林小爱目瞪口呆了:"三年前我问秦二爷的时候,他的答案和你一模一样。"

苏清音差点被自己呛到,咳了好几声才歇了下来:"他居然会回答你,好奇葩。"

这些事倒是真的没有人告诉苏清音,不知道是怕她回想起伤心往事还是怎的,闭口不提。

聚会散了的时候,她下意识开车去了大院。

秦霜还没睡,被秦母哄着喝了一碗鸡汤,正腻得反胃,就接到了苏清音的电话。他一边嘀咕着"这太阳是打西边出来了",一边干脆利落地接了电话。

电话接通了,苏清音却不知道要说什么,秦霜也耐住性子,他感觉这一次苏清音的电话一定是要说些什么的。

苏清音沉默了片刻才说:"你好点了没有?"

秦霜听着她轻柔的声音,心也柔软了下来。他走到窗边,拉开窗看着窗外沉沉的夜色,低声道:"我好好的,你不用担心。"

又是一阵沉默,苏清音车子一拐,进了大院停在秦霜楼下不远处,正好能看见背对着窗口的秦霜。不知怎的,就觉得鼻子酸酸的。

她停了车,这才说道:"叶紫杉的事情……"

秦霜一挑眉,便猜苏清音是知道了:"她就是个甲乙丙丁,提她干什么。"

苏清音好不容易有了一丝伤感的情绪,被秦霜这么义正词严地打断,顿时烟消云散。她笑了笑,又道:"那件事谢谢你。"

秦霜轻叹了口气:"谢什么,傻瓜。"从小到大,你遇到不想面对的问题,哪一次不是我帮你解决的。

苏清音似乎是听见了他心里偷偷加的那一句,抿嘴一笑:"我在你楼下。"

秦霜唰地转身,看见楼下停着的车,一时五味陈杂:"那你等我。"

苏清音看见他转过身,又片刻消失在窗前,轻叹了口气。

"好。"

秦霜下来得很快,见苏清音坐在车里,开了车门就钻了进去:"怎么还不回家?"

苏清音看了他一眼,拧开水瓶喝了口水:"刚结束,明天星期天,晚点回去没关系。"

秦霜见她神色有些疲惫,皱了皱眉有些不忍心:"要是开车累,等我手好了直接坐我的车吧。"

苏清音不动声色地拧紧盖子,把车内的灯关掉:"我都知道了。"

秦二爷一愣,莫名有些心虚:"我什么都没做啊。"

苏清音哼了一声,脸上的神情却颇有些愉悦:"她都待不下去了,你还什么都没做。"

秦二爷心想着,这不是半夜幽会吗,怎么就成审问了,当下抿了抿唇不说话。

苏清音见他不说话又问道："你知道那天发生了什么事吗？"

虽然她没有明确说哪一天，但秦二爷还是很默契地知道她说的是哪天。

秦霜也不知道为什么，那天晚上的事情就跟记忆断层了一样，他只记得他和李亦为一起去了酒吧，后来再发生什么却一片模糊。

夜色浓重，虽然旁边有一盏路灯，却依然看不清晰秦霜脸上的神情。

苏清音沉默了片刻才说道："我一直以为那一晚……我会被强暴。"

秦霜浑身一抖，顿时紧绷起来："强暴？"

苏清音转过头去看他，身子攀过去要他抱。秦霜见状伸出手来扶着她，帮着她翻过驾驶座，然后放在腿上坐下。

苏清音抱着他的脖子，脸轻轻地蹭着他："我到现在还是很害怕那种感觉。"

秦霜只觉得胸口一股气膨胀得都要炸掉了，此刻却只能耐着性子安抚她："都过去了，过去了。"

苏清音闭着眼就能想起那天被他捏在手里无能为力的感觉，黑暗里只有他的喘息和她沉默的哭声，她挣脱不开。

虽然苏清音是喜欢他的，但是那种感觉太糟糕了，她这三年午夜梦回，总能被惊醒，然后是一身的冷汗。

苏清音抱着他，只觉得满身心都有了归属感，他身上的温度恰恰能安慰她的不安。

她不想再挣扎了，明明那么喜欢他，何必再去浪费那么多的时间只为了他的一个道歉呢。

她不要什么道歉，反正早已原谅他了。

苏清音:"我……"

秦霜:"那……"

两人同时开口又同时一顿,苏清音闭着眼深吸了一口气,才轻声道:"你先说。"

秦霜顿了片刻才终于说道:"那个人,是谁?"

有爱的青春陪伴者

北倾 著
Beiqing

与你清晨日暮

YuNi
QingChen
RiMu

下册

贵州出版集团
贵州人民出版社

Chapter 38 最美的梦,也是最毒的魇

苏清音一愣,浑身就是一僵。

秦霜显然也感觉到她的变化,眉头一皱,抱着她的手往上一移,按住她的背脊压向自己:"忘记他好不好?"

他的怀里那么温暖,她却有瞬间的心冷。她微微移开身子,手捧着他的脸,仔细地端详着。

秦霜还是那么好看,她手指从他的眉间划过,只觉得自己心动得厉害。

秦霜看着苏清音眼底那种近乎炽热却陌生的眼神也是一惊,手心微微冒着冷汗,只抱得她紧紧的。

苏清音怕弄疼了他受伤的手,手抵着他的胸口,拉开距离:"你别乱动。"

秦霜却不管不顾,直直压着她的背脊把她压向自己,满心恐慌:"你才不要乱动,苏清音,你别仗着这么多人对你放纵就肆无忌惮。"

苏清音双目圆睁:"你说什么?"

秦霜深呼吸了几口气,喉间哽得他浑身都发紧,他拿头蹭着她的颈侧，一下一下，依恋至极："苏清音，你别离开我了，一下都不准。"

话音一落，他又抬头去寻她的眸子："这三年，我一直来来回回地跑中国和美国，我从未放弃过你。"

说罢，没听见苏清音的回应，他又恶狠狠地说道："你是想折磨死我吗？苏清音，你怎么舍得再看我……为你。"

苏清音身子微颤，片刻才眨了眨眼，眨掉眸子里的一片水汽。

"我喜欢你太久了，也一直仰望你，久得我回忆起我的世界里除了你还是你。"她声音微颤起来，双手环过去紧紧地抱着他，"我都爱到可以为你去死了，可是你做了什么？"

秦霜只觉得心头震颤，感觉到脖颈上微烫的湿意，心疼得无以复加。

苏清音掩着唇好半响才止住到了唇边的哭声："你不能这么对我，我真的都可以为了你去死了，你不能这样。"

秦二爷原本还打算借着这次光荣负伤狠狠地逼她一次，但没料到她这么坦白，坦白得他根本接受不了，也心疼得不知道要怎么办才好了。

不过，他还是问道："小怪兽，再试一次好不好？再给我一个机会，让我爱你。"

其实在很长的一段时间内，苏清音都不曾想过秦霜会用这么卑微的语气来乞求她。是的，真的是乞求，小心翼翼的，就害怕她拒绝，让她心神都摇曳着要向他妥协。

小小的车厢里，只有冷气轻轻流动的声响，苏清音跨坐在他的腿上，被他紧紧地包裹在怀里，只觉得温暖得就想在他的怀里睡去。

她喜欢过一个人，喜欢得辛苦又疲惫，几乎费尽了全部的心力，

如今如愿以偿她却开始害怕。这个唯一的机会,如果……

秦霜见她不说话,略微有些等不住:"如果你害怕,那就来我的心里看,好不好?"

"来我心里看。"Cross my heart。

穿过我的心——

苏清音强忍的眼泪顿时落下,她抽噎着狠狠捶了秦霜一下,这才放声大哭起来:"你这浑蛋。"

秦霜一直提着的心就是一松,知道她这是同意了,当下欢天喜地地伸手去抱她,却不料扯到了打了石膏的手。

苏清音一把按住他的手,一张脸眼泪纵横,实在是狼狈又可爱。

他凑上去亲了亲她微微嘟着的唇,抬手抽了纸巾去擦她的脸:"哭什么,该高兴的。"

苏清音瞥了他一眼,暗自叹气:"我太没有出息了,居然又吃回头草。"

"又吃?"车厢里刚刚培养出来的那半点缱绻,顿时消散得一干二净,秦二爷一手握住小怪兽的腰,一边阴沉沉地看着她。

苏清音现在才不怕他呢,下巴一抬,恶狠狠说道:"是,我穷尽了整个青春去喜欢你,反悔了五六次,但最后还是没能反抗得了。秦霜,你真是我最美的梦,也是最毒的魔。"

两个人在车厢里就这么有一下没一下地说着话,苏清音一个晚上累极了,说着说着就犯困得想睡觉。

秦霜见她困得厉害,直接拔了她的车钥匙,就把车停在了这里,走着送她回去。

夜风徐徐,苏清音钩着秦霜右手的小拇指,唇一直弯着:"我是不是太好哄了?"

秦二爷现在才不敢惹这只小怪兽不开心呢,但这话着实是怎么回答都有些不对。他想了想,便说道:"没有对比过,我只哄过你一个。"

苏清音知道的就有好几个了,他还真能睁眼说瞎话。于是,苏清音顺势爬杆上,问他:"这三年,你身边有几个女人?"

秦霜看了她一眼,小姑娘还是如当年一样,一双眸子亮晶晶的勾人心魄。他看着不远处的路灯,语气幽深:"这三年里只顾着观望那个离家出走的小姑娘了,都没时间去留意别人。"

苏清音这才满意,松了他的手:"我到家了,你自己回去吧。"

秦霜还有些恋恋不舍,摩挲着她细嫩的手指:"明天早上就来看我好不好?"

苏清音想了想自家那一提起秦霜就凶神恶煞的苏老爷子,勉为其难地点了点头:"好吧。"

秦霜看着心心念念的小姑娘低头浅笑的样子,心痒痒的,忍了忍,喉结上下滚动了好几次,这才终于揽了人抱进怀里亲了亲,然后克制地退开一步,直接推开她:"赶紧上去,眼不见为净。"

苏清音难得见到秦霜这副表情,抚了抚自己的短发,往后退了好几步。走到门口了,她又突然回过头,几步跑过来,抱了抱他,这才飞快地跑开。

秦霜一怔,随即只顾着盯着她脚下那双高跟鞋了,生怕她给摔着了。

不过事实证明,秦二爷那是白担心了,人家一路稳稳地直接开门

回家了。

他站在门外片刻,摸了摸一直上扬着的嘴角,乐得找不着北。

还是他的那个小姑娘。

苏清音难得睡了一个好觉,惦记着一大早就要去看秦霜,早早便醒了。

苏老爷子还是早上看见她伸着懒腰从楼上下来才知道她昨晚回家了的。吃过饭,苏老爷子还转了一大圈,问苏清音:"你的车呢?怎么没开来?"

苏清音刚吃过饭就要出门,也没想瞒着苏老爷子,便说:"昨天秦霜送我来的。"

苏老爷子意味深长地看了她一眼,随即挥挥手:"要出门就赶紧去吧,据说昨天秦霜那小子还骨折了,这事你知道吗?"

苏清音差点被呛个正着,她不仅知道还知道他是为什么骨折的……

想到这里,她诡异地红了耳朵,飞快地抓了包就往外走:"爷爷我先出门了。"

苏老爷子还没来得及应承一声,门口就传来结结实实的关门声。老爷子坐在沙发上摸了摸下巴,若有所思。

秦霜一大早就下了楼来,秦墨昨晚也拖家带口的来大院住,见他一大早喜气洋洋、精神状态十足地下来,不免还表示了一定程度的好奇。

程安安喂太子爷和小公主吃了饭,便和秦墨一起出门了。

出门的时候看见走过来的苏清音,他们顿时明了。

秦暖阳先看见苏清音，直接探过身子要苏清音抱："小婶婶你来看小叔叔吗，小叔叔一早上喂饭喂进鼻子里了。"

苏清音扑哧一声笑起来，揉了揉小姑娘的脑袋，笑眯眯道："那你别跟你小叔学。"

秦暖阳一抬下巴，那倨傲的神情倒是跟秦二爷有几分像："我才不跟小叔学呢，小婶婶你管管他，再这样我就嫌弃他了，以后不跟他睡觉。"

苏清音觉得自己的下巴都要惊掉了……

秦暖阳抓了抓脑袋，似乎是看见苏清音这副受打击的样子有些不忍心，捏了捏她的脸："小婶婶你放心，我绝对没有染指小叔，我只是跟他睡了。"

苏清音顿时泪流满面，她惊讶的是秦霜会哄小孩子睡觉，才不是秦暖阳你和他睡了这件事好吗，干什么要特别解释。

程安安促狭地朝她眨了眨眼，补充道："苏清音，你放心，二爷的贞操始终是被一只小怪兽拿走了，没有别人。"

过了三年，苏清音脸皮也变厚了，当下脸不红心不跳地说道："染指了也没事，小暖阳喜欢就直接赏了。"

秦昭阳一直默默听着，闻言，说道："妹妹以后要嫁高富帅的。"

闻言，苏清音开始很认真地反思是不是她的眼光一直有问题，导致秦昭阳都开始说秦霜不是高富帅了。

秦霜听见动静出来，见这场面，嘴角一抽："小叔不是高富帅吗？"

秦昭阳摇摇头："小叔充其量是个卖切糕的。"

程安安挽着秦墨笑得上气不接下气，捏了捏自家儿子的脸，这才

说道:"卖切糕的可比高富帅好多了。"

秦昭阳慎重地点了点头:"是的,小婶婶。你安心地跟着小叔吧。"

苏清音只觉得这个早上,她体会到什么叫风中凌乱。

Chapter 39 他上了心

秦霜正在吃早饭,小米粥还有小半碗呢,秦老爷子刚用完餐,看见苏清音倒是高兴:"苏丫头饭吃过了没有?没有就留下来吃吧。"

苏清音刚吃了满满一大碗,也吃不下去了,摆摆手:"我来看看秦霜。"

秦老爷子笑意满满地看了眼秦霜,说道:"好啊,多来看看。"

苏清音顿时就窘了,扫了眼一旁扬了嘴角笑着的秦霜,扯了扯嘴角道:"哪里还需要我鞍前马后的。"

秦老爷子笑而不语,倒是秦霜急了,当下拽了她的手拉着在身旁坐下:"说什么话呢,不需要你需要谁。"

苏清音淡淡瞥了他一眼,面上却是丝毫不显露出来:"赶紧吃,吃完去休息。"

秦老爷子皱了皱眉头,不赞同了:"他哪里需要休息,苏丫头你赶紧带他去散散心,他要是窝家里才会生病。"

秦霜在一旁附和着:"是啊是啊,出去走走,心情好了才能身体好。"

但吃过饭后,他们还是没有出去散心。

与你清晨日暮

秦家一大家子的人都出门了，已经营造出二人世界，秦霜出不出门都不打紧，他牵着苏清音上了楼。

他的房间还跟三年前的一样，只是多了一面——照片墙。

苏清音一推门走进去就看见了那钉着满满照片的墙面。

"你什么时候弄的这个？"

秦霜扫了一眼照片，拍了拍自己身侧的位置："过来坐。"

苏清音没理他，直接走到墙边看照片，照片背景是美国，甚至有她在读的学校。春夏秋冬，无一遗漏。

苏清音看着照片手都有些颤："你知道我在哪儿？"

秦霜点点头："想知道你在哪里还不简单吗？"

那你不来找我？——这句话到了嘴边却怎么也说不出口，她垂了眸子，看着一张张照片。其中一场雪景还有一连串的脚印，而秦霜就蹲在雪地里笑得灿烂又开心。

秦霜也起身，指着照片一张张地跟她讲他当时去的地方，又做了什么。

"我不敢去找你，这次找你我花了很多时间。我怕你不想见我，更怕你知道我找到你了就又偷偷地跑掉。"

那样，他就又要花好多时间去找她，又要担惊受怕怕她会不会放弃自己。

不过，还好，他们走过了没有彼此陪伴的三年，重新在一起了。他居然就在这样的境况下越发弥足深陷。

苏清音只觉得心底微颤，有一个不大不小的声音正在内心深处叫喧着。

她转过身，正好对上秦霜看过来的视线，扬起嘴角笑了笑，环着他的脖子踮起脚亲了亲他的下巴："谢谢你，终于还是……爱上我了。"

秦霜淡淡地笑，也俯低了身子去亲她的鼻尖："是我该庆幸，得一城终老，携一人白首。"

苏清音也在笑，笑声里却是满满的戏谑："你什么时候变得那么文绉绉的了，浑身冒着酸气。"

秦霜很配合地扯了衣领仔细地闻了闻："有吗，在哪儿？"

苏清音现在怎么看他怎么顺眼，又抬手去揉他的脸，好半晌才松开。指着那张有一串脚印的雪景照片："这怎么回事，笑得跟哈士奇那二货一样。"

秦霜却不愿意深谈，他能说他当时就跟在她的后面，然后没看路……一脚踩进没冻牢的大水坑了吗？多影响他英明睿智的形象！

苏清音见他不说反而更好奇了，摇着他的手缠着问："你快说。"

秦霜无奈，抓了抓脑袋，板着一张脸很严肃地说："我要是说了，你不许笑。"

话音一落，苏清音就很不给面子地笑出声来："好，我不笑，你快说嘛。"

秦霜见小姑娘一边笑一边装严肃的样子，颇有些无奈道："我那次看见你，就跟在你身后来着，然后……"

实在是有些难以启齿，他顿了顿，面色有些尴尬地看向怀里正眨着眼装纯良的小姑娘，最后还是妥协地说道："然后我一脚踩进旁边的臭水沟了，那天正好和我大哥一起来美国开会……"

于是就有了这张"二逼"的照片。

他面露窘色，微微地红了脸。

苏清音更是很不给面子的大笑出声："踩进水沟里了？"

可不是嘛,她那么一回头,吓得他慌不择路直接踩进去了,泡了一整夜的脚才消除心理阴影。

苏清音笑着笑着便笑不出来了,她一脸认真地看着面前略有些无奈的男人,问道:"秦墨陪你去的?"

秦霜点点头,可不是嘛,秦墨可没少奚落他。

苏清音的面色却越发沉了些:"你这个傻瓜,到底是做了什么,连秦墨也愿意陪着你走这么一路。"

秦墨不是个铁石心肠的人,也不是柔情四溢的人,他全部的耐心和柔情都给了一个叫程安安的人,却在大雪天陪着秦霜一路走过来,可见秦霜一定是干了什么事,让秦墨觉得想陪着他。

这三年,苏清音不是没有怨过秦霜,此刻她却突然觉得心疼了。

她就知道,一旦他上了心,那上天入地,都奈何不了他。

苏清音还有工作没做完,吃过午饭之后就自己驱车回公寓。

秦霜中午的时候倒是答应得好好的,说在家里待着,等苏清音晚上来临幸。但是坐了片刻,他就抓耳挠腮怎么都坐不住了。

秦老爷子下午在家,见这小子那么没出息,不由得骂道:"倒是学上你大哥一招半式,速战速决。"

秦霜在心里默默斜了老爷子一眼,要真跟秦墨那样他可不就完了。想着,他也这么说了:"哪能学大哥的啊,大哥可是长跑了六年。"

亏得是没给秦墨听见,不然两个人就该袖子一挽出去干一架。

不过目测,死得惨的绝对会是秦霜,他本来就打不过秦墨这即使转业了还依然威风不减的特种兵,更别说他此刻还是伤残人士。

秦老爷子倒是认真地在想,出损招:"不如跟你之前那样,直接把人给办了?"

秦霜一抬头就看见老头子双眼发亮的眸子，不由得咽了口口水，赶紧摇头表示拒绝。

秦老爷子却是一哼："这点胆魄都没有，以后你怎么制得住你媳妇。之前不是挺得心应手的？"

秦老爷子可还是老思想，娶了媳妇疼她宠她是一回事，更要制得住她。小事不说大事大权在握，不过说和做都明显是两个极端罢了。

秦霜是不知道老爷子疼已故妻子的那个劲，不过秦墨却是知道的。

秦霜一听老爷子这话，那是越来越不对味，当下摸了摸额头，拿了车钥匙就出门："我去给你追孙媳妇。"

秦老爷子抿了口茶，见人走到门口了，又说道："今天可是中秋节，你看着办。"

这话倒是让秦霜一个激灵！中秋节，说大不大说小却不小的日子。这么一想着，一向精密计算的大脑顿时出炉了一番计划。

秦霜直接去了苏清音家，他虽说左手打了石膏，好在伤的也不是惯用的右手，行动还是方便得很。

苏清音听到敲门声，下意识地就猜到了是谁，一开门见是苏清澈，微微愣了一下。

苏清澈观察细微，自然是看见了她脸上那细微的变化，微微玩味："怎么了，很失望？"

苏清音很实诚地点点头："老实说，是有点。"

苏清澈微微一笑："所以连门都不让我进了？"

苏清音赶紧让开："哪敢啊，我嫂子呢？"

苏清澈刚从部队回来，就为了过这个中秋节。宋星辰还在宋家，晚些他要去接她。且宋家正好就在苏清音家附近，他便直接过来看看了。

秦霜上来的时候就看见苏清音鞍前马后的,又是倒水又是递水果的,他直接登门入室,还恶狠狠地关了门,一脸的不爽:"怎么门也不关。"

苏清音默默地看了苏清澈一眼,言下之意就是:"有这么一个剽悍的人存在,谁敢进来闹事?除了你吧?"

读懂传递过来的讯息后,秦霜脸色越发黑了。

苏清澈抿了口茶,看着秦霜打着石膏的左手,不由得挑挑眉:"秦二爷这是怎么了?谁给秦二爷气受了?"

秦霜生怕他的注意力不落在他的手臂上呢,当下得意扬扬道:"什么受气啊,这叫'牡丹花下死,做鬼也风流'。"

苏清澈顿时明了,深深看了一眼旁边努力装淡定的苏清音,淡淡一笑,就是不如秦二爷的愿继续深问下去,反而说道:"无事不登三宝殿,不知道秦二爷来这儿有什么重要的事吗?"

秦霜刚坐下,闻言冷笑一声:"无事不登三宝殿?"

苏清音一听这节奏就知道不对,秦二爷最受不了苏清澈的激将法了,当下端了茶过去:"喝茶。"

秦霜看了一眼正在努力给他传递信息的小怪兽,放柔了声音问她:"工作收尾了没?要不要我帮忙?"

苏清音摇摇头:"不用,我搞定了。"

苏清澈正跟宋星辰发信息呢,倒是也留意了这边,听着声音看着动作和眼神就大致明白了,唇边扬了笑。

"清音,快点去收拾收拾,人已经在等了。"

苏清音一愣,随即面色有些尴尬:"人在等了?"她其实不明白的是什么人在等了。

苏清澈却坦然大方地回看她："相亲啊，小伙子可好了，你不也说看看的吗？赶紧的，可不止一个呢。"

苏清音这回是明白了，一张脸顿时涨得通红："哥！"

而这一切，落在秦霜的眼里，瞬间变了味……

Chapter 40 晚上陪我

"相亲?"秦霜眯着眼看了苏清音一眼,语气阴沉沉的,如暴风雨来临前那片刻的压抑。

苏清音不自觉地后退一步,很无辜地摊手道:"我不知道。"

秦霜听她这么说,怒气才稍缓,看向苏清澈的眼神越发凶残:"倒是没想到现在人民解放军也兼职做媒婆了。"

苏清澈微微扬了唇似笑非笑:"不止呢,我还包办婚姻,只要对象不是你。"

秦霜只觉得自己被严重挑衅了,正想发难,随即想起苏清澈这家伙怎么说都算是他未来媳妇的哥哥,可不就是他将来孩子的舅舅了?

这么一想,他也就忍了。

"没关系,娶小怪兽还是绰绰有余的。"他笑道。

苏清澈这才抬头看了他一眼,正想说什么,手里握着的手机响了。他一顿,看了眼来电显示,这才接起:"事情办好了……我现在过去接你?"

苏清音一听就知道是她未来嫂嫂宋星辰的电话,很识趣地后退一步,正好被秦霜一把拽着拉到沙发上坐下。

苏清澈挂了电话，便起身要走："我先走了，去接星辰。"

苏清音点点头，想着晚些回大院还是能看见他的："好吧，等会儿我也跟秦霜过去。"

秦霜这才想起了正事，等目送着苏清澈走了，才转了视线去看苏清音："我先陪你回苏家吃饭，晚上陪我，嗯？"

秦霜最后一个字那尾音拖得真是又销魂又含义十足，苏清音原本还期待了一下，但看见他还打着石膏的手顿时什么想法也都没有了。

虽然面前坐着的这个男人是"禽兽"，那他也不能在伤残情况下发情办事的。

秦霜原本还指望从苏清音那儿看出个一星半点的暗示，但很失望地发现她脸上除了嫌弃还是嫌弃……

他眉头一皱，顿时黑了脸："晚上陪我！"

见他又重复了一遍，苏清音的眼神终于移了过来，有些疑惑地问他："我听见了，你干吗说两遍？"

秦霜只觉得内伤，苏清音不懂装懂、似懂非懂、懂也装不懂，真是连他都招架无能啊。

不过……

他瞄了眼自己的左手，如果右手用来挑逗，左手就不能抱着她了。这么想着，他就硬生生把坏心思给掐灭。

苏清音收拾了一下，便跟秦霜出门。秦霜的车就停在楼下，她顺手接过他的钥匙自己来开车。

秦霜想着今晚一定是场硬仗，也开始庆幸这手折得太合适了，这么一来苏老爷子要下手狠揍都得留三分情了吧。

不过苏清音显然不是这么想的，她被秦霜牵着手买月饼的时候，

漫不经心地来了一句:"等会儿你先回去吧?我还没跟爷爷说。"

秦霜一下子就拉下脸来:"我有那么见不得人吗?"

语气里的警告意味更是很明白地告诉苏清音,你敢点头我就……你自己想!

苏清音默默地看了他一眼:"你觉得你的不良记录还少吗?我可不想爷爷今晚气得吃不下月饼。"

秦霜一下子就跟被戳破的气球一样,顿时蔫了:"那我等会儿跟你一起去,起码我过去送盒月饼露个面,不然就太不懂事了。"

苏清音这才点点头:"行,但是你别乱说话。"

秦二爷觉得自己好委屈,头一次被嫌弃成这样……

苏老爷子正有事出门去了,秦霜拎着礼盒上门没见到人,一时也说不上是失落还是松了一口气,东西放下便先回秦家。

他前脚刚走,苏老爷子后脚就回来了。

苏清澈带着宋星辰回大宅,苏清音正在一边撺掇着让两个人早点结婚呢。

宋星辰的性子招苏清音待见,回来之后便没大没小闹在一块了。这回被苏清音催得恼了,宋星辰直接道:"是想着你哥赶紧出嫁了,你才好嫁出门是吧!"

苏清澈正在一旁看新闻,闻言,挑了挑眉,不动声色地勾了勾唇:"我出嫁?"

宋星辰忘了这腹黑的团长大人还在身后呢,差点没被吓得背脊发凉。想她宋星辰,一代女豪杰,不料栽在了这男人的手掌心里,还被吃得死死的。

苏清澈见她没反应,这才似笑非笑地道:"没关系,你赶紧准备好聘礼，我非十里红妆……"他转头，看向宋星辰，清晰又缓慢地说，"不嫁。"

其实苏清澈和宋星辰已经领过证了，而这边的"嫁不嫁"说的是举办婚礼这件事。

当初苏老爷子一定要办婚礼，苏清澈还顾念着苏清音没回来，和宋星辰商量了一下，便只是领了证，婚礼却一直拖到了现在。

可不是要给自家的小娇妻一个婚礼了吗？

苏清音对这个嫂子一个劲的好，如果不是宋星辰，她估计还不能从过去走出来。不得不说，不是一家人不进一家门。

宋星辰那绝对是个真正有手段的女人。

苏老爷子回来看见的就是这么热闹的场面："都在啊。"

苏清音见爷爷来了，赶紧缠上去，长了年龄心智倒是没长，就喜欢缠着老爷子。紧跟在后面的是苏父，倒是没看见苏母。

苏老爷子没见着人倒是很不开心，虎了脸就训道："你找个媳妇中秋回家团圆是不是还要我三跪九叩去请她？"

这话一出，倒是让闻者都大惊失色。

苏清音见苏父瞬间白了脸，眉头一皱，拉了拉老爷子的袖子，给他倒了杯水："爷爷，你干吗啊，发那么大的脾气。她不来我陪着你不好吗？"

苏老爷子听了这话却越发动气，直接狠狠地拍了桌子："你去打电话，让她把话说清楚了。如果不是苏家的人，那她今后都不用来了！"

这回苏老爷子可是动真格的了。

苏老爷子怒道："小音当初出国她不来送，说忙。小音在国外三年，她更是一句关心也没有，这真的是她的女儿还是她根本没把苏家当作

是家?研究研究,是少了她地球不能转了,那么大能耐,我们苏家可是容不下她这大佛了。"

说着说着,他更是动气,一双眸子如鹰般锐利地看着苏父:"我也不想跟你置气,你自己看着办吧。"

苏清音虽然也觉得苏母很过分,她更是从小就没有享受过什么母爱。但苏老爷子这话里的意思,可就是逼苏父跟苏母做一个了断。

"爷爷,宁拆一座庙不毁一桩婚。您倒是越来越糊涂了。"

苏老爷子看了苏清音一眼,抿了抿唇,看了眼面色不好的苏父,转身上楼去了。

王嫂正端了茶点出来,安慰般地拍了拍苏清音的肩膀,把盘子交给她:"我上去看看,别担心。老爷子想一出是一出,可不是年纪大了想承欢膝下嘛,过会儿就好了。"

可是这个过会儿,还真是漫长。

苏清音开始庆幸让秦霜回去这事做得对了,不然秦霜在这里更是要被苏老爷子好一顿训,闹得人都不开心。

秦霜自打回去之后就一直给她发信息,这回听了苏清音的话,倒是安分了不少,只回道:"那你处理好了再过来,我等你,不准不开心。"

秦霜这边却打不起精神来,小暖阳吃过饭就缠着他讲故事。

他把小姑娘抱坐在腿上,绞尽脑汁才想出个符合今天的神话故事来——"嫦娥追月"。

小姑娘听得专心致志,一边吃着甜腻腻的月饼一边吐舌头。小昭阳就坐在一旁的沙发上和秦墨打电动。

苏清音就是这个时候过来的。

花园里,月亮正在高空,照出小花园里一片淡淡的光晕,一盏不亮的壁灯做照明，光线昏昏暗暗的，倒是别有一番韵味。

苏清音那边因苏老爷子闹了一整晚的不高兴，大家也没有了兴致，便早早散了。她就直接过来了。

小暖阳看见苏清音也很高兴，拿了月饼一个个地看着上面的字找："小婶婶你喜欢吃什么馅的月饼啊。"

苏清音见过了秦老爷子，这边也就随意了，直接走到秦霜身旁坐下："有没有蛋黄的啊，我想吃莲蓉蛋黄的。"

小暖阳正好不认识这几个字，摸过月饼的手油腻腻的，就去拉小昭阳："哥哥，你快点帮我一起找找。"

小昭阳正打到关键处，小暖阳这么一扯，干脆利落地放下了游戏，去帮她找莲蓉蛋黄馅的月饼。见她用小手一个个捏了过去，他很嫌弃地抽了纸巾给她擦："脏脏的，怎么给别人吃啊，这些捏过的你自己留着吧。"

小暖阳求之不得呢，眨巴着眼很开心地把这一盘的月饼给收屋里去了，让张妈又重新端了一盘子出来。

秦霜捏了捏苏清音的手，一双眸子映着星辉，看起来细腻又温柔："晚饭吃饱了没有？没有的话，晚点带你去吃夜宵吧。"

苏清音摇摇头，正见着小暖阳端了盘子出来，一双眸子亮晶晶的却又小心翼翼的样子，不由得好笑，起身去帮小暖阳的忙："你就坐着吧。"

程安安正在躺椅上靠着，拿手机刷微博，闻声看了过来，调侃道："这就开始讨好秦霜的小侄女了？"

小暖阳不知道妈妈说的是什么意思，又转眼看向苏清音："小婶婶你在讨好我吗？"

那纯真的眼神直看得苏清音发虚，暗叹果然这一家都没啥善人。

　　小暖阳却有些迷糊地挠了挠脑袋:"可是讨好我不应该是给我送冰激凌吃吗?"

　　小昭阳随手就轻拍了下她的脑袋:"没出息。"

Chapter 41 非她不可

秦霜平生最大的乐趣之一就是逗小暖阳玩,见状,抱了小姑娘坐在膝上问她:"小暖阳的理想是什么?可不可以告诉小叔啊?"

小暖阳仔细地想了想:"可以啊。"

秦霜顺势亲了小姑娘一口:"那快点告诉小叔。"

苏清音正掰了月饼吃,见小暖阳眼巴巴地看过来,就直接分给她:"暖阳不能吃太多喔,会闹肚子,还会长肉。"

小暖阳对"长肉会很困扰"这件事并没有太深刻的认识,一边吃一边说:"我的理想就是吃好、玩好、睡好。"说罢,似乎自己也觉得没有气势,又补充道,"爸爸说这样的暖阳最可爱了。"

小昭阳却是扑哧一笑,抽着小肩膀爬爸爸的怀里去了。

小暖阳噘了噘嘴,似乎是对小昭阳的不配合有些懊恼。

秦霜笑眯眯地刮了刮小姑娘的鼻尖,又问道:"这个太没有追求了,小暖阳有没有更好的理想?"

小暖阳摸了摸鼻子,蹭了一鼻子的油。

苏清音抽了纸巾给她擦,小姑娘的皮肤嫩嫩的,白皙得几乎有些透明。

小女孩皱了皱眉头，有些不解："很没有追求吗？"

苏清音点了点她的鼻尖，说道："不会啊，小暖阳喜欢什么就做什么。"

自有人宠你上天入地，何乐不为？

小暖阳得了苏清音的肯定，顿时就高兴了："更好的理想就是，吃得更好，睡得更好，玩得更好。"

"噗——"这回秦霜终于没忍住，笑场了。

小姑娘还不知道秦霜笑什么，眨巴着眼催他："小叔，你给我讲的故事还没有讲完呢，快点接着讲。"

苏清音这回也好奇了："什么故事？"

秦霜指了指天上那一弯月亮，说："告诉她一个很漂亮的仙女就住在上面。"

小暖阳见他没说完就补充道："小叔还说，就跟小婶婶你在小叔的心里一样，这是百年难得一遇的。"

苏清音觉得，秦霜啊就是欠揍。

百年难得一遇？他当自己是什么。

百年的王八吗……

还没待苏清音爆发，小姑娘又说道："小叔说了，那只大天鹅还有只小白兔。小婶婶是天鹅，小叔就是那只小兔子，永远陪着你。"

苏清音这回是黑脸了，秦霜真的不适合给小朋友讲故事，他的思维发散太厉害了，还知道融入现实案例，但纯粹就是教坏小朋友啊！

秦霜不知道什么时候转过头来看她："今晚去你那儿还是去我那儿？"

苏清音上上下下巡视了他一遍，意味深长："你行动不方便还是待在这儿吧。"

秦二爷被噎了一下,默默地别过头去……

小暖阳听完了故事,还有些意犹未尽,缠着秦霜问:"小叔,那我想去月亮上住的话,我要变成大白鹅吗?"

秦霜在苏清音那里吃了瘪,此刻心情正郁闷着呢,当下眼睛一亮,伸出两个手指头来:"小叔告诉你啊,这个月亮不是谁都能上的,要满足条件才行。"

小暖阳眨眨眼,上钩了。

秦霜继续误人子弟中:"第一,就是尽早让你的小婶婶快点嫁给我。第二……"他拖长了声音,"就是你去嫁给伐树的吴桂,才能住到月亮上面去。"

小暖阳听完这两个要求,眉头就是一皱。

秦霜想着小姑娘一定会努力完成第一个,正志得意满地打算看小姑娘缠着苏清音让她下嫁了,便听见小暖阳脆生生道:"小叔,对不起。我只能做到一个要求。"

她黑漆漆的眼睛看向苏清音又看看秦霜,一脸的挣扎:"让小婶婶嫁给你太有难度了,所以我不住月亮了。"

原本正得意扬扬的秦二爷脸一黑,被劈得"里嫩外焦"。

小暖阳你还真是……又认真又腹黑!

事到了这儿还没完呢,小昭阳早看不惯秦霜欺负自己的妹妹了,插嘴道:"小叔你娶不到小婶婶是你没本事,这都快成千古遗留的历史问题了,你快加把劲。"

秦二爷觉得这日子没法过了!

原本秦霜是打算就住在大院的,可苏清音要回家的时候,天下起了雨,秦霜怎么也不放心,便亲自去送。

到了家,秦霜第一件事就是去检查门窗。

苏清音没有出门关窗的习惯,这场雨下得又是气势汹汹的,厨房这边雨水浸透,湿了料理台。

苏清音先去阳台收了衣服,衣服上有些湿漉漉的水汽。秦霜关好了窗又四处转了转,这才走回客厅。

苏清音给他拿了饮料,见外面的雨势不减反增,微微皱了眉头:"要不,你今晚就在客房睡吧?"

秦霜面上不动声色:"这样好吗?孤男寡女的……"

苏清音默默地看了他一遍,忽略他眉间的喜色:"没关系,反正你行动不便。"

当初装修完房子整理家具的时候,苏清澈倒是在这里留宿过,所以客房里还有苏清澈的衣服。

她去把衣服拿了出来,推着秦霜先去洗澡。

秦霜被她推着还有些不情不愿,看见某天的"案发现场"时,还有些赫然。他反身一把抓住正要走的苏清音:"等一下。"

"干、干吗……"苏清音抬眼望着他那双如深潭一般的眸,顿时结巴起来。

秦霜却眨眨眼,笑得促狭:"一整晚……"他顿了顿,人已经倾身过去抱住她,"我都没有好好抱抱你。"

苏清音只觉得胸口一酥,从头到脚都如有电流涌过一般,微微酥麻。她一边暗叹自己对他的抵抗力太弱,一边还是很慢吞吞地环抱了过去。

秦霜现在是怎么看怎么抱苏清音都不满足,只有一只右手还是想着煽风点火。不过他还是浅浅地拥抱了她一下，便松开。

等秦霜行动不便地从浴室里出来的时候，苏清音已经头歪在沙发上睡着了，呼吸轻浅，手里还拿着遥控器，就那么坐在灯光下，流光溢彩。

她的五官还是那么熟悉，精致动人，一如他记忆中小姑娘的美好漂亮，让人心存怜惜。但此刻这么一眼撞过来，却疼得他眼眶都发热。

秦霜打懂事起潜意识就有一种"我很优秀"的思想，并且还因为家世等各方面都有高人一等的优越感。

但是苏清音不是那样的，她的家世不错，可是她为人处世平和淡然、与人为善、平易近人。她打小就跟在他的后面，笑眯眯的，有时候像个小花猫。

秦霜慢慢地上心，从小看着她长大，不知不觉中就开始把她划到了自己的营派护着。他不是不经人事的小伙子，他年长她五岁，该经历的比她更早经历。

所以，他一向把他对苏清音的这段感情定位为兄妹情，也一直这么坚信不疑地贯彻。就算知道苏清音对自己的那点小心思之后，除了莫名心安和喜悦之外，也并没有多余的感情，他不会像看见别的女人一样会去想占有。

但如今他才知道，那是他潜意识里觉得苏清音是非他不可的，所以一向漫不经心。

可事实并不是这样，她果断地离开了三年，曾经那么喜欢他的她也可以那么坚决果断地离开他三年。

秦霜是真的害怕了，他从小看着苏清音长大。她穿花裙子弄脏了，还是他偷偷拿回家洗干净烘干了给她换上；她作业不想做想跟他们玩弹珠，他就模仿她的笔迹写好她的作业；她放假了想去吃糖葫芦，他就牵着她一条街一条街地找。

她的一颦一笑，早已深刻地印在他的记忆里。

早就非她不可了，只是她未曾离开过他，他便一直没有醒悟。

秦霜轻声走过去，拿了毛毯给苏清音盖上，坐在她身侧，又伸出手臂把她圈进怀里抱着，这才觉得心满意足的。

她睡着的时候还是老样子，唇微微翘起，似乎是梦见了什么美好的事情。如今的她比起之前来犀利了许多，不再是当初那个被保护得不谙世事的模样。

秦霜知道她吃的苦，在美国她虽然不为钱的事情发愁，但是繁重的学业和一个人生活的孤单压力还是让她很辛苦。

她一向被人捧在手心里，何曾一个人这么努力地做过什么事。

这么倔强不服输，让他都不知道从何下手好好去疼她。

苏清音醒来就看见秦霜一双眸子专注地紧盯着她，她一愣，一时有些没反应过来自己身处哪里。

直到看见头顶那盏明晃晃的水晶灯，她才想起刚刚自己边看着电视边等秦霜洗完澡，不知不觉地睡了过去。

秦霜见她醒了，松开她，倒了杯水凑到她的唇边："先清醒下，洗完澡回房里睡。"

苏清音点点头，抬手揉了揉太阳穴，掩唇打了个哈欠："你先去睡好了。"

秦霜点点头，等她进了浴室，就去客房了。

秦霜躺在床上却无半点睡意,微开的门缝,更是能看清浴室里亮着的灯。想了想,他还是拿过放在床边的手机,拨了个电话。

"帮我查一查三年前那个晚上……"

缠绵至极

Chapter 42

秦霜挂完电话却陷入了沉思，对于三年前苏清音突然离开的那晚，他是真的一点都不记得了。

那天他酒喝多了，然后就再也没有一点印象了。

等他清醒过来已经是隔日的下午两点，迷迷糊糊的，不像是正常醉酒反而……他眉头一皱，随即按了按眉心，暗叹自己多想了。

昏昏沉沉之间，水声就像是魔咒一般扰得秦霜心痒难耐。

他豁然睁开眼，室内微微有些亮光，他四处巡视了片刻，才发现自己居然在苏清音卧室的床上。

苏清音的脊椎并不好，坐久了就会有些疼，所以喜欢硬度适中的床。他撑起身子坐起来，正对着床的落地窗半遮半掩地拉了一层薄薄的薄纱，被没有关紧的窗缝里溜进来的风吹得扬起时，依稀还能看见外面一弯格外明亮动人的月亮。

秦霜只觉得双手格外轻盈，抬起手来看时，发现自己的左手已经恢复如常。

他不禁诧异，细细地摸了摸自己的左手还有些不可置信："咦，我的石膏哪儿去了?"

不过这个关注点并没有拖住秦霜的注意力太久,他几乎是很自然地就把这件事抛之脑后,并且觉得没有石膏才是正常的,一点也不别扭。

床尾的矮凳上放了一整套黑色蕾丝的内衣内裤,内裤花色镂空,说不出的性感。

他咽了咽口水,只觉得喉头发紧,胸口更似有一团火在烧,热得他几乎是下意识地扯了扯领口。

浴室里传来哗啦啦的水声,听得秦霜越发口干舌燥。

他轻声去了客厅,倒了几杯水喝,转动了眼睛,一下子就从浴室那半遮掩的毛玻璃上,看见了她凹凸有致的影子。

秦霜不动声色地看着,只觉得胸口那颗心跳动得实在厉害。

就在此时,浴室的水声倏然停了下来。

透过玻璃看去,她正拿了毛巾细细地擦着,从脖颈开始缓缓下滑。随即身形一晃,便模模糊糊地看不清楚了。

秦霜咽下唇边的那口水,决定不再饮鸩止渴。正待上前,只听苏清音的声音传来:"禽兽,禽兽你睡了吗?"

秦霜一愣,随即很幼稚地快走一步回到了卧室,这才朗声回应:"没睡。"

苏清音那边立刻嘀嘀咕咕地念了一堆:"怎么还没睡啊,那就给我把睡衣睡裤拿过来吧,我忘记了。"

秦霜闻言双眸就是一亮,冒着光答道:"是。"

那语气就跟伺候老佛爷被打赏了的小太监一样。

秦霜走到浴室前,敲了敲门。苏清音听见敲门声,开了一条缝,

伸出白嫩的手臂来。

秦霜当下喉结滚动，一把拉住她的手，直接推开门走了进去。

浴室里热气氤氲，她裹着浴巾站在浓重的水汽里，一张脸透着淡淡的潮红，美不胜收。

秦霜从没见过这么禁欲又这么动人的苏清音，只觉得她淡淡的眉峰青熏微染，一双眸子清澈见底，能看见她眼底纯粹黑漆漆的光彩。

他几乎是下意识地上前一步，一把揽住她的腰，倾身过去把她抵在了有些冰凉的墙面上。

苏清音眨眨眼，眼底似乎带了笑，双手环上他的脖子，就靠了上去。

这无疑是引火自焚，浴室里的灯光温和而旖旎，在她圆润的肩上洒下淡淡的光晕，衬得她轮廓静美，秦霜的心顿时温柔得像一汪水一样。

只觉得这时的小姑娘说什么都是好的，做什么都是美的，恨不得把心都掏出来给她，只希望她能接下，妥帖安放。

他们靠得极近，苏清音的鼻端都是他身上的清香和满室的芳香混杂在一起的味道。她心跳越来越快，蓦然就有些心动一般，睁开眼对上他近在咫尺的脸："秦霜。"

她鼓足了勇气，往前凑了凑，踮起脚来一口印在他唇上，手指还紧紧地抓着他衣服的前襟。

她唇上有着淡淡的甜味，让他吻着怎么都舍不得松口。

秦霜一时被这情景迷惑，只觉得身处云端，飘飘然，极乐却并不真实。

怀里的苏清音却微微红了脸，随即耳根子也红了起来。她睁开迷蒙的眼看过去，见他眸色森然如饿久了的狼匹，她扬着笑，索性张嘴在他唇上轻轻地咬了咬。

她咬得不轻不重，却分外撩人。

秦霜一愣，还未作出反应来，只感觉到她又轻轻地吮了吮，她动作轻，温柔也慢慢悠悠的，整个过程里短短几秒，秦霜却只感觉到血气上涌……

他唇落在她敏感的耳垂上，似电流淌过一般，酥麻酥麻的。

灯光下，她盘上来的手臂如皓玉一般，秦霜看得入神，微微眯了眼，心里传来一阵又一阵的悸动。

他伸手缓缓顺着她光滑细腻的手臂滑下，触手之间只觉得满心都是欢喜的。

"小怪兽，你不会知道……你意乱情迷的样子，多美。"他闷闷地笑出声。

她闭着眼靠在他怀里，环着他的身子，心里只觉得一片静好。

秦霜觉得自己一定是错过了什么或者是突然跳帧了，才会有以下的这一幕，但是此时他实在是管不了那么多了。

苏清音整个人被他拦腰抱起。她一双手紧紧搂着他脖子，把头贴在了他的胸口，微微闭上了眼睛……

秦霜看着她那潮红的脸，几乎有些按捺不住自己满心的欢喜。

可是他却发现脚下的路越来越长，似乎怎么也走不到边一样。可是卧室明明白白就在眼前，屋里还亮着灯，看起来温馨又平淡。

他微微皱眉，有些不解，但还是飞快地迈着步子。

很快他就觉得不对劲了，他抱紧苏清音，低了头去看，却发现脚下早已经是一片深渊，而他，正踩在薄薄的玻璃片上，一旦玻璃碎了掉下去那就是万劫不复。

秦霜脑子里下意识地转动起来，却怎么都想不透彻，只是潜意识

里明明白白地告诉他,之前发生的那一切都是日有所思夜有所梦的春梦……

秦霜顿时垮了脸,这么一回神,怀里抱着的也不是让他意乱情迷的"小怪兽"了,反而变成了一块圆圆的巨石,压得他喘不过气来。

秦霜被吓得心肝儿就是一颤,随即就看见前面的玻璃开始支离破碎,他眼睁睁看着那些透明的玻璃碴纷纷落入无尽的深渊。

就在他打算拼命醒过来的时候,秦霜感觉自己的脚下也有东西分崩离析,他顿时变了脸:"不是春梦吗?怎么变成历险记了,太不厚道了。"

念完这句,秦霜就在惊吓之中,猛地一颤醒了过来。

室内黑黝黝的,没有一丝亮光,显然是苏清音洗过澡之后来过这里看他,还顺手关了灯。

秦霜摸了摸后背,已经湿了一大片,到现在回想起来他还心有余悸。不过脑子里一闪而过浴室里小怪兽光滑细腻的皮肤和凹凸有致的身材时,面上一热。

但是被这么一吓唬,秦霜显然是没有那个兴致了,微微撑着身子坐了起来。

手臂顿时麻得他脑袋都疼,嗡嗡响着。

就说怎么梦见一块大石头压着呢,原来是自己把自己的手给压下面了,能不重吗!他僵坐在床上片刻,待那阵僵硬麻木缓了缓这才坐直了身子。

他走到窗口,拉开帘子。天色黑沉沉的,下着雨,不大不小,缠绵至极。

Chapter 43 示弱

秦霜站了片刻,终于感觉到有了一丝凉意。

他转身从放在一旁椅子上的裤子口袋里摸出一盒烟,按了打火机擦出一抹耀眼的火花来。他指尖夹了烟,凑上去点燃。

那烟丝被点燃,星星点点,他凑近嘴边猛吸了一口,轻吐出口气来。

半晌,这一根烟都燃烧殆尽了,他才猛然掐灭烟灰,弹掉指间的灰烬,往门口走去。

苏清音卧室的房门轻轻掩着,他一推就开了。

卧室里窗帘没有拉,道路两旁的路灯照射进来正好洒在她的床前,都能看清她的睫毛。

他在门口站了一会儿,才缓步走过去,在床榻边上坐下。

几乎是他坐下的同时,苏清音就醒了,迷迷蒙蒙之间感觉到有人靠近,掀了掀眸子见是秦霜,便挪了挪身子靠过去。

秦霜顿时哭笑不得,苏清音真是一点防备心都没有。

他掀开被子钻进去,把她搂进怀里抱着。

"小怪兽。"他低沉地唤了她一声,在她额头上轻轻一吻,

"晚安。"

苏清音迷糊之间听见他说话的声音,但也没听清楚他在说什么,往他怀里蹭了蹭又睡了过去。

苏清音一大早醒来就看见秦霜的脸近在咫尺,她揉了揉眼睛,一时有些没反应过来发生了什么事。

秦霜早就醒了,憋着笑,装作刚睡醒的样子,伸了个懒腰,露出手臂来:"早安,小怪兽。"

苏清音眨眨眼,再眨眨眼,随即才反应过来:"你怎么在这里?"

秦霜也学着她眨眨眼,再眨眨眼,语气无辜:"我不知道,但是我什么都没做。"

苏清音缩在被子底下的手已经摸了一遍自己身上穿着的睡衣,而且秦霜对于床事一向是如豺狼虎豹一般凶猛异常。所以她很确定昨晚什么也没有发生。

随即,她又看了眼秦霜,看到他嘴角那抹似笑非笑,顿时了悟。

顿了顿,苏清音扯了扯自己的睡衣,随即一个翻身,手肘撑着软绵绵的枕头,微支起身子看向秦霜。

而秦霜,顿时惊诧地看向她的低领口睡衣,就是一阵暗暗吞口水。

这是赤裸裸的诱惑啊!一定是的。

可恨的是,他确实什么都做不了!

苏清音还真是故意的,她向下瞄了眼,暗暗忐忑了一下又是极尽风情地撩了一下头发,弯着嘴角笑得一副贤良的架势:"秦霜,早上要吃什么?"

秦霜一双眼都看直了,面红心热的,顿时对自己此刻还打着石膏行动不便表示了极大的遗憾。他深深地看了她一眼,这才云淡风轻地转过头去，也微微撑着身子坐起来。

"你想吃什么？"

苏清音见秦霜只是多看了两眼，随后一副没事人一样，顿时郁闷了。难道自己不够看？

秦霜没得到她的回答，抬了右手把她揽进怀里抱着："还是神仙居的？"

秦霜的睡衣解开了前面三粒扣子，醒来的时候苏清音是蹭着他睡的，此刻松松垮垮地挂在肩上，露出一片精壮的胸膛来，倒是原本打算色诱他的苏清音反而被反色诱了。

她吞了吞口水，压抑住想上手摸两把的流氓想法，一本正经地捧了他的脸微微凑近。

就在秦霜以为她会直接俯下身来亲他的时候，苏清音只是头微微一侧，抬手摸了摸他的耳朵："我今天想吃小馄饨。"

秦霜对苏清音一向都是有求必应，今天也不例外。

苏清音扯好了睡衣，这才掀了被子，俯身过去帮他脱掉睡衣换衣服。

秦霜乐得不用自己动手，配合着苏清音一个口令一个动作。

外面晨曦的光温暖明亮，苏清音跪坐在秦霜的面前，微低着头，神色细腻专注，并不是多么动人的神情，却让秦霜这矫情的家伙，霎时觉得心胸都有些震荡。

秦霜鬼使神差地俯身在她脸上轻轻吻了一下，见她诧异地抬起头来，一时心动又去吻她的唇，都是浅尝辄止，片刻就离开了。

他抬手把她垂落在耳边的碎发捋到了耳后，又在她额头上吻了吻，这才柔情四溢地说道："小怪兽，我们快点结婚好不好，我马上就

三十而立了。"

三十而立。

苏清音还保持着之前跪坐在床上的姿势,片刻,才垂了眸子低声道:"先这样谈恋爱不好吗?"

秦霜一愣,似乎是没想到自己随口提出的这句话被她婉拒了,顿时脸色微微有些不好看起来。沉默了片刻,他才扯着嘴角笑了起来:"没关系,我可以等。"

苏清音这才抬头看了他一眼,抿了抿唇,收回正在翻领子的手,起身去浴室了。

她掬了冷水洗脸,这才看向镜子里脸色苍白的自己。

她皱了皱眉,摸了摸胸口,似乎是有些不太适应刚才自己下意识说出口的那句话。她抬手揉了揉自己的眉心,只一瞬间就觉得浑身都有些酸疼。

还是什么时候找个机会和秦霜说清楚吧,这个噩梦在她心里扎根太久,以至于她潜意识里把他也当成了一个危险的人。

早上这么丝毫不在预料中的一出,倒是让两个人此刻的出行变得有些诡异。

秦霜坐在副驾上,面无表情地看着窗外飞逝的树木,久久无话。

苏清音酝酿了很久的话,在嘴里来来回回转着圈,每次看见他淡漠的神色,都会很怂地咽了回去。天知道她其实只是想说一句"秦霜,我们谈谈吧"。

见鬼的是,她怎么都说不出口。

秦霜陪她去神仙居吃了小馄饨,见她欲言又止的样了,抽了纸巾给她擦嘴:"想说什么?道歉?没必要。"

于是,苏清音彻底把话咽回了肚子里。

不过,苏清音要是早知道秦霜会突然出差的话,她绝对不会再扭扭捏捏,一定马上说出口。因为秦霜这一出差,就是一个月。

苏清音气得啊,刚开始那几天,干脆电话不接短信也不回。之后的几天,她想着秦霜怎么还没回来,那厮就跟人间蒸发了一般不见踪影。

再恢复联系就是他上飞机之前,给苏清音打了个电话。

苏清音正在开会,看见是他的电话,也不管台上站着的老总那杀人般的视线,歉意地笑了笑就接了起来。

秦霜的声音略有些疲惫:"我今天晚上回来。"

苏清音原本一堆的话在这句话面前都变得无足轻重了,她应了一声,拿着手机却呆愣着不知道再说什么。

见周围的同事都看着自己,她便默默地挂断了。

秦霜原本还打算等她主动开口问自己回来的航班和时间,蓦然听见那头挂断的声音,顿时傻眼。他手里还捏着带给她的礼物,原本欢欢喜喜的心情顿时变得苦涩难言。

苏清音一下午都心不在焉的,心里想着事,做事也就只下了五分的力。等到下班,她更是有些心情郁郁的。

在等红灯的空隙,她打了个电话给秦霜,电话关机,大概还在飞机上。

她叹了口气,怎么也想不明白之前还好好的怎么突然就变成了这样。他们才刚刚开始交往两天啊,接着冷战了快一个月……

她揉了揉眉心,经过超市的时候,还是鬼使神差地去买了一堆菜。

等走出购物中心,她才拎着一堆菜呆立原地。这分明是很期待他

晚上过来吃饭啊。

不过郁闷归郁闷,埋汰自己没出息不矜持什么的话全部都藏进了心里。坐在车里想了片刻,苏清音还是发了个信息过去。

"晚上来我这里吃饭,满汉全席 o(╯□╰)o。"

信息发完后,苏清音看着手机有点郁闷地扒了扒头发,怎么又有一种自己在示弱的感觉呢。

A市的秋天一向短暂而且迅速,秦霜离开之前已经有些凉意了,此刻回来便彻彻底底进入了冬天。

秦霜站在机场大厅里,刚开了手机,就不停地有信息进来。他翻了翻,出乎意料地居然看见了通话记录里有苏清音的名字。

他一挑眉,唇边下意识就挑开了一抹笑意。这家伙,终于意识到自己犯错了吗?

秦霜这次去Z市可是出的肥差,虽然不至于非他去不可,但是在Z市有着一堆的"皇亲国戚"。老爷子不知道哪儿得来的消息,便把要求委托给他。所以在Z市,他光顾着帮老爷子和自家母上大人跑腿就累得够呛了。

拆石膏也是在Z市自己搞定的,打着石膏的秦二爷不管去哪儿……都是一个"诡异"二字。

倒不是没空给苏清音打电话发信息,只是那天匆匆的,有些不知道拿什么心态去面对她。这么一冷淡下去,等他想"小怪兽"想得忍不住的时候,这小家伙已经开始跟他冷战了。

他也是真的没精力在隔那么远的距离去哄她,便想着赶紧结束了工程回A市。

上飞机前,他打了个电话,她还不冷不热直接挂了电话。

于是,秦二爷就一直郁闷到现在,在飞机上蒙头大睡的时候都纠结着"小怪兽"那态度,愁得眉头都打结了。

不料,下了飞机,她给了那么大一个惊喜。

秦二爷拎着行李先去了男厕所整理仪容,脸上虽然不见风尘仆仆之色,却略显疲态。他掬了水洗了洗脸,见神色清明了许多,这才满意地离开。

图谋不轨

Chapter 44

苏清音正在烧糖醋排骨,翻炒过后,便盖上锅盖等着焖熟再淋酱汁。

以前是一个人住必须要学,翻着菜谱钻研。烧菜的时候,不是咸了就是淡了;切菜的时候,手切伤过口子,流过血;烧菜的时候,不小心被锅沿滚烫的温度烫伤过手背,起过水泡。

可现在慢慢地就懂得享受这一切了,她不用再看菜谱都能做出一桌子色香味俱全的好菜来。

但如果追溯起来,这些全部都是秦霜教会的。

她一个人独立生活,一个人享受生活,一个人努力生活,不单单是为自己,更是为了他。

这种小心思不与别人分享,自己私藏,也是一种很美妙的想念。

正想着,门口就响起了门铃声,苏清音在围裙上蹭了蹭湿漉漉的手,一边小跑着过去开门。

门外站着的是秦霜,一身深色的装扮,长身玉立,说不出的帅气。她开了门握着门把,傻傻地站在门口看着他。

她穿着拖鞋,为了做菜方便刘海还直接给扣了上去,光洁的脖颈白白嫩嫩，鼻梁上还架了一副大黑框的平光眼镜。

秦霜的个子高，苏清音只到他的下巴，此刻微微仰了头去看他，一脸雾蒙蒙的样子看得他心痒难耐。

之前那些纠结、那些郁闷，此刻都见鬼去吧！

两个人彼此都站在对方的面前，触手可及，真是一种妙不可言的悸动。

秦霜也没怪苏清音一直拦着门口不让进，只是微微笑了笑，俯低了身子在她的唇上蹭了一口。

他俯下身来的画面太美好，以至于苏清音被蹭了一口便宜，都没有立刻反应过来，只注意到他手里提着的行李箱。

"你刚下飞机？"

秦霜点点头，从她让开的缝隙里钻进屋子里，仿佛在自家似的把箱子放进客房里，这才出来去客厅倒了杯水喝。

"嗯，看见你发的短信我就过来了。"

说话间，他边揉着脖颈边往餐厅走去。

桌上已经摆了好几盘菜，在灯光下色泽都格外好看，秦霜回头看了眼苏清音，拿起她放置在一旁显然是试菜用的筷子，每样都夹了点往嘴里塞。

他饿得厉害，上飞机前没来得及吃东西，下了飞机又直接来了这里，此刻是饥肠辘辘。

苏清音见他饿得狠了，只叮嘱了句"吃慢点"，便回厨房去照料她的糖醋排骨了。

秦霜看着她转身走进厨房的背影，嘴里嚼着嚼着，就慢慢地停了下来，随即双目如珠一般陡然亮了起来。

前几天，李亦为追个女人追到了Z市去，还是秦二爷百忙之中抽空接待的。他压力大，跟李亦为也是那种深交的酒肉朋友，当即推了所有的酒会直接陪着李亦为去酒吧。

喝了点酒，李亦为有点上头，问起苏清音的情况来。

秦霜还觉得不对劲，小怪兽的名字从他的嘴里吐出来，怎么就那么的不顺耳呢。不过他也只是皱了一下眉头，便没多想了。

事实证明，李亦为只是来关心他的感情生活的。秦霜指尖夹了烟，摁亮了手机屏幕，看着屏幕上那娇俏动人的小姑娘，满心冷硬都柔和了下来。

没有她的这三年里，可不就是这几张照片留着让他睹物思人吗？

李亦为显然也看见了秦二爷这个骚包的小举动，当下不屑地嗤笑道："秦二爷，你什么时候也干这种丢份的事？"

秦二爷眯细了眼打量了李亦为一眼，一脚就踹了过去："嘴上积着点德吧，我想我媳妇呢怎么就丢份了，你什么时候也正正经经疼疼媳妇去啊。"

李亦为这些年越混越回去，也是打三年前开始不知道怎么的就颓了下去，身边的模特倒是不断。当时他给秦二爷身边塞女人，秦二爷回绝了一次之后他也老实了，再没干过缺德事。

李亦为嗤笑了一声，端起酒杯结结实实喝了个底朝天："你是我兄弟，你能不知道我的理想？我可没你那么有追求，苏家那丫头有什么好的，要你这么事事费心、时时牵挂的。"

秦霜用拇指揉了揉屏幕上小姑娘的脸，笑道："她就是有你不知道的好。"好得他一栽下去，抽身不及，索性便一头一个猛扎，彻底沉沦。

这个世界上谁都可以质疑他的每个决策，但就是不能质疑他和苏清音的感情。

　　苏清音喜欢了他那么久，他也赔上了他可以赔上的所有一切，赌一个未来。虽然他们现在还在闹别扭，但这些都是会过去的，没有谁可以再从他的身边带走她。

　　李亦为那双眸子顿时沉了下来，灌了好几口酒才又笑眯眯地说道："你傻啊，告诉你，对女人不能这么让着宠着，她会无法无天的。"

　　秦二爷抿了口威士忌，有些漫不经心："我的女人不宠得她无往不胜，那我还娶她干吗？"

　　李亦为恨铁不成钢地喷了几声："其实女人吧，你在那方面伺候得她舒服了，她还能离开你？"

　　秦二爷闻言，眼睛就是一亮。

　　这个是至理名言啊，实战演练必不可少啊，重点是——对他的胃口。

　　于是关于"女人"这个话题，就那么圆满愉快地落幕了。

　　想到这里，秦霜转头看向厨房里忙活的苏清音。

　　真是情人眼里出西施，他现在一看见她，心就化成了一汪春水，荡啊荡啊荡。

　　原本想着这实践还需要好一段时间呢，今天可不就是机会送上门来了吗，真是春宵一刻值千金啊。

　　这么想着，秦霜就老实不起来了，赶紧放下筷子去厨房里帮忙："你出去吧，我来收拾。"

　　苏清音正刷着盘子呢，被他这么一把抢过，狐疑地看了他一眼："你干吗？"

　　秦霜理直气壮地看回去："帮我女人刷盘子也要理由？"

可是苏清音太懂秦霜了,他越理直气壮越说明心底藏着事,还很有可能图谋不轨。这么一想着,苏清音也不踏实了,转身去拾掇其他的东西。

收拾着收拾着,苏清音猛地转身看向秦霜的左手,然后惊讶地拽着那手臂晃了晃:"你什么时候拆的石膏啊,医生准了吗?"

秦霜一听这话怎么就那么不对味啊,那语气完全就是"你该不会为了出差时维持自身形象就拆了石膏吧,你不用解释,这事你一定干得出来"。

想到这儿,秦霜就默默地发窘了,他在外人面前可都是玉树临风、英俊潇洒、风流倜傥的翩翩贵公子,可到了苏清音这里,就成了小气、幼稚、呆头呆脑、卖萌犯二的非主流。

他可委屈了好嘛!

秦霜抬手在她的围裙上蹭了蹭,这才刮了刮她的鼻尖,一本正经道:"我每天的行踪可都是跟你交代了的,你自己没看可不怪我。"

苏清音将信将疑地出了厨房去看邮箱看短信,终于在一堆垃圾短信中发现了兀自努力挣扎的秦霜的短信。

还真的是事无巨细又简单明了地交代了行踪,只是他发的信息,时间点都掐得太微妙了,由此便导致了苏清音根本没有留心秦霜发来的短信。

有谁会明知道她中午一定要午睡还偏偏掐这个点来信息的,而且她的手机号码还不分工作和私人的,直接混搭着用,所以导致她的短信和电话都十分混乱。

于是,原本有一堆气的苏清音在默默挂断秦霜电话的愧疚中消了一些,又在不自觉买了菜自己就削了士气中消了一些,然后看见秦霜下了飞机就直接来她家在她面前还帅得一塌糊涂时又消了一些,最后终于在这个报告行踪的短信中感动得只剩了一点点微乎其微的小火气。

苏清音觉得自己越来越没有出息了……还特没有追求。

就像程安安以前说的那句话，一个男人啃那么多年有意思吗?!

虽然最后被秦墨听见，狠狠收拾了一顿之后，默默地改成了"一个男人能睡你那么多年还保持兴趣，你就赶紧嫁了吧"。

苏清音想到这儿就越发窘了，她不是看不懂秦霜有时候那暗示的眼神和小语气，可是她有阴影啊。

转念又想到，那么美妙的事情她还能一辈子不干？好吧，就算她一辈子不干，生娃的时候呢，这总还是要做了吧。

想完这些，苏清音很快便总结出了结论，并制订出了相关的行动任务。

那就是赶紧解决了横亘在她和秦霜之间的那些破事，然后看秦霜痛哭流涕、自我忏悔地道歉，再努力滚一次，结束。

然而制订完计划的苏清音，在意识到自己刚才想的是些什么的时候，顿时悲愤地发现自己想歪了。

晴天霹雳

Chapter 45

夜色加深，周围也开始渐渐安静下来。

苏清音收拾了桌上的碗筷抱去厨房洗，见秦霜也走进来，直接指着冰箱说道："里面有苹果，你去切成块。"

秦霜顿了顿，这才开了冰箱去拿苹果。

保鲜柜里倒是存了不少的水果，他顺手拿了两个苹果出来洗干净，四下看了看又拿出一个猕猴桃来。

猕猴桃估计是买了放了一段时间，已经软下来了。秦霜就靠着料理台边看着她低头洗着碗边剥着皮。

等剥了大半个，这才递过去凑近她的唇边。

苏清音下意识就张嘴一口咬住，冰凉的触感倒是让她立刻回神，看了眼秦霜又咬了一口，这次很"不小心"地咬到了他的大拇指。

她咬得不重，秦霜只觉得手指被挠痒了一般，低低地笑起来："你干吗咬我，刚吃过饭又饿了？"

苏清音顿时羞恼起来，耳根子都有些烫。

他默默转身，拿着洗好的苹果用水果刀慢慢地切。

两个人都有自己的小心思，一时也就寂静下来。

苏清音想的是怎么自然地把这话题给转移过来，毕竟她和秦霜走到今天这一步，靠的都是自己。她不想刚刚缓和起来的关系又变得僵硬，这么下去迟早也是会累的。

而秦霜……看他嘴角可疑的上扬弧度，她就知道秦霜又犯"二"了。

洗完碗，收拾好了厨房，已经晚上八点了，秦霜那一碟子的苹果已经吃了一半。

苏清音洗了手就着毛巾擦干，刚在沙发上坐下，秦霜就去翻腾着他的包，找到了特意带给她的护手霜拿过来。

他挤了一点抹在她的手背上，轻轻地绕了一圈，一点点抹遍她的手指、指尖、掌心。直到那点点的油腻都被吸收干净，他这才盖回盖子把护手霜放在了茶几上。

"你一到冬天稍微干燥点儿时，手上就没水分了，想到就给你带来了。"

苏清音刚才一看见他拿出来就心中有数了。她用不惯市面上卖的这些护手霜，只一次和秦霜一起去过Z市，恰逢冬天她的手干燥就买了这个店家自己配置的护手霜，发现效果特别好。

打此的每一年，秦霜都会记得给她带护手霜，在美国的那三年，她也不曾断用过。

秦霜见小姑娘心里起了涟漪，便趁热打铁地又拿了特意买给她的礼物。

是一串印度小叶紫檀佛珠手链，被他妥帖安放："想你会喜欢，便自己挑了珠子串的。"

苏清音愣了："你自己串的？"

见"小怪兽"一脸的诧异,秦霜顿时满足了:"是不是觉得我动手能力很强?"

苏清音记得自己上次看见程安安戴了一串佛珠,觉得挺好看,但不知道秦霜怎么就知道了,还自己去串了给她。

苏清音那时候喜欢,还去查过这些佛珠,这个是印度小叶檀木质,先不说它的材质,只因它的手感细腻就是红木中的极品,印度小叶檀的色泽和花纹美丽细腻,常为皇室所用,同时又称为"帝王之木"。

她摸了摸那些小佛珠,感动、惊喜又意外:"你怎么知道我想要这种佛珠?"

秦霜给她的这串佛珠,珠子被精心打磨,表面是紫黑色,纹理深沉且清丽异常,任何良材都难与其媲美。

苏清音都想欢呼了,而且这紫檀的淡淡香气也是舒服至极。

秦霜一早就知道苏清音会喜欢,所以拿来打算当撒手锏的。就算她没发信息,他也打算破门而入直接拿下小姑娘。

苏清音顺手戴到手腕上,尺寸大小都合适。她献宝似的抬手在他眼前晃了晃,下面两颗珠子碰撞在一起发出清脆的声响。

秦霜刚想深情表白一番,手机就响了。

他不在意地拿出手机看了看,一看到屏幕上显示的号码,脸色顿时一变。

苏清音明显察觉了他的不对劲:"怎么了?"

秦霜却是面色微微一沉,拿了手机几步走开,走进了客房还顺手带上了房门去阳台接电话了。

苏清音坐在沙发上,身子就是一僵。

秦霜一个月前就打过电话让人查三年前那晚的事情,一直没有音讯，倒是今晚来了电话。而这个电话，也就说明有消息了。

他低头看着手里的手机半响，才慢慢接起："我是秦二。"

电话那头低笑了一声："今晚过后你就可以把钱打到我的账户里了。"

秦霜眉头皱了皱："查到了？"

电话那头的声音顿了顿，才说道："我想这应该是我接过的最搞笑的工作任务……秦二爷，问题出在你自己的身上。"

秦霜眉头一皱，心里顿时有些不安，连语气都沉了下来："你说什么？"

就在这时，门外响起敲门声，一阵一阵，说敲还不如说那是在拍门。秦霜心下一凛，边往回走边对着手机对面的人说道："你直接整理下发我邮箱里，我晚点看。"说罢，干脆利落地挂断电话。

门一拉开，他就看见苏清音微红着眼惊慌失措地看着他。

秦霜心中一直蔓延着的不安感顿时渐渐扩散开来，他一把扶住苏清音，眉头不自觉地微微拧起："怎么了？"

苏清音只觉得自己刚接到的那个电话犹如晴天霹雳，震得她一时缓不过神来。

她紧紧地拽着秦霜的衣服，手指用力得指甲都泛着青白色。

秦霜看在眼里，直接一把搂住她的肩膀揽进怀里。苏清音的脸色不太对劲，显然不是出了一点小麻烦。

他干脆地拿了她放在桌几上的车钥匙，就这样揽着她："出什么事了？你冷静下跟我说。"

苏清音一张脸苍白如纸，完全六神无主："秦霜……我妈她……"

她断断续续地说不了一个整句，秦霜却能猜出来她后面的大致内容。把她安置在沙发上坐下，他拿了茶杯去倒了水喂着她喝下去，才

紧紧握住她颤着的手,说道:"不管发生什么事,都有我在。小怪兽,你不要怕。"

大概是他的眼神给了她一种安定的感觉,她只觉得心口一暖,紧紧握住他微凉的手,说道:"我们赶紧去医院,我妈……出车祸了。"

秦霜虽然设想过这个可能性,但从苏清音的嘴里亲耳听见,不由得还是一震。不过只是一瞬,他就已经恢复了镇定。

"那我们赶紧去医院。"

苏清音打从听见这个消息之后,就六神无主,大脑顿时空白得什么都想不到。电话是苏老爷子打来的,语气苍凉,安慰般说了一句:"伤势不严重,你过来的时候别慌。"

可是电话由苏老爷子打来,那这件事显然就不单单只是一场意外的车祸了。想到这里,她便越发心慌起来。

苏母对她的态度虽然凉薄,但骨子里还是血脉相连的亲人。她的十月怀胎不是假的,她偶尔的关心也不是假的。

苏清音不知道妈妈是为什么对她抱有一分敌视,但她有时候总想肯定是不能启齿的秘密,也许这个秘密还会伤害到她,所以大人才会选择什么都不说。

所以,现在是纸包不住火了吗?

只是不管发生了什么,她从来没有想过妈妈会发生什么事。她只希望妈妈和爸爸都能健健康康的,让她承欢膝下,仅此而已。

苏清音越这么胡思乱想,越觉得心里凉了好几截,她双手紧紧交握,却怎么都察觉不到一点暖意。

她微微侧头看着窗外飞驰而过的街景,这么熟悉的城市却在这一刻让她有了微微的苍凉感:"秦霜,她万一出了什么事……爸爸要怎么办呢?"

秦霜从未觉得去医院的路这么遥远,他的脑子里来来回回、反反复复都还是他之前接的那个电话里那个人的声音。

他的脑子现在跟一团乱麻一样,他隐隐觉得那人的语气后面埋藏了巨大的信息量,更加拒绝知道答案。

只是他现在不能再想这些,苏清音还需要他。

他抿了抿唇,转头看向她,一双眸子坚定而温暖:"会没事的,你别自己吓自己。"

苏清音却恍若未闻一般,看着窗外的霓虹,沉默了一路。

到了医院,秦霜车都还没停稳,苏清音就跳下车飞快地往医院蹿去。

等秦霜追上去时,苏清音正在二楼的门口抓着一个护士问急救室在哪里。

秦霜上前一把拉住她,把她紧紧抓在自己的怀里又问了一遍那个护士,这才一路带着苏清音走过去。

急救室门口正巧有一个医生走出来,秦霜看了眼怀里面色苍白的苏清音,狠狠地握了一下她的手,上前询问。

医生听到是问刚才出车祸送过来的,直接道:"在三楼的手术室。"

秦霜带着苏清音赶到三楼手术室,就看见坐在那里等待的苏老爷子,身旁还有王嫂陪着,倒是没看见苏父。

王嫂看见苏清音,赶紧招了招手:"清音,这边。"

苏清音已经急得脸色发白,看见人在这里紧提着的那口气却并没有放松,反而看着手术室亮着的灯微微愣神。

"爷爷……"

苏老爷子似乎瞬间苍老了十岁一般,他皱着眉头轻叹了口气,指着身侧的位置道:"先坐下吧,手术还要一段时间。"

Chapter 46 有你暖暖的

秦霜基本了解苏母伤在什么地方之后,就走开几步去给林医生打电话,紧急申请了优秀的医生过来帮忙。

苏清音低着头,听秦霜冷静有序地安排着相关的事项,握了握手心,这才扯着嘴角笑道:"爷爷,你不要担心,会没事的。"

苏老爷子看了她一眼,拍了拍她的手,轻声道:"你妈妈会没事的。"

苏老爷子告诉苏清音说,苏母今晚会出车祸,他也是有一半原因的。其实整个苏家,喜欢苏母的人大概也只有苏清音的爸爸。

苏母一向心高气傲,嫁给苏清音的爸爸之前是有喜欢的人的。但苏爸爸也是一个想要就会去争取的人,最后终于追到了苏母。

老爷子其实也不清楚两个人之间发生了什么,但那时候老爷子是不同意这门亲事的,因为苏母心太高,并不适合苏爸爸。后来,苏母还是嫁过来了,很快就生了苏清音。

至于苏母为什么对苏清音这个态度——

苏母和苏爸爸在一起就是因为有了苏清音,而苏清音的存在导致苏母这一生都只能局限在国内。她向往国外的高远辽阔,因为苏清音而限制了她的自由,所以她埋怨苏清音不喜欢苏清音,却不知道这份

心情已经有多么扭曲了。

苏爸爸也曾很多次和她谈话,但是夫妻十几年下来,解脱的方式无外乎就是离婚。只是他舍不得,这个他爱了一辈子的女人。

她对苏清音不好,他可以尽自己最大的努力去弥补苏清音。

她对这个家付出得少,他可以花更多的时间在家庭上。

她对他凉薄,他可以对她更好。她嫁给了他,自然便是他要庇护的女人。

苏老爷子说到最后,声音也越来越低沉:"她倒不是恨你,只是不知道要怎么跟你相处了。因为怀你的时候不稳定,她受尽了苦头,吃了很多的药,才保住你,也因此……没有生育能力了。"

苏清音低头听着,面上并没有多余的表情。

她这么一动不动,反而让秦霜有些琢磨不透。他只是握紧了她的手揉在手心,搭在他的膝上,揉得她手心都暖暖的。

身体不冷,那心也不会冷。

几个小时后,手术室的灯终于灭了。

苏清音坐的时间久了,腿都有些发麻,她捶了捶腿搀着苏老爷子站起身来。

苏爸爸正跟护士一起推着病床出来,躺在病床上的苏妈妈已经不见了平日的那种凌厉气质,苍白脆弱,是苏清音从未见过的模样。

她心一紧,下意识就抓紧了一直在她身旁的秦霜。

苏爸爸看见苏清音也不意外,只是看向老爷子说:"她没事了。爸,你早点回去休息吧,这里有我。"

苏老爷子这一晚也的确是累极了,便不再推托,看了眼病床上还在昏迷中的苏母说道:"明天我再过来,这事你再考虑考虑吧。"

苏爸爸看了眼苏清音点点头："你也回去吧,今晚我守着,明天你再过来。"

苏老爷子正要走,闻言也对苏清音道："清音和秦霜明天再来吧。"

苏清音点点头,拉着秦霜后退几步："那我们明天再过来。"

苏爸爸却在他们转身的瞬间叫住秦霜："谢谢你。"

秦霜一愣,随即郑重地一颔首："这些都是我应该做的。"

苏爸爸笑着点点头,看了眼一旁的苏清音,道："清音就交给你照顾了。"

秦霜看着仰头看过来的苏清音,揉了揉她的脑袋,眼神温柔："不用伯父你交代,我也会办到的。"

苏爸爸一个晚上似乎苍老了许多,鬓角都隐隐冒了白发。他站在原地看了苏清音好一会儿,才挥挥手："赶紧走吧,不早了。"

苏清音含含糊糊地应了一声,心思却早已经百转千回。

秦霜一路把苏清音送回家,想了想,最后还是没有在苏清音那里留宿,拎了行李箱就要回去。

苏清音忘了拿睡衣,从浴室出来就看见他一副要走的架势,站在原地也不知道说些什么。

秦霜几步走过去,揉了揉她的脑袋理正她的头发,又俯身在她额头上亲了一口,这才说道："我回去了,你晚上早点睡。"

苏清音轻轻地应了一声,一双眸子却像是蒙了一层水汽,湿漉漉的,看得秦霜喉结滚动,只想把她压在身下,狠狠吻上一通。

秦霜见她没有挽留,也不再耽搁。刚走到门口手握上门把,就感觉身后猛然撞上一股力,他一怔,低头看向腰间——苏清音双手环着他腰。

她的手腕上还戴着他送的印度小叶紫檀佛珠，衬得她一双手白皙修长。

秦霜这时候想的就是，这个佛珠果然适合她，还是他亲手做的并给她戴上。

苏清音一个晚上都恍若身在梦中，惶然没有真实感，她觉得自己就像做了一个很长的梦，梦见了一些匪夷所思的事情，让她之前所做的任何建设都变成了泡影。

她也不知道自己哪儿来的勇气，只是看见他转身要走，她就害怕，所以想也不想地转身跑过去抱住他。

她只是想留住他而已，这个晚上她不敢一个人。

秦霜安抚她去洗澡，自己则点开邮箱。

邮箱里有一份新的文件，他看了眼紧闭着的浴室门，手指按在鼠标上迟疑了好久才点开。

邮件只有短短几句话而已，却字字都透着让秦霜心凉的冷。

邮件里面交代了苏清音最后去的地方是秦霜的别墅，离开他的别墅之后她便一直在大院里，只有林医生上门探望过。

秦霜不记得那晚发生了什么，他甚至都不记得那晚她有来过他的家里。

秦霜得知苏清音出国后，除了帮苏清音料理了学校里的事情，就是去找了苏清澈，他直觉是苏清澈对她的影响让她不能面对，而果不其然，苏清澈还真的跟苏清音坦白了。

秦霜平生都没觉得自己有那股子冲动想揍人，看着苏清澈就直接挥了一拳过去。

就在他百思不得其解苏清音怎么说翻脸就翻脸的时候，倒是让他从林医生那里知道了一星半点。

林医生喝醉了酒,就喜欢酒后吐真言。秦霜预谋了许久,灌醉了林医生才得手。

不过得知的那零星半点的消息却让他差点没气到呕血。

谁敢染指他的"小怪兽"?

当苏清音从美国回来之后,他便觉得事情隐隐有些不对劲,苏清音看向他的眼神、说话做事的态度都统统不对。

他不知道是不是自己遗漏了什么,不过现在看起来的确是这样。

他摸着下巴,心一截截地凉下去。

难道……自己做了什么禽兽不如的事情?

可是不应该啊,他的酒品一向很好,喝醉酒了怎么可能做坏事,一般直接呼呼大睡了啊。

凡事其实都有例外,秦霜第一次喝酒误事就把苏清音给办了。

想到这里,他脸色发白,神情也严肃了起来,连看向浴室的眼神都变得有些深邃,浑身上下蓦然有了一种可以称之为凛冽的气势。

他抬起手指按了按太阳穴,闭了闭眼,这才缓解那越来越强的呼之欲出的自责。

"咔哒!"门锁开了。

苏清音站在浴室门口,见他脸色有些不对,蹙了蹙眉:"禽兽,你不舒服吗?"

秦霜听见这个称呼的时候还有些恍惚,苏清音现在鲜会叫他禽兽了。以前他深恶痛绝,如今却异常怀念,连带着内心都柔软了许多。

他顺手合上电脑,干脆利落,朝她伸出手来:"过来,我抱抱。"

他的语气诚恳并且有种让人不能拒绝的意味在里面,苏清音捏着浴巾衡量了片刻，默默地扯着衣服回屋去了。

秦霜那个郁闷啊，自己长得那么像洪水猛兽？

过了一会儿，等他洗完澡，都躺在床上了，他才知道苏清音那时候默默飘过只是害羞罢了。当然，这个所谓的害羞也是他自己这么定义的。

苏清音换了一身保守的睡衣，抱了枕头站在门口。

房间内只留了一盏台灯，秦霜正靠在床前看床头柜上放着的文件，听见动静抬头一看，不由得有些愣住，随即就有些飘飘然。

小爷的魅力果然还是无可取代啊。

秦霜还期待着苏清音怯懦的声音响起，轻柔并且小心翼翼地问他"我今晚可以睡在这里吗"时，苏清音已经抱着枕头大摇大摆走了进来，很不客气地放在了他的枕头旁边。

秦霜被她的举动惊吓到了，一骨碌坐起身来，一副防备的模样，双手环胸："你你你……你要干吗？"

苏清音顿时黑脸，窘得无以复加。

秦霜，你敢不敢……再幼稚一点？

秦霜在苏清音那鄙视的眼神中败下阵来，默默地收回手，再收拾了一下凌乱散在床铺上的文件，给她腾出个位置来。

苏清音看着这么乖顺的秦霜，嘴角隐隐翘起，抬手扯了扯他的袖子："你再问我一遍要干什么。"

这回轮到秦霜黑脸了，不过房东大人最大，他哪敢有意见啊。当下，他乖巧地问："那好，请问苏小姐深夜拜访，所为何事？"

苏清音故弄玄虚地撑着下巴想了想，似乎是想不到什么精辟的答案，眨眨眼再眨眨眼，最后扑哧一声笑出声来："禽兽，你今晚陪陪我好不好？"

苏清音的眼底有着淡淡的柔软，那抹一直隐藏得很好的脆弱也在他的面前暴露无遗。她一双眸子里的情绪一点也不遮掩，全部摊在了他的面前。

可就是这样一双眼，这样一个眼神，直击秦霜的内心，让他猛然一颤。

Chapter 47 他家的小姑娘才是最无辜的

隔日一大早,苏清音起来之后,就跟公司请了假。

她自己下厨,熬了小米粥,先和秦霜在家里吃过又用保温桶带着去医院。

苏妈妈还没有醒过来,沉沉地睡着,身上插满了管子。苏爸爸就睡在病床旁的折叠小床上,裹着被子蜷缩着。

苏爸爸人高马大的,蜷缩在折叠小床上怎么看都有些别扭,更别说他窝在上面睡了一整晚。

苏妈妈经过手术已经无碍,现在转到加护病房做观察。

苏爸爸起来就看见玻璃外站着的秦霜和苏清音,起床收拾整理下才开门让他们进来。

苏清音等苏爸爸洗漱好,顺手给他添了碗小米粥,拌了他喜欢的酱菜递过去。

"妈妈醒过了吗?"

苏爸爸摇摇头,几口吃完了小米粥又递过去:"再来一碗。"

秦霜见状便说道:"那我去问问医生情况怎么样。"

苏老爷子这会儿也来了,听说这粥是苏清音做的也要了一碗尝。

"医生说她什么时候会醒?"

苏爸爸摇摇头,微微皱起眉头来:"不知道,不过也就这几天了。"

苏老爷子点点头,又看了眼苏清音:"今天不上班,是不是请假了?"

苏清音哪里还有心思去上班啊,自然是要请假的:"我过来替换爸爸的。"

苏爸爸闻言一顿,随即深深看了她一眼又别开视线。

秦霜回来交流了一下医生的意见之后回了公司一趟,中午过来的时候拎着一堆吃的,还提了一个水果篮子,抱了一束鲜花。

苏爸爸看见他还是高兴的,接过花笑道:"你有心了。"

秦霜虽然得意但是可不敢邀功,而且苏妈妈这件事他心里也不好受,放下东西便走到苏清音身后按在她的肩膀上:"先吃饭吧。"

秦霜这么体贴入微倒是让苏清音有些别扭:"医院有食堂啊。"

这话秦霜就不爱听了,眉头一皱,扣在她肩上的手就是一紧:"医院的伙食能比得上王嫂的?"

苏清音看着那些盒子里的包装,怎么看都不像是王嫂做的啊。不过还是乖乖开了,跟苏爸爸一起吃,吃了几口,她就心里有数了。她问:"你自己下厨的?"

苏爸爸一听诧异了:"倒不知道秦霜你也会做菜啊。"

秦霜贴着苏清音坐下,又是添汤又是夹菜的,让对面的苏爸爸顿时食之无味,这怎么看怎么像邀功呢……

苏清音一大早就光顾着陪苏爸爸聊天调节心情了,所以中午吃饭的兴致也不高。他这么热情地给她加菜,她塞了一嘴的米饭还有些可怜兮兮地看着他。

秦霜的热切很快就在她的目光中冷却下来了:"你多吃点,看我干吗。"

苏爸爸正好有电话打进来,放下碗筷就去阳台那里接电话了。

秦霜看着苏清音低着头努力吃饭,脸涨得鼓鼓的样子,只觉得像是嵌进他的心窝里。他抬头看了眼背对着他们的苏爸爸,俯身就在她的脸上亲了一口,见她惊讶地抬眼看来,眼神不由得都温柔了下来。

苏清音的脸却是瞬间红了,放下筷子狠狠地掐向他腰间的软肉。

秦霜虽然穿着薄薄的两件衣服,但她一手掐过去却没有掐进去,她是知道秦霜精瘦的,却没料到连腰上都没有多余的肉。

秦霜见她一把没掐到懊恼得恨不得把他吞了的样子,越发觉得她可爱,握住她的手包在手心里又亲了她一口才松开。

"乖,吃饭。"

苏清音还想发作,却听着苏爸爸那边讲电话快结束的声音,狠狠瞪了他一眼,又看了看还在昏睡的苏妈妈,扭过头不理他了。

下午苏爸爸回大院了,他先回去睡一会儿,晚上的时候还是由他来守夜。

苏老爷子饶是此时再不怎么喜欢苏妈妈却是不能拦着苏爸爸,只看见他急匆匆地回来没一会儿就又要去医院。

苏清音是下午听王嫂说,出事之前的那晚苏爸爸来了大院,苏妈妈也来了。说是有事要谈,王嫂就去了厨房。

等后来客厅里说话的声音越来越大,王嫂出去的时候,苏妈妈正脸色很不好地看着苏老爷子。

苏老爷子不喜欢苏妈妈是大家都知道的事情,但也一直没有多大的冲突。可苏老爷子的年龄越来越大,儿子不在身边,孙女也不在身边，本该留在他身边承欢膝下的人都不在，他就要多想了。

都说宁拆一座庙不毁一桩婚，苏老爷子虽然不喜欢苏妈妈，但这么半辈子过下来，也没真把苏妈妈怎么了，就算挑刺也是少得很。

直到这次中秋节，回来的人唯独少了一个苏妈妈，可不是气得他脑仁都疼了吗。

这次苏爸爸有空就带着苏妈妈来赔罪了，不知道怎么的三个人就闹起来了。

是苏老爷子先说苏妈妈为人儿媳没尽本分、为人生母没尽本责，后来不知道怎么的，苏爸爸就提了离婚。

苏清音听到这儿的时候，脸色都有些不对劲了，要说之前她还不知道爸爸对妈妈是什么样的感情的话，昨晚她却是知道得真真切切。

苏老爷子絮絮叨叨了那么多年，苏爸爸的用情至深可见一二。

所以当苏爸爸说出这样的话时，一直有恃无恐的苏妈妈可不就傻眼了吗。她本来就是仗着他的喜欢，任性妄为了一辈子，哪里知道他再也不愿意容忍她的任性了。

王嫂就看见苏妈妈出了门，苏爸爸赶紧去追。没过多久家里电话就响了，说是苏妈妈出车祸了。

说着，王嫂也有些惋惜地看着苏清音："其实你妈妈这个人就是不知道收敛，不知道什么叫知足，活该如此了。但她人还是好的，也是关心这个家的，现在只盼着她早点醒来就好。"

苏清音被王嫂这番话说得鼻子都酸了。送走了王嫂，苏清音紧挨着秦霜的身边坐下，拉着他的手，头靠在他的肩膀上，就那样看着病床上躺着的人。

秦霜还记得她昨晚半夜哭醒的样子，一张脸上全是惶恐。他环过她的肩，按在怀里轻轻拍着："会没事的。"

世事无常，秦霜只庆幸他回来得及时，如果这时候没有陪在她的身边，他一定会后悔得恨不得拍死自己。

他已经过了浪漫的年纪，给得起她的就是全身心的体贴和关怀。

苏清音陪到晚上才由着回来守夜的苏爸爸接手，自己便和秦霜回去了。

这样的日子持续了好几天，才终结在苏妈妈醒来的那天下午。

苏清音刚给苏妈妈用棉球沾湿了嘴唇，就看见苏妈妈睁开了眼一眨不眨地看着她。苏妈妈还戴着氧气罩，说话不方便，张了张嘴就放弃了。

苏清音猛然看见她睁开眼，一时愣在那里，还是秦霜在一旁看着不对劲，一走近见人醒了，赶紧去叫医生。

检查下来说是没有多大的问题，等苏妈妈慢慢调理康复就好。

苏清音从来没有跟这么安静的苏妈妈相处过，一时有些无措，还是秦霜把她从床边拉过来，坐在床头说了好些话。

苏爸爸知道苏妈妈醒过来了，便和王嫂一起过来。苏清音陪了一会儿就自己回家了。

秦霜这一路都陪着她，见她起先心心念念想着苏妈妈醒来，可真当人醒来又手足无措不由得也有些头疼。

像秦霜这种又能耍宝又能犯贱还能卖萌的人，实在不存在跟妈妈或者跟长辈之间存在隔阂这种事情，讨好什么的对秦霜这种生物来说却是易如反掌。

所以，他打知道苏清音和苏妈妈之间是这种奇怪的关系之后就一直有些不解，后来才知道个中缘由，他家的小姑娘才是最无辜的。

想着，秦霜便有些心疼了。

不过这段时间一直忙着，秦霜都快忘记之前还在调查的那件事。

今晚送苏清音回了家，他倒是没住在那儿，反而先回了一趟帝爵世家，然后打了个电话给李亦为，约他出来。

李亦为来得也快，见秦二爷这次那么文艺地把地方定在了咖啡店，就有了一种穿越时空的诡异感。

他在秦霜的对面坐下，点了一杯咖啡，见秦二爷心事重重的样子，还不忘打趣："我可是有一个多月没见着你人了，怎么一回来给我整这出？哎，你知不知道我刚开车来来回回在这街上溜达了好几圈，才确定你说的是家咖啡店。"

说着说着，他更来劲了："我刚推开门的时候都吓了一跳，你知道我多久没来这种地方了吗？都一年了，还是那女人找我分手的时候才来过……太好笑了。我刚走进来的时候心都在颤呢。"

秦二爷却笑不出来，只是端过咖啡抿了一口，一双眸子黑沉沉地看向他："我今天约你来，是有事问你。"

李亦为的调侃顿时噎住了，他眯了眯眼："怎么了，什么语气啊这么严肃。"

秦二爷笑了笑："我一直觉得有一点奇怪，我自己想不通，所以来找你帮我分析分析。"

李亦为皱眉："拜托，这种事你约我来这种地方，这不是存心吓我吗？这里可是谈事的地方，我有阴影。"

秦二爷从口袋里摸出烟来，抽出一根叼在嘴里，打火机就在手边他却不急着点，只是叼了烟默默地看了他一会儿，问道："你说我酒量怎么样？"

李亦为嗤笑了一声："你酒量好着呢，就这事你来这破地方问我？"

　　李亦为对咖啡厅一直都有心理阴影，这么说起来是有一次他过生日，那时候他和苏清音走得近，那年生日他就问小姑娘想在哪里给他过生日。

　　苏清音那时候还是做梦的年纪，想也不想就说去咖啡店，咖啡店的包厢光线昏暗，钢琴曲柔和，多好。

　　李亦为却是嗤之以鼻，不过生日还是放在了咖啡店。其实那一晚他是存了一点小心思的。

　　不过那一晚的咖啡店可是真的没有留给他一点好印象，让他现在想起来都恨得咬牙切齿。

Chapter 48 对不起,我不知道

气氛顿时陷入了诡异之中。

秦霜也想起了那一次比较糟糕的经历,苏清音那一晚是和他一起过去的,上车前她就在门口的站台上等他。

他开车过去就看见她脚边放着一个包裹成礼品盒的箱子,正在东张西望。

他缓慢开过去,按了按喇叭:"上来。"

苏清音眼睛就是一亮,抱着那一箱礼物就上车了。

到咖啡厅的包厢时,由于小姑娘是和他一起出现的,又是压轴踩着时间来的,难免受关注。尤其是她手里抱着的小箱子,更是让人好奇得不得了。

李亦为那一晚有些不正常,对苏清音是百般照顾,别说是秦霜了,小伙伴们都看出些什么来了。

秦霜霎时脸色就有些不好了,不为别的,就为了李亦为那见异思迁的性格。

虽然气氛有些微妙的尴尬,但还是不能阻止当天晚上的热烈氛围。而苏清音那一直饱受关注的小箱子,也在送给李亦为之后,受到了前

所未有的热烈关注。

李亦为一颗少年心涨得满满的，眼角眉梢都是笑意。但是拆开礼物之后，他就傻眼了。看着一整盒什么类型都有的避孕套，整张脸都不能用黑来形容了。

秦霜却乐了，行了，这事不用他操心，苏清音已经糊里糊涂地把李亦为那破心思给扼杀在摇篮里了。

秦霜知道苏清音对自己有不一般的心思，就是在那晚知道的，苏清音并没有表白，但秦霜不知道怎么的就在她暗示下明白了。

小姑娘笑起来的时候，眼角弯弯，双眸黑亮得像夜空中的星星一般。

他只觉得这笑容头晕目眩，一时便醉了，总结发言了一段："再好的情人还不如当朋友，情人要适应我要附和我，但即使这样不走心的还是要散。但是朋友就不同，我遇见的时候是什么样的就是什么样的。"

他也不知道那时候他说的这句话到底是出于什么样的目的，但是隔了没几日就看见苏清音剪了短发，还到他面前说了那些话，他才醒悟过来自己做了什么。

李亦为看了眼沉默低着头的秦霜，抬手揉了揉眉心："你今晚找我来……到底是什么事？"

秦霜扫了他一眼，眼神却不复刚才那般，渐渐变了色："三年前我记得你一直在玩迷幻剂吧？"

李亦为的脸色就是一变，随即又不动声色地看了他一眼："那又怎么了？"

秦霜扯起嘴角冷笑一声："那晚我的酒里，有没有被下药。"

李亦为面色一冷，微微有些苍白，他垂了眸半晌才痞笑着问道："你有证据吗？没证据就别瞎说。"

"要证据？"秦霜无声地笑了笑，心里却很不是滋味，他冷下脸来一双眸子也变得犀利异常，"清音的手机里那晚还有你的通话记录，可惜你没想到的是给我下了药，原本想让她来看的好戏，居然没上演吧？"

李亦为这回终于感受到了秦霜传来的压迫感，背上冷得一阵发毛："什么好戏……"

秦霜抬眸看了他一眼，虽然唇边有着若有似无的笑意，眼底却是冷冰冰的，如修罗一般。他手指搭在沙发的扶手上轻轻地敲了敲，但耐心却早已告罄了："如果我没猜错，你是下了药后给苏清音打电话，让她来接我回去，然后正好看见我跟别的女人……"

他顿了顿，又有些自嘲一般："可悲的是，你下的是迷幻药让我出现幻觉，你知道我不管看见谁都会当成是苏清音的。"

李亦为张了张嘴，却怎么都说不出话来了。他端起咖啡抿了一口，这才艰涩地说道："对不起……"

"到此为止。"秦霜打断他的话，毫无耐心地起身，"到此为止吧。"

他居高临下地看着李亦为，眼底却丝毫温度都没有。他终于点燃了烟，透过烟雾他眯细了眼看李亦为，眼神却是意味不明。

又小站了片刻，他掐灭了烟头，还燃烧着火星的烟头就落在李亦为的手上。李亦为被烫得一惊，再去看秦霜的时候，只看见他的背影正消失在走廊上。

就算是李亦为也很少看过他这种眼神，不再关乎朋友，却也不是看一个陌生人的，说不清那是失望多一点还是什么。

李亦为是秦霜的发小，打小两个人就狼狈为奸，但是李亦为并没

有多大的理想,更多的时候都是靠着秦霜的帮助。

而秦二爷也是从未多说一句话就尽自己所能地帮助他,更别说他有时候出了事最先想到的都是秦霜。

可是这一次,秦霜是真的被触犯了底线,再也不会原谅他。

无关其他,就单为李亦为下药,想引起他和苏清音起误会的那个心思,就已经让他无法接受了。

秦霜走出咖啡店,只觉得手脚冰凉,面色更是不好看。他望了望阴沉沉的天,轻吐出一口气,摸出口袋里的手机给苏清音打电话。

苏清音几乎是听到电话铃声的那一刻就接了起来,边拿着手机边挖着火龙果吃,难得的好心情。

"禽兽。"

"嗯。"他轻轻应了一声,心头的思绪却有些纷杂,"睡了没有?"

苏清音摇摇头,偏头看了看时间:"还没有,过会儿就睡,你呢?"

秦霜缓步走向停车场。夜深人静,星空深远,他耳边是苏清音絮絮叨叨的声音,他就这么听着偶尔问几句再挑起话题就这么有一搭没一搭地说着话。

直到到了停车场,他靠着车门,轻声跟她告别:"好了,早点睡。我明天回公司,你自己记得吃饭,我……"他顿了顿,微低了头看着自己的脚尖,"我就先不过去了。"

苏清音隐隐觉得秦霜今晚的情绪有点不对劲,但是也没多想,点点头答应了下来:"好,你旷工那么多天了。先忙吧,有空给我打电话好不好?"

秦霜笑了笑,只说:"我最近有很重要的事情要想清楚,会有些忙。"

苏清音沉默了片刻,只是弯了嘴角笑:"那……晚安。"

"晚安。小怪兽。"

接下来几天,苏清音都是公司、医院、家里的三点一线。

苏妈妈已经好了很多,能吃些流质的东西了,一般苏清音下班了过去都会接手王嫂的工作亲自喂她吃。

两个人的交流并不多,她只是和苏爸爸一起待在病房里陪着,做自己的事情。

倒是苏爸爸有些好奇:"秦霜怎么都不过来了,每天都让他助理跑一趟。"

苏清音正在看文件,闻言从电脑前抬起头来:"大概在忙吧……"不过说的话却是底气不足。

苏妈妈看了她一眼,见她有些心不在焉了便道:"你也要多关心关心秦霜,等会儿去看看他吧。"

苏清音一愣,随即点点头,开始收拾东西:"那我现在就过去看看。"

苏清音出发前给秦霜打了电话,秦霜接到电话似乎很意外一样,迟疑了会儿,才说在帝爵世家的别墅里。

苏清音二话没说,直接过去,心头却在听到秦霜那语气时微微有些不爽。

秦霜听见动静就来开门了,见苏清音还是一身职业装,就知道她肯定是刚从医院过来。

苏清音进了屋子就看见一堆的外卖盒子堆在客厅的桌几上,她眼角抽了抽,转身看了眼身后神色也有些诡异的秦霜,脱了外套先收拾起来。

秦霜也没动，只是看着她挽了那头长得快齐肩的短发，收拾了一堆垃圾扔进了垃圾桶，又拿了碗筷去厨房洗。

秦霜跟着到厨房，等她洗完碗便拿了纸巾给她擦手，又从客厅拿了护手液给她擦了擦。

苏清音看着他低垂着眼睑认真的样子，一把握住他的手，对上他看过来的眼睛，眉头一皱："最近不忙为什么不给我打电话？"

秦霜牙齿咬得紧紧的，那双眸子微微泛红地看着苏清音。

这蓦然出现的表情倒是吓了苏清音一跳，更是让她丈二和尚摸不着脑，直接抽出手默默后退了一步。

她误会了秦霜，她以为秦霜那是要家暴的节奏。

秦霜一步上前直接把她逼到了墙角，那双一向有着淡淡笑意的眸子今日看起来更多的却是懊悔和无措。

他犹豫了半响，才双手搭上她的肩，感觉到她一颤，才重重地握紧把她揽进怀里抱着。

苏清音虽然有些不明缘由还是回抱住他，轻轻地拍了拍："我没有怪你。"

秦霜身子却是一颤，他就在电源开关的旁边，伸手就按灭了大厅的灯光。

骤然一黑，苏清音一愣，随即扯紧了他的衣服："秦霜，开灯啊，看不见了。"

秦霜微微松开她，刚适应黑暗，就看见她一脸的无措和……恐慌。

他看着就觉得心疼，却还是抱紧了她俯低身子去亲她，亲得又急又猛，另一只手更是直接从衣服下摆爬上去，碰到里面那件内衣时，几乎是有些粗暴地推上去。

苏清音先是一愣，随即反应过来便剧烈地挣扎。

秦霜还是没放开，只是咬着牙一遍一遍地亲着她，手下却一点也不温柔，掐着她的腰就使劲贴近自己。

苏清音见自己还是挣扎不开，黑暗里的恐慌和三年前的叠加在一起，她眼前看出去的似乎都是叠影重重。她咬着唇，一边捶他一边哭："秦霜……你又想再来一次吗？"

话音一落，秦霜的身子就僵在了原地。

他轻柔地帮她整理好衣服，微微退开些，借着窗外的灯光看清她脸上的泪痕，又轻柔地帮她擦干了眼泪，才哑着声音问她："三年前那晚，我就是这样对你的……是吗？"

苏清音一怔，浑身都有些冰凉："你说什么？"

秦霜顿时倒吸一口凉气，刚才他听着苏清音那哭声，就感觉到血液呼啦啦直往脑子里冲。他实在不敢想象三年前那晚，他被药效控制着的时候对她做得有多过分。

胸腔里似乎有一股火正在烧一般，烧得他浑身都紧绷得有些不对劲。他想抱抱她，可是就这样看着她，他却没有勇气再上前了。

"对不起，我不知道……"

苏清音只觉得喉间一涩，再听他的话皱了皱眉头有些不理解："你自己做的……你不知道吗？"

秦霜一愣，几乎是有些痛苦地揉了揉太阳穴，那剧烈的跳动疼得他都呼吸急促了。他缓缓深呼吸了一次，也不辩解，只是看着她。

苏清音只觉得这片不透光的黑暗，让她有些呼吸不过来，她飞快地拿起自己的外套，转身便跑。

Chapter 49 你还有什么芥蒂?

秦霜没有去追，他转头看着苏清音跑出去的身影，只觉得胸口一阵阵被撕裂一般揪着疼。

一个人在屋里，寂静的心跳声都一清二楚，那鲜血淋漓的声音分外清晰。他握紧了拳，浑身冷得像是破了一个大窟窿一样，冷风到处流动。

他僵着身子站在黑暗里，眼前都是苏清音刚才那无措绝望的神情。

他脑子里一遍一遍地回放，不由自主就想起那个晚上他是怎么样把她压在身下，弄出一身瘀青，让她狠了心三年不再见他。

那多事之秋，她心里的脆弱无人可说，她来找他，可是他还该死的……雪上加霜。

他怎么就那么浑蛋呢!

这三年难熬的时候，他还怨过她，现在才知道自己哪里有资格，差一点……真的就差一点，就失去她了。

秦霜明白他的"小怪兽"是个多么倔强的人，若是他真的霸王硬上弓了，怕是她这辈子都不会再见他。

秦霜此刻就像是被谁踩着了尾巴，又是愤怒又是心疼又是懊恼又是委屈。那沉默包裹着他那颗心越来越压抑。他终于忍不住，狠狠地一拳砸在一侧放着的古玩上。

瓷器应声而裂，他这一拳下去，宣泄终于找到了出口。那一侧赏玩的制品，几乎都被他砸了个粉碎，一片狼藉。

他就站在这废墟里，右手遍布了伤口，鲜血淋漓。

可是这些还不够，一点也不够……

苏清音今晚没敢回大院，直接回的自己公寓。

刚到家，她就接到了苏清澈的电话，不，准确地说是宋星辰用苏清澈的手机打的。

宋星辰一边拿了钥匙，一边出门去开车："你哥哥今晚知道妈妈出车祸了，现在正赶着去医院呢。小音你赶紧过去，我等会儿就来。"

苏清音一听，完了，今晚大概又不能安生了，当下就把刚脱下的鞋穿了回去，关了门就往医院跑。

当初苏妈妈出车祸太突然，苏老爷子原本是想给苏清澈打电话的，但是苏清澈正在执行任务，宋星辰那儿也是等苏妈妈醒了之后才知道的。

接到电话后，宋星辰就从军营里回来了，回来第一件事就是去看苏妈妈，苏清音也在那儿，她就直接把苏清音骂得狗血淋头。

宋星辰那日实在是火气上来了，对着自家的小姑子那也是不留情的。

苏清音现在可怕极了这嫂子，这性子的确只有哥哥吃得下。

苏清音到医院的时候，苏清澈也是刚到，跪在了苏妈妈的床前，见苏清音来了，这才起身来。

苏清音站在门口，感受到那冷冷一瞥，顿感寒风刮过，冷得浑身一颤。

不能平辈就欺负她啊，那不是苏老爷子给施加的压力吗。说苏清澈有任务不能分神，也不想他出任务的时候还惦记着这个，集中不了注意力。

反正苏妈妈当晚就没多大的事情了，也就等着情况好点了再告诉宋星辰，于是苏清音就默默地成了替罪羔羊变成了不懂事的人。

宋星辰一路小跑过来的时候，苏清澈差不多已经把苏妈妈的身体状况都摸清了。

就算在苏爸爸和苏妈妈面前，他都没给宋星辰一个笑脸，沉着脸，面无表情的，别提有多吓人了。

苏清音缩在苏爸爸的后面，一直扯他衣服，暗示她爹先把苏清澈给摆平了，否则等会儿她得吃不了兜着走。

苏清澈早就发现苏清音的小动作了，剜了她一眼，最后还是和宋星辰一起先回市区中心，明天再来。

苏清音打苏清澈来了之后，都没空去想秦霜那一晚的举动意义为何，不过说起来，苏清音想起那一晚也总觉得并不是很排斥。

以前她从未迈出过这一步，所以总是自我心理安慰。时间越久，心理的防线也就越拉越高，但真的来了临门一脚，如果对方是秦霜，她发现并不是那么糟糕。

这么想着，她就对自己那晚居然转身就跑后悔至极。

她就应该直截了当、威风凛凛地把这一仗打漂亮，完美逆袭。

虽然没有谁非谁不可，但苏清音一想到以后她会嫁给一个不是秦霜的男人，她就浑身难受，怎么都别扭。

事情打破僵局还是因为两个人的拜访。

秦墨和李亦为。

秦墨正好和苏清音的老板有业务往来，从楼上总裁办公室下来之后，就直接去了她的办公室。

苏清音正在开会，PPT刚好放完，就看见秦墨倚在门口，姿态闲适、面容冷峻地敲了敲门："有空吗？我有要紧事找你。"

苏清音下意识往底下一看，一票财务部的人神色各异。苏清音却管不了那么多，秦墨过来除了秦霜的事情，她根本不做他想。

她匆匆结束了会议，收拾了一下东西就带着秦墨去她的办公室坐下。

秦墨看了眼办公室，微微颔首："环境还不错。"

苏清音给秦墨倒了杯水，这才在他对面的沙发上坐下："环境不错，也不能跟你办公室比啊。"

苏清音沉得住气，秦墨就更能耐得住性子，天南海北地调侃了一阵，这才在她渐渐焦急的神色中说出今天来这里找她的目的。

"秦霜已经失去联系好几天了。"

苏清音正喝水压惊，闻言呛到咳得脸都红了："什么？"

秦墨淡然地抽了手边的纸巾递过去："我也不知道他前阵子发什么神经，魂不守舍的，问他也不说，后来干脆失去联系了。你应该知道发生什么事了。"

他说得笃定，一双眸子也紧紧地看着她："清音，秦霜对你的感情我想不需要多说，就单你自己也能看明白。我不知道你们之前发生过什么，但清音，我知道你是聪明人，秦霜对你死心塌地非你不可了，你还有什么芥蒂？"

你还有什么芥蒂？

苏清音微微愣神，正想辩解，却突然词穷。

秦霜这段时间为她做的，她都看在眼里，能在她需要他的时候陪着她，做他力所能及的事，开导安慰她。

她到底还对他有什么解不开的心结？

秦墨见她这副表情，看了眼时间，这才道："你嫂子今天多备了几个你喜欢的菜，反正你快下班了，就跟我一起回去吧，两个小家伙说好久没看见你和小叔了，都盼着你过去。"

秦墨这句话看似只是平常的家常话，却用得相当巧妙，直接对她说程安安是她的嫂子，直接坐实了苏清音被秦家人认可这件事。

倒是苏清音有些不知所措起来。

秦墨见好就收，给她留了足够的时间去考虑。

就在这时，苏清音桌上的手机响了起来。她扫了眼屏幕，就迫不及待地接了起来："喂？"

电话那头沉默了片刻，才说道："苏清音。"

李亦为的声音粗犷又沙哑，难听得都不像是他的声音。苏清音下意识看了眼秦墨，见他并没有留意这边才继续问道："李亦为吗？"

李亦为轻吐出一口气："我在你公司楼下，你下来。"

苏清音皱了皱眉，下意识就有一种秦霜有事的直觉。她应了下来，看了眼看过来的秦墨，略略歉意："我今晚不能过去了，李亦为在楼下等我，应该是跟秦霜的事情有关。"

秦墨略有些玩味地轻念了"李亦为"的名字，随即点点头："我跟你一起下去，我还要去接昭阳。"

李亦为看见秦墨跟苏清音一起下来还有些发愣，靠在车门旁片刻，才迎了上来。

他一张脸苍白至极，嘴角还有着乌青，看起来有些狼狈。他扫了眼秦墨，乖乖地低头打招呼："秦总。"

秦墨扫了他一眼，不动声色地应了一声。

秦墨对李亦为没有好感，但碍于秦霜和他的关系也不便多说什么。但是李亦为单独来找苏清音，他说什么都不会先走的。

李亦为显然也看出了秦墨的意思，微微尴尬地笑了笑，摸了摸嘴角直接道："对不起，我是来道歉的。"

苏清音这回反而丈二和尚摸不着头脑了："我？"

李亦为深呼吸了一口气，才道："三年前我曾经给秦霜下过药，是迷幻剂，所以他那晚神志不清也什么都没记住。这些是我做的，我原本还打电话给你想让你误会他……"

苏清音目瞪口呆："你说什么？"

李亦为看了眼一旁脸色越来越沉的秦墨，腿都打战了："现在秦霜在C市的分公司，他那天突然来找我揍了我一拳之后就走了，你还是快点去看看他吧。"

苏清音觉得这句话就像是当头一棒，她捏了捏手，努力克制住想扇这人渣的冲动，一把拉开他的车门就坐了进去。

Chapter 50 不要怕,我在呢

李亦为的车,苏清音摸了两把就熟悉了,毕竟好车上手比较快。她直接开了车去机场准备飞C市,正值下班的高峰期,路上堵得她差点着急上火就想把李亦为的车给毁了。

C市的纬度高,天气冷得已经进入寒冬,苏清音来得匆忙,只穿了两件单薄的单衣,此刻一下飞机就被冷得一颤。

秦墨已经将秦霜在C市分公司的地址和相关人员的号码都短信发了过来,苏清音也顾不上现在寒风瑟瑟、美丽"冻"人,直接招呼了出租车就往分公司赶去。

上了车,她便开始不停地打秦霜的电话,无一例外都是"您所拨打的电话暂时无人接听,请稍后再拨"……

她恨得咬牙切齿,一边暗骂自己怎么那么沉不住气,一边又火急火燎地担心着他现在的情况。

秦霜虽然幼稚,但是从来没有出现过这种联系不上的情况。苏清音不知道他在做些什么,但能肯定的是这家伙现在一定是钻进死胡同里了。

等到分公司的时候,前台不认识苏清音就把她拦在了下面。

苏清音忍住拍桌子的冲动,狠狠看了一眼前台,直接拿电话按着秦墨给的号码拨过去。

大概是公司管理的高层,一听她的名字就赶紧下来了。

前台一看见他就恭恭敬敬地叫了一声"钱总",苏清音当下也收起脸上那神色,客客气气叫了他一声。

"你好,我是苏清音。"

钱总和秦霜家有点远门亲戚的关系,自然是知道苏清音这号人物的,就单从秦霜的嘴里就听了好几回了。这下突然看见真人出现在面前,他还有些丈二和尚摸不着头脑。

"是苏小姐啊,久闻大名。请问你这是?"

前台来往的人众多,看见钱总亲自下来,不由得都往这边投来注目礼。

苏清音弯了弯嘴角笑:"钱总,能不能借一步说话。"

钱总也意识到这边人多嘴杂,直接引着她往一旁独立隔开的会客厅走去。

苏清音等不及再客套一番,直接点明中心:"我是来找秦霜的,好几天联系不上他,我们都很担心。听说他来分公司,我就过来了。"

钱副总听完却是眉头皱了皱:"这个我倒是不知道,秦总就前几天来分公司的时候出现了一下,之后就没有来公司了。而且一般有工作也是直接发他邮箱等他处理的,所以他去哪里我也不清楚。"

苏清音眉头一皱,先别说C市了,秦霜想找个地方躲起来,她就算是在A市都得花点时间把他找出来,更不用说是C市这个她完全陌生的地方了。

钱总大概也觉得事关重大,说道:"苏小姐你过来有没有落脚的

地方，看你对C市也不熟，要么给我个联系电话，我派人去找找，到时候联系你。"

苏清音想着现在的确也没有什么办法，便留了一个号码给他："麻烦你了。"

钱总道："不麻烦，我让助理给你订了酒店休息，我现在让他送你过去吧。"

可苏清音不想就这么坐以待毙，直接问道："那钱总你知不知道秦霜平常来C市都去哪些地方的？"

钱总的脸色顿时变了色，随即干笑道："秦总最常去的就是音乐酒吧……"

苏清音的嘴角抽搐了下，终于明白钱总那诡异的神色是为了哪般了。

助理送苏清音去酒店的路上，正好经过这个音乐酒吧，她就下了车顺道去看看。刚入夜，酒吧来往的人还不算太多。

踩着脚下透明的玻璃走上台阶，酒吧里的霓虹闪烁，环境却还是不错的。苏清音找了一圈也没找到人，心里说不上是失落还是什么别的情绪。

她缓缓走出酒吧，看着天地一色，只觉得鼻尖酸酸的。

她摸出手机又给秦霜打了个电话，这次倒是通了很久，就是没有人接。她不厌其烦地一遍又一遍地拨打，站在冷风中手指都有些僵硬了。

苏清音揉了揉手，想了片刻发了个信息过去。

"我在C市，你再不出现就等着给我收尸吧！"恶狠狠地打完了一串的感叹号，她才解气一般，把手机往口袋里一塞，直接往对面等着她的助理走去。

不过如果苏清音知道自己有那么乌鸦嘴的话,她一定会忍到找到秦霜了狠狠揍他一顿,也不要乌鸦嘴把自己给搭进去。

就在她收了手机转身的瞬间,旁边突然驶过一辆高速前进的摩托车。苏清音都没看清发生了什么,就被这股猛烈的风带得往前踉跄了一步,一个没站稳直接摔在了硬实的水泥地上。

苏清音耳边轰隆隆的杂音交替在一起,她眼前一片模糊,只觉得擦在水泥地面上的手掌心和膝盖疼得都不像自己的一样。几乎是瞬间,她眼泪控制不住地往下掉。

突然的疼痛让她都回不过神来,连支撑自己的力气都快没有,更别说站起来了。

耳边模模糊糊响起一个熟悉的声音,她刚抬头就听见耳边的嘈杂声越发大了。就在她都没有反应过来发生了什么的时候,只听前面巨大的碰撞声和刹车声全部聚到了一起。

然后更猛烈的一声爆炸传来,苏清音眼睛一刺,耳膜顿时嗡嗡直响,什么也听不见了。

随即便是兜头而来的一件外套,外套上面还有浓烈的烟酒味道。

苏清音刚想挣扎,就被人紧紧地抱住压在身下。

身上这人的力气大,她挣脱不开,但此刻也知道这是为了她好,即使伤口被压住,疼得她冷汗直冒也只是闷哼了一声。

她不知道这个人是谁,只隐隐觉得熟悉又陌生。

这突然在苏清音眼前发生的交通事故让她莫名害怕,虽然什么都没看清楚,但就这一声巨大的爆炸声都让她觉得内心一颤,害怕得不得了。

秦霜刚才摸出手机,才看见仅剩不少电量的手机屏幕上显示出苏清音的短信,他还来不及有什么反应,就听见对街传来的尖叫声。

他顺着声音看去,见是对街牵着小孩的妇女正惊恐地看着她前方的一个人。他边走边看过去,越过遮挡住他视线的大树,一眼就看见了一辆摩托飞快地从人群中穿过,身后还有鸣着警笛的警车。

真正让他大惊失色的,是街边站着的那个女人。

不可否认,苏清音是个放在人群中你的焦点都会一眼集中过去的人,更何况是在秦霜的眼里。

只一瞬,苏清音就已经被推倒在地。几乎是想也不想,秦霜飞快地跑了过来。刚跑到她前面,一回头,就看见那辆摩托已经失控,正往路口那辆大卡车上撞。

秦霜见势不妙,虽然离那辆摩托有一定的距离,但他胸腔里跳动的那颗心还是控制不住地发慌,生怕苏清音再受到一丁点伤害。他一点都不敢想象刚才她离那辆摩托再近一点会怎么样,他现在已经自责和懊悔得不行了。

当猛烈的爆炸声响起的时候,他脱下外套盖在她的头上,直接扑上去把她紧紧压在身下。

那猛烈的冲击波撞击得他的背部生疼,身后更是有灼热的火苗蔓延过来。

他回头留意了下身后的情况,顾不得会不会碰上她的伤口,一把抱起她就往安全的地方跑。

苏清音被蒙在外套里,耳朵又什么都听不见,只感觉被人抱着飞快地往另一个地方跑去。

她下意识就觉得这个人是可靠的,抬手环住他,减轻他的负担,很是配合地由着对方。等到了空旷的地方,她刚被放在长椅上,头顶的外套就被掀掉了。

苏清音捂着耳朵,有些迷茫地抬头去看,见是秦霜,还有种身在梦中的恍惚感。

秦霜仔仔细细地看了一遍她的全身,确认她只是外伤,这才有了一种死里逃生、失而复得的喜悦。那种感觉太恐怖,饶是他这种天不怕地不怕的人都觉得心尖都在颤抖。

此刻,他抱着苏清音,怀里充盈,也还是觉得双手都在打战。

差一点,就差一点……

苏清音哧了一声,她也不知道是磕破了哪里,被秦霜这么重重地裹起来,抱着她浑身都疼,却还是扯着嘴角笑了起来。

秦霜脸色本就不好,被她这么一吓魂不附体,现在反应过来,抱着就要带她去医院处理伤口:"不怕了,我们现在去医院。"

苏清音刚想说话,可是看着秦霜的嘴一开一合的,愣是没听见声音,蹙了蹙眉,一把扯住他的衣领,刚好扯到他伤口。

见秦霜疼得变了脸色,她连忙松开,有些疑惑地拍了拍耳朵:"你说什么?我没听见……"

秦霜一愣,原来就苍白的脸色越发难看了。他直接把人抱到腿上坐着,凑近了在她耳边说:"这样呢,能听见吗?"

这回不止秦霜,连苏清音的脸色也不能用惊吓来形容了。

苏清音什么都听不见,看着秦霜一直在动嘴唇,却什么都听不见。她使劲拍了拍耳朵,有些不能接受耳朵怎么突然就听不见了。

秦霜想起刚才爆炸时她双手是撑在地上的,大概就是那时候失聪的,脸色顿时有些阴晴不定。

"别动别动,大概只是暂时性的,我现在就带你去医院,不要怕。"

苏清音怎么可能不怕,她什么都听不见,也不知道他在说什么。

对街的助理也在这纷乱中快速地跑了过来,秦霜见到他也就不意外苏清音怎么突然出现在这里,正好有车,赶紧上车去医院。

苏清音虽然害怕却也不闹,被他抱在怀里,看着他愧疚地一直在说着话只觉得浑身都疼得厉害,脑子更是炸开了一样一直晕着。

秦霜这会儿才能镇定下来细看她的伤口,手掌心血肉模糊,上面还嵌了些细碎的石子和玻璃,膝盖上更是直接磨破了,惨不忍睹。

他看着就心疼,抱着她一遍一遍地亲,不知道是安慰她还是安慰自己,细细地念着:"小怪兽最棒了,一定会没事的,不要怕,我在呢。我在……"

Chapter 51 他也是害怕的

等从医院出来已经是晚上,苏清音身上的伤口都已经包扎好。

秦霜住的是酒店,就直接带着苏清音过去。

苏清音的耳朵还是听不见声音,不过医生检查过说那是暂时性的,过段时间自己就会恢复。

苏清音回到酒店,吃饭也没有胃口,直接窝在床上睡觉。

秦霜在酒店顶楼长期租了一个房间,标准的总统套房。他在一旁坐着陪了她一会儿,就坐到一旁的沙发上。

苏清音是在半夜醒来的,房间里只开了一盏床头的暗灯。她揉了揉眼睛,侧耳听了听,还是没有听见任何声音。

秦霜一直都是浅眠,听见动静就醒了。

苏清音团着被子坐起来才看见秦霜,朝他招招手,指了指杯子:"我要喝水。"

秦霜早就烧好了一壶水,厨房里还温着粥,他顺便拿了过来,喂了她水喝又给她喂粥。

苏清音这回多多少少吃了一点,见他嘴唇也干得起皮,拿手去摸了摸,这一摸倒是让她大惊失色。

苏清音之前还一直以为秦霜脸上那病态的苍白是被吓的，现在一摸他身上，才发觉温度烫得有些不对劲。

她手背包裹得严严实实探不了他的额头，就直接按住他的肩膀，用自己的嘴唇去贴他的额头。

秦霜不知道她要干什么，扯住她的手把她拉下来："你别乱动。"

苏清音贴过他的额头，就知道他在发高烧，脸色顿时就不对了："你在发烧，禽兽。"

秦霜一愣，随手摸了摸自己的额头，放缓了语速让她看他的嘴唇："没事，我吃过药了。"

苏清音眉头皱了皱，秦霜喂到嘴边的粥她也不喝了，闭紧了嘴看着他。

秦霜怎么哄她都纹丝不动，这才无奈地去拿了药，当着她的面吃了，又自己喝了一整碗的粥。苏清音这才拍了拍身侧的位置，让他躺上来。

因为苏清音听不见，两个人之间的交流也是微乎其微。

苏清音刚睡醒还不是很困，闭着眼躺了会儿转头看了眼秦霜，见他呼吸渐缓已经睡着了，又挪了挪身子用唇去贴他的额头，温度还是有些高。

刚才开着的暗灯已经关了，连窗帘都是拉了一层厚厚的。整个房间里暗得伸手不见五指，苏清音努力适应了好一会儿，才能勉强看清秦霜的五官轮廓。

伤口隐隐作痛着，她凝神看了他好一会儿，才慢慢伸手过去环住他的腰，把头靠在他的胸口，这才缓缓闭上眼睡去。

就在她伸手抱住他的瞬间，原本呼吸均匀的秦霜倏然睁开眼，看向在他怀里的小脑袋，只觉得胸口热乎乎的。

一觉醒来已经是中午了，秦霜起得早，先叫了酒店的服务，送上来了一些食材。反正他的时间充足，就亲自下厨做了一顿吃的，还熬了苏清音喜欢喝的鸡汤。

苏清音是在一阵食物的香气中醒过来的，鸡汤那浓郁的香气勾得她饥肠辘辘的，撑着身子下了床还没洗漱呢，就一瘸一拐地到厨房刺探军情了。

她身边模模糊糊有些声音，但声音细微，还是听不清楚。不过这也算是好转了，她也不急这一时。

A市那边苏妈妈病情已经稳定，也有人照顾，更别说宋星辰和苏清澈现在都在，至于公司那里……

苏清音昨天睡着之前，还在想着，老总会不会看她消极怠工直接开了她。

她想着还没跟苏老爷子和苏爸爸说一声她现在在C市，可是手机放哪里了也不知道，床头柜上摆的是一套全新的衣服。

秦霜听见声音转头来看，见苏清音起床了，先调小了火，又擦干了手，这才过去把她抱到沙发上坐着，又撩起她的裤脚看了看。

见没有扯到伤口才松了口气，他抬手在她头上揉了揉："饿了？等一下就能吃了。"

苏清音拉了拉他的手，在他的口袋里摸他的手机："我出来找你太匆忙了，都没跟爷爷说一声，爸爸那里也是。"

秦霜昨天就打过电话，她这边受的伤起码要养几天才行，而且苏清音暂时性的失聪根本接不了电话。

"我已经打过了，就说你在C市出差。你公司那边也直接请假了，等你好了就直接销假上班。"

秦霜说得快,她有些没看懂,耳边那声音却是越来越清晰。苏清音微微惊讶,侧了侧耳,瞪圆了眼去摸他的嘴唇:"你再说一遍。"

秦霜被她指尖的细腻堵了嘴,唇上微微一热,耳根子倒是有些红了。

苏清音没看见这细小的变化,这次直接用手腕处的手背去摸他的额头。

秦霜的烧已经退了,只是脸色还有些不好看。她碰了碰他的脸,确定温度正常了,这才松开手。

她眼神认真清澈,黑漆漆的又似蒙了一层水雾。他一时看得入神,拉住她的手,在她的指尖亲了一口,这才有些歉意地说道:"小怪兽,对不起。"

他压下脸,苏清音根本看不清他的口型,耳朵却是听得清清楚楚,她还没反应过来就听见厨房热水煮沸的声音。

秦霜扭头看了厨房一眼,起身就过去了。

苏清音微微错愕地拧了拧耳朵,确定那声音都是自己听见的,不是幻听,顿时高兴得差点没蹦起来。

不过下一刻,她脑海里就冒出了一个邪恶的想法来……

秦霜做的菜一向都符合苏清音的胃口,她双手还有些不方便,用筷子都有些笨拙。

所以她挖一口饭,秦霜就把她要吃的菜夹过来直接喂进她的嘴里。

一来二去,这顿饭就吃了一个小时。

吃过饭,秦霜收拾了碗筷放在厨房等酒店的服务人员来收拾。苏清音听着耳边清晰的锅碗瓢盆轻轻碰撞的声音,嘴角不自觉地勾了起来。

秦霜正从厨房里出来，见她笑得开心，刮了刮她的鼻尖："小傻瓜。"

苏清音明明听见了却纹丝不动，只抬手擦了擦他手指刮过鼻尖的湿痕。

秦霜烧了水，晾在一边凉了凉，这才给她喂了药。又拆了纱布给她擦药膏，忙活完都已经是下午两点了。

这么一停下来倒是有了些尴尬。

秦霜坐在她旁边，拿了遥控器给她换台。苏清音点点头，他才停下来，放下了遥控器就一直握着她的手。

苏清音动了动，随即转头看了他一眼，挪了挪身子就靠了过去。

秦霜僵了一下，又挨得她近了一些，把她揽进怀里，侧头在她的额头上亲了亲，语气内疚："小怪兽，你快点好起来。"

见她没有反应，他又俯低了身子，在她的耳垂上亲了亲："你一定不会知道我在看完那条短信之后，一抬眼就看见你时的感觉……突然感动，觉得我的小姑娘那么好。"

他笑了笑，握着她的手又紧了些："可是这种感动我宁愿不要，那种眼睁睁看着却无能为力的感觉太糟糕了。已经有过一次，小怪兽你知道吗……"他的声音越来越低越来越失落。

苏清音心狠狠一抽，直勾勾看着电视屏幕却眼也不眨。

秦霜只是轻轻叹了口气，握着她的手轻轻地摩挲着，见她看过来扬起嘴角笑了笑，拉起她的手在她的手掌心吻了吻："很快就会好的，不会留疤。"

苏清音看了看手掌心厚厚的一层纱布，眨了眨眼："如果留了疤也没关系啊。"

秦霜翻过她的掌心看了看："可是还是不希望你身上有任何的疤，

小怪兽虽然皮糙肉厚的,但还是我最珍贵的宝贝。"

苏清音差点破功在"皮糙肉厚"上,默默地转了目光继续看电视,只是那眼神怎么看怎么有些……想穿越电视把里面的主角拉出来打一顿的趋势。

秦霜见她看得认真,又揉了揉她那一头长长了不少的短发:"留长发吧,好不好?"

说罢又想起她听不到,起身去厨房给她切水果。

秦霜于苏清音来说,无疑是个不能忽视的存在,往往让她把对于秦霜的感情都凌驾于理智之上。

但刚才他以为她听不见而说的那些话,却让她觉得,那样的秦霜比以往任何一个时刻都来得让她心动。

苏清音喜欢了秦霜整整一个青春,最美的时候都给了他,几乎没有其余的男人入过她的眼,就那么死心塌地。

哪怕闹着误会的时候都是她退让得多些,她一直以为她这辈子就完了。她执着于一个男人,早就陷入了弱势的地方,虽然她明白秦霜的性子,但也做好了这辈子委曲求全的准备。

却意外地听见这些,秦霜也是会害怕的。

他说失去过一次,所以也害怕了。

所以,秦霜爱得并不比她少,是这样吗?

过眼云烟

Chapter 52

苏清音装失聪装到下午，就有些装不下去了。能听见声音之后，她就会有些下意识的反应，而且已经连连失误两次。

秦霜每次都会叫她的名字，叫得细腻温柔，她下意识转过头去就看见他微微错愕的表情。等他再说些什么，她只能当作什么都没听见，一点反应也不给。

但就是这样遮掩着，秦霜也能看出点端倪来。

而且装听不见，不能听见真心话，一点都不好玩。

秦霜下午接了个电话，有公事要处理，怕她一个人无聊，就把电脑抱了出来。

秦霜盘腿坐在沙发上，电脑就放在膝盖上搭着。苏清音在一旁玩游戏，素净的脸上脂粉未施，薄薄的一层阳光洒下来，她唇边浅浅的笑，看得他心里暖融融的。

一个下午就这么过去了，傍晚吃过饭，秦霜牵着她下楼走走。

酒店比较大，后面就是个大花园，走出大花园就是海边。不过C市比较冷，一靠近海边，更有种凛冽的感觉。

苏清音终于有透气的机会了,听着耳边澎湃的海浪声,轻叹了一口气:"C市的空气好干净。"

秦霜握紧了她的手,她膝盖上还有伤口,他就陪着她慢慢地走。走到花园的尽头感觉到风大了许多,他帮她拉紧了衣服,确定能挡一些海风了,这才拉着她走出花园。

走过一段路就是沙滩,苏清音一脚深一脚浅地踩在细软的沙子里,迎面而来略带腥味的海风,说不出的惬意。

秦霜带着她走到了沙滩上的岩石旁边,海浪一圈一圈地打上来,水渍清凉。

苏清音转了头看着秦霜笑:"我好久没有看见海了。"

夜幕降临得快,温度也是越来越低,苏清音却没有回去的意思。怕她冻着,秦霜拉开外套把她裹进去,从身后抱住她:"再看一会儿就回去了。"

他的声音低沉,就在她的耳畔,没来由地让她的耳根子就是一软。

秦霜抱了她一会儿,只是微微侧了侧头,在她的耳垂上轻轻地触碰了一下。

那柔软温热的触感让他心下一紧,圈着她的双手更是一紧。

苏清音却悄悄勾起嘴角笑了笑,故作不知地蹭着他的唇转头过去。不过弧度没掌握好,那温热的唇直接落在他的嘴角上。

秦霜一愣,不过片刻,他的眸色就微微沉了下来,搂过她就在她的唇上咬了下去。

越吻越动情,他失了魂,手缓缓下移,从她的手腕上滑过去,一把扣住她还缠着纱布的手轻轻握住。

苏清音身子也是一颤,全方位被他揽在怀里,肆虐的冷风侵入不了,就只有他越来越烫的体温,烫得她耳根子都发热起来。她一只手被握住，另一只就攀着搂住他。

秦霜感觉到她的回应，身子微微一顿。就在苏清音觉得这个火热的亲吻没有尽头的时候，他却突然移开唇，紧紧地把她揽进怀里抱住。

秦霜的呼吸还很急促，就这么紧紧地抱着她，温热的呼吸就在她的耳边，一下一下。

片刻，他才微微松开她，不过还是维持着拥抱的姿态，只是微微低下了身子，把下巴抵在苏清音的肩膀上。

"小怪兽，你知不知道。我的心都要碎掉了，我有好多话想说，但是我不知道从何说起。"他轻叹了一口气，语气更多的是无奈。

"所以我不敢见你，更不敢让你知道我在哪里。我更怕你即使知道我在哪儿，也不愿意来找我。"他是真的害怕了，怕得心都在颤，不敢迎接，只敢躲避。

可是现在她就在他的怀里，他更加确定，不管发生什么，都不会再放手。

苏清音觉得现在要是再装没听见就有些不厚道了，她微微推开他，踮起脚就在他的下嘴唇上咬了一口："笨蛋，我没怪你。"

秦霜一愣，随即双眸上下巡视了她一遍："能听见了？"语气倒并没有多少意外，仿佛就是意料之中的。

苏清音勾着他的脖子就要往上跳，偏偏忘记了自己的伤口就在膝盖上，疼得龇牙咧嘴。

秦霜一把托住她，直接横抱在怀里，慢慢往酒店走回去："怎么还跟个猴子一样上蹿下跳的。"

苏清音还疼着呢，见他扬了嘴角笑，怎么看怎么别扭，狠狠地拧了他一下："我不原谅你了。"

秦霜知道她心里怎么想就够了,其实下午就试探出来她能听见了,虽然不能肯定是听得清楚还是听得模糊。

但刚刚这么一示弱,苏清音那句话就足以让他松了一口气。

他越想心情越好,见小姑娘嘟着嘴,抱高了她凑过去亲了一口:"我们先回去,我给你看看伤口,正好换药。"

到了房间,秦霜抱着她放在沙发上,撩开她的裤腿,帮她拆了纱布看伤口。

伤口已经结痂了,不像刚开始那样血肉模糊,但腿上膝盖擦伤较重,秦霜给她用药都是小心翼翼的,涂完还要再给她抹淡疤的软膏。

他的小姑娘一到夏天就喜欢穿短裤短裙,如果膝盖上有了疤,她就会不开心了。

他单膝跪在地上,把她其中一条腿搬到他的膝上横着,用棉球清理了一下伤口边上的药膏,又小心地拿温毛巾给她擦了擦周围的皮肤,这才一点一点小心翼翼地给她擦药膏。

秦霜低垂着头,又离得她近,苏清音抬手扯了扯他的头发,他便抬起头来:"弄疼了?"

苏清音摇摇头:"禽兽,你心疼不心疼?"

秦霜闷闷笑了一声,干净利落地帮她缠上纱布:"心疼,我捧在手心里的小姑娘一有点病痛,我就觉得好心疼。"

他这话说得吊儿郎当的,苏清音却听出了他认真的语气,倾身过去抱住他:"秦霜,以后我们好好的,好不好?"她再也受不得一点的不好了。

秦霜拉下她的手把她抱得紧了些:"小傻瓜,这些话以后由我来说吧。"

苏清音一愣，随即低低地笑出声来："好。"

秦霜心里虽然轻松了不少，不过一到临睡前，还是别别扭扭地抱着苏清音不撒手："我们谈一谈。"

苏清音一想，也好，有些事情说开了才能彻底解开心结。

秦霜搂着她往床头靠了靠，沉默了片刻才说道："三年前那晚，我并不知道我是被下了药，所以才……"他顿了顿，眉色间也有了些隐忍，"但这也是我的错，我在你那种情况下还去酒吧。对不起。"

苏清音轻轻应了一声，想着那晚她蹲在他家门口等了那么久，最后只等来一个醉醺醺的神志都不清楚的秦霜时，那种隐在心里的痛楚。

秦霜继续说道："这三年我都是好好的，一个人。没事就想想你，想我的小怪兽现在在干什么，那么多年是不是都抱着这种心情来想我的。"

他轻轻地笑了笑："每次这样想，我就会多爱你一点，觉得我的小姑娘太了不起了。"

隔了许久，秦霜又说道："我真的很高兴，你回来了，还在我身边。我就怕你一个心灰意冷，觉得喜欢我太累了，离开我，连这个机会都不给我。"

苏清音低眉顺眼地被他抱在怀里，感觉他偶尔后怕的轻颤，觉得心窝里也是暖暖的。

她喜欢了那么多年等了那么多年的男人终于明白她的心意，也同样以这种心意对待她，多么好的事情。

苏清音以前飞蛾扑火什么都不顾，只是那时候的秦霜远在天边，她如何努力都够不上。等拉近了他们之间的距离之后，又发现其实两个人之间的相处远没有想象中的那么美好。

秦霜不是她的谁，没必要惯着她的臭脾气，他有自己的性格，也有自己的处世方式。她一步步接近他，却越发心冷，但即使这样，她还是喜欢秦霜喜欢得要发疯。

她爱了整整一个青春的男子，那么美好，就在她的身边，她想不到还有什么理由去放弃这段感情。

只要他还没有喜欢的人，只要他的心还没有被别人偷走。

苏清音不顾一切地想要走进他的世界，最疯狂的时候，甚至每天每天什么都不做，只想着他。

可她渐渐才明白，喜欢他一直都是她自己的事情而已。越靠近伤害越大，只是被他喜欢这件事如罂粟一般有着致命的吸引力，让她觉得付出再多都无所谓。

现在苏清音终于得偿所愿，也已经伤痕累累。回顾以前的青涩，才明白自己当初的想法有多么幼稚和好笑。

想到这里，她抬头去看他，半响也只是轻轻地说道："秦霜，我从来没有后悔过喜欢上的是你。"

秦霜低了头啃了一口怀里细皮嫩肉的"小怪兽"，把她紧紧圈在怀里抱得紧紧的："我看见你出现在这里我就明白了，我只是想告诉你，我爱你，并不比你对我的少。"

过去的事情已经是过眼云烟，再有什么不开心，那也是过去的事情了。

秦霜并不想为之前的事情做什么补救，他明白苏清音一定能懂他的无奈。他只是想让她也知道自己是爱她的，这种感情一点也不比她的少。

之前，很多话他都觉得没必要说出口，但现在不一样，他们之间经历了太多的磕磕绊绊，也让苏清音的心里有了一种她是弱势的心理反应，但其实最害怕的是秦霜。

他懊悔过，失望过，但始终和苏清音一样，从未后悔喜欢上对方。

他只想好好地对她，穷尽一生宠她爱她。这个小姑娘占据了他的全部心神，让他再也不能放手。

秦霜对爱情有野心，他喜欢的小姑娘他就想一个人宠着，惯得她一身的坏脾气，除了他谁都抢不走。

Chapter 53 探班

苏清音隔日醒来时没看见秦霜的人影,只是床头柜上贴着一张便利贴。

我去公司处理点事情。秦霜。

短短一句话,苏清音看得却是心暖暖的。

苏清音起床去厨房,电饭煲里面还温着绿豆粥,她盛了一碗填了肚子。闲下来,她又给苏爸爸和苏老爷子打过电话。

苏妈妈的恢复情况良好,这几日没看见她过来,还一天三餐问她去哪儿了。

苏清音听苏爸爸说这事的时候,感慨良多。

她渴求的母爱这时候才来,在她已经不奢望的时候。

她这么一沉默,苏爸爸自然也明白她在想些什么,微叹了口气:"清音,不要怪你妈妈了。好吗?"

苏清音喉间一涩,说出口的话也有些强烈了:"怪她?其实我早就不把她当作我妈妈了,我没见过哪个妈妈像她那样的。"

苏爸爸也知道苏清音对苏妈妈的印象是长久以来的根深蒂固,也不劝解,只是说道:"我和你妈妈今天刚商量过离婚的事情……"

苏清音心头一震，片刻才道："若是舍不得，纠缠一生又何妨。她既然不愿意，强求干什么。是你开心了还是她高兴了？你已经耗了她一辈子了，现在才放弃，你是希望我站哪边？"

苏爸爸一愣，随即也沉默了下去："清音，我也不知道要怎么做了。"

窗外已经下起了雨，苏清音坐在阳台的软榻上，触手的窗口凉丝丝的，就像她此刻的心一样像被捅了一个大窟窿，呼啦啦地灌着风。

"爸爸，我跟秦霜在一起了，我还是放弃不了他，所以打算继续走下去。"

苏爸爸倒是不意外："他早上的时候打过电话给我，解释检讨过了。"

苏清音一怔，随即抿着嘴角笑了起来："你骂他了吗？"

聊天的内容轻松了起来，苏爸爸的话也多了起来："这得交给老爷子去做。"说罢，又笑了起来，"秦霜是个好孩子，以前心不定，现在心定了。依爸爸看啊，再没有谁那么适合你的了。"

依爸爸看啊，再没有谁那么适合你的了。

这句话那么暖，瞬间就补上了之前的大窟窿。

苏清音笑出声来："爸爸，你也努力下吧，我虽然不喜欢妈妈，还是希望你们好的。"

苏爸爸这回算是明白了，她说那么多无非就是隐晦地表达这个意思而已，还欲盖弥彰地说了一句"虽然我不喜欢妈妈"。

他沉思片刻才道："这件事我会好好和你妈妈沟通的，倒是你，回来之后就去给你爷爷请罪吧。"

"请罪？"那么严重？

苏爸爸卖了会儿关子才道："他最烦秦二了，你非要嫁给他，可不是要负荆请罪。"

正说话间,秦霜刷了房卡进来,就看见她抱着电话坐在窗台的软榻上笑。窗外的亮光,衬得她一张脸明艳动人。

他买了一些苏清音爱吃的水果,随手放在餐桌上,丢下车钥匙就巴巴地走过来。

软榻的位置够大,他脱了鞋子屈膝坐在她身侧,把她揽进怀里,听她讲电话。

苏清音转过脸推着他不让他听,拿着手机就蹭得远了点:"爸爸,不说了,秦二回来了。"

秦霜见她拦着,还皱了皱眉头,一口咬在她抵在他唇上的细嫩手指上。

"说什么悄悄话呢?"

苏清音挂了电话才神秘兮兮地卖着关子:"你想知道?"

秦霜看她那副无师自通的傲娇样,忍不住翘了嘴角,一把搂过她的腰拖回来:"嗯,我想知道。"

苏清音偏偏不想如他的意,动了动嘴唇,半天没蹦出一个字来。

秦霜也有时间跟她耗,一点点收紧搂在她腰间的手,把她紧紧锁在怀里,用性感低沉的声音道:"不说的话,可是有惩罚的,乖一点就给你奖赏。"

"惩罚?"苏清音眨眨眼,怎么都觉得有点亏的样子,"那你告诉我奖赏是什么。"

秦霜也学了她的样子卖起关子反问她:"你怎么不想知道惩罚是什么呢?没有惩罚哪儿来的奖励。嗯?"

苏清音被他困得牢牢的,动弹不得,就知道自己大势已去,闭紧了嘴就是不说。

其实秦霜也没有那么想知道她在讲什么，只是觉得小姑娘笑起来的样子很好看，便想着逗她再笑笑罢了。

不过苏清音那鬼灵精的样子还是出乎他的意料，简直是买一送一的超值大放送啊。

想到这里，秦霜心痒难耐，很幼稚地在手指上哈了一口气，掐着她的腰就开始挠痒痒。

苏清音最怕痒了，他一碰过来就觉得心里痒痒的，浑身都不对劲，但她无处可逃，只能往他怀里缩，一边笑一边求饶："我说我说……"

她大笑的样子，春光明媚。

秦霜不由自主也跟着笑，笑着笑着，脑海里就蹦出这么一句话来：春风十里，不如你。

等闹腾完了，苏清音已经有些衣衫不整，被他搂在怀里，靠在他的胸口。一抬头，视线余光就能瞥见秦霜那线条分明的侧脸，俊秀动人。

真是说不出的好看。

苏清音满足地往他身上又靠了靠，享受这一刻的温暖。

下午，秦霜没有事情，便带着她出门。

C市天气冷没有什么好玩的，但程安安近日刚接了个电影，就在C市的海边取景。

秦霜还是中午吃过饭才接到电话的，程安安打来电话就说了这么个事，问他们要不要过来让她瞧瞧。

秦霜被大嫂这别具一格的召唤方式噎了噎，这才移开手机问那边正在打游戏的苏清音："你大嫂程安安诚恳要求你去探班，去不去？"

苏清音嘴里还塞着一口苹果,嘴鼓得满满的,对于秦霜这句"你大嫂"有一种很神奇很诡异的想法,所以没来得及回话。

秦霜就又问了一遍:"其实她就是讹我给她剧组加餐……"

这句话说得委屈兮兮的,连苏清音都要同情他了,但还是很坚定地点了点头:"去,干吗不去。"

秦霜眉眼间都是淡淡的笑意,对着电话那头神气地道:"我媳妇儿说去。"

苏清音闻言,刚咽下的苹果肉就卡在喉咙里咳得她脸都红了。

秦霜挂完电话给她拿了水来,见她咳成这样,还飞了个媚眼:"害羞什么?"

苏清音抓起小抱枕直接就摔了过去。

秦霜出门后还特意带着她去隔壁的商厦买了件厚厚的外套,确定裹得刀枪不入了,这才满意地开了车去片场嘚瑟。

秦霜边开车边留意C市的点心店,准备讨好他家的大嫂和她的那班剧组。

苏清音却是直接大手一挥,买了一堆的火锅器材和火锅料,又买了几箱饮料直接让秦霜搬进了车后备厢。

苏清音太了解程安安了,点心什么的其实她不喜欢,这大冷天的还不如热腾腾的火锅来得爽快。

等到了剧组,程安安正在拍摄,一身薄薄的纱衣迎风飞扬,真是说不出的好看。

苏清音先下的车,她没探过班,感觉新鲜着呢。直接往剧组里面冲,却被工作人员拦在了外面:"剧组暂时不接受采访也不接受探班。"

秦霜刚停好车，走过来就看见苏清音蹲在一旁可怜兮兮地看着他，看来是被当作追星的小姑娘给拦在了外面。

秦霜笑着揽过傻兮兮的小姑娘，刮了刮她的鼻尖："傻瓜，等她先拍好，我们再过去。"

程安安听见动静转眼看了过来，正好一段戏过了，乔治上前给她披了羽绒衣把她裹住，又是暖手包又是保温杯，伺候十分周到。

程安安只抱了暖手包，径直走了过来。

看来是冻得久了，鼻尖微微有点红，不过看见秦霜还是很高兴。程安安走近了直接眉头一皱，一拳就揍在了他的胸口："你倒是长出息了。"

秦霜揉了揉胸口，虽然这一拳架势摆得足，但下的力倒是轻。

程安安带了人去她的休息椅上坐："休息室在那边，我们拍戏条件不好。"

组里的人看着秦霜领着个女的过来，都暗自打量着。程安安斜过去一眼，直接按着苏清音在她的椅子上坐下："听秦二说你给摔着了，没大碍吧？"

苏清音现在就是伤口结痂有时候会痒，早就没事了。

"等时间到了就好了。"

导演那边也歇下来了，看见秦霜也过来打招呼，乍一看苏清音眼睛就是一亮，忙伸手过去握她："我这边正缺一个女配呢，这小姐能不能来试试？"

苏清音这边还没什么反应呢，秦霜听见后半句顿时脸黑了，直接把苏清音揽过来，占有欲十足地说："谁小姐呢，这是我的媳妇儿。"

导演顿时一脸的尴尬，还好死不死地脱口而出一句："咦，不是嫩模了吗？"

　　秦霜的脸更黑了，程安安直接大笑出声："嫩模？"说着挑起苏清音的下巴仔细地看了看，很认真地问，"我弟妹，哪家公司签的啊？"

　　苏清音关注的重点可不在这里，直接挑眉看向秦霜，嘴角微微抿起："哪儿的嫩模呢？"

　　秦霜顿时苦了脸："哪里有嫩模，嫩的倒是有一个。"

　　苏清音想着秦霜也不可能去找嫩模，但从别人的嘴里听见总是会有那么点别扭。

　　秦霜见她不说话，直接狠狠瞪了眼那导演，说道："等会儿火锅没你的份，喝汤！"

他的动情

Chapter 54

秦霜拿出火锅材料,看见众人惊艳的表情时,还得意满满的。剧组人员帮忙下了火锅料,就招呼了众人一起来吃。

苏清音吃不了辣,又馋着那点香喷喷的辣味,秦霜就自己加了足够的辣,她要吃什么就小心妥帖地夹什么,然后再往她那边的清汤洗一洗才放进她的小盘子里。

程安安这次来C市之前还和秦墨吵了一架,秦墨几日没打电话过来,她也就给两个小宝宝通过电话。

此刻见秦霜疼媳妇的那腻歪样差点没摔了筷子,她默默地夹了一堆羊肉卷塞进肚子之后,就去给秦墨打电话。

秦墨刚开完会,见是程安安来的电话,不由得一挑眉勾了嘴角就笑了起来。

程安安听着他那声音就觉得自己委屈惨了,正好被辣得眼泪鼻涕直流,当下就发挥了她作为影后的优秀演技,一哭二闹三上吊,心疼得秦墨当下就决定带着两个孩子来探班。

苏清音见程安安那边低头正打着电话,还撞了撞秦霜的胳膊:"安安姐跟秦墨吵架了?"

这两个人简直就把吵架和冷战当情趣，没几日就好得跟糨糊一样，哪能真的脸红脖子粗的。秦霜这些年看下来也淡定得不能再淡定了。

他揉了揉操心的苏清音，直接夹着羊肉卷往她嘴里喂："多吃点，程安安都夹光了。"

这边正要去夹羊肉卷的导演默默地收回筷子，去夹他的土豆块和年糕了……

在C市逗留了几天，苏清音的伤口也愈合得差不多了，秦霜便急着带人回去了。

苏清音还有些意犹未尽，这段时间被秦霜当作祖宗一样供着的感觉真是让她流连忘返啊，还没有享受够呢。

到A市的时候正好是下午，A市正细雨缠绵，秦霜让人开了车过来接。

不巧的是，话音刚落就看见李亦为的车缓缓地开了过来，见两人站着，外面是连绵的雨丝，略一尴尬之后，他还是先招呼道："上来吧？"

秦霜抿了嘴角看了他一眼，显然是不待见他："不用了。"

李亦为却没有走的意思，拉下车窗，手撑着车门就要下车："是有多大的仇啊，连赔罪的机会都不给我。"说话间，看了眼裹得只露出一张脸的苏清音，眼神复杂。

苏清音被他这么一扫，就觉得浑身一冷，扯了扯秦霜的手，抬眼看过去。

秦霜却是不怎么情愿的，僵持了片刻还是说道："帝爵。"

李亦为闻言顿时笑了笑，殷勤地开了车门让苏清音先坐进去。

秦霜现在可防着他呢，一把扫开他的手，自己微微倾身过去搂着苏清音坐进去。

李亦为讨了个没趣也只是耸耸肩，脸上还是笑眯眯的。等驶上了大桥，他才看着后视镜里的两个人道："我真的没有别的意思，就是来道歉的。"

秦霜看见苏清音出现在C市，就知道李亦为肯定去找过苏清音了，也没问别的，只是沉默地看着车窗，不搭理他。

苏清音自然也是夫唱妇随，虽然她明白李亦为作为一个尽职的损友陷害过秦霜，但本心并不坏，而且秦霜是很认真地拿他当兄弟的。

刚才李亦为出现，秦霜虽然踌躇了片刻，但还是没有走开。

想着，苏清音便说道："道歉就没必要了，反正我们两个人也在一起了，感情比起以往更好更坚固。"

苏清音其实只是想表达一下他们两个现在的感情还不错，所以让他别自责。但她显然是不懂男人的心思，偏偏这句话歪打正着刺激着李亦为了。李亦为的脸色顿时就有些尴尬了，不过还是笑了笑，不说话。

秦霜顿时就乐了，他这媳妇真是个宝贝。

等到了帝爵世家，秦霜下车的时候把钥匙拿出来给苏清音，让她先拿着东西进去。

苏清音知道两个人还有话说，就拿着钥匙先进去了。

秦霜看着人进去了，这才转头看向李亦为："到此为止吧，这话我记得我说过了。"

李亦为一愣，随即笑了笑："你当我是什么人啊。"

秦霜就是知道他是什么性格的人才会说这句话："别的我不多说

了,你自己心里有数就好,就像小怪兽说的,我们现在很好感情也很坚固。"

说罢,他又俯低了身子,看着李亦为轻声道:"我和她决定要结婚了。"

李亦为脸色顿时一变,随即似是苦笑一般,眸色深深地看了秦霜一眼,僵硬着挤出一句:"那我祝福你们。"

秦霜笑眯眯地打了个响指,心里顿时摇起胜利的红色旗帜,面上却是不动声色,后退几步目送李亦为的车绝尘而去。

秦霜走到门口才发现门给关上了,大概风大就吹上了,他按了按门铃。

苏清音正在厨房喝水呢,见他这么快就回来,趿拉着拖鞋就过来开门。

秦霜现在不知道怎么了,看着苏清音就想揉几下。

这么想着,他也就那么做了。关了门之后直接把要走的人揽了回来,按在了鞋柜边上:"亲一下?"

苏清音被他抱了个结结实实,一抬眼就见他直勾勾盯着她,那眼底燃烧的光,就算她脸皮厚也红了耳根子。

苏清音就着他的胸口磨蹭了一下,随即就蹭上去亲了他一口:"一下。"

秦霜原本想着要拐她还要费一番力气,这么就得手了又不甘心了,压低了身子,鼻尖抵着她的脸轻轻磨蹭:"这算什么啊,不算。"

苏清音还等着他送自己去医院看看妈妈,这么一缠上来,苏清音就软了一半,微红了脸推秦霜:"别不正经了,等会儿还要去医院呢。"

秦霜就喜欢她扭扭捏捏的小媳妇儿样，头一低若有似无地触了下她的唇，见她脸色发红，低低地笑出声来，也再不逗她，直接压上去重重地吻着。

苏清音被秦霜吻得都有些缺氧，脑子晕乎乎的，一团乱。所有的触感仿佛全都集中在了唇上，温热、柔软、亲密，使得她有种别样的感觉。

秦霜却觉得这些都不够，揽着她的手在触到她的身体时，苏清音明显的一颤，顿时让他从意乱情迷中清醒了过来。那就要往上的手指一停，安抚一般在她腰间顿了顿，将她抱得更紧了些。

苏清音浑身一凛，睁开眼看了看他。

不过片刻，秦霜微微松开她，只是距离并没有拉开，见她面若桃花，嫣红一片，眸里的笑意越发深。

手指擦着她滚烫的脸颊，细腻温柔。那眼神一往情深，像一汪清澈见底的山涧泉水。他眼里有波澜，有浮动的涟漪，看得苏清音就想奋不顾身地跳下去。

苏清音就这么被秦霜的柔情四溢给迷惑了，直到被他紧紧压在柔软的沙发上的时候，才醒悟过来。

可是这个时候已经来不及了。

秦霜既知道她的软肋是什么，也知道她的盔甲在哪里。只要他心有目的，无一例外，她从来不是他的对手。

怀里的女孩乖巧温顺，脸颊绯红，艳若桃李。眼前的春光动人，在怀里的又不是别人，而是自己心心念念喜欢着的人。秦霜心中的满足感酸胀得几乎要满溢出来，他按捺着不发作，一下下啄吻着她细嫩柔软的耳垂。

　　苏清音被吻得晕头转向，每次她刚恢复了些理智，秦霜就又没头没脑地上来就亲她。

　　苏清音动了情，手揽住他的后颈微微收紧，指尖压着他的发梢有些无意识地附和起来。

　　苏清音感觉到了，感觉到了秦霜的动情，也感觉到了他在隐忍。他就在眼前，所有的一切无遮无拦，清晰地拱手至她眼前。

　　她能看到，也能听到，甚至能感受到。

　　她轻轻揪住他的发梢，面色绯红地睁开眼去看他。半响，她动了下唇瓣，轻声唤他的名字："秦……秦霜。"

Chapter 55 我教你,小怪兽

真是要命。

她的声音有着犹带风情的沙哑和感性,低声叫着自己的名字,光是这声音就让秦霜冲动得不能自已。

秦霜抬眼看去,他的小女孩唇上还泛着水光。

阴雨绵绵的暗沉天光里,她那双眼明亮勾人,唇上波光潋滟,像润了色、点了睛的油画,无论是静态还是动态,都有种说不出的风情万种。

那是夹杂了女人知性的优雅以及女孩青涩的憧憬,像误入了凡尘,满身烟火。

秦霜本以为还需要花更多的时间,可眼下,苏清音的反应就跟默认一样,他眼中光芒闪烁,怕她是为了不让他扫兴的妥协。

秦霜不知道当年自己对苏清音做了什么,单单就林医生说的那些她身上有瘀青就知道自己当时的力气有多大。

他不敢保证苏清音对这种事现在还有没有正常的反应,也不知道她是不是就此有了心理阴影,只是下意识就想保护她的念头,让他拼

命地压制住自己。

像是察觉到他的为难和隐忍,苏清音那双清澈的眼定定地与他对视了两眼,她试探着仰头,亲吻他的下巴。

男人的下巴有新冒尖的胡楂,刺刺的。

她抬手去摸,指腹与它接触的感觉有些奇妙。她舔了舔唇,问:"你刮胡子了吗?"

秦霜此刻连反应也慢了半拍,低头和她对视着,有些难耐地沙哑道:"刮了。"

他握住苏清音的手摸到他下颌线处的某个地方,说:"这里刮了一道口子,挂彩了。"

苏清音真的认真去摸,去感受。

她的指腹柔软,一举一动无论是有意的还是无意的,都带着令他无法阻挡的诱惑力。

秦霜的喉结微滚,开口时,声音又低又哑,仿佛压抑到了极点:"碰碰我的喉结。"

那声音在耳畔响起,苏清音抬眼,目光与他对视了一秒后,她低头去寻他的喉结,触摸到后,轻轻地摸了摸。

秦霜的喉结在她指腹下轻轻滚动了一记,随即,她的手被他抓住,抵住了他的唇。他亲吻着她的手指,低声说:"摸到了?"

和秦霜一样,这种时候,苏清音也根本无力抵抗这样的秦霜。

偏偏他慢条斯理,节奏慢得几乎停滞不前。她的脑海里已经一团糨糊了,茫然又随意地点点头,说:"摸到了。"

秦霜最看不得她这种眼神,喉结又是一滚,难耐得嗓子干涩不已,他知道不能再这么下去了,狠狠咬了她一口,这才突然起身离开。

苏清音身上一轻，抬眼就看到他眸子里那深沉又克制的情欲，一愣随即又释然。

秦霜却不看她一眼，起身直接去了洗手间。

苏清音一边红着脸，一边连鞋子都忘记穿直接跟了过去，按捺着那点羞涩，敲了敲门："秦霜……要不要我帮忙？"

话音一落，就听见门内那男人闷哼一声，似不满又似埋怨，听着委屈得不行。

突然，门就开了。

苏清音正侧着身子贴着门呢，这么一开，她还没反应过来，就看见秦霜衣衫不整地站在门内，一把拽过她的手把她拉了进来，顺势推着她按在门上。

她这回终于有些怕了，缩着去开门锁。手刚碰到，秦霜就意识到了她的意图，扬着唇笑了笑："想跑？来不及了。"

苏清音眼前一片天旋地转，秦霜已经低了头寻她的唇吻下。

苏清音刚要躲，秦霜低头，额头抵着她，帮她回忆："我记得你从小就喜欢挂在嘴边的一句话是'说话要算话'，嗯？

"帮我抄作业那会儿，我不过是没立刻给你买糖当报酬，你天天跟条尾巴似的跟在我身后，我到哪儿你到哪儿。

"不过那时候你还算有点良心，知道这事不能捅出去。"

他低笑着，声音微微沙哑着，怀念着以前："你记不记得？

"那时候我下河去摸鱼，你怕我从对岸溜走了，非要跟着下来。"

苏清音满脸绯红，看着他，羞得简直想钻进地缝里。

苏清音没认真听，秦霜知道。

因为他也没认真地回忆，那些片段全是关于苏清音的回忆。反而

他人生一些重要时刻,应该刻骨铭心的记忆却淡如林中迷雾,所有的人和事都隔了一层面纱,需要翻山越岭才能抵达。

"结果差点溺水,还是我把你拎上岸的。"那时的秦霜烦极了身后有个小尾巴,故意下河摸壳类,就是想看看这个小傻子会不会跟下来。

可苏清音真的跟下来时,他又慌了神,手忙脚乱地把她拎上岸。

那天晚上,苏老爷子借口遛弯来探他口风,问苏清音白天怎么下水了。那时候的秦霜还挺老实的,正想说实话,刚开了口,某人从苏老爷子背后探出头来冲他挤了挤眼睛。

秦霜忽然就笑了:"我关于童年的记忆,最多的就是你了。"

苏清音有些忘记那时候发生了什么,不过此刻,她实在难以集中注意力,头埋在他的颈窝里,闷声问:"你不难受吗?"

秦霜当然难受,他难受得要命。

可就是这样,他也还是先去安抚怀里的小姑娘,吻着她,又轻柔又深情。

苏清音的心都快要跳出来了,跳得她脑袋都有些发蒙。

但这次她没再想着退缩,她的掌心蜷在他的手心里,交叠着,相握着,覆在一处。

苏清音就像是块暖玉,不需要她做什么,光是这么乖巧地待在秦霜怀里,就让他兴奋得血脉贲张。

秦霜觉得舒爽了许多,吻她的时候都有些控制不住力道,一下轻一下重,已经意乱情迷了。

"我教你,小怪兽。"他抵着她的唇,模模糊糊地说着。

她埋着脸,害臊得不行。

可听着耳边他或轻或重的声音,又觉得满心沉甸甸的,溢满了柔情。

半晌,秦霜才回过神,紧紧地抱了抱苏清音:"等我收拾一下,我们去看你爸妈。"

Chapter 56 我们来日方长

苏清音直到被秦霜牵着出去的时候,脸还红红的。

她拿着镜子左看右看,眉头皱得紧紧的,埋怨道:"等会儿去病房,爸妈一看就知道发生什么事了。"

秦霜却比她豁达多了:"那正好,我们之间用行动来证明一切。"

苏清音狠狠瞪了他一眼,似娇似嗔地抱怨着:"你太讨厌了。"

秦霜由着她说什么便是什么。她皱着眉头的样子,在他看来,都可爱得让他想要咬她一口。

他很没节操地附和道:"乖,我最讨厌了……咱们不闹了啊。"

"谁跟你闹了。"苏清音恼羞成怒,转了身对着窗外也不看秦霜了。

然后,秦霜就成全了她的恼羞成怒,一直到医院都没再刺激过她。

其实苏清音消失了一段时间,又是跟秦霜在一起,那两个人之间那点"旧情复燃"就不再是什么秘密了。

秦霜去附近花店亲自挑了一束康乃馨抱在怀里,右手牵着苏清音就往住院部走。

苏清音还有些别扭,咬着唇一副做错事很心虚的样子。

临到病房前，秦霜终于看不下去了，直接把人揽到怀里扣着她的下巴又亲了一记。见小姑娘被这突然袭击弄得蒙了，他才说道："你这副样子别人还以为你怎么了呢，自然点？"

苏清音这不是害怕不能跟爸妈交代吗……

秦霜见她不说话，暗自咕哝了一句："现在就这么害羞，以后真结婚了是不是就不出门见人了……"那也好，他就把她变小了装进口袋里，自己一个人揣着疼。

病房里，不止苏爸爸和苏妈妈在，还有苏老爷子也在。

苏老爷子看见苏清音好好地站在自己面前，这才扫了眼秦霜，那一眼冷飕飕的，绝对是"清凉无极限"。

秦霜顿时就心领神会地后退一步，垂手而立。

苏妈妈恢复得很快也很好，王嫂一天三餐给她炖营养品，这一阵子养下来面色已经好看了不少。

苏老爷子已经坐了一会儿了，近日天气越来越冷，他的关节旧疾也开始发作，就由着苏爸爸扶了他去做检查。

苏清音在床尾站了好一会儿，才说道："你和爸爸的事商量得怎么样了？"

苏妈妈似乎没有料到苏清音会主动跟她说话，愣了一下眉间都有了喜色："他一直顾虑着还没怎么跟我提……"说罢，略略一顿，看向一旁的秦霜。

秦霜却是误会了苏妈妈的意思，以为是希望他避嫌，手里的苹果削好了就放在床头柜上："那我先出去看看老爷子吧。"

苏妈妈却摇摇头，一把拉住苏清音的手。

苏妈妈本就消瘦，这只手瘦骨嶙峋的，骨节尤为突出，再加上她一直在输液，手始终是冰冷冰冷的。这么一接触上来，苏清音下意识

就一把甩开。

苏妈妈尴尬地看了眼秦霜，讪讪地收回手去。

苏清音甩开她本来就不是本意，这么一僵，面色也有些不好了起来："你的手太冷了。"

苏妈妈经历过一次生死，从鬼门关转了一圈回来早就看开了。对此，她也只是笑了笑："我知道你怨我，我并不是想说别的什么。只是趁着秦霜也在……"

苏清音一愣，却扯开话题问她："上次爸爸不是买了个电热水袋吗？放在柜子里了？"说话间，就蹲下了身子去翻柜子。

苏妈妈想起来要阻止的时候已经来不及了，苏清音一手拽着热水袋的边角，一手拿出放在最下面的离婚协议书，一双眸子沉得都要滴出水来。

离婚协议书签字那一方，两个人都已经签名了，就差找个合适的机会去公证。

苏清音的心也在看到这离婚协议的时候一寸寸地凉了下去，她眨了眨眼，把离婚协议书放回去，又拿了插头去热热水袋。

做完这些，她才对着苏妈妈笑了笑："你刚刚想说什么？"

苏妈妈的嘴唇动了动，片刻才道："也没什么……"

苏清音看了眼一直默不作声的秦霜，察觉到他眼底那沉沉的担忧时，这才忍下心底不断翻涌起的冲动，深呼吸了一口气道："就是这件事吗？"

苏妈妈轻叹了一口气："不是。"随后又详细说明，"我刚才是想说我和你爸爸都是同意你和秦霜在一起的，但至于你爷爷那里，也只能靠秦霜自己去争取了。"

苏清音先入为主的就是那张离婚协议书，以及那娟秀的字体。她默不作声地坐了片刻,拔下了插头,小心地抬起她的手,然后把热水袋塞到她的手掌心下。

"你从来没有为我想过,一直到现在都是这样。你们离婚不离婚,的确也不关我的事。你要离开或者是和爸爸过不下去了,那都是你们的自由,不用考虑我。"反正,她对于苏妈妈来说,一直都是一个并不是很好的存在。

苏妈妈眉头一皱,话还未说出口先咳了起来。

秦霜倒了温水给苏妈妈润了润嗓子,她才缓过来一些:"我不想离婚,我对不起你们苏家,只是你爸爸不愿意再给我机会了。"

苏清音一点也不想听她说这些话,帮她拉了拉被子,这才直起身,面无表情地说:"我说了,这些都不关我的事了。我先回去了,明天还要上班。"

她要走,秦霜也不便多留,只安慰了苏妈妈几句就飞快地追出去。

苏清音正坐在长廊下的楼梯上,看见他来了这才起身,握住他伸过来的手。

秦霜一时也不知道她怎么想的,安慰还是安抚都用不上,直接带她去超市跑了一趟,就把人拐回自己家。

苏清音对于秦霜二话不说直接拍板决定到他家这件事表示了不满,不过碍于晚饭是秦霜下厨,她就默默地把抗议的声音给压了下去。

秦霜主厨,她就打下手。

秦霜看着她那双细白的手指正灵活熟练地在翻炒着鸡腿肉呢,炒完了盖了锅盖闷着,突然就皱了眉头:"学了多久?"

苏清音一愣,随即才反应过来他问的是什么,蹙了蹙眉一脸认真地回答:"忘记了。"

秦霜顺手接过苏清音在处理的青菜,她的手指上还有水珠滚动,他握在手心里,凑到唇边亲了一口,问她:"你知道我为什么愿意学下厨吗?"

苏清音想了想,试探着问:"老爷子逼你的?"

秦霜失笑,得意地斜了她一眼:"我不愿意的事情谁能勉强我?"怕是秦老爷子也勉强不得的。

苏清音想着也是,索性也不猜了,直接把问题抛回去:"那你赶紧说为什么。"

秦霜微微侧过身去,额头抵着她的头蹭了蹭,随即压低了声音认真无比地说道:"我是想如果哪一天我结婚了,那我的妻子一定是我此生最爱的人,没有之一。那我就不会舍得她为了我忍受这些油烟,就跟着学了。"

苏清音一顿,心里暖得就要溢出来一般,但还是傻乎乎地问他:"那你的妻子,现在找到了吗?"

秦霜低低地笑出声来,顺手关了水,微凉的手握住她的,一脸深情:"她现在就好好地站在我的面前。"

苏清音盯着他那双漆黑又似缀了夜空中璀璨星辉的眼睛,只觉得面前的秦霜真的做到了那句。

"如果你害怕,那就来我的心里看,好不好?"

苏清音一向觉得自己已经修炼到了刀枪不入,但他这句话又轻又柔,就那么直接地戳到了自己的心底去。

两人并不是在浪漫的西餐厅里吃烛光晚餐,也不是在欢声笑语感染人的旋转木马前,更不是那一向象征爱情的摩天轮下。只是在一个小小的厨房里,站在料理台前。

这些都颠覆了苏清音对浪漫和感动的幻想,但有一样,秦霜足够认真坚定的眼神,就轻而易举地打动了她。

苏清音上前环住他的腰,只觉得鼻尖微微发酸:"秦霜。"

苏清音只是叫了一声秦霜的名字,秦霜就明白她此刻的心境。他偏头在她的耳朵上吻了吻,轻声哄她:"并不是所有人都会像你爸妈一样的,你看我哥和程安安……"

秦霜知道她内心深处的惶恐,也知道她那些不甘心和委屈。他不知道要怎么安慰她才能不戳痛她刚结痂的伤口,就想着给她做一顿晚饭,让她觉得温暖,那便好。

"爱情有千百种方式,但是你不能否定它。"

这个社会人心日渐复杂,十个男人里面也许只有一个才有一颗真心。但那又如何?每个人在这个世界上都有另外半个自己,幸运的就能找到并拥有,不幸的错过了,虽是缺憾,但它始终存在,以任何一种方式。

别人的,秦霜参与不了,干涉不了,更掌控不了。他也没那个兴趣,就单单他怀里这头感动得稀里哗啦的纯情"小怪兽"就够他麻烦了。

他也是跨越过千山万水,涉江而来。

小怪兽,我们来日方长。

Chapter 57 他是你的真心待

A市很快就迈进了冬季,冷风呼啦啦地吹着,连秋末那一点暖意都消失殆尽。

苏清音正在厨房炒着菜,油烧得滚烫,噼里啪啦地乱溅着,她被烫得一缩,倒抽一口凉气。

正好听见开门声,她一回头,就看见秦霜披着初冬那一身的寒气快步走进来。

秦霜外套都没来得及脱,一听她的声音就走进厨房。见那油锅里冒起的白烟,他挑了挑眉一把拉过她,从她手里接过了锅铲又关小了火,这才伸手示意道:"帮我把外套脱了。"

苏清音帮他脱了外套挂到客厅的衣架上,回来的时候他已经套上了围裙,正在下牛排:"七成熟?"

苏清音点点头:"早知道你下班早,我就等你来弄了。"

秦霜最近跟一个项目,忙得不可开交,今日签了合同,后续又安排好了也就告一段落。见她噘了嘴,他趁着空隙把她揽过来亲了一口,这才推开她:"去磨杯咖啡来。"

"好,加糖吗?"

"加。"

那日从医院回来之后,苏清音去医院的次数便少了许多,到现在就是一个星期才去两次。这种情况已经持续了一个月了。

苏妈妈也恢复得很好,很快就能出院了。

而秦霜自那日之后就强势入住了,不是留在她的公寓里,就是把她拐回自己的别墅。

按说这么一个月下来什么事都没发生也不可能,但是巧就巧在秦霜隔日就接了一个大单子,秦墨有自己要负责的事务,便全权给了秦霜,再加上他自己公司一堆的工作,先不说他早出晚归了,单这工作量连开小差的时间都没有。

秦霜回来得早,便会亲手做一顿丰盛的晚饭。忙起来的时候,洗碗收拾的工作也是自己包揽,等忙好了就去书房,能睡觉的时候通常都是凌晨了。

不过,这种同居生活,不算糟糕。

苏清音磨了两杯咖啡,加好糖端出去的时候,秦霜这边也好了。

西兰花等这些配料早就弄好了,所以牛排七成熟的时候就能出锅,淋上黑胡椒酱,顿时芳香四溢。

苏清音喜欢吃意大利面,就下了面,秦霜细心地给她添在牛排旁边,这卖相看起来就跟西餐厅的标准差不多了。

苏清音食指大动,正要开动,门铃就响了。

秦霜起身去开门,开了门看见门口站着的人时,还面不改色地打了声招呼。

苏老爷子和苏清澈站在门口一时有些愣,还是苏清澈率先走了进

来,巡视了一圈,看见迎出来的苏清音,挑了挑眉,抿着唇问:"同居了?"

苏清音眨眨眼,看向房间里一堆秦霜的私人用品,无奈地点头:"就是你看到的这样。"

苏老爷子也不意外,那日两个人手牵手出现在医院的时候就什么都明白了。他看着秦霜,沉声问道:"谁准你进来的?"

秦霜一听这口风,挑了挑眉,低眉顺眼地说道:"报告首长,是我入室挟持。"

苏清音在一旁顿时笑出声来,见苏老爷子瞪过来,又装出一副很无辜的样子。

苏清澈倒是不意外,给老爷子和自己斟了茶,喝了好几口才不紧不慢地说道:"老爷子,你真是神机妙算,这两个人果然早就暗度陈仓了。"

秦霜一听这话,眼神顿时如刀子一般咻咻地往苏清澈那里飞,当事人却跟没事人一样,很淡定地又抿了一口茶道:"同居都不先跟组织打报告,苏清音,皮痒了是吧?"

苏老爷子正沉着一张脸,冷飕飕地看着秦霜,那眼神比起窗外呼啸的寒风简直是有过之而无不及。

秦霜被盯得手心都出了冷汗,眼观鼻鼻观心,打算先观望了再说。

整个房子是开放式的格局,苏老爷子一转头就看见桌上那热腾腾的牛排,知道两个人还没吃饭,不由得问道:"这晚饭谁做的?"

苏清音见苏清澈朝她眨了眨眼,福至心灵,抢先答道:"是秦霜。"说罢,她又补充了一句,"他不仅做饭还洗碗收拾房间,比我还贤惠呢。"

这么明显的袒护还能听不出来？苏老爷子看了眼秦霜，真是越看越碍眼，冷哼了一声："这一个月你们有没有逾距，做什么不该做的事？"

苏清音一愣，随即耳根子就红了起来。

秦霜却嘴角含笑，理直气壮地大声回答："报告首长，没有。婚前一切尊重我媳妇。"

苏清澈大概是没看见秦二爷这么幼稚这么"二"的时候，顿时笑出声来。老爷子一瞪，他才抿了嘴角，却还是笑意满满的。

苏清音这下就明白了，显然是早有预谋过来的。

她说前阵子宋星辰怎么往她家跑得那么勤快，敢情宋星辰就是一个间谍，打前锋来了。

苏老爷子这才满意，可是心里怎么都不舒服。当初，苏清音受了委屈出国的时候，他就打定了主意，以后若是秦霜这小子反省过来，就必须让他求着自己把孙女嫁给他。

可这回，还是他自己上门来的，否则，这两个人也不知道要到什么时候才跟他摊牌。

他越想越气，越想越不甘心，脸色就越发糟糕了。

秦霜一见苗头不对，又看苏清澈在边上打眼色，三两下麻利地在苏老爷子面前跪下："老爷子，我真心喜欢小怪兽，您把她嫁给我吧，好不好？"

他干脆利落，苏老爷子也同样干脆利落："你凭什么让我把我的宝贝孙女嫁给你？"

秦霜其实那日去医院看见苏老爷子不动声色就明白会有今日这

么一出。就算苏老爷子耐得住性子，他也打算这几天就去见苏老爷子。

不管怎么样，苏清音这个媳妇儿是已经定了，可不是早点领证早点安心吗。

别人也许听到这话就会说，我有房有车，我给得起你孙女很好的物质生活。可是这话在苏老爷子这边绝对是行不通的，更别说苏老爷子对他可是了如指掌。

沉思了片刻，他才道："就凭没有谁像我一样爱着她了。"

苏老爷子抿了抿唇，倒是想起秦老爷子前段时间请他去喝茶时说的那番话——"我知道秦二这小子伤了清音的心，也伤了你的，我又何尝不是。不过他是真的喜欢清音，这三年他出国的次数比回家的次数还多。那次秦墨和他一起出去的，回来之后在我的书房里语气都不对了。我那大孙子你也知道，冷静自持，鲜有情绪这么波动的时候。他说秦霜对清音的那份感情，一点也不比清音对秦霜的少。"秦老爷子悠然叹了一口气，又道，"小辈的事情理应我们都不用插手的，但是已经三年了。原本我们早该是亲家了，秦霜过完年就三十而立，我们还有多少个三年去等另一个小生命？"

苏老爷子想起秦老爷子那一脸的感慨，心里还都不是味。

小生命？还不是想成全他的圆满之福。

一定是他那两个孙子和孙女长大了，他又想抱孙子了！

想着，苏老爷子的语气又重了几分："三年前你虽然没说凭你爱小音，却也跟我保证了护她周全，一生一世永远忠诚。"

秦霜一愣，抬眼看向苏清音，见她一双眸子熠熠生辉，缓声道："我并没有食言。"

至此，苏老爷子也不多说了，手指搭在沙发扶手上轻轻地叩了叩："那你打算什么时候和小音去领证？"

秦霜眼睛一亮，似乎是不敢相信苏老爷子这么快就松口。他嘴角不由自主地翘了起来，一把握住苏清音的手揉在手心里："下个月的16号就是个好日子！至于办婚礼，我想等到明年，我想办一场盛大的婚礼，想让所有人都知道是我娶了她。"

苏老爷子见自家孙女那没出息的样子，连哼都哼不起来了："既然你有了主意就自己拿捏着，户口本自己回来拿。"说罢，也懒得看秦霜一眼，径直回去了。

苏清澈自然也不好多留，拍了拍秦霜的肩膀，慢条斯理地道："算你走运。"

秦霜自然知道这里面有苏清澈的功劳，捶了他一下，这才道："谢谢你了。"

语气算不上诚恳，表情更是吊儿郎当……

苏清澈嘴角抽了抽，觉得真的太便宜这个禽兽了。

苏清音挽着苏老爷子把人送下楼去。楼下寒风刺骨，她穿得少，苏老爷子怕她冻着，便催着她回去："行了，你赶紧回去吧，我就回去了。"

苏老爷子的手是骨节分明，苏清音这么一握住就怎么都舍不得松开了："爷爷，谢谢您。"

苏老爷子捧在手心里疼的莫过于就是苏清音了，二十几年下来如今却要嫁做人妇，心中也涌起不舍来："秦霜这小子啊，有两点好，一是两家离得近，二是他是真心待你的。"

苏清音只觉得苏老爷子好像苍老了好多岁，原本白发还没有那么

多的。她紧紧地抱了爷爷一下,笑了笑:"天气冷,您早点回去。我这几天有空就回去陪您。"

说罢,她又补充道:"我和秦霜一起回去陪您。"

Chapter 58 小怪兽，我真的好开心

等送走了苏老爷子，苏清音一转头就看见秦霜站在门前等着她，手里还拿着他的长外套。

见她看过来，秦霜信步走过去，把衣服披上她的肩头："以后出门记得披件外套。"

苏清音摸了摸鼻尖，咧了嘴笑："就一会儿，还穿什么。多麻烦。"

秦霜望着那已经消失在尽头的车，拧了拧她的鼻尖："等你感冒了，你就知道错了。"

苏清音顺势往他怀里一靠："我已经饿得走不动路了。"

秦霜失笑，微微俯低了身子："那我抱你？"

苏清音只是跟他开玩笑罢了，秦霜这么认真她反而不好意思了，捶了他的肩头一下，转身先走了进去。

前一阵子说白了那是秦霜的表现机会，如果他一个把持不住把苏清音吃了，这会儿在苏老爷子那里就一定讨不了好。

偏生秦霜又不是个能说谎的人，前后左右也就这一个月的时间，他便自己加大了工作量熬过去，所以，今天就不一样了。

苏清音拿了睡衣，对着客厅里正在开视频会议的秦霜交代了声，便去洗澡了。

秦霜刚开始还能冷静工作，交代工作事宜，一听见浴室传来的水声，就有些分心。草草结束了会议，他按着她之前说的先去烧了一壶水，冲泡了一杯蜂蜜茶。

经过浴室的时候，透过毛玻璃看见里面朦朦胧胧的人影，步子就是一顿。

片刻，他才步履匆忙地从浴室前面走过。

苏清音洗完澡出来时倒是没看见秦霜，她边擦着头发边四下找着人，刚到卧室就看见从她房间里洗了澡出来的秦霜正裹着浴巾。见她好了，便把蜂蜜茶拿了过来："趁热喝了。"

苏清音一边擦着头一边愣愣地问秦霜："你用冷水洗的？"她刚要洗澡就发现热水器坏掉了，不然她也不用出来到浴室洗。

秦霜倒是不以为意，顺手接过她手上的毛巾帮她擦了擦头发："坐这儿。"

苏清音被按在梳妆台前，还有些不明所以："怎么了啊，今天那么勤快。"

秦霜拿了吹风机帮她顺着头发，还有意无意地撩拨着她："看你最近说话声音有些沉，再不好好养着，准得生病。你生病了谁心疼啊？还不是我吗。"

说罢，秦霜似是想起了什么，又问道："我在老爷子面前允诺了要娶你，但是你还没告诉我，你要不要嫁给我呢。"

苏清音一愣，倒不想他先提起这事。

窗台一层星辉，苏清音对镜而坐，身侧就是窗户，冷风萧瑟，她半靠在他的怀里却一点也不觉得冷。

答案早就很明确了,不是吗?

苏清音抬手摸了摸只有一点湿意的头发,一把握住秦霜拿着吹风机的手,直接拨了电源扔在梳妆台上。

秦霜一愣,一双眸子里却满是笑意。

苏清音倒是想羞涩一下,奈何她对着秦霜实在是兴不起一点的害羞感。她抓着秦霜的手紧了紧,半晌才挤出一句话来:"算求婚吗,你求婚都没有戒指,就想我点头答应……没门。"

苏清音声音虽小,秦霜却听得明明白白,当下抿着嘴角笑起来:"原来是这样。"

苏清音一听秦霜这若有似无的回答,顿觉没戏,一把松开他的手就要往外走。

刚鼓起脸,连脚都没抬起来,秦霜弯腰一把横抱过她,紧紧揽在怀里:"去哪儿?"

苏清音只是故作姿态,想让秦霜来哄哄她罢了,毕竟她说得那么直白了,他不应该顺势求婚吗?居然只有五个字……太没有诚意了好不好?

当下,她冷着语气道:"穿衣服,我冷了!"

秦霜从头到尾看了她一遍,笑意越发深:"不说麻烦吗?"

苏清音一愣,随即想起在楼下自己说的那些话,拧了他的手臂一把:"我是说穿了没一会儿就要脱才嫌麻烦。"

秦霜煞有介事地点点头:"这样没错。"

苏清音听得云里雾里:"什么没错……"

秦霜已经抱着她来到了床边,今晚他并不打算放过怀里这头呆萌的苏清音了,把她放到床上,倾身就压了上去,盖得严严实实:"这

会儿不就是要脱了?"

苏清音被他这么结结实实地压下来,只觉得胸口闷得慌。话还没说呢,秦霜已经扣住她的脑袋,覆上唇来。

秦霜的唇微凉,起先只是试探着吻了她一下,片刻才慢慢深入,不再止于浅尝辄止。

苏清音隐隐明白今晚要发生什么,除了有一点紧张之外,还有些……期待。

秦霜一时都分不清是动情还是动心,这个过程缓慢而煎熬,像是重新历劫一次。不过相比之前噩梦一般的经历,这一次要温和得多。

他和苏清音之间缺失了太多,无法补足的也太多,他如今格外珍惜拥有的一切。

与苏清音有关的,所有的一切。

秦霜耐心地等着她准备,她不是全然无动于衷的,秦霜能感受到,她在接受自己,一点点将他接纳。

秦霜哄着,逗着,听她沙哑地笑,低头时,又见她眉眼顾盼生辉。看着小姑娘那动人的样子,心里不由得越发怜惜。

一下一下,安抚般,亲吻着她。

苏清音隔日醒来的时候,看见的就是秦霜支着手正侧卧在一侧看她。

她眨了眨眼,再眨了眨眼,昨晚那些记忆全部回笼。她被他看得恼了,把被子往头上一扯盖了个严严实实:"看什么,浑蛋。"

秦霜只是低低地笑,连着被子把她抱进自己的怀里,还极有耐心地把被子扯开露出苏清音那张微红的脸来:"害羞了?"

苏清音噘了噘嘴不回答他。

秦霜在她眉间吻了吻，吻得又轻柔又动情："小怪兽，我真的好开心。"

苏清音看向他，眨眨眼示意他继续。

秦霜原本还有一肚子的情话要说，却见当事人一副看热闹的表情，抿了抿唇，手伸进被子里捏了捏："起床了，傻瓜。"

苏清音被偷袭个正着，顿时红了脸，张牙舞爪就要扑上去。

秦霜一把按住她的手直接压在床上，很流氓地掐了掐，见她涨红了脸这才笑着问她："再瞎动，我不介意做到没力气为止。"

苏清音噎住，硬生生憋了一口气，忍了……

由于早上吃了亏，小怪兽的心情很不爽，连带着一天都没给秦霜好脸色看。

秦霜跷着二郎腿也不介意，殷勤地送苏清音上班，满面春风，生怕别人不知道他好事临门一般。

开会的时候，他还频频走神，一脸的傻样。秦墨蹙了蹙眉，散会后，留了他下来："中奖了？"

秦霜越发得意，话未出口就先笑出声来。

秦墨越看秦霜这傻样越碍眼，直接一文件夹扔过去赶人："你赶紧走，看着就碍眼。"

秦霜还没告诉秦墨是什么喜事呢，接住文件夹笑眯眯地说："哥，我要结婚了。"

秦墨看他那表情就猜到了，当下不动声色地边看着文件边问他："哦，什么时候？"

"下个月 16 号领证。"

秦墨："恭喜。"

秦霜下午早早去了苏清音公司楼下等着,等她出来又特意带着她去吃了一顿烛光晚餐。

苏清音丈二和尚摸不着头脑,见他心情不错的样子,默默陪着吃完了,回家的路上才问他:"你今天不是都这表情吧?"

秦霜摸了摸脸,翻下镜子看了看。

镜子里的秦霜依然英俊风流、俊美无双,只是配上一直挂在嘴边的笑意看起来……太过喜气,有些傻得可爱罢了。

苏清音自己也觉得好笑,看了他片刻也笑出声来。

替你遮风挡雨

Chapter 59

苏爸爸和苏妈妈正式离婚是在三天之后,苏清音刚吃过午饭打算去上班,接到电话的时候愣了一下才冷声道:"我知道了。"

临挂断电话之前,她又道:"我晚上回大院里吃饭,秦霜也来。"

挂断电话之后,她步子一转,就直接去办公室给秦霜打电话了。

秦霜今天正好没事,但晚上有个饭局,略一犹豫,还是说道:"行,我等会儿去接你。"

苏清音顿了顿,看着外面忙忙碌碌的人,有些心累:"我想辞职了。"

秦霜一听,之前没听见她透露过口风,微微有些诧异:"怎么了?"

苏清音也说不上来心口那股烦躁是从何而来的,只觉得闷得厉害:"我想换个工作,你说好不好?"

苏清音的声音不如往日轻快,语气里似乎还有些沉闷。知道她是心情不好,秦霜想了想问道:"我正好要聘用一个全职老婆,你要不要来面试?"

苏清音扑哧一笑:"那我考虑考虑。"

秦霜听她笑了就知道这一时半会儿的也就没事:"不想做就辞职

吧,我这边职位空缺,你想要做什么,老公都给你腾出位置来,好不好?"

苏清音光顾着他语气轻柔的那句"老公"了,心下一柔,又道:"到时候再说吧,我只是上班有些烦了。"

秦霜倒是不在乎她到底要不要辞职,又拿话逗了她一会儿才挂了电话。

下班的时候,秦霜准时等在公司楼下,见她正跟一个男人有说有笑地走出来,不由得眯了眯眼。

苏清音显然也看见了秦霜的车子,他停得比较远,只开了他这边的车窗,正看过来。

她跟同事道别,这才小步跑过去:"等多久了?"

秦霜眼看着那男人去了车库这才收回视线:"就一小会儿。"

等到大院的时候,王嫂已经做了一桌子的饭菜,芳香扑鼻。

苏清音刚走到玄关就闻到了香味,顿时食指大动。

一家人都在,唯独少了苏妈妈。

苏清音打量了一圈人,自然就知道是什么情况了,面上也没有表现出分毫来,和宋星辰一起帮着王嫂搭了一把手,这才忙活好了准备开饭。

苏老爷子今日身子有些不好,吃饭也没有往日那么香,不过今日饭桌上的气氛怎么着都有些奇怪。

苏清音吃着饭就想起苏妈妈如今一个人,也不知道怎么样了。

苏爸爸等饭后才跟大家交代了一下,苏清音见他虽然说话还是带着点笑意的,只是心里必然不会好受。苏清音问了苏妈妈现在住在哪里,便打算等会儿和秦霜一起去看看。

苏清音等苏老爷子吃过药之后，又问了王嫂一些事宜。

苏老爷子前阵子腿脚就有些不利索了，近日胃口也差了许多，人看着不那么精神。苏清音想着明天周末，就定了下午的时候准备带他去医院看看。

等出了门，苏清音还是有些闷闷不乐的。秦霜刚才听她问了苏妈妈的地址，就知道她还是有心去看看的，便问道："我们去看看她？"

苏清音点点头，抬手按了按眉心："如果你现在不在我身边，我都怕我做不到。"

秦霜不说话，只握紧了她的手："以后多回来看看老爷子吧，反正我们两家也近。他们年纪大了，自然是希望身边有人陪着的。"

苏清音只觉得最近感慨颇多，垂了眸不再说话。

苏妈妈现在住的这个小区是外婆留下来的房子，苏清音去的时候她正吃晚饭，开了门看见门口站着的人还是有些诧异的。

"你们来了。"

苏清音也有些尴尬，见她现在行动虽然有些不方便，但起码自理是没问题了，这才放下心来。

屋里还有人，听见门口的动静，问道："是谁啊？"

苏清音往厨房里一看，是个陌生的女人，年纪与苏妈妈相仿，看来也是旧识。

苏妈妈让他们在沙发上坐下，径直去厨房拿了些水果端出来："这是你林阿姨，她家里也没人，一个儿子刚上了大学，便来和我做个伴。"

苏清音不记得这号人物，但也只是点点头："你……还好吗？"

苏妈妈笑了笑，亲手给她剥了一个橘子："你不用挂念我，如果想得起我来，便记得来看看我。"

苏清音点点头，心里却是越发酸涩："你要是有事，也可以打我和秦霜的电话，哥哥和嫂嫂的也可以。"

苏妈妈点点头，看了他们两个几眼："你们呢？我听清澈说你们下个月16号要扯证了？"

苏清音点点头，接过她递过来的橘子："嗯。"

秦霜闻言，又说道："到时候阿姨一起过来吃个饭吧。"

苏妈妈犹豫了下，见苏清音并没有反对这才点点头："那到时候打我电话吧。"

又小坐了片刻，苏清音便告辞回家。

走出楼道门口，苏清音深呼吸一口，一个转身扑进秦霜的怀里。

秦霜胸口被她撞得生疼，抿了抿唇，拍了拍她的背："傻丫头，这样对他们两个人都好，你难受什么。"

苏清音闷了好一会儿，两个人才手牵着手一起往停车的地方走："只是突然发现他们都老了。"

天上一轮圆月，漫天星辉。

苏清音抬起眼去看，拉着秦霜的手也晃了晃："等到我们也老了，我们还能像现在这样吗？"

秦霜只觉得今天这小怪兽感慨特别多，只能耐着性子慢慢开导。

此刻听她这么问，他便道："得一城终老，携一人白首。"

得一城终老，携一人白首。

苏清音扭头去看秦霜，他一双眸子沉静如水，又被如水的月光衬得明亮，像是落了一整个天空的星辉。

她一时迷了眼，只觉得自己喜欢上的男人，不论何时，都是她心尖上最好的人。

快到家门口的时候,苏清音让秦霜停了车,她去买了一袋子的罐装啤酒来。

秦霜看见她手里提的东西,脸微微沉了沉,倒并没有二话,只说道:"我家那边的小区后面有大湖,去那儿?"

苏清音想着回家喝也不尽兴,点点头。

路上,她又去买了一袋子剥好的花生和鸭脖。

秦霜看着倒是好笑,怎么看着都不像是借酒消愁,而是冬游的节奏。

车子就停在边上,这大湖在帝爵世家里面,所以这一面的环境还是很安静的。

苏清音找了个地儿坐下,冬天虽然有些冷,她却兴致勃勃地一扫刚才的郁闷神情。

秦霜帮她开了盖,顺手递过去仍觉得瓶身有些冰,不由得皱了皱眉:"这么急赶着想生病?"

苏清音吐吐舌头,把冰的放在了一边又去拿没有冰过的:"陪我喝一阵。"

秦霜不多话,直接拿过刚才那罐冰啤酒和她碰了碰:"喝。"

印象里,秦霜也有过借酒浇愁的时候,那时候苏清音还在上学,总是翘了晚自习来陪他,也是在公园或者哪里一坐,开了瓶就喝。

她酒量不好,就小口抿,一口下去还会吐出红艳艳的舌头来。

秦霜随意惯了,并不讲究,不过他的生活水平还是高的。就单单他和苏清音两个人,曾经还会去农家小院,只为尝一口正宗的土鸡。

冬天会点一个火锅,叫上一箱啤酒,开了就对饮。

秦霜说他工作上的趣事，也说秦墨娱乐公司下面那些女星的隐私生活。但那时候的他，并不知道苏清音是不爱听这些的，往往都是勉强陪着他。

就像那时候秦霜刚接触程安安这号人物，知道她是被秦墨包养的，性子却没有半分软弱，比他还要强硬些。

苏清音那时候笑着问他："你喜欢吗？"

秦霜一愣，摇摇头。后面不知道说到些什么，秦霜大着舌头说道："小怪兽，你真是我好哥们，陪我喝酒喝得那么尽兴。"

苏清音那时候也醉眼迷蒙，歪着头看他："那你以后要是有老婆了，也会这样吗？"让她陪你买醉，听你满腹的心事。

秦霜弯了唇笑："不会，我的老婆我要妥帖地护在怀里，不让她沾一点的烟酒。就像我的小天使，哪里都是纯净得一眼就看透。"

可苏清音却不是那样的人，她宁愿陪他喝酒买醉，喝不完就嚣张地搬了一整箱的酒提着就往墙壁上摔。

在噼里啪啦的破碎声中恶作剧般地笑。

可是如今秦霜喜欢了一个和自己的理想型完全背道而驰的人，却依然满心都是欢喜。

小姑娘坦率又直爽，比起那些晶莹剔透的姑娘坚韧又勇敢。

秦霜做过最勇敢的事，就是在知道自己喜欢苏清音之后，坚持了那么久，终于如愿以偿。

苏清音喝着就有些上头了，脱了高跟鞋，赤着脚踩在台阶上。

秦霜皱了眉头，起身去车上拿了一件他的外套回来，包裹在她的脚上："别冻着了。"

苏清音顺势搂住他，靠在他的身上，看着那莹莹流动的波光，咯咯地笑着。

秦霜看着心疼，揉了揉她有些凉的脸，问道："你不喜欢金融管理为什么去学这个？以前那新闻系不好吗？"

苏清音神志已经有些模糊了，仰了头看着他笑："你不知道女人最好的投资就是自己吗？"说罢，她微微退开些，有些黯然神伤地低着头。

秦霜只觉得心疼，把她搂过来抱着："冷不冷？"

苏清音却只是直视着他的眸子说道："可其实我是为了和你比肩而立，能够站在你的身边。"

她吐字清晰，眼神坚定地说："可是我好像还是没有做到……"

秦霜只觉得胸口如受到一记重锤，疼得他难以呼吸。他愣愣地看着苏清音闭了眼在他怀里蹭着，只觉得手脚都有些凉，心却越发热乎起来。

过了半晌，秦霜裹了裹苏清音的衣服，把喝醉的人抱进车里。她掀了掀眼帘却缠着他不愿撒手。秦霜被她抱着也不松开，一点点俯低身子吻她。

她却是一颤，睁开眼看了秦霜好久一直细细念着他的名字。

窗外路灯的光洒下来，秦霜重重地吻上她的唇，难掩眼底的心疼："我哪里需要你跟我比肩，只要站在我的身后，我就能替你遮风挡雨。"

Chapter 60 爱,很爱,一直爱

苏清音宿醉醒来,只觉得头痛,看见秦霜就睡在身侧,一转头就能看见,皱了眉仔细想昨天的事怎么都想不起来。

就在她头痛欲裂正揉着脑袋时,秦霜也醒了过来,见她这副样子不知道是训一顿好还是心疼一番好。

想着下午还要带苏老爷子去医院看看,便催着她起来。

天气冷,苏清音有些想赖床,推推搡搡间就跟他玩闹起来:"你少来,我再睡一会儿。"

秦霜美人在怀,也不想起来,天寒地冻的哪有被窝里面舒服。起了心思便闹着她,怎么都不让她舒坦了。

苏清音怕痒,被他挠了几下,就举手投降了。

秦霜自然要讨个好处的,搂着她一个翻身就抱着压在自己的身上,对着她的唇就亲了下去。但苏清音迷迷糊糊又睡着了。

苏清音又睡了一个小时,才被秦霜叫了起来。

她咕哝着翻了个身,卷了被子还想睡,眼皮都懒得掀开,实在是累得不行,浑身酸软。

秦霜细腻地拿毛巾给她擦了擦身子,见时间是真的不能耗下去了,这才直接掀了被子抱着就给苏清音换衣服。

苏清音还不配合,房间里虽然开了暖气,她却懒洋洋地往被子里面缩。秦霜一把横抱起人来,一件件地帮她穿衣服,她这才不好意思。

苏清音迷迷蒙蒙地抬手揉了揉眼,还是困得慌,偏过头看了眼神清气爽的秦霜恨得牙痒痒,一脚踹了上去:"禽兽。"

秦霜也不恼,反倒笑起来,微微侧了身子。等苏清音穿好了,这才走回床边,趁着她一个不注意直接横抱着就往外走。

苏清音吓了一跳,抬手搂住秦霜的脖子,正好衬了他的心,沉声笑着就抱她到餐桌上吃饭了。

苏清音看着一桌子丰盛的午餐,一脸震惊:"你做的?"

秦霜给她盛了热汤,放到她的手边,慢条斯理又意味深长地道:"这是外卖,伺候你一个我就吃不消了……"

苏清音莫名红了脸,瞪了他一眼,又觉得心里甜丝丝的。

到大院的时候,苏老爷子已经等了片刻,见孙女和孙女婿满面春光,心里不由得也乐了。

去医院检查完,又拿了些药,等回了家时间已经不早了。

苏老爷子自然是留两个人吃饭的,席间倒是问起秦霜打算什么时候办酒席。

秦霜看了苏清音一眼,见她低了头不说话,也有些吃不准她的意思,说起来他还没正正经经地跟她求过婚呢。

这么一想,他便说道:"酒席的日子就由老爷子你看着和我爷爷商量决定吧。"

苏老爷子点点头,说了句:"年内不怎么可能了,等过完年就办

酒席吧。反正证先领了,横竖酒席都是要办的。"

苏清音自然也是没有意见,她早就想嫁给秦霜了,但如今都同居了也就无所谓酒席的事情,先领证了再说。

苏老爷子见苏清音垂了头不说话,知道她是没有意见,放下碗筷道:"那我下次找老秦商量个好日子。"

秦霜想着,看了眼苏清音,似是有什么话想说,不过还是先埋头吃饭。

吃过饭,苏清音去楼上房间里收拾几样东西。

秦霜陪着老爷子在楼下坐着:"老爷子,我打算新房重新再买一套,对面不是有一个刚完工的小区吗,离这边近。"

苏老爷子一顿,随即看了他一眼,意味深长:"清音可知道?"

秦霜挠了挠头:"我还没告诉她,我在你面前许了承诺,但清音那里我还没真正给过一个正式的求婚。"

苏老爷子闻言就明白他的意思了,难得笑了起来:"你有心便好,小音在美国那些年偶尔会跟我提起你,那次我问起她,到底喜欢你什么。"

苏老爷子轻叹了口气,抿了抿唇:"小音说她要是知道的话,也就不会喜欢你了。"

苏清音用情至深,秦霜也许不懂,他却是明白得真真切切。说她痴情,也不为过。

秦霜抿了抿唇,神情越发郑重:"老爷子,谢谢你。"

苏老爷子瞅了瞅他,笑而不语。

晚上回家的时候,苏清音倒是想起冰箱里的食材没有了,正好时间还早，就拖了秦霜一起去逛超市。

最近苏清音的胃口都被秦霜养得有些刁了。

秦霜被她挽着走到蔬菜区，晚上的菜有些不新鲜，不过也有新上货的。肉食的话，秦霜就喜欢去菜市场买，毕竟那边的新鲜多了。

陪着苏清音逛了一大圈，购物车也填得差不多。

这边逛完，刚想去结账，就想起家里的洗衣液没有了。苏清音刚走到日常用品这边，脚步就突然顿住了。

秦霜还没意识到发生了什么事，见她僵立在原地，顺着她的目光看去，倒是看见了一个……故人？

那人显然也看见了他们，也是一僵，随即淡淡地撇开目光。

叶紫杉推着购物车，车上还坐了一个小孩子，眼看着大概有两岁大小，正哭闹着要玩具。

苏清音一愣，随即便想起她目光清冷，神情甚至有些狰狞地问她什么是激烈方式，跳楼、割腕还是服安眠药。

秦霜微微侧目，目光也是一冷，揽住她的肩头往自己这边揽："走吧。"

苏清音点点头，率先抬步离开。

不料，付钱的时候又在收银台遇见了。

这次，叶紫杉的身边倒是多出一个人来。一个胖胖的男人，正红着一张脸骂骂叨叨地数落她："买那么多东西干吗，嫌钱太多了？还是嫌我那点工资来得太容易了？"

苏清音垂了眼，心里说不上是不是畅快，毕竟已经过去多年了。

那个帖子也是无伤大雅，她看了眼侧了身拿出皮夹刷卡的秦霜，就觉得当初那些委屈似乎都不算什么。

只要自己好好的，管别人如何论断。

超市里人潮汹涌,她微侧着身子避开拥堵的人,捏着小票在看价格。

秦霜便挡在她的身侧,尽量把她护在怀里。

等走到了出口,还没下台阶,叶紫杉就走了上来,身后还跟着她的老公,正提着东西拉了一张脸很是不爽地看着她。

叶紫杉也颇嫌恶地看了眼身后的男人,抱着孩子走上前来:"能借一步说话吗?"

秦霜皱了皱眉,看了眼苏清音。

苏清音倒是一笑,停留的意思也没有,只是欠了欠身,不咸不淡道:"我和你,我们之间……还有什么可以谈的?"

早就缘尽于三年前了,更何况是对方不厚道在先,她苏清音可没有那么大度。

叶紫杉看了眼她身侧的秦霜,不知道是不是愣住了,直勾勾地看了他一会儿,才淡淡移开目光,对身后的男人说道:"你先去站台等我吧。"

苏清音见此,也松开秦霜的手:"那你先去开车吧,我在这里等你。"

秦霜点点头,看了叶紫杉一眼,眼神颇有警告意味,又凉又淡,却着实让人心惊。

叶紫杉略微一顿,便移开视线。

秦霜是不喜欢叶紫杉的,此刻依然只有厌恶感,只低了头在苏清音的额上亲了亲:"我马上就回来了。"

不知道是说给苏清音听的,还是叶紫杉。

叶紫杉等秦霜走了之后,才冷笑了一声:"日子过得还不错?"

苏清音也笑："你有眼睛不会自己看吗？"

叶紫杉顿了顿，这才道："我也不知道为什么会叫住你。"

苏清音淡淡移开了目光，唇边却泛起一个嘲讽的笑来："是不是觉得别人成双成对看起来幸福又起了嫉妒的心思？还是觉得我和秦霜两个人太碍眼了，你这回打算去哪里发帖子？"

她说话夹枪带棒的，叶紫杉自然听得分明。

苏清音那年直接出国，等回过神来又觉得自己太没出息了，也没好好给叶紫杉点颜色看看，凭白被人欺负了去。

后来便是回国之后，林小爱说当年秦霜迅速又彻底地料理了叶紫杉，心头一时不知道是什么滋味。想着刚才那一幕，苏清音想着她的日子也不好过，神情也软了下来。

她从口袋里摸出刚才付钱时秦霜觉着好看就买下来的棒棒糖，递过去给那孩子："小朋友，阿姨给你糖吃。"

叶紫杉微微侧了侧身子，有些排斥。

苏清音却不管她，只冷眼看了她一眼，把糖塞进小孩子的手里。

秦霜也在这时过来了，按了下喇叭。

苏清音回头看了秦霜一眼，转过头来时唇边是浅浅的笑："没有别的事，我先走了。希望以后还是不要遇见了。"

说罢，她又看了眼叶紫杉，轻声道："有因有果，你别执着于过去了。没有谁有义务惯着你，那男人对你不好，虽然勉强带了个孩子，还是要为着自己打算。"

叶紫杉眼神闪烁了下，刚想说什么，苏清音朝她怀里的小姑娘招招手："小朋友，拜拜。"这才转身往身后的车子走去。

秦霜偏头去给苏清音系安全带，透过拉下的车窗看了叶紫杉一眼，

低声问她:"说了什么?"

苏清音也循着他的视线看过去,叶紫杉还站在那里,却不再如三年前那般浑身都是灵巧劲了。

苏清音捧着秦霜的脸凑上去就狠狠吻了一下,这才笑眯眯地问他:"你说我这样是不是不厚道啊?"

"不厚道?"秦霜摸了摸被她吻过的嘴角,眼底都是笑意,"我老婆亲我一口哪里不厚道了?"说着,抬手握住她的手。

苏清音一到冬天,手和脚就冰凉,秦霜边发动着车子边握着她的手暖着:"老是想一些无关紧要的人,你还真高估我了,我其实没有那么大度。"

苏清音闻言侧头看过去,正好撞上秦霜故作深沉的表情,笑得不能自已。

"秦霜,你是不是很爱我?"

秦霜"嗯"了一声,随即看了她一眼,眼波流转,竟流露出一种苏清音并不常见的……妖孽气质来。

他微微翘了嘴角,沉声认真地说:"爱,很爱,一直爱!"

Chapter 61 这是我未婚夫

"爱,很爱,一直爱。"

苏清音每次想起这晚秦霜说的这句话,心还是会扑通扑通地瞎跳起来。

你能想象这种感觉吗?

自己暗恋了那么久,原本想着不可能就打算遗忘的人,在发生了种种事情之后,穿越人海涉江而来,站在你面前说"我一直很爱你"。

她太了解秦霜了,所以才飞蛾扑火,执着地非要他的感情。

要么不爱,要么深爱。

每每想到这里,苏清音都会感激自己当初的坚持,这么美好的人、美好的感情,怕是有的人穷尽一生都换取不来。

苏清音醒来的时候,秦霜已经不在了。

她摸了摸床边放着的闹钟,见还有一会儿,便想倒头继续睡,却看见床头柜上贴着秦霜临走之前贴的便笺。

苏清音伸出手取过便笺凑到眼前一看。

别的事什么都不用做，想我就好。——秦霜

苏清音勾了勾嘴角，冷笑一声，想你就好？想你有饭吃吗……

苏清音晚上有聚会，最近公司刚拿下一个大项目，完成了这单生意便能达到年终奖的要求，公司上下都欢庆不已。

不过出来聚会的也就是行政部和销售部以及她这个财务部。

下了班，她先回家换了一套衣服。

回到家，看见墙上那日历上面被她画了一个大圈的日期，又看了眼手机上显示的时间。秦霜明天才回来，今晚她还是得孤军奋战。

公司里有不少人是知道她男朋友是秦霜，这个风靡 A 市的秦二爷说到底还是吃香的。近些时间来，她有意融入公司里去，上上下下的关系都打点得不错。

熟稔起来，大家便起哄说要见见秦霜。

苏清音也没有拦着的道理，只推说他出差了，等回来再说。

等苏清音吃了些西点填了肚子，去到酒吧的时间也是刚刚好。公司里有不少人都是下了班直接过来，她到的时候，已经有一堆人聚在一起了。

苏清音倒没刻意穿得有多性感，还是平常的装扮，略微化了淡妆，衬得她精致的五官越发好看。

刚坐下，就走过来一个人。

苏清音一抬眼，就愣了："李亦为？"

李亦为对着在座的人都笑了笑："公司聚会？"

苏清音点点头，还是有些尴尬，便不再多说。倒是身旁有几个女职员一直问这人是谁，是不是 A 市模特公司的老总。

李亦为似乎是看不出她的尴尬一般，就跟个没事人一样站着。

苏清音被催问一声这才介绍道："这是我和秦霜的朋友，李亦为，就是开模特公司那个，还单身哈。"

李亦为抿嘴一笑，也不见外，斟了酒跟那些女职员见了礼，招来服务员附耳说了几句这才离开。

不过片刻，服务员又送来了好几瓶好酒。

苏清音一愣，问道："我们这里没人叫啊。"

服务员指了指那边的李亦为："是李总让人拿来的，算他的账上。"

苏清音眉头一皱，显然感觉这一桌的气氛有些不对了。她抿了抿唇，直接拿出一张卡来："直接刷我的。"

她一拿出卡来，桌上却是一片寂静。

这家酒吧的消费是属于中高端消费的，所以会员卡也有两种，苏清音手里拿的就是高级的贵宾VIP卡。

苏清音目不斜视，直接把卡拍过去："刷我的，我的不敢刷就划到秦二爷的账上。"

服务员听了秦二爷的名号，就知道眼前的人不能轻易得罪，拿了卡就去刷。

苏清音热络了这边的气氛，等卡拿了回来，才借口上厕所往李亦为那边走去。

李亦为不是一个人来的，拉了一众发小，几乎每个人都有一个嫩模在怀。苏清音一走进这边的包厢，眉头就是一皱，这浓重的香水味还真的是不敢恭维。

李亦为看见苏清音，便淡淡地推开怀里的嫩模，给她腾出个位置来："怎么过来了？"

席上有不少认识苏清音的，打过招呼便自顾自地继续玩了。

苏清音拿起桌上刚开的酒,斟上一杯,直视着李亦为的双眸,拿着杯子就碰上去:"我们也算认识快二十年了,干了这杯。"

李亦为沉默不语,见她一口抿尽,捏着手里的酒杯,半晌才在她火辣辣的注视下喝光。

苏清音也爽快,直接再斟满一杯,旁边的嫩模被苏清音一瞪就慌手慌脚地也给李亦为满上。

苏清音等缓过喉咙里那灼烧的酒味,又道:"这杯是我们,我、秦霜、你的友情见证,以前是,现在是,以后也是。"说罢,又是一口饮尽。

苏清音不太会喝酒,何况刚才一时没看清拿的还都是烈酒,此刻一杯下肚,只觉得浑身都火辣辣的,快要烧起来了。

李亦为倒是一笑,捏着杯子在手里,轻笑着问她:"友情?秦霜现在见都不见我了……"

苏清音勾唇冷笑一声:"那你肯定是知道他为什么不见你,不管你出于什么目的,你陷害他了,光这点他不能接受,你还能不知道吗?二爷一向重感情,你和他认识了不止二十年了,这事是你自作自受。"

李亦为也不恼,只是瞥了眼在座的正往这边看过来的人,淡淡地问:"那你还当我是你朋友?"

苏清音抽了纸巾擦了擦嘴,这才道:"你不懂?"

李亦为盯着她那双明亮的眸子看了半晌,最后才自嘲一笑,一口抿下。

他哪里是不懂,就像苏清音说的是他自作自受,秦霜没对他打压就很不错了,只是不见面而已。

苏清音看着眼前那瓶酒有些犯难,但李亦为已经伸过手来给她斟上了:"既然来了,最后一杯,倒是让我听听你要敬什么。"

李亦为早看透了她过来的目的，无非是想划清界限和他说得明明白白而已。他还是刚知道，自己那点心思她并不是不懂，是不想懂，想想就觉得有趣。

　　李亦为摇曳着杯中的红酒，嘴角的笑意却是苦涩的。

　　苏清音捏着酒杯的手都有点打战了，不过片刻还是挺直了背脊道："这一杯……请你恭喜我和秦霜快结婚了吧。"

　　话音一落，李亦为的眸子就是一转，看向苏清音身后的人，微微勾了嘴角笑道："恭喜。"

　　苏清音还不知道发生了什么，她背对着门口坐着，刚想举起酒杯一口喝光然后憋着到厕所再说，手里的酒杯就被人一把抢了过去。

　　她还没反应过来，一只手就从身后探过来，扣住她的腰往后一拉，她就靠上了一具温热的胸膛。

　　苏清音惊诧地扭过头，就看见秦霜唇边勾了笑，看着她："倒是小看你的酒量了。"

　　苏清音面色一红，见他晃了晃酒朝李亦为示意道："这杯我代她喝了。"

　　李亦为却只是轻笑一声："有何不可？"

　　秦霜侧目看了她一眼，这才端起酒杯凑近唇边一口喝了。

　　李亦为也是同时喝光，倒了酒杯晃了晃，一双眸子却有些迷离。

　　秦霜这才揽了苏清音起身："你们玩得尽兴些，这里算我账上。"说罢，这才拉着她离开。

　　苏清音还有些没回过神来，被他拉走时，还有些迷惑："你什么时候回来的？"

　　秦霜见她脸色微红，眼神都有些涣散就知道她有些醉意上头了，

揽住她的腰紧紧地扣在怀里,这才不慌不忙地回答:"你刚出门我就到了,本想给你个惊喜的,累得慌先去洗了澡才过来的。"

秦霜话落,苏清音就跟傻子一样,凑过去闻了闻他身上的味道,还真是有一股沐浴露的清香。

秦霜看着她的眸色就是一暗,低头在她唇上亲了一口:"醉了?"

苏清音摇摇头,晃得脑袋一阵晕,要不是秦霜把她扣得紧紧的,她脚下就是一个趔趄要摔了。

她噘了噘嘴,抬手戳着他的胸口:"那你为什么来了还不告诉我?"

秦霜屈起手指刮了刮她的鼻尖:"那你为什么不告诉我今晚在酒吧有酒会?怕我拦着你玩得不尽兴?"

苏清音原本想着他明日才回来,而且酒会也是临时决定的才没说,哪有想那么多。但是经他一提,她仔细一想似乎觉得他说得没错,便不作声了。

秦霜带着苏清音出现的时候,还是有一定的震撼效果的。

女职员看见传说中风流倜傥、英俊潇洒的秦二爷顿时被迷得晕头转向,激动得有些语无伦次了。

秦霜对着她们笑了笑,揽着苏清音凑到她耳边轻声提点:"不介绍一下?"

苏清音回过神,这才微微推开他,站直了身子互相介绍。公司那边介绍完了,就是介绍秦霜。苏清音愣了一下,眼神复杂地看了眼秦霜,半晌才道:"这是我未婚夫,我们下个月就领证了。"

此话无疑是一个重磅炸弹,然后苏清音在一片道喜声中被灌醉了。

秦霜把苏清音抱回家的时候,她还很不老实地扒拉着门不愿意进来:"我要找秦霜,你给我把人找来……"

正站在她面前的人顿时哭笑不得,抱过她关上门便带着去洗澡。

苏清音喝醉酒还真的挺难伺候的，见到什么就逮着什么不松手，秦霜最后干脆连抱带拽地直接拖进了浴室。

就这样，苏清音还不老实，浴室门一关上，就一个反扑直接抱住秦霜，压在了门后，没头没脑地就寻了他的唇一口咬下。

没错，是咬。

秦霜捂着嘴，疼得倒抽冷气。以后绝对不能灌醉她！

Chapter 62 整颗心里都是你

苏清音完全没有自觉，搂着秦霜，闻着他身上那淡淡的味道，拱着脑袋蹭着他的脖颈。

秦霜被她拱得哭笑不得，把她拉下来，竖了一根手指问她："醉了没？"

苏清音一把挥开他的手，一双眸子漆黑亮泽又带着娇憨的迷惘，秦霜看得小腹一热就想把人就地正法了。

不过秦霜是多么有自制力的男人啊，当下也就只是滚动了下喉结一把按住她："先洗澡好不好？洗完澡，爷陪你玩游戏。"

"玩游戏？"苏清音眨了眨眼，似乎挺有兴趣的，就乖乖被他搂着，"什么游戏？"

秦霜见小姑娘这么好哄，勾了唇笑："玩大人之间的游戏，小怪兽想不想玩？"

苏清音只觉得秦霜的声音轻柔又好听，用力地点头："想玩。"

秦霜原本只是开玩笑，但苏清音这么一本正经又很有求知欲地看着他，顿时觉得血气翻涌，差点憋出内伤了："那就乖乖让我帮你洗澡。"

说出口的话也是出乎意料的低沉沙哑，他站了半刻，平复心底那悸动，这才抱着怀里软绵绵的小姑娘走过去。

苏清音喝的红酒后劲大，此刻连站着不动都有些吃力，偏生她一醉就喜欢黏着他蹭，秦霜那好不容易压制下去的情欲顿时又要抬头了。

他几下扒光了她身上的衣服，目不斜视地开了花洒。

苏清音被他半搂在怀里，伸手就去扯他的衣服，拉不开就直接拿牙齿去咬，真正的野蛮又可爱。

秦霜被她逗得哭笑不得，掰了她的小脸过来就亲了一口："乖，别动。"

苏清音最能闹腾了，此刻还能听他的话不成，直接扯着他的衣服，扯不开就眼巴巴地抬眼看他："为什么脱不掉……"

为什么脱不掉……

秦霜不知怎的耳根子一热，看着眼前的小姑娘，脑子里只有"拆吞入腹三部曲"了……

衣服没脱掉苏清音自然不乐意，她都光着身子了，你怎么还能衣衫不整的！

所以秦霜上衣被扒了个干净，下面……也就留了一块遮羞布。

苏清音坐在浴缸里，见秦霜靠过来帮她擦着后背，抹了点沐浴露就往秦霜的脸上抹："真好看……"

秦霜一口气憋着差点没憋死，他抹掉脸上那一坨白花花的沐浴露把人抓着背过身去。

"别以为喝醉酒了就能调戏我，等会儿有你好看的。"

苏清音自然明白什么叫"等会儿有你好看的"，一边笑着还一边

不知死活地道:"好啊,看你行不行。"

秦霜觉得男性的尊严备受挑战,一口咬在她粉嫩的耳垂上:"等会儿别哭着求我。"

他说得又缓又沉,声音却是勾人的。

苏清音浑身一颤,只觉得漫漫长夜……

洗过澡,秦霜抱着小姑娘先去了卧室,她的脸红红的,一双眸子里尽是水汽。见他要走,扯了他的浴袍就不撒手:"你去哪里?"

秦霜拿了杯子给她泡蜂蜜茶醒酒,不然明天起来得头痛死。偏生小姑娘还是不愿意撒手,他只能蹲下身,轻声地哄她:"给你泡醒酒的蜂蜜茶,等下就来了。"

苏清音应了一声,便松开手,裹着被子就躺进去了。

秦霜泡了蜂蜜茶回来,见小姑娘蒙了被子整个一团缩着,他觉得好笑,过去拉她的被子,剥开来就看见小姑娘眼睛红红的,似乎是刚哭过。

他一愣,眉头一皱,把她捞出来抱着:"谁欺负你了啊?"

苏清音才没有哭,只是鼻子酸酸的,堵得慌,刚才打了一个酒嗝把自己憋的。

但看着秦霜那心疼的样子她就不愿意说了,搂着他的脖子整个人跪坐在他的膝上抱着他。

"秦霜。"

他心里都是柔情蜜意,凉凉的夜晚,心却格外满。

苏清音贴着他的耳朵,觉得怎么抱都不够一样,却越发清晰地知道这个男人就在她的身边,触手可及。

秦霜扶着她的腰轻揽着她,听她的呼吸清浅,心里软绵绵的,说出口的话也带了暖暖的调子："醉得难受？以后还这么喝了不？"

苏清音顿了顿，片刻才低低地说道："醉得难受，但是我以后还是要这么喝。"

秦霜抬手就给了她屁股一下，还未说话，就听她又道："因为以后都有你在身边了。"

秦霜那骄傲又大男子的心这回是真的都要膨胀了。

他偏了头吻她，只吻到耳垂："那也不准喝那么多，你难受，最心疼的是我。"

苏清音听了就笑，笑声清脆。

秦霜怎么都觉得今晚是个好日子，不管是什么看在他的眼里都顺眼得很，她的声音也跟天籁般。

他抱过苏清音横坐在他的膝上，端了蜂蜜水喂她喝："想不想嫁给我？"

苏清音抿了一口，有些烫就皱着眉头往外推："想。"

秦霜不由自主就弯了嘴角笑："那愿不愿意嫁给我？"

苏清音侧了头看他，被他抱得紧就只能看见他的下巴。殊不知秦霜扣得她紧紧的，就是怕她看见他此刻微红的脸以及那火热的耳根子。

"我愿意。"

秦霜得了想要的答案，越发满足："那我跟你求婚好不好？"

苏清音只觉这场景似曾相识，好像在哪儿见过一般，细想却记不得了。

她抬手看了看光秃秃的手指："好啊，你跟我求婚我再说我愿意。"

苏清音早就幻想着他有一日能郑重又浪漫地跟她求婚，她也许会

感动落泪,哭着把手伸向他。那时他便单膝跪着给她戴上戒指,吻她的手背。

年少的时候总是做这样的梦,总以为梦见得多了就能变成事实。他如今温言在耳边低声地问自己"那我跟你求婚好不好"时,苏清音就觉得已经满足了。

苏清音喜欢了那么多年"非他不可"的人,此刻怀里抱着自己,整颗心里都是自己,这种感觉真的太棒了。

她从未想过有一日他会那么在乎她,且一遍遍地求证:"你愿不愿意嫁给我?"

那是她年少时就开始的梦,哪里有成真了却不愿意的道理。

秦霜侧着头看她一口一口地抿蜂蜜茶,等一杯见了底,眸色也幽深了起来。

苏清音还不自知,勾着他的脖子浑身跟没了骨头一样软绵绵地依附着他。

秦霜倒是发现她每次喝了酒就特别喜欢黏着他,心里思忖着以后调情就给她灌个半醉……

想着,他便俯下身去把小姑娘压了个严严实实,苏清音咬着手指,还傻乎乎地问他:"是要玩游戏了吗?"

秦霜满眼都是笑意,亲了亲苏清音的唇。她的唇上有一股甜味,是带着甜甜馨香的蜂蜜。他伸出舌头舔了舔,苏清音张嘴就咬住了他的舌头,吮了一口。

秦霜只觉得舌根都是一麻,酥酥软软。吮了一会儿,苏清音又睁眼看了看他,牙齿轻轻地嗑上去咬了一口。

秦霜只觉得尾椎骨腾然升起一股快感来,他搂紧了身下的小姑娘,一个翻身抱着她趴在自己的身上。

这姿势给了苏清音极大的便利,她咬着秦霜的下嘴唇就是一啃,又是吸又是吮的。

其实苏清音并不是慢条斯理,更没有一点技巧,完全是凭着本能,一双手也只是捧着他的脸,偶尔挪动几下抓他一下。

秦霜一边按着她乱动的手一边又由着她来,她便只是又吻又啃再没有进一步的动作。

苏清音是困得想睡觉,最后搂着秦霜都有些漫不经心,微微闭了眼只是贴着他的唇一动不动。

秦霜却不想再拖延时间了,一个翻身把她压在软软的被子上,俯身下去。

苏清音睁着一双眸子亮亮地看着他,嘴角似是噙了笑,灯光下看起来格外好看。

他轻轻地吻着她的脸,听见她含含糊糊地哼着,便撑起身子问她:"要不要?"

苏清音不知道他说什么,轻哼了一声,环着他一动不动。她只是觉得今晚的秦霜看起来格外温柔,也格外有耐心。

秦霜抬手触了触小怪兽微微有些烫的脸:"小怪兽要不要?"说着,也不等她回答,俯身就堵住了她的嘴。

苏清音挣了挣,秦霜握住她的手十指相扣。

苏清音身上有些热,他又紧紧地靠过来,于是她扬了"爪子"就抓过去。

秦霜今晚被她挠了好几次又不能对她用狠劲,干干脆脆直接侧着身子把她搂进怀里,手紧紧地握住她的手扣在身前。

秦霜在她耳边一遍遍说着情话,哄得她面色越发红,灿若桃花。

  苏清音还有些不适应,刚哼了一声,只觉得一阵酥麻,身子就是一颤。

  那一眼真是媚眼如丝,那声音更是销魂噬骨。

  秦霜眸色一深,一手拍向床头的那盏台灯,开始他们的游戏。

你是这辈子的责任

Chapter 63

时间呼啸而过，眨眼就到了去办理结婚证的日子。

秦霜前几日就去苏老爷子那里拿了户口本，老爷子从柜子里拿出户口本的时候还有些舍不得："不如先订婚吧？"

秦霜被吓出了一身冷汗："老爷子，这……"

所幸老爷子也只是顺口一说而已，户口本拿给了秦霜，他还很郑重地嘱托："你一定要对小音好，比对自己好一万倍地去对她好。"

秦霜拿着红红的户口本突然觉得沉甸甸的。他从老爷子的手里接过了苏清音下半辈子的幸福，他得负起这个责任来，让她的下辈子无论何时都要开开心心的。

哪怕她有一点的不幸福，那都是他的错。

秦霜没有多说什么，只是看着苏老爷子，认真又严肃地告诉他："我会用命去维护她的。"

苏老爷子这才没多说什么，连饭都没留秦霜吃，直接催着他们去秦家。

一大早醒来，秦霜躺在床上看着臂弯里还睡得香甜的苏清音，低

头在她的额上亲了一口。

今天起,"小怪兽"你就是我的妻子了。

想着今天还有一大堆的事情,他抬手捏了捏眉心,拉着还想赖床的苏清音起床。

秦霜开车一路到了民政局的门口,停了车,又一把拉住站在车门边就要往里面走的苏清音,一本正经道:"小怪兽,我们先去走走。"

苏清音一愣,随即点点头,被秦霜牵着往另一条小路走去。

苏清音还有些心不在焉,回头看了眼不远处的民政局,扯了扯秦霜的袖子:"你想反悔了?"

秦霜正紧张得手心都出汗了,听苏清音这么一说下意识地点了点头。等反应过来时,她一把甩开他的手,转身就往回走。

这把秦霜吓得够呛,几步上前一把扣住小怪兽的手腕拉住:"我没听见你说什么。"

苏清音眼眶都红了,看着秦霜就觉得委屈:"没听见你点什么头啊。"

秦霜差点吞掉自己的舌头,忙不迭地认错:"是是是,我的错。"

苏清音觉得他不够诚意啊,但隐约又有一种直觉认为秦霜在准备着什么,当下眼珠子一转,直截了当地问:"你有事瞒着我?"

秦霜平日里白的说成黑的,黑的说成白的,眼都不眨一下,顺溜得很。此刻却是支支吾吾说不出个所以然,挫败得就差撞墙了。

苏清音心下了然,很配合地把手塞进他的手里:"那你边走边说。"

秦霜望了望尽头,又看了看眼前站着的低眉顺眼的小姑娘,拉住她就不走了:"不走了,我就在这里说。"

他四下看了看,让苏清音在原地等他一下,飞快地往前跑去。

他为了这一场求婚,想了很久。想着提前求,但是求婚千篇一律,他光百度来的那十几页全部翻烂了都没想出个结果来。

去浪漫点的地方吧，求婚不能在民政局，于是他就把求婚的地方设在了民政局的旁边。

可是这会儿想着等会儿要说的话，又是各种忐忑紧张。这么一来，他自己都要炸掉了，觉得身上这件西装似乎都裹得他透不过气来。

苏清音等了片刻，就看见秦霜把车开了过来。

她眨眨眼，就看见秦霜一把扯开了领带，顺手解开前面的两颗扣子，这才深呼吸了一口气，一把打开了后备厢。

随着一车厢瑰丽的香艳红玫瑰映入眼帘，那浓郁的香气也随之而来。

秦霜拿过最中心的那朵玫瑰，嵌在玫瑰花里的戒指上一颗钻石正在闪闪发亮。

苏清音不知道怎么形容这一刻心里涌起的欣喜，她虽然猜到秦霜是要求婚的，却没想到他还是费了一番心思。

秦霜拿着那朵花，唇边终于有了一丝笑意："我想跟你求婚想了很久，浪漫的、轰动的，但我最后还是选择了这种。"

他看了眼手里的玫瑰，却突然有些词穷："我昨晚还背了一整晚的台词想着今天告白用的，但是刚才我全部都忘记了，我不知道要说什么。"

似乎是感受到了他的紧张，苏清音微微一笑："你这样就很好。"

秦霜拿过玫瑰里的钻戒，单膝跪在苏清音的面前："我们从小一起长大，但我从来没有把你当成一个成熟的女人去看待，所以一直忽略了这份感情。但直到你离开，一走三年，我才知道我有多喜欢你，喜欢到都有些离不开了。

"你说我是有多贱，等你走了我才知道……我看见了叶紫杉贴

出来的截图里面你放在记事本里的告白,一条一条,我不知道你对我那么认真,那时候我真的是又高兴又难过,都快要疯了。"

秦霜微沉了语气:"我这辈子做过的最勇敢的事就是坚持了下去,等到你回来。我已经过了浪漫的年纪,只想找一个我喜欢的女人结婚,放眼天下啊,能让我喜欢的也只有你了。苏清音,你愿不愿意嫁给我?"

苏清音等这段话等了很久很久,但如今听来除了如愿以偿的满足感和感动,品不出自己还有什么情绪。

她对秦霜的爱,真的连她自己都难以想象,她表达不出那种掏心掏肺的感情。

但秦霜此刻那么认真地跪在她的面前,手里拿着钻戒说要娶她,她只觉得幸福来得又真实又猛烈。

秦霜见她还愣在那里,弯了弯嘴角拉住她的手:"苏清音,你愿不愿意嫁给我?"

苏清音现在想的就是要矜持点故作姿态还是迫不及待,但看着不远处的民政局以及面前这一车玫瑰花,她还是笑着点点头,伸出手去。

"秦霜,我没有什么,但我喜欢了你那么多年,我能保证以后还继续喜欢你。"

秦霜一愣,抬起眼来看苏清音。她是很认真地告诉他,她真的喜欢了他很多年,不管是他糟糕的时候还是什么时候,她都是喜欢的,而且以后也会一直喜欢下去。

他小心翼翼地把戒指戴在她伸出手的手上,起身缓缓抱住她:"苏清音,我也没有什么,我最富有的——就是你了。"

其实本没有必要再弄一个求婚,她不在意这个。但是他在那次她喝醉的时候问她:"那我跟你求婚好不好?"

她笑着说:"好啊,你跟我求婚我再说我愿意。"

那时候他就想无论如何都要认真地求一次婚,可以没有见证人,可以没有别的,只是他郑重地再问一次她愿不愿意嫁给他。

她说我愿意,那么他这一辈子都不会再放手。

不管何时,苏清音都将是他这辈子的责任。

他甘之如饴,也千般愿意。

"苏清音,我爱你。"他轻声说道。

苏清音听得清清楚楚,一愣,随即笑得越发灿烂:"秦霜,我也爱你。"

视你如命。

拿到结婚证的时候,秦霜才觉得这一切都是值得的。

苏清音捧着滚烫的结婚证,鼻尖都红红的。她抬眼看着他,可怜巴巴:"秦霜,你要对我好。"

苏清音那双眼似是缀了一整条的银河,又璀璨又好看。

秦霜郑重地点点头,执起她的手在手心浅浅一吻:"比对我自己都要好一百倍地对你好。"

苏清音这才满意,收了结婚证,又问道:"那我们下午干吗去啊?"

秦霜绞尽脑汁,最后来了一句:"家里?"

苏清音脸顿时黑了,甩手走人。

秦霜委屈地把后半句话吐了出来:"庆祝一下嘛,不去床上还不行吗……"

不过最后还是回了家,秦霜和苏清音先去逛了超市,买了中午要吃的食材,回了家做了一顿精致的午饭。

秦霜一边吃饭还一边乐,吃了一会儿又去拿苏清音刚放进柜子里的结婚证,摆在一旁对着下饭。

苏清音习惯了秦霜有时候幼稚又倨傲的行为,直接当作没看见。

结婚之后不应该是女的比较激动,男的淡然无感还暗暗悔恨的吗?为什么他们家是反着来的……

苏清音真的是感动过后一点感觉都没了!

吃过饭,秦霜抢着洗了碗:"你坐着就好了,我老婆最大。"

这回变成了苏清音哭笑不得,就在厨房边上看着秦霜围着那个性十足的围裙洗碗。

秦霜的手指修长好看,就算是洗碗,手指上沾满了泡沫,依然还是美得像一幅画一样。

这么好的男人,是她的。

想着就开心。

下午是要去大院吃饭的,秦霜还说好了他要亲自下厨庆祝一下。那晚上呢……洞房花烛?

他想得正认真,就听见身旁的小娇妻自顾自笑出声来,他侧头看过去,就见苏清音直勾勾地看着他。

苏清音:"秦霜,你长这么好看,公司里又那么多好看的女人,你会不会把持不住?"

秦霜认真地想了想,反问:"你说的好看是帅还是美?"

苏清音黑脸,二爷的重点抓的真是恰到好处啊。

秦霜见她那表情,低了头笑:"不会的,她们都知道我今天结婚了,也知道我娶的是我爱了很多年的那个女人。"说罢,又幽幽地补充了一句,"而且她们都带脑子的,知道傍不上我,就不会再去丢了她的饭碗。"

你看,全世界都知道我爱你。

哪天你害怕不安了,尽管来我心里看一看,那就不怕了。

心里最干净最没办法遮掩,我无时无刻不向你敞开着,只要你愿意,便能走进来。

苏清音,你来我心里看。

Chapter 64 我自然护你一生

秦霜既然答应了下厨,那自然就要提前到。

秦家的厨房已经空了出来,食材也提前准备好了,洗干净,正放在厨房里等候处理。

秦家人也算聚齐了,程安安无事便带着小公主和太子爷先过来了,秦墨等公司的事情处理完便过来。

苏清音刚走进来,小暖阳就快速地溜下沙发,扭着屁股跑过去,抱住她的小腿往上够着要抱。

苏清音刮了刮小姑娘的鼻尖,顺手抱了起来,这么一抱才发现小姑娘又重了许多。

"暖阳都吃什么了啊,又重了。"

小暖阳小小年纪就知道体重飙升不好,当下噘了噘嘴,叉腰显摆着她的小蛮腰:"可是暖阳的腰还是很细啊,爸爸说我只是在长大而已。"

秦霜凑过去亲了小暖阳的脸蛋一口:"小暖阳身材比妈妈还好看,今晚小叔做菜,多吃点。"

小暖阳一听秦霜要下厨,眼睛就是一亮,直接扑到了秦霜的怀里:

"小叔你真棒,我爸爸都不怎么会呢。"

秦霜被小姑娘夸奖了,自信心顿时膨胀:"那暖阳喜不喜欢小叔?"

小暖阳用力地点点头:"喜欢。"

秦霜又问道:"那跟你爸爸比,小暖阳现在比较喜欢谁多一点?"

小暖阳咬了咬手指头,回答得毫不犹豫:"当然是爸爸。"

苏清音却是笑出声来:"该。"让你不自量力地去跟暖阳的爸爸比。

秦霜眉头一挑,拧了拧小姑娘的鼻尖:"小叔今天心情好,饶了你。"

小暖阳皱了皱鼻子,挣扎着落到地上去,扯着秦霜的裤腿就往厨房里走:"小叔,你快来做饭,我饿死了。"

秦霜顺手脱下了外套递过去给苏清音:"你先去坐,陪老爷子说会儿话。"

苏清音点点头,看着被暖阳拖着的秦霜那满脸的宠溺和喜爱,想着他过了年便是三十而立了,心里就有了一分计较。

小昭阳正在给老爷子剥橘子吃,见苏清音来,抬了抬眼,笑眯眯地叫道:"小婶婶。"

正坐在沙发说话的两个人闻声看了过来,程安安好久没看见苏清音了,招了手让她过来:"过来先坐会,外面冷得很。"

苏清音先向老爷子问安,这才在程安安的身旁坐下来。小昭阳眨巴着眼看她,弯了嫣红的唇,甜甜地又叫了她两声。

苏清音被他叫得不好意思,微微红了耳根子。

倒是程安安,抱了小昭阳过来:"昭阳是真心喜欢你,如今名正言顺的是他婶婶,他是真高兴。"

吃晚饭的时候，秦霜还去请了苏老爷子过来，苏父有事出公差赶不回来便作罢了。

一顿饭吃完，秦老爷子高兴得满面红光："如今我也安心了，我的两个孙儿都觅得良妻，我这把老骨头算是彻底没了心事，就等着清音给我生个小孙子让我抱抱了。"

苏清音闻言顿时埋头吃饭，一桌的欢声笑语里，小昭阳的声音清晰明朗："太爷，说不定小婶婶都已经有了，我又有小妹妹可以玩了。"

秦霜一愣，随即颇有深意地看了眼被调侃得满脸通红的苏清音："嗯……说不定。"

后面却不再多言，凭留了悬念让人猜测。

秦霜的母亲也在座，吃过饭便拿了改口礼给苏清音。她本身就不是个多言的人，只说道："你嫁给秦霜是秦霜的福气，他若是对你不好，尽管来找老爷子做主。"

苏清音也不推托，笑着收下了："妈，谢谢。"

秦霜在一旁听见苏清音轻轻这么一声，笑得眼睛都眯了起来。

又坐了片刻，秦老爷子见时间差不多了，当着苏清音的面多说了秦霜几句，无非是让他对苏清音好之类的话。

秦霜听得认真，握着苏清音的手重重地捏了一下："你放心，嫁给了我，我自然护你一生。"

结婚是豪赌的话，那我必然不会让她输一分。

苏清音也不知道要怎么形容今天这一整天的心情，心里满满的，觉得再温暖不过如此了。

秦霜先和苏清音步行送了苏老爷子回家，一路温馨。苏老爷子今晚不便留苏清音，便道："你们早些回去吧，明天要上班的。"

苏清音点点头，上前抱了抱苏老爷子："爷爷。"

苏老爷子好久没被她这么黏着了，拍了拍她的背，郑重地执起手交托到秦霜的手里。虽然未说一句话，那眼神里的认真和不舍却比任何话都来得让秦霜倍感压力。

秦霜轻轻握住苏清音的手，笑道："清音，我们回家了，有空多来看看老爷子就好。你这样反而让老爷子难受了。"

苏清音只觉得眼眶都热热的，听了秦霜的话这才松开手："爷爷。"

"行了，像什么样子，回去吧。"说罢，苏老爷子转身回了屋子。

苏清音又站了片刻，这才被秦霜搂在怀里带着往回走。

"傻丫头。"

苏清音抿了抿唇，仰头看着他："秦霜，我今天很开心。"

秦霜一顿，抱着她的手也是一紧："我也很开心。"

话落，苏清音就觉得鼻尖一凉，她眨眨眼，望向天空。迎头是纷纷扬扬的大雪落下，一片莹白。

秦霜帮她正了正衣领，在她的面前蹲下身来："上来，我背你回去。"

苏清音看着漫天大雪，秦霜在她身前落下身子。她心里一暖，笑眯眯地扑上去揽住他脖子，几下就蹭了上去。

秦霜揽着她往上背，走了几步侧头问她："冷不冷？"

苏清音歪着头看秦霜，他的睫毛长，此刻转了眼过来正好刷过她的额头，她一愣，搂得他越发紧："我不冷。"

秦霜望着阴沉的天空却是缓缓一笑。

隔日,报纸就登了A市秦二爷已经登记结婚的事情。

秦霜刚到公司就看见一堆记者围堵在公司门口,不由得一愣。他步子这么一缓,记者已经闻风而动。

秦霜说起来也是A市的风流人物,此次这么低调地领证结婚,倒是比劳师动众来一场盛大的婚礼还要吸引眼球。

他被记者围住的时候眉头一皱,只想着苏清音那边最好无事。

记者围着他发问:"秦总,据爆料你昨日已经低调领证,是真的吗?"

秦霜斜眼看过去,正要点头,想着他一点头就会暴露苏清音,略一迟疑。苏清音不是程安安,程安安在圈子里摸爬滚打应付这些记者都不成问题。

想着,他就略沉了脸,绷紧了下巴说道:"无聊。"

记者皆是一顿,面面相觑:"可是据证实,这是可靠消息,还有人拍下了你和你妻子在民政局的照片……"

秦霜在秦墨的公司里有股份,那家娱乐公司有事也多是他去应付,自然知道记者问这样的话反而是因为照片比较模糊不能证实。

他自然不会傻到去证实,微勾了嘴角不置一词。

众人见他笑得轻蔑,不由得理解成了这又是一个小道消息,纷纷失望至极。

秦霜早些年的时候和哪个模特走得近了些都能上个报纸头条,"被结婚"这种新闻更是层出不穷。

此刻他这么不表态,什么话也没说,已经引导了舆论的导向。

苏清音去茶水厅倒咖啡时,正好看见这一幕,挑了挑眉,恨恨地咬了咬牙:"我是有多见不得人!"

茶水间的人看见苏清音盯着电视咬牙切齿的，便来安慰："秦二爷是公众人物，总是有人借机炒作，你别在意了。"

苏清音听了这安慰，越发恼火了……

秦霜一整日都担心苏清音会被记者堵着，下午下班的时间还没到，就直接避开人，去了苏清音的楼下等着。

苏清音快下班时，准备收拾东西要走，一想着秦霜，动作就慢了一拍。想了片刻，她干脆直接坐回去把手头上的事情做完再说。

秦霜哪里知道苏清音的想法，见她半天还没出来，便打了电话。

苏清音正好入了档，边关机边收拾东西往楼下走："干吗？"

秦霜一听电话接通，语气不是他想象中的温柔还一愣，以为自家的老婆工作上受了气，语气越发轻柔舒缓："我在楼下，等了你好久了，还在忙？"

苏清音憋得慌，但听着秦霜的声音那股子莫名其妙的气就去了一半，很是别扭地说："我就到了。"然后，二话不说，挂断电话。

秦霜手指敲着方向盘，看着被挂断的手机皱了皱眉。

Chapter 65 "这么不信任我?"

苏清音慢吞吞地下了楼,一眼就看见了秦霜。

他正靠在车门上等着她,见她走过来,一张脸还毫无表情,心下了然:"今晚想吃什么?"

苏清音睨了他一眼,闷闷地说:"回家吃。"

秦霜心里盘算着小九九,还是带着她去下了馆子。

苏清音见到那一大盆火锅的时候,眼睛一亮,忙不迭点了一堆吃的。兴之所至的时候,她还会拿了菜单问他要什么。

苏清音喜欢吃羊肉卷,他便勾了两份,又叫了土豆片。

苏清音这边兴致勃勃的,他便笑着亲自去调调料。

说起来,火锅也是这种时候吃起来舒心。她下了羊肉卷,又被热气烫得手疼。秦霜拿了勺子,夹过她筷子里夹着的羊肉卷放在里面,帮她放在火锅上面烫着。

"想吃什么跟我说,你只顾着吃就好。"

这话怎么听怎么舒服,苏清音就大人不计小人过,很安心地去翻火锅里的料。

她这边低头吃着,秦霜已经烫好了羊肉卷放进她的盘子里。她的眼睛往哪里一瞥，秦霜就心领神会。

苏清音吃得爽快，被辣得嘴巴都红红的，这么一抬眼就看见秦霜眉角含笑，烫着羊肉卷的眼神专注。

她一愣，随即也是一笑，夹了碗里的虾递过去凑到他嘴边："吃。"

秦霜瞄了她一眼，张嘴吃进去，又一口咬住她的筷子。他一双眸子里满是笑意地看着她，那神情宠溺得都要溢出水来。

苏清音透过层层雾气看见秦霜那眼角眉梢的笑意，心里瞬间舒坦了许多。

她抽回筷子，拍了拍身侧的位置："你坐过来。"

秦霜直接坐过去，夹了她碗里的羊肉卷就塞进了嘴里。

苏清音吃得差不多了，嘴里都是调料的辣味，便下了青菜。

秦霜一把握住她细白的手握在掌心里，拿了筷子给她夹菜："现在说说刚才怎么不开心了，嗯？"

苏清音正闹得开心呢，他这么一提，才想起来上班的时候可是一脸的不爽。想着，她脸上的笑意也是一顿，慢慢地收敛了起来："干吗告诉你？"

秦霜吹凉了一片土豆片喂过去："不告诉我，你告诉谁？"

苏清音顿时闹心了，一口咬下土豆块，被烫得直拿手扇嘴。

秦霜忍俊不禁，递了盘子过去，让她吐出来。

苏清音还偏不，一边往下咽一边很痛苦地道："到了我嘴里的东西，哪有吐出来的道理。"

这才领了证，苏清音就不开心了，秦霜自然要哄着。他大概知道她是为什么不开心，却还是想听她说。

苏清音的心眼越来越小,胆子却是越来越大。

他捏着她的下巴:"那你还说不说?不说要吻了啊!"

秦霜瞧了她片刻,见她还扭捏着,好似攒着劲跟他别扭,顿时明了。他知道苏清音的弱点,索性搂住她的腰,一把抱起来横坐在他膝上。

苏清音平时看着乖巧洒脱,可暗劲一上来,怎么顺着毛捋都捋不舒坦。

她虽被秦霜困在怀中,但仍旧较着劲,故意装作看向别处的样子,就是不正面回答他。

秦霜暗自忍笑,一只手环在她的腰上,另一只手紧紧地扣住她的后脑勺。苏清音怎么都挣脱不了时,秦霜才不慌不忙地抵着她的额间垂眼看她。这么一来,两个人之间的距离近得鼻息可闻。

苏清音被他治得死死的,避无可避间,只得面对他。

她心里有些别扭,开口时声音也有些呜咽:"我我我……"我了半天却说不出一句来。

秦霜暗暗勾了勾嘴角,格外耐心地放缓了语气:"说说,嗯?"

苏清音犹豫了下,机灵地想溜,没料到秦霜看似防范松懈,可她眼神刚一闪烁,他环在她身后的手臂一收,就将她牢牢地控在怀里,一丝缝隙都没有。

他眼里的光又暗又沉,像深不见底的漩涡,又像风声呼啸的深渊,眸子里那点情绪毫不遮掩地摊开在她的眼前,一览无遗。

"说不说?"

苏清音这回是真的没辙了,她呜呜咽咽的,无比委屈:"哪有你这样的?"

秦霜低沉地笑了几声,捧着她的脸送到自己面前,低头亲了一口,似安抚一般，又温柔又体贴。

短短一息的时间，秦霜又是威逼利诱又是耐心安抚的，苏清音心里那点气顿时消散了大半。她主动抬手，环住了秦霜的腰背，紧紧地抱着他。

秦霜低笑出声，任由她抱着："天还没黑呢，你就投怀送抱了，是不是太高估我的自制力了？"

苏清音越发羞赧，她以前怎么没觉得秦霜那么腹黑啊。

她嗫嚅了两下唇，说："你就那么不想让别人知道我是你老婆？"

秦霜一听这话，便心里有数，越发好笑，不过也有些愠怒。他这么做她还能看不懂，揣着明白装糊涂，倒是来他面前告状了。

想着，他越发恼火："这么不信任我？"

苏清音百口莫辩。

"什么不信任啊，你要是见着我当众否认跟你有关系你不气啊？"

秦霜脑补了一下那个场面，那一肚子的火气顿时熄灭了，他用指腹轻轻摩挲了下她的耳鬓，颇有些歉意地吻了吻她："我那不是不想让你出现在公众的视线里吗，你不知道那群狗仔多闹心。"

苏清音嚅动了一下嘴唇，刚想说话，门口传来敲门声。

苏清音从他怀里钻出来。

"进来。"

开门进来的是服务员，探出个圆圆的脑袋来："请问，你们认识程安安吗？她人就在外面。"

秦霜一愣，这个点程安安怎么出现在这里，还知道他们在吃火锅？

"认识，请她进来。"

程安安推门进来看见苏清音横坐在秦霜的膝头,又看了眼满桌零零碎碎的火锅,顿时明了。她斜过去一个意味深长的笑意,转身对身后的人说:"进来吧。"

进来的人不是秦墨,倒是让秦霜大吃一惊,他脱口而出:"大嫂,你红杏出墙啊。"

程安安剜了他一眼:"上新的,我还饿着呢。"

苏清音扫了眼身后跟进来的苏谦诚,他对秦霜和苏清音两个人倒是不诧异,入座之后还解释道:"本来就在雅间吃火锅,听见你在,安安就过来凑热闹了,不会不欢迎我吧?"

秦霜和苏谦诚在很久以前是不对头的,不过苏谦诚和韩潇璃结婚之后,他倒是没那么大的敌意了。

说起来这敌意也不全是因为苏谦诚喜欢过程安安,是因为苏谦诚叫他老二!

可不是把秦二爷的脸给打了吗,还结结实实的一耳光。

他轻哼了一声,语气不善:"我说不欢迎你现在就走吗?"

苏谦诚边摆弄着碗碟,边回答:"不走。"

"那不就结了。"秦霜睨了他一眼,冷艳高贵,"你怎么跟我大嫂一起的?!"

苏谦诚扫了他一眼,这才慢条斯理地答:"电视台有一个亲子节目,我和安安都带了孩子去赶通告。"

程安安带了小昭阳过去,苏谦诚则带了他的宝贝女儿,参加《宝贝向前冲》的节目,还有另外三组的明星妈妈或爸爸也上了通告。

秦霜这么一听,倒是想起来了,那时候暖阳还可怜巴巴地说自己不能去,哭得秦墨都要举手投降了。

他掐指一算:"那今天不是第一天吗?"

程安安点点头，抿了口酒："嗯，我们带狗仔炒作来了。"

秦霜嫌弃地看了他们两个一眼："你们一直狼狈为奸也不扯点新鲜的，还带狗仔……狗仔？"

程安安笑得眯了眼睛："是啊，狗仔，不是说不扯点新鲜的吗，这就上鲜菜。"说罢，很是戏谑地朝苏清音抛了个媚眼。

气氛顿时变得尴尬起来。

秦霜冷了一双眼直勾勾地盯着程安安那人畜无害的脸，那眼神，真是透心凉。

程安安状似漫不经心地夹了菜吃，心底却也有些发虚。

秦霜平日里嘻嘻哈哈没个正形，可是等真的被人惹怒了，那危险指数跟秦墨是一样一样的。

对于程安安来说，秦霜生气可比秦墨生气恐怖多了。

毕竟秦墨就算生气了，她一个美人计出卖点色相什么的也够他消气了。但是秦霜不行啊，秦霜的软肋是苏清音，但是她还把这软肋给折了推出去，这不是玩火自焚吗。

苏清音看了眼秦霜，又看了眼程安安，无语了片刻，才说道："秦霜，你老盯着程安安看，会不会太不把我放在眼里了？"

谁也拯救不了程安安了。

因为秦霜在听见这句话之后，不知道为什么怒气越发明显了。

倒是一直旁观的苏谦诚笑眯眯地勾了唇："顺我者昌。"

秦霜冷冷地瞄了他一眼，眼神更是不善。不过这一眼之后，气氛莫名其妙地缓和下来，他看了眼苏清音，默默地别开眼去。

程安安惹恼了秦霜，那就别想着能蹭上一顿饭了。

秦霜先带着苏清音出来准备回家，他打出了包厢起，就开始很警惕地注意着四周。到前台结账的时候,他更是片刻都没有停留,直接跟大堂的经理说了声:"给我记在秦墨的账上。"

苏清音不解地看了他一眼,那眼神大概太过纯良无辜,秦霜看了一眼刚移开视线又转过头去看了她一眼。

这一眼看的时间长了些,他一边揽着她往外走一边还有些心猿意马。快到门口的时候,他瞪了苏清音一眼,声音低沉:"转过眼去,不准看我。"

苏清音乖乖地应了声,转了视线之后一个晚上都没看秦霜……

程安安虽然带了狗仔过来,不过引着人拍几张照片也就算了,哪会真的没经过秦霜的同意就曝光苏清音。

再说了,苏清音不是圈内人,程安安作为娱乐圈的前辈,自然不会缺德地把苏清音给卷进来。她程安安,还需要踩着别人往上爬吗?

说是造势,如果程安安带着小昭阳往街口站上半个小时,就能造得风生水起了。

秦霜自然是想明白了这一点,苏谦诚说的"顺我者昌",言下之意就是顺着记者的意思就什么事都没了。

想着,他看了眼身旁低眉垂眼打起哈欠的小姑娘,只觉得把全世界都给她那都还不够。

告诉别人又何妨,谁敢窥伺他秦二爷的人。

这么一想,秦霜舒坦了。

不管发生什么,有他保驾护航,谁都不能伤她半分。他秦二爷要护的人,哪怕是全天下都与之为敌,他也丝毫不惧。

更何况,是他那么喜欢的小姑娘。

隔日一大早，秦霜腻着苏清音缠了好久，这才掐着时间点起来送她上班。想着要筹办婚礼，便嘀咕着催一声自家老爷子去苏家跟苏老爷子商量日子去。

　　求婚没有人见证，但是结婚，秦霜总是想给苏清音最好的。

　　就像他一直记得，苏清音年少时对婚礼的憧憬，总是梦幻又浪漫，还曾经在他书的扉页画过婚纱设计图。

　　说起来，秦霜也挺想学别人去把老婆年幼时的婚纱设计图翻出来，然后做成婚纱当作惊喜。但他一想起那惨不忍睹的图画就打了一个寒战。

　　他可一点也不想看见苏清音穿着一件满是猪鼻子的婚纱嫁给他。

　　苏清音那时候叫他"禽兽"，但对"禽兽"这个词的界定却很是模糊，就直接自定义成了——猪。

　　于是，某日午后，苏清音沾着满嘴的饼干屑用黏腻腻的手在他的数学书上画了一幅满是猪鼻子的婚纱。

　　秦霜想起那日，他从书桌后面转过来，看见苏清音难得那么安静认真做事时的样子，心底似乎还有着某种悸动。

　　小姑娘小小的一团踩着凳子坐在窗口，阳光在她身上洒下一层淡淡的金光，她的头发细心地打理过，整整齐齐的，在阳光下还有一层淡淡的绒光。

　　等他把视线滑到了小姑娘手里的书时，脸色就是一沉，等走近看见她的杰作后，脸已经黑得堪比锅底了。

　　可这个迟钝的小姑娘丝毫不知，抬头冲他笑得像是泡在了蜜罐里一样，柔得他心口一酥，让他觉得耳根子都有些热。

　　苏清音叫了秦霜两声没见他回过神来，倾过身子去看他。刚把脑袋凑到跟前，他就回过神来。

眼前的景象,和那时候的小姑娘重合。

秦霜心一动,低头就在苏清音的唇上亲了一口。这才有一种弥补了遗憾的感觉,也突然醒悟过来,原来那时候心痒痒的奇怪感觉并不是生气而是喜欢。

苏清音一愣,等反应过来时脸色微红,似娇似嗔地瞪了他一眼:"绿灯了,想什么呢。"

秦霜下意识就回答:"在想你。"

苏清音斜睨了他一眼,显然不信:"呸。"

秦霜失笑,也不解释,只是伸手揉了揉她的头发。

"我是真的在想你,傻瓜。"秦霜在心里这么偷偷地说。

苏清音咬了一口油条,觉得有些油,裹在纸袋里伸过去喂他:"张嘴。"

秦霜并不是很喜欢吃油条,不过刚才也看见她那皱眉嫌弃的表情,张嘴就把油条咬了一口:"不吃了?那我吃。"

苏清音不知道怎么的,就是一愣,垂了头好半天才笑眯眯地看着他道:"秦霜,你知不知道,我在美国的时候,吃不习惯,我就想着以后不想吃的都给你吃……这才每一天都吃得饱饱的。"

她心底有最平凡的浪漫。

她很早就想过要找一个男朋友,跟秦霜长得一样,跟秦霜的脾气一样,跟秦霜的爱好一样,跟秦霜的什么都要一样才好。

然后谈一段不慌不忙的恋爱,他会帮她吃掉她吃过一口便不想再吃的东西,他会在她一个不情愿的眼神下主动去帮她做某一件事,他会不遗余力地保护她。

想了很久很久,然后发现除了秦霜,这个世界上怕是找不到第二个像他的人了。

这种无可奈何又执拗到非他不可的情绪，真是糟糕透顶又该死的甜蜜。

秦霜，怎么办，我怕穷尽了这一生都没爱够你。

秦霜把人送到了公司楼下，看着苏清音手里只吃了一半的早饭，顺手就握住她的手移过来张嘴咬上一大口。

苏清音眯着眼看着车窗外来来往往的同事，今日的天气好，阳光照进来洒在身上暖洋洋的。

她抬眼看向正抢了她豆浆咬着吸管的秦霜，心里一片安定。

日子眨眼而过。

两个老爷子挑了个最近的良辰吉日举办婚礼。

秦霜跟苏清音说这件事的时候，正穿着苏清音一时兴起在某宝上给他买的连体小怪兽睡衣。他趴在沙发上打了一个滚，还是有些不太习惯全身被裹住的感觉，可怜兮兮地看着苏清音道："老婆，我现在能脱掉了吗？"

苏清音正掐着手指算日子，闻言理都没理他，转了个方向继续数。

秦霜一脸不爽，又顺势滚到她面前枕着她的大腿抱着她的腰蹭了蹭，蹭了一下似乎是想起了什么，脸一阵青一阵白，随即又是满面红光的。

久没有听见动静的苏清音低头一看，就看见秦霜一个人正陷入沉思中，那脸色跟走马灯一样变换个不停。

"想什么呢？"

秦霜抬眼看了看她，直接一个翻身压着她用手指描绘着她精致的五官。

苏清音一时还没反应过来他要干吗,就被他重重地压着,见他眼神里的柔情似水也就安安静静地由着他看。

半晌,秦霜才轻声问道:"小怪兽,我们要个小姑娘吧。"

要个小姑娘,他就把娘俩都捧在手心里疼着宠着,哪怕是宠上了天捅破了娄子他都能帮她补好。

那个小姑娘有他家"小怪兽"的柔软细腻,会趴在他的腿上眨着眼叫他爸爸,有时候还会张开手,笑得眼睛成了月弯儿,说"爸爸,抱"。

一想着这个画面,秦霜觉得心里就柔软得一塌糊涂,捏着她的手指一遍遍地问:"小怪兽,给我生个小姑娘吧,好不好?"

苏清音原本还想装腔作势地吼他,这不是他们能决定的。话到嘴边,看着秦霜那眉眼间的温柔细腻,不由得自己也有了向往之情。

她拿指尖抵着他的胸口,温温柔柔地说:"好,我们要个小姑娘。"

秦霜得了她的回答,心里明知这不是自己能决定的,但还是高兴得不得了,捧着她的脸一点点地亲。

"小怪兽,我怎么那么好的福气。"

"我也是。"她微微一笑,笑容明媚,一笑倾城。

Chapter 66 无关旁人，只有她

对于小姑娘这事。

秦霜自打那日上了心打定主意要一个孩子了，便默默地戒掉了烟酒。

他本就没烟瘾，只偶尔有嘬几杯酒的爱好，也停了。

之后劳师动众地去了医院一趟检查身体，倒是吓着两家的老爷子，以为是生了什么病呢。一听小两口那是在积极备孕，顿时眉开眼笑。

倒是苏清音有些不好意思起来，偷偷拧了秦霜的大腿，拧得他皱了眉头才解气。

秦家那两个小宝贝，一听到这个消息，每次看见苏清音，那眼神不自觉地就往苏清音的肚子上瞥。

小昭阳还好些，小暖阳那是个看见眼色也能装作看不懂的直言快语。每次一想起，她就会缠着苏清音问："小婶婶，小叔说他种下去了一个小妹妹。小妹妹呢？什么时候开花结果啊？"

苏清音脸一黑，这是怎么教小朋友的。

难怪每次秦墨隔三岔五地要挑一挑秦霜的毛病，偶尔还要拉出去练练架势。原来那都是秦霜咎由自取,为老不尊……

苏清音想着,就默默地萌生了不要生小姑娘的想法。

好好一个姑娘生下来,被秦霜玩坏了怎么办!

她晚上这么想起来跟秦霜说的时候,他还很一本正经地想了想,很是头疼为难地决定:"那我们生个双胞胎吧?玩坏了那还有一个……"

苏清音默默扭头,她不理这个家伙。

真是又蠢又幼稚!

年关近了,秦霜也让公关透露了他婚礼的大概信息。

毫无意外地掀起了一场大浪潮,甚至有财经频道和娱乐频道向秦二爷递出了通告橄榄枝,希望秦二爷能赏个脸赶个场子。

秦霜原本想都没想就要拒绝,但最后他选择了先想了想然后再拒绝了。

噗——

秦霜这个幼稚又倨傲的家伙是想着要不要上个节目给苏清音来个深情的告白和情感剖析的,但仔细一想,他的脑回路终于接对,很理智地把这个想法打上了性感的红叉叉。

他和"小怪兽"之间的事情,何须告诉那么多人知道,还不如把这个上节目的时间拿来给苏清音做一顿丰盛的饭菜。

秦霜在乎的,从来都只是这个人,以及她觉得幸福不幸福。

无关旁人,只有她。

苏清音正借了他秘书的黑色指甲油把脚跷在他的膝上涂脚指甲,听着秘书来汇报的时候,抬头看了眼秦霜。

他正绷着下巴在处理文件，闻言点点头，二话不多说。

她这么一分神，手一晃直接抹在了指甲外面。她眉头刚一皱，秦霜就按住她的脚抽了纸巾给她擦。

秘书见状便走了出去。秦霜头也没抬一下，擦干净她脚上那抹漆黑，还煞有介事地皱了皱眉头："你怎么涂得那么丑……"

苏清音挑眉："那你来。"

秦霜见她满脸鄙视，轻哼一声接过她手里的指甲油开始当起美甲师来。

说起来，就一瓶黑色的指甲油还真的无法充分发挥秦二爷那超高的水平。

经理来汇报工作，一进门看见秦霜微皱着眉头给苏清音涂指甲油的时候都惊掉了下巴，呆若木鸡。

直到秦霜意识到他的存在，点点头示意他开始，他才开始一边留意秦霜一边汇报工作内容。

秦霜给她涂好了一只脚趾，圆圆润润的，倒真的比苏清音自己上手好看多了。

他很是得意地给自家老婆递去一个眼神，低声道："我觉得我就算失业了也能养得起你。"

经理莫名就是一顿，颤着声音继续汇报。

秦霜扫了经理一眼，继续低头给苏清音修理着脚指甲。

于是，秦二爷从那日起又多了一个心灵手巧、能一心二用的标签，真正是社会上不可多得的人才啊。

这日，苏清音想着要和秦霜一起去看看婚纱，一下班就到秦霜的公司楼下等着。

秦霜接了电话就下楼来了，看见苏清音低头坐在大厅的沙发上，几步走过去，很幼稚地从她身后凑上去遮住她的双眼。

苏清音正在玩游戏呢，这么一遮什么都看不见，张嘴就想咬。

随即，她眼珠子一转很是恶劣地笑了笑："是小三？"

秦霜眉头一皱，谁是小三了，他明明是正牌的！领了证的！国家承认的！

没听见秦霜回答，苏清音又努力地想了想："宋四？"

秦霜眉头都要打结了，谁是宋四？

眼见着她又要报出一个名字，他不乐意了，一把捂住她的嘴："不准说了。"

苏清音反调戏了秦霜心情很是美丽，抱住他的胳膊，撒着娇："怎么是老公你啊，哎呀，好失望呢。"

秦霜调戏没成反被调戏，不过看小姑娘抱着他的手臂笑得眯了眼，只是屈指在她额头上轻弹了一下。

随即又意识到是在公司大厅，实在不是调情的好地方，他搂了小姑娘往外走："怎么又穿那么少啊，谁准你穿短裙了的！"

苏清音默默地瞪了他一眼："我又不是没穿打底裤。"

秦霜拉开大衣，一把把她裹进去抱着往外走："都说了穿裙子肯定露腿好看啊，现在那么冷，晚上在家穿给我看就好了。"

苏清音黑脸，抬脚就在他脚背上摁了一个章："禽兽，你怎么那么无耻呢！"

秦霜笑眯眯地咧了嘴："我有牙齿，还有智齿。"

苏清音这才看见他的脸微微有点肿，眉头一皱："疼不疼啊，要不要去医院？"

秦霜被自家媳妇一关心就有点飘飘然了，眯着眼，握住她伸过来的手塞进自己的口袋里握好:"没事,你明天要出差,而且看婚纱的事比我大多了。"

苏清音想着还是不放心,刚想说话,秦霜已经把她按进车里,俯身给她系上安全带。

"别闹,我明天就去。"

苏清音抬眼看他,正好看见他的长睫毛。

秦霜低头扫她一眼,她一双眸子跟点了漆一样,漆黑漆黑的。他微低了头,故意用唇擦着她的眼睛过。

苏清音闭了眼,他就顺势轻轻吻在她的眼睛上:"居然让你去出差,他一定是不想明年能赚钱。"

苏清音听着他低低的咕哝声,失笑,抬手捶在他的胸口上:"你怎么回事啊?"

秦霜没理她,捂着左脸就上了车。等上了车,他又想起什么,扬了眉角笑:"你还记不记得你画在我书上的婚纱?"

苏清音早就忘记她有在秦霜的书上涂鸦过,不过想来她那时候还能碰得到他的书一定还是年纪小的时候。她又没什么绘画的天分,那画指不定多幼稚呢。

"你还留着?"

秦霜也就是顺口一提而已,摇摇头不再说话。

隔日,苏清音一大早就起来收拾行李。

秦霜被她制造出的噪音闹得睡不着觉,捞起睡衣套上,也起了床来。

苏清音还在往行李箱里塞衣服,见秦霜洗漱完了出来,她抬眼看了看他,一脸苦恼:"怎么办,衣服放不下了?"

秦霜抬手揉了揉眉心,一把扯过她手里的那件衣服往自己的行李箱里一塞:"我帮你带。"

苏清音顿时目瞪口呆:"你也去?"

秦霜见她衣服穿得薄,拉开衣柜拿出自己的大衣就披在她的肩上:"早上凉,怎么不多穿点衣服就起来?"

苏清音被他披上了大衣才觉得肩头有些凉,抬手一看时间,顿时一皱眉头:"我快赶不上公司的车了。"边说着边往卧室外面走。

秦霜眯着眼笑了笑,慢条斯理地从床头柜上拿出一张机票:"我昨晚不跟你说今晚一点吗?"

苏清音一扭头看见他手里的机票,差点没掀桌:"秦霜!"

"到。"他立正站好,一副接受首长检阅的姿态。不过唯一不正经的就是他脸上那嚣张的笑意太过明显了。

苏清音瞪了他片刻,这才拿过机票一看,好家伙,不止晚了一点,是晚了一个早上!

苏清音出发前还跟一起出门的同事说好了在公司门口等的,这么一打岔让她顿时火冒三丈:"我跟人约好了,秦霜。"

"我已经打过电话了。"

"我不想特殊化。"

"你没有,你只是身体不舒服。"

"谁说我身体不舒服了?"苏清音瞪眼,有这样找借口的吗!

秦霜见人急了,笑眯眯地凑了过去手臂一伸就把她揽进了怀里:"傻瓜,这是我的机票,你不会看名字的吗!"

说罢,见她急忙去看名字,他直接拿过机票放在一边,欺身过去就把她压在了衣柜上困在了他的怀抱和衣柜之间。

"时间还早,等会儿我送你去机场。"

苏清音原本被秦霜气得都要摔桌了，眨眼间又变了个样一时有些愣，看他近在眼前，一口扑上去咬在他的唇上。

"你这大坏蛋，吓唬我。"却不再计较是不是一定要坐公司的车了。

秦霜见小姑娘这么好哄，困在怀里吻了又吻，直到她春色撩人，这才不舍地放开，送她去了机场。

Chapter 67 我愿意,为了你

不过再见面却隔了两天,秦霜公司临时有事,不得不拖延下来。

苏清音那日早上就有点不舒服,还有些发烧,给秦霜打电话又不通,公司的活动也不去了,就在酒店里面窝着。

原本苏清音是等着秦霜来,可以光明正大地过去蹭他的套房住,奈何他这么耽搁了两天,就算给了她房卡都有些不情愿一个人睡。

秦霜下了飞机就赶着去她住的酒店,之前订好的直接退了,就在她的楼上订了一个房间。

秦霜到的时候已经是下午两点钟,他一向不吃飞机上的东西,自然只有饿着肚子的份。身边也没有一个人跟着,他急急忙忙地就打车赶了过来。

秦霜昨晚给苏清音打电话的时候就察觉到她有点鼻音,怕是已经有些感冒。她一生病,就特别喜欢缠着人,昨天抱着电话低低叨叨地说了好些话,最后自己困了才抱着手机睡了过去。

他找到房间,敲了敲门,没人应。他皱了皱眉,再去打她的电话,刚开始响了一声被挂断之后就直接关机了。

秦霜摸了摸下巴,眉头皱得越发紧了。怎么了这是?

秦霜没那心情等，直接一个电话打给了苏清音的同事。不过他的电话来得不是时候，他们正在开会。他又敲了敲门确定里面没有动静，这才转身往楼上走。

那同事的电话打过来时已经是半个小时之后了，秦霜刚洗了澡出来，一身的清爽。他擦着头发，语气慵懒："麻烦你让我老婆接一下电话。"

那同事似乎是愣了一下，正想问你是谁，可不知怎的福至心灵地就想通了他就是秦霜。当下她有些诧异："你联系不上清音吗？她身体不舒服在酒店里休息呢。"

这下事大了。

苏清音被敲门声弄得睡不着后，还是无奈地起身去开了门。

她脑袋昏昏沉沉的，门口站着的人也没看，劈头盖脸就是一顿臭骂："你谁啊你，太没有公德心了，不知道我身体不舒服在休息啊，有什么破事那么要紧啊！"

秦霜见她皱眉骂得欢畅，心下却是一松，上前一步把人搂在怀里关了门就登门入室了。

苏清音被吓了一跳，连忙挣扎着要挣脱开来："松开，我是有老公的……"说罢，又觉得不对劲，一抬眼就看见秦霜含笑的眉眼。

她一愣，想起自己找他的时候他的手机关机，大概那时候正在飞机上飞着。

苏清音噘了噘嘴，蹭开他的大衣就往他怀里钻："你怎么才来啊，我难受死了。"

秦霜拿手探了探她额头的温度，见温度有些高，眉头就是一皱："发烧了？"

苏清音就着他的掌心蹭了蹭,环着他腰的手却是紧紧的:"我们回A市好不好?这里潮湿阴冷的,我受不了。"

秦霜见她脸色有些病态,就知道她现在不舒服极了,可也不能这时候把人带上飞机啊。

把苏清音塞进了被窝里,又喂了好多的温水,这才下楼去给她买退烧药。

买完药,他原本已经走出药店的门口了,却突然想起了什么折回来:"这药,孕妇能吃吗?"

那小姑娘一愣,默默地嘀咕了一句:"怎么名草有主了啊!"边说,"这药有麻黄碱的成分,不能吃。要么你就给她吃中成药,这个四季感冒片就没事。"

秦霜皱了皱眉头:"可是她在发烧。"

小姑娘想了想,又递过来一盒银黄颗粒:"那你就这样给你老婆搭配着吃,但退烧的话,你只能再采取物理的办法。"

秦霜想着那在被子里缩成一团的小姑娘,动了动唇,想再要个验孕棒的,最终却是没有开口。

等到了房间,他冲泡好了药这才把睡得迷迷糊糊的苏清音叫醒,喂着吃了药又细细地问她:"月经来了没有?"

苏清音摇摇头:"快来了吧,肚子闷闷的,有些难受。"

秦霜说不上来是有些遗憾还是什么,只是揉了揉她的头发,哄她继续睡。

苏清音在入睡的前一秒才有些迟钝地反应过来他问这个干什么。说起来,是推迟了几天。

下午的时候苏清音那同事回来了,看见秦霜在也不习惯,她问道:

"那是我再去开一间房还是你们另外住?"

秦霜楼上早就已经准备好了,起身朝她伸出手来:"谢谢你照顾清音,我开了间楼上的房,晚点她醒了我们就到上面去。"

同事还有些不好意思,拿了东西就很自觉地先退出去了。

苏清音醒来的时候就已经换了地方,一觉睡醒她脑子清醒了很多。她坐起来就看见坐在沙发上正在开视频会议的秦霜。

秦霜也正好看过来,说话的声音便是一顿:"先这样吧,晚点再开。"

苏清音裹着被子迷迷糊糊地看他走过来,还有些不知道身在何处。

秦霜给她穿了衣服,去楼下和同事一起吃过饭,交代了一些工作之后,便打算明天回A市陪她去做个检查。

不过这些他倒没有跟苏清音说,只是晚上临睡前,他抱着这个小暖炉,声音低沉地问她:"小怪兽现在愿不愿意当母亲?"

苏清音睡了一天精神好得很,被他这么问她也就认真地想了想。

蹙眉认真思考的样子着实让秦霜忍俊不禁,掰正了她的脸凑上去就亲了好几口。

苏清音嫌弃地挥开他,挥开了又觉得舍不得就滚过去抱住他精瘦的腰蹭着他的胸口软软地说:"我愿意,关于你的,我总是无条件接受。"

哪怕我害怕,为了你,我也愿意。

秦霜揉着苏清音的脑袋,温柔地在她的唇上点点地亲着,把她紧紧地困在身前,揽着入梦。

秦霜连着两次这么问过苏清音了,她自己也有些注意起来。

等上了飞机,她才有些惴惴不安地问秦霜:"我是不是有了?"

秦霜正要了毛毯给她盖上,见她那忐忑不安的表情就是一笑,刮了刮她的鼻尖轻声道:"大概是。"

苏清音每个月都来得很准时,每次她都会很不舒服。

秦霜那日见苏清音那样就知道这个月没准时,所以下楼去买药的时候就多留心了一下。等回来一问,他心里越发笃定,却不知道为什么一颗心七上八下的,说不上是个什么滋味。

其实秦霜心里也虚得很,人生头一次,他有些不知所措。

更意外的是,等秦霜一下飞机,就看见机场堵满了记者。他眉头一皱,已经带着苏清音走近了。

苏清音退了烧就是有些感冒,刚回A市人精神得很,被秦霜搂在怀里还翘首以盼地问他:"是哪个明星今天到A市啊?"

秦霜眉头却皱得紧,直到被记者蜂拥着上来堵住了,心里的猜想才被证实。

他一把拉开了大衣,把苏清音裹进去,小心地护着她往外走。

可是那些记者太烦人,赶着就往这边挤过来。秦霜一手还拿着行李呢,见状干脆停了脚步,结结实实地把苏清音护在了怀里,这才抬了下巴对上镜头。

"我怀里抱着的就是我新婚不久的太太,我们刚领证,婚礼还没有办。请各位媒体朋友给我腾出个道来,不要挤着我的太太了,她现在身怀有孕行动不便。"

苏清音诧异地抬头去看他,就看见在聚光灯下的秦霜半分没有对着她时的孩子气。

他微抿着唇,下巴绷紧的样子隐隐还透着一股凌厉感。

察觉到她的视线,他低下头安抚般在她的额上轻轻一吻,姿态闲适雍容,落落大方。

秦霜是真的能做到，在遇到麻烦的时候，她躲在他的怀里他就能替她遮风挡雨。

也如程安安曾经说过的，一个男人唯独对你表现出他不成熟的那一面，在你的面前孩子气，却也愿意宠你如孩子一样。那这个男人，你这辈子都要非他不可了。

因为你此生错过，便不会再遇见这么好的了。

也不会再有这么一个人，让你即便是受了伤害，受了委屈都想执着地停下来，留在他的身边，用整个生命去爱他。

苏清音早就知道秦霜就是她的这么一个人，所以现在也不意外。

她见过在她面前孩子气的秦霜，在她面前没有长大的秦霜，在她面前无所顾忌还会撒娇的秦霜。也见过在公司里雷厉风行的秦霜，见过在商场上让人闻风丧胆的秦霜，也见过冷漠到不近人情的秦霜。

可只有在苏清音的面前，他是不一样的。

他留了唯一的一面给她，让她妥帖珍藏。

苏清音一直都知道秦霜这个人，要么不爱，一旦动了心那就是一辈子的事情，所以再难她也努力守着他，等他终于回过头来看看。

而她，等到了，也拥有了这世界上独一份的最美好的感情。

秦霜啊，这样的你，可让我怎么办？

也许谁都知道你的好，可真正留下来的却只有我，只有我敢在你的身边，那么勇敢坚决地停驻，那么不顾一切地飞蛾扑火也要截取你的真心。

想到这里，苏清音抬起头，对着镜头就是盈盈一笑。

苏清音本欲和秦霜比肩，只是如今看来，根本不需要。他自愿担起责任，护她周全，让她此生无忧。

秦霜搂着她的手微微一紧，对着镜头，笑得嚣张跋扈："这就是

我放在心尖上疼着,让我心甘情愿踏入围城的女人。"

周围一片寂静,他低头注视着她的双眼,低沉而轻缓:"我们马上就要举办婚礼了。"

有你相伴,此生已无憾。

人生得意须尽欢。

小怪兽,我们来日方长。

结缘

Little theater（小剧场）

那年，秦霜十岁，苏清音五岁。

彼时他们还刚刚认识没多久，秦霜对苏清音的印象就停留在是个娇俏的小姑娘。苏老爷子和秦老爷子早年也是同一个战场奋斗过的生死兄弟，便带着苏清音上门拜访。

秦霜正收罗了一堆的扑克牌和麻将在大客厅的偏角搭别墅，秦墨在一侧正看着杂志。听见开门声抬眼看去，就看见苏老爷子和一个小姑娘正站在门口。

秦墨看了一眼就知道那个小姑娘是刚来的苏老爷子家的宝贝孙女，拿了杂志就默默上楼去了。他一向不喜欢招待客人。

秦霜反应迟钝，等客人都坐下了这才反应过来，看见苏老爷子身边那个小姑娘就是上午自己看见的拖着一个狗熊玩偶的小姑娘时，顿时咧嘴一笑。

苏清音一直记着这个小哥哥呢。早上家里没有了酱油，大院门口有一家杂货店，她便自告奋勇地出去了。然后没走一会儿，她就看见一个小哥哥正在树上爬来爬去，她拖着小狗熊玩偶撑着下巴，看见他在上面蹦来蹦去的，像个猴子。

秦霜看见她的时候吓了一跳，但小姑娘的眼神清澈又黑亮，让他一肚子抱怨的话都说不出口，几步跳了下来，还把手里的果子往身后藏。

苏清音只扫了一眼，就知道那是杨梅，想了想俏生生地问："哥哥你在上面干什么啊？"

秦霜很是心虚地红了脸，但是他毕竟大苏清音五岁，马上就脸不红气不喘地说道："我在除害虫。"

苏清音那时候的确是懵懵懂懂的，当下接口道："那你除完害虫摘下的杨梅，可以给我吃吗？"

秦霜很诧异地看了她一眼，很实诚地探出手来："你说这个？原来这个叫杨梅？"

苏清音很自然地接过一个就咬了一口："对啊。"

秦霜还真的不知道这个就叫杨梅，他一向不喜欢吃酸甜的东西，秦家也都是这个口味的，自然不会买杨梅。而且这棵杨梅树说起来还是前几年种下去的，今年才终于有了这个果子，秦霜摘到手了还一口都没吃呢。

苏清音咬了一口后，顿时皱着脸，就把嘴里的东西给吐了出来："好酸，好难吃。"

秦霜却不知道居然有这个意外收获，当下哈哈大笑起来："你太蠢了！"

苏清音眨了眨眼，她是知道这个蠢字是什么意思的，问道："哥哥你叫什么名字啊？"

秦霜见小姑娘那天真样觉得她更蠢了，拍了拍胸口，斜睨着她说："我叫秦霜。"

苏清音只记得"秦霜"这两个字音了，抿着唇笑着指着他鼻子：

"你不是哥哥你是禽兽……"

秦霜眉头一皱，很是小霸王地挥了挥拳头："你说什么？"

苏清音见惯了小恶霸，何况秦霜这种磨嘴皮子的，当下凑上去，拖着那只小狗熊玩偶就抱了秦霜一把："你好，我叫苏清音。"

秦霜愣了，往后退了一步："你干吗？"

苏清音眨眨眼，又很自然地把小熊往一边丢过去，搂着秦霜的脖子凑上去就是吧唧一口："跟你打招呼啊。"

那时候的秦霜还不喜欢看电视，就算看了电视也不爱看国际友人的电视，哪怕秦老爷子雷打不动每晚播放《新闻联播》。

他等着小姑娘拖着那只破狗熊走远了，这才一惊一乍地往后一跳，很是惊恐地拍了拍胸口："我的清白被玷污了……"

想到这里，秦霜的脸色又有些不好看了，默默地转了视线继续去搭他的王城宫殿。

秦老爷子见二孙子那么不上道，略有不悦："我家这二孙子没大没小惯了。"

苏老爷子第一眼看见秦霜就喜欢得紧，觉得小伙子一双眼看着就舒服。当然，如果他能预料到以后，第一次见面肯定直接上去打一拐子："让你拐跑我孙女！"

苏清音见到秦霜几步跑过去，拿着那麻将就开始玩："这个凉凉的，小哥哥你在干什么？"

秦霜很是得意地关上一个大门，从边上拿过一辆小车，呼呼呼地往"停车场"跑。奈何他的计算有误差，小车再小也卡在两个麻将之间了。

苏清音见他扭着车往里面挤，很热心地上前帮了他一把："我

帮你……"

话音一落,伴随着秦霜不敢置信的惊叫声,整座王城瞬间崩塌了。

秦霜那个怒不可遏啊:"你这个小怪兽!"

苏清音也是个机灵鬼,见自己闯祸了赶紧跑向了苏老爷子的身边,指着秦霜就说道:"爷爷,就是这个人偷摘酸杨梅给我吃,还抱我亲我。"

这下,苏老爷子傻眼了:"什么?"

抱你亲你?这个事情就大了好吗!

秦老爷子的脸色也是一变:"怎么回事……"

秦霜哑口无言,其实他也不是很清楚为什么自己瞬间从受害人变成了迫害人的。

他看着藏在苏老爷子身后朝他眨眼睛的娇俏小姑娘,心里只有明晃晃的三个字"小怪兽"!

秦霜无缘无故吃了秦老爷子的一顿板子,啊,说起来也不是无缘无故。毕竟他是真的偷摘了杨梅被苏清音接手过去吃掉了,吃完了又酸又涩的杨梅的苏清音还因为打招呼对着秦霜又是搂又是亲的。

这总不能怪小姑娘主动吧?她只是刚好有一个常常飞国外的爹爹罢了。

但是,这又如何,秦霜在对苏清音还没有防备的时候,就被她算计着跟自己有了一腿。自此后,大院里逢人看见秦霜都会笑眯眯地调侃:"秦二啊,你的小娘子呢?"

什么小娘子,他还是金贵的单身汉好不好?

于是,秦霜不仅清白被玷污了,连着名节也没有了……

说起来,秦霜和苏清音的结缘就是于此,而苏清音的"小怪兽"由来便是如此。

苏清音的名字太文静，而秦霜，偏偏只喜欢跟自己一个派系的名字。

往后的日子里，在秦霜爱上苏清音之后，偶尔想起这些，总会勾唇一笑。

如果早知道我们最后会相爱，那当初我一定不会给你吃酸杨梅，我会努力把我掌心里所有的好都给你，只要你心满意足，更加喜欢我。

我们一起长大，那么久才知道彼此就是这个世界上的另一半。

小怪兽，如果我早知道有这么一天，我一定会比你爱我更早地爱上你。

你爱我用了整个生命，如果我早知道，我一定还你一个曾经，一个没有伤害没有等候，只有秦霜只有美好的记忆。

小怪兽，如果我早知道我爱你如斯……

但没有关系，我们还有那么多的未来，我等得起，你也来得及。

至于禽兽嘛……请听下回分解。

Extra 01（番外）小包子来报到（1）

话说回来，苏清音下飞机之后，秦霜抱着她突破围追堵截坐上车的时候，才发现她的脸色有些不对劲。

秦霜示意司机开车，边探手按在她的肚子上揉了揉："哪里不舒服，肚子疼？"

苏清音也说不上来这是种什么感觉，小腹胀胀的，似乎正在往下坠。她不由得一阵恐慌，伸手一把扣住他温热的手腕。

"秦霜。"她捂着肚子，脸色煞白，"我觉得不对劲。"

秦霜听她这么一说，脸色也不好看起来，几乎是朝着司机大吼道："去医院，快点。"

其实苏清音也不是特别疼，只是小腹有些异样的感觉，不知道是不是秦霜说了她"身怀有孕"之后她也这么认为了，总觉得肚子里已经有了一个小生命了。

司机横冲直撞地到医院的时候，秦霜顾不得什么直接抱了人，往林医院的办公室去。

林医生刚好下了楼来，看见秦霜惊慌失措地抱了苏清音进来，连忙安排了床位去急诊室诊察。

这么兴师动众的，让苏清音也不好意思。不过当她觉得身下传来温热的濡湿感时，这才觉得大事不妙。

秦霜被隔离在外面急得红了眼，一直不停地转着圈，以至于都没想起来给家里打个电话。

苏清音被推出来的时候已经睡着了，林医生则是满头大汗地上去直接扯了秦霜的衣领一把顶在了墙上。

在秦霜微沉着眸子不耐烦至极的时候，他才轻轻一笑："恭喜你，当爸爸了。"

秦霜一愣，一双点了漆似的黑眸就是一阵迷茫，随即才云开雾散，猛然亮了起来："真的？"

林医生默默地想着，每次好友一来医院报到就没好事，还一个个都比他领先一步结婚生孩子，太郁闷了。

想着就不想给秦霜好脸色，他脸色一板，语气生硬："煮的。"

秦霜脸色瞬间就沉了下来，一把拽住他的白大褂，看着他眼角含笑才知道他是开玩笑的，当下握了握拳就想揍他。

不过想着自家的老婆以后还要来这里做产检，他抬起的拳头就落在林医生的胸口："爷知道你嫉妒，自己抓把紧，明白吧。"

说罢，他也懒得跟林医生多说，直接看苏清音去了。

苏清音就躺在病床上，脸色煞白的，眼角还有泪痕。

他轻手轻脚地走过去，用手指揩掉她的眼泪，覆上去轻轻地亲了她的唇一下："小怪兽，我们有小姑娘了。"

苏清音睡得并不踏实，被他轻轻地亲了一口，眉头一皱似要醒来。

秦霜见不得她累着，就轻声哄着，絮絮叨叨的，等她的眉头被抚平了才松口气，坐在床边看着苏清音的睡脸满心都是欢喜。

秦家一大家子都来了，苏老爷子也是随后和苏妈妈一起过来的。

苏清音睡得正熟，秦霜就坐在床边，一动不动地看着她。

秦老爷子吃过晚饭过来的，吃饭的时候接到秦霜的电话，那时候电话打通了秦霜却不说话。

他不耐烦，就吼道："小兔崽子，出什么事了，说话。"

秦霜这才轻笑着说："老爷子，你有小曾孙女了。"

老爷子虎着脸，还怒道："我早就有了！"话音一落也是一怔，握住手机的手都有些颤，"你是说？"

秦霜轻轻地应了一声，道："是。"

老爷子还从来没听过秦霜这么轻柔的声音，他能感觉到自己这个放荡不羁不可一世的孙子现在的心有多么圆满和柔软。

他也放轻了声音道："现在我也能终于放下心来，彻底撒手不管了。这么大的喜事告诉苏老爷子了没有，你跟清音马上过来吃饭。"

秦霜那边沉默了一会儿，才道："清音在医院里安胎，我太浑蛋了……爷爷。"

秦老爷子脸色一变，声色厉荏："你把人怎么了你！你犯浑小心我揍你我！"

秦霜刚从林医生的办公室里出来，现在都还心有余悸，他摸着胸口低声道："她生病的时候我没在身边，今天刚带了她坐飞机回来的……"

秦老爷子想起他刚才那一声后怕又有些哽咽的"爷爷"，怎么都凶不起来了，他拿了大衣便往外走："我这就过去，人没事就好。"

其实也不是多大的事情，只是林医生这个腹黑小气的男人在急诊室的门口被秦霜那一记捶在胸口的拳头捶得有些内伤，所以才往重了说。

苏清音现在的确需要安胎,不过流产嘛……

所以说隔行如隔山,人就必须要全能,才能不被坑啊。

苏清音怀孕之后,就辞职了。

她回来之后,没过几天就过年了。今年最大的差别就是她自己组建了一个家庭。

苏妈妈在除夕的前一天挽留了苏清音和秦霜在家吃饭,吃过饭在沙发上说了一堆孕期要注意的事情,秦霜听得认真,苏清音却微微红了眼眶。

谁说苏妈妈不爱苏清音的,她分明从知道有女儿开始就一直在爱了。

苏妈妈送苏清音到楼下的时候,苏清音原本走了几步,回过身就抱了抱苏妈妈,低声又诚恳地道:"妈妈,我爱你。"

苏妈妈的话不多,只是拍了拍她的肩膀笑道:"你都那么大了,也不羞人。"

苏清音眼眶红红的,鼻子一个劲地酸着,等秦霜开了车回来她还站在那里。

秦霜下了车,拿了大衣给她披在肩上,握住了她的手十指相扣,认真地跟苏妈妈承诺道:"妈,你放心。我会对小怪兽好的,视她如命。"

苏妈妈点点头,似乎是想起了什么,问苏清音道:"你爸爸呢?"

苏清音一愣,笑眯眯地道:"妈妈你自己问他吧,我和秦霜先走了。"

苏妈妈为了她的执拗伤害了苏爸爸半辈子,如今醒悟,来得及吗?

苏清音过年的时候在秦老爷子那里拿了双份的红包，秦母又给了她一份，这个春节过下来，她都跟小昭阳和小暖阳一样变成小富婆了。

秦霜还有些吃味，眼巴巴地看着她那红包："我帮你保管好不好？"

苏清音一把按住他伸过去的手，恶狠狠地瞪他："秦霜你丢不丢人啊，你一大老板跟我一失业待家的妇道人家抢红包！"

秦霜不过也就是逗逗她，拉过她的手凑到唇边吻了一口，这才笑眯眯地道："你把红包给我那叫投资。"

苏清音冷睨了他一眼："不要脸。"

被骂不要脸的秦霜越发乐呵了："媳妇儿，你最近脾气渐长啊，带坏我家的小姑娘了咋办。"

苏清音拿过一边的杂志翻了翻，颇有些恨铁不成钢地叹了口气：不知道咱家这孩子出来知道你是爸爸之后，会不会埋怨我当初怎么不把她塞回去？"

秦霜闻言眉头就是一皱，难得严肃起来："瞎说什么呢。"

苏清音一看他那脸色，就噤声了。

她对半个月前秦霜那些举动还是记忆深刻，真是恨不得把天上的星星都摘下来给她才好。后来，她临出院的时候才听程安安失言说，这孩子差一点没保住。

苏清音那时候昏睡过去前也是知道的，林医生脸色一直不太好。

而秦霜自打她怀孕之后伺候得更是滴水不漏，简直是把她捧上天了。想着，她都有些身处幻境的错觉。

她抓了秦霜的手按在自己的脸上："你掐掐我。"

秦霜不知道她又犯什么傻，捏了她的脸一下又凑过去亲了亲："怎么了？"

苏清音笑弯了眼，一双眸子漆黑漆黑的，看得他心神驰往："是不是咱家的孩子出生了，你就不对我那么好了？"

秦霜闻言还真的很认真地想了想，看见苏清音歪了头看他，他才没绷住笑起来："都说一孕傻三年，小怪兽你怎么变得这么笨了？"

苏清音皱了皱鼻子扑上去就要咬他，秦霜生怕她碰着一把扣住腰给揽在怀里，就着她冲过来的劲头凑上去就亲了一口："傻瓜。"

苏清音刚想反驳，他又是一口亲过去："笨蛋。"

苏清音觉得被欺负了，张牙舞爪地就要去挠他。秦霜轻轻松松地握住她的手把心爱的小姑娘搂在胸口："我不敢不对你好，小怪兽。你是我的命。"

苏清音对秦霜的甜言蜜语是最没有抵抗能力的，当下就偃旗息鼓了，恨恨地抓了他的手咬上一口，不轻不重的："那孩子呢？"

秦霜顿时觉得有个孩子也是挺麻烦的，皱了皱眉，想着："那是我们的冤家，来讨债的。"

秦霜这句话在日后得到了证实。

小姑娘翻江倒海地倒腾个不停，苏清音的妊娠反应严重，倒是肚子不显大。

结婚前夕那小姑娘还没个消停，原本定好的婚纱倒是改了又改才符合尺寸。别人怀孕都是往横向发展，偏偏她是越来越瘦。

心疼得秦霜都不知道怎么是好，只想替苏清音哭了。

那场婚礼倒是轰动一时，名动Ａ城。秦霜如他所承诺的，给了苏清音最盛大的婚礼，宣告所有人，苏清音是他秦二爷的女人。

秦霜婚礼上有一段誓词就是这么说的——

  我庆幸命运让我那么早遇见你,也庆幸我这样的人你还能擦亮眼睛找到我。不管我们之间有过什么,兜兜转转的,我们最终还是在一起了。

  苏清音,有你真好。

  这辈子,我们都要注定纠缠了。

  小怪兽,你愿不愿意?

Extra 02（番外二）小包子来报到（2）

婚礼办过之后，苏清音剩下的就是安心养胎。

秦霜对这事的上心程度比起当事人有过之而无不及，如果不是找不到合适的人来帮忙掌管公司，他一定可以做到给自己放个陪产假。

现在上天入地，最大的就是苏清音了。

秦霜下了班就赶着回家给苏清音做饭吃，她的肚子已经有些大了。不知道是午睡睡晚了还是时间睡久了，秦霜到家的时候她还窝在床上睡着，听见卧室的开门声才警觉地睁开眼看过来。见是秦霜，她扯了扯被子继续睡觉。

他走到床边坐了会儿，见苏清音还是没有搭理他的意思，他就起身去厨房做饭了。

等晚饭准备好，苏清音也睡醒了，她闻着香味还有些愣愣地看着又坐到床边的秦霜："今晚我们吃什么？"

秦霜把她抱起来，从被窝里拉出来困在自己的胸前："你昨晚不是说想吃牛排吗，今天做了牛排。"

苏清音想了想，点点头，秦霜就顺手拿了她的外套给她套上。

苏清音前段时间妊娠反应明显根本没机会吃点什么，现在好不容易已经过去了，便是一顿三餐餐餐都是花样。

　　白天秦霜去上班的话都会带她一起出门,要么去苏老爷子那里,要么去秦老爷子那里。如果秦霜不上班,就领导最大,苏清音决定。

　　日子就这么平淡地过着,小包子还没降世,可这里早已经准备好了。

　　这期间唯一发生过的大事,估计就是秦霜遭遇车祸。

　　秦霜那日提前下班,苏清音说想吃王记的烤鸭他便提前去等,回来的路上发生了车祸,左腿骨折。

　　秦霜出了事还不敢告诉苏清音,疼得脸色煞白的时候还记得打电话安抚她说晚上公司有事,让她在家等着,秦墨过去接她。

　　苏清音隐隐觉得不对劲,什么事能劳动秦墨来啊。

　　等她到了医院,看见打着石膏躺在病床上的秦霜,她的眼泪一下子就掉了下来。

　　秦霜见她哭得厉害,偏生脚又不能动,急得满头大汗,直给一旁的程安安使眼色。

　　等苏清音情绪稳定下来,她才慢慢走过去。刚靠近床头,秦霜就生怕她跑了一般紧紧地握住她的手。

　　苏清音哭过之后也觉得自己是大惊小怪了,低声问他:"疼不疼啊?"

　　秦霜也不敢说疼啊,摇摇头,见她脱了鞋就揽着她躺在病床上:"刚才哭什么啊,哭得我都心疼了。"

　　苏清音闻言抬头瞪了他一眼:"你现在不在这里,不是这个样子我能哭吗?"

　　秦霜自觉理亏,一边懊恼一边庆幸:"我没事,我正要给你打电话呢,所以开得慢就避过去了。"

他说得轻描淡写的，苏清音也不问，只是捧着他的脸看。

秦霜的脸上也被划了一道小口子，苏清音拿手碰了碰，见秦霜皱了眉头凑过去就亲了一口："你要赶紧好起来，我们的宝宝就快出世了，还想你带她出去玩呢。"

秦霜怕她累着，虽然睡着高级病房里宽敞的病床，还是要赶苏清音回大院睡。

苏清音还偏不乐意离开，一言不发地看了他一会儿，说："如果你非要我走的话，我就一个人随便找个地儿将就了。"

秦霜虽然知道这是自家老婆威胁自己说的话，而且威胁得很不走心啊。但他偏偏就是拿她没办法，搂着她在病床上将就。

苏清音倒是说，正好这几日要来孕检，省得走来走去。

苏清音已经有七个月身孕了，秦霜这么一来家里就又多出来一个要照顾的，还是个病号。不过营养方面倒还真的不用操心，反正苏清音一个人是吃，秦霜搭伙两个人也是吃。

秦霜把苏清音不爱吃的香菇都吃掉之后，很是无奈地摸了摸肚子道："万一把我补出个小兔崽子来了，他要喊你什么？爸爸？"

苏清音正在喝汤，闻言被呛了个正着，一边咳一边捶了幼稚的秦霜一拳："你放心，你目前还不具备那个功能。"

这情况一直到秦霜拆了石膏为止，秦霜拆了石膏第一件事就是把苏清音横抱着抱出了医院送上座驾："那么久没抱你，可想死我了。"

苏清音默默地瞪他，不知道谁打着石膏还动手动脚的！

临产的前夕，最坐立不安又害怕的是一向胆儿比天肥的秦霜。临睡前，他都会很忧心地摸摸苏清音的大肚子，又贴着肚子轻声说："乖啊，不要折腾你妈妈，来折腾我。"说罢，觉得没说到点上，又补充，

"要快点出来,不要让妈妈疼。你乖乖的,爸爸就疼你。"

苏清音每次都哭笑不得,不过也由着他去。

他孩子气的那一面,她总是喜欢又惊喜。

而小宝贝的确也很听话,苏清音真的就没怎么挨疼便顺产了。不过唯一不好的就是从傍晚开始到凌晨才出世的。

秦霜在产房外面不停地转着圈,到最后干脆直接去了产房里。

苏清音神志还清楚得很,只是肚子疼起来一阵一阵地让她有些耗费心神。秦霜握住她的手,轻声说:"不要管我,我一个人在外面害怕,所以来陪你了。"

苏清音看了他几眼,那眼神中的坚定和势在必得都让秦霜安心不少。

孩子出生得很快,苏清音疼了一阵子,便哭声嘹亮地出世了。

秦霜知道得的是小公主时,惊喜得说不出话,这么小小的一团,闭着眼被他抱在怀里,满心都是欢喜和满溢的快乐。

苏清音隔日就出院了,可怜的是苏清音的奶水不多,小公主没吃上几日就只能上奶粉了。

三个月后,秦霜整日泡在书房里咬文嚼字地想闺女的名字,最后取的名字却让众人都哭笑不得,比如"秦宝贝""秦公主""秦小音"。

又没创意又没深意,被苏清音当众驳回了。

可是名字一直不取也不是个事啊,就"秦宝贝,秦宝贝"地先称呼上了。

于是,幼稚的秦二爷每晚夜深人静调戏自家小娘子的时候都会叫:"亲宝贝,亲宝贝。"

苏清音应了一声,他又轻声问:"我叫我闺女呢,你应什么?"

苏清音一脸不爽,扑上去咬在他的脖子上,不轻不重:"禽兽,你别那么幼稚行不行啊?"

秦霜这时候风骚地抬了眼角扫她:"可你自己说就爱我的孩子气的。"

苏清音冷笑:"孩子气是孩子气,没让你把幼稚当好玩。你多大了啊,三十岁了还老不正经的。"

秦霜觉得被老婆人身攻击了,不高兴了:"三十岁这就老了?苏清音你是不是想去找个奶油小生包养着玩啊。"

苏清音刚被秦宝贝闹得跟跑了马拉松一样,秦霜这么一抬杠,她的心情也不美丽了:"是啊,我还要用你的钱去包养奶油小生。"

明知道苏清音是说气话呢,秦霜却怎么都不能淡定了,冷哼一声一个翻身把人压在身下:"苏清音,你再说一遍!"

秦霜较了真,眸色微沉,整个脸都紧绷了起来。他这么居高临下地看过来,苏清音只觉得心头一震,委屈了。

他们不是闹着玩的吗!谁准他开不起玩笑认真的!

苏清音只这么一个眼神,秦霜就蔫了,赶紧搂着苏清音一个翻身让她居高临下:"行行行,我错了,你爱包养几个就包养几个。"

苏清音很是幽怨地继续问:"你说真的?"

哎,这人!真是蹬鼻子上脸啊!

秦霜危险地眯了眯眸子,扣住她腰的手就是一紧,压低了声音警告道:"真的,不过你包养一个我废一个,包养一双废一双。"

苏清音听完就嘚瑟了,在他怀里扑腾了好一会儿,才捧着他的脸亲了一口:"包养的就是为了美观性,你都让他们残疾化了,我才不要呢。"

秦霜这才满意,俯身就亲了过去,亲得天雷勾地火的时候抵着她

的唇轻声问:"今晚行不行?"

苏清音红了脸,捶了他一下,这一下可捶到了他的心窝里,秦霜顿时软得一塌糊涂。一路过关斩将,就差最后一步了,他突然觉得不对劲。

他默默地扭头,就看见被晾在一边的秦宝贝刚睡醒正睁着一双好奇的大眼睛炯炯有神地看着他。

那眼神纯洁无瑕,就像一盆冰水兜头浇下,湿了秦霜一头一脸。

苏清音显然也察觉到了,默默地扯了被子就想缩进被窝里,然后很报复性地一口咬在秦霜的胸口。

秦霜被咬得倒抽一口凉气,直接拉了被子把苏清音遮了个严严实实,继续火热地进行着。

而秦宝贝那里,他直接拿了薄毯轻盖住他家闺女那好奇纯良的小眼神,哄道:"快睡觉啊,睡醒了爸爸喂你奶喝。"

苏清音躲在被子里面笑得差点岔了气,秦霜一恼之下也不管苏清音准备好了没有,长驱直入。

苏清音被折腾几回之后还锲而不舍地追问:"你有奶吗,怎么给宝贝喂啊?"

她的声音慵懒又性感,叫着"宝贝"时更是风情万种,听得秦霜再次化身为狼……

禽兽 Extra 03（番外三）

苏清音是在十五岁那年喜欢上秦霜之后，才改口叫他禽兽的。

以前的她天真、懵懂、懂礼貌，对着秦霜总是一口一个哥哥。但喜欢上秦霜之后，就不是"哥哥"这两个字能概括了。

苏清音有一点小小的心思，她希望自己对秦霜的一点不一样都能让他察觉到。也喜欢自己对他的称呼，是唯一的、特别的。

秦霜却对苏清音的这点小心思毫无察觉，还没心没肺地夹了块肉骨头放进她碗里，嘲笑道："动不动就爱咬人，你属狗的啊，还叫我禽兽。"

苏清音咬着筷子笑，笑得眉眼弯弯："我就叫你禽兽了。"你还总叫我小怪兽呢。

秦霜不理她。

不过自此之后就这么定下来了。

苏清音见到他就是一句："禽兽。"

听得多了他也就没有了脾气，由着她叫，也觉得她软软的声音听起来那么顺耳舒服。

苏清音高二那年看他玩"魔兽"，也不知道怎的着了魔非要他带

她玩游戏。秦霜哪敢顶风作案啊,偏偏小姑娘不依不饶的,一哭二闹三上吊。

如果秦霜能预料到风水轮流转,如今变成了他一哭二闹三上吊的话,他一定会早早就好好调教他媳妇。

话说回来,苏清音那时候缠着秦霜带她玩游戏,他就想尽办法让她知难而退。晚上会打电话让她爬起来一起去打架,带她做任务的时候她挂了也不拉她,更别提最后被逼急了直接带了人去网吧蹲守了三天三夜。

最后,苏清音眼睛红得跟兔子一样趴在他怀里昏昏欲睡,他也不忍心再折腾她了,直接删号自杀,卸载了游戏,再不踏足。

于是,苏清音失去乐趣之后,又缠着他一起去图书馆看书,一口一个:"禽兽,和我一起去看书吧?"

秦霜不乐意,她还去跟秦老爷子打小报告,有的是法子折腾他。

再后来,秦霜也记不清了,总觉得时时都是和这个小姑娘在一起,撒泼还是撒娇,都有她的存在。

苏清音想起那时候自己就想赖在他身边,不由得一笑。

那时候稚嫩如她,怎么也想不到喜欢一个人那么辛苦,也想不到喜欢一个人是要结婚在一起的。

她只是单纯地喜欢,却没有考虑过自己这样做会给他带来什么,比如困扰。

就像那时候的秦霜就算知道自己是有点喜欢苏清音的,他对这个叫"小怪兽"的姑娘是有点不一样的,可是也因为这样而退避三舍。

虽然秦霜之后想起来有些后悔。

不过秦霜也想过,如果不是苏清音这么坚持着,他们的结局会怎么样呢?

也许，他们背向而行，越走越远，再见面只是相视一笑，问："你还好吗？"

"我挺好的，你呢？"

然后两两相望，却再没有共同的话题。

原本生命里必不可缺的人，就这样渐渐失之交臂，再见面时如同陌生人。也许身边伴了另一个人，也许幸福，也许始终遗憾。

又或许是这样。

秦霜突然醒悟，哪怕她不那么坚持，他也最终会和她走到一起。

可是夜深人静的时候，秦霜偶尔想起来都觉得心底隐隐作痛。

就像他体会不了苏清音是以什么样的心情，一直喜欢他一般，他心底那种偶尔患得患失也是不为人知。

谁说秦二爷大大咧咧的？其实他的心，比谁都细腻。

苏清音半夜听见闺女的哭声，就推了推身侧的秦霜："你闺女哭了。"

秦霜起身去看那闹腾的小家伙，等他哄着自家粉嫩可爱的闺女睡着回来时，苏清音正半靠在床头笑看着他。

"怎么还不睡？"

"被你闺女闹腾醒了。"她挪了挪身子空出位置来，"快进来，别冻着了。"

秦霜弯了唇笑，上床把自己焐热了，这才靠过去把自家的媳妇捞进怀里抱着："不睡干点别的。"

苏清音把手搭在他的胸口一圈圈地画着，画得秦二爷浑身都紧绷了，才眨眨眼很是无辜地说："可是林医生说坐月子期间不能……"她欲言又止，一副很是遗憾的表情。

秦霜一眼就看见她那抽搐着的嘴角，俯身亲了她一口，坏坏道：

"换个方式……"

隔日,神清气爽的秦霜窝在沙发上挑照片,他家闺女马上就要办满月酒了,他决定从相册里面挑一张做请帖,再弄一张巨幅海报给咱家的姑娘长长脸。

苏清音抱着刚睡醒的姑娘从房间里出来,悠然问了一句:"那你想好请帖上写宝贝什么名字了吗?"

秦二爷一腔热血被浇得半点不剩。

自打秦宝贝出生之后,原本闹腾的秦霜越发闹腾了。

苏清音刚睡醒起来,就看见秦霜瞪着眼抱着怀里的小姑娘:"小坏蛋。"

秦宝贝咬着手指笑眯眯地看着自己的爸爸,咿咿呀呀地挥了手不知道在说什么。

秦霜拍了拍她的小屁股,又把奶瓶凑到她的唇边:"来,吃奶奶。"

小家伙身强力壮,挥着小手就是抓着奶嘴不要喝。

秦霜怕小姑娘烫着,无奈地兜着圈子哄她:"好啦,宝贝最乖啦,爸爸的宝贝最可爱了,来喝点奶奶,等会儿爸爸跟你玩游戏。"

小家伙偏头看了他一眼,见他又递过奶嘴来,这才努着小嘴吞咽起来。

苏清音站在卧室门口,不禁黑脸。

秦霜的这个宝贝闺女说起来遗传了秦霜的全部优点——聪明、容貌、好性格、爱妈妈。

也遗传了秦霜的缺点——幼稚、倨傲。

如今小姑娘吃一顿饭还要爸爸捧在手心里哄着夸着,才会冷艳高贵地喝奶粉。

但如果一到苏清音的手里，那就不一样了，绝对乖得像只小绵羊，大气都不敢吭一声。

秦霜见此很是无奈和郁闷："我家闺女不爱我，我不干了。"

苏清音熟练地接话道："好啊，我去给你闺女找另外的男人当爸爸，你罢你的工吧。"

秦霜这回又不干了："我不准。"

苏清音逗着怀里的小姑娘，笑眯眯地问她："给你换个爸爸好不好？"

小丫头咯咯咯地笑了。

秦霜的脸彻底黑了。

完蛋了，这辈子都被这娘俩压死了。

秦宝贝的名字是在发请帖前被定下来的，叫"秦苏"。

秦霜取这个名字的时候几乎是想到就敲定了，苏清音听到名字之后愣了愣，半晌才道："我以为你会更土一点，叫什么秦爱苏。"

秦霜抱过自家的小公主刮了刮她的小下巴："我倒是想啊，怕我们家闺女长大了之后气我取名太随便了。"

苏清音侧头去看，他坐在阳光下，视若珍宝地抱着他们俩的孩子，眼底是说不出的柔情。

你这么爱她，她哪里会不知道。

就像你那么爱她的妈妈，她一样能感觉到。

嫁给你，是我三生有幸。

Extra 04（番外四） 一家人

秦苏今年三岁了。

秦霜把母女俩从大院接回家，开车路过 KFC 的时候，小家伙吵着要吃甜筒。

秦霜看着眼前长长的队伍，从苏清音怀里拉过小姑娘在额头亲了一口："乖，爸爸回家给你做玉米饼好不好？"

秦苏歪头想了想，点点头："好吧，既然爸爸你这么说了，我就勉为其难地答应你。"

她的声音稚嫩，听在秦霜的耳朵里尤为清脆可爱。他趁着红灯的空隙揽过小家伙揉了揉，低声表扬她："我的闺女真听话。"

苏清音给秦苏拍了拍沾了脏的衣角，一把抱过小姑娘搂在怀里："专心开车，你闺女又不会跑。"

秦苏噘了噘嘴，挣着就要摆脱苏清音："我不要妈妈抱。"

秦霜眯了眯眼，拍了拍小家伙的头："乖，爸爸开车。"

苏清音最讨厌自己闺女一有秦霜在场就耍小性子撒娇的坏毛病，瞪了眼看她："你再闹！"

秦苏委屈地看了苏清音一眼，小手伸过去就要拉秦霜。

秦霜刚想安慰下闺女，苏清音一眼扫了过来："你别理她，你自己好好开车。"说罢，抱着小姑娘放到安全椅上，给她拉好安全带才扭过头，很是疲累地抬手捏了捏眉心。

秦霜静静看着不说话，回了家先喂饱了这娘俩。洗碗的细活今天就交给了苏清音，他去逗自家不开心很久的小公主。

秦苏闷闷不乐地坐在自己的小床上，一双像极了苏清音的眼睛黑溜溜的。看见秦霜走进来，她一下子扑上去抱着他的腿，"哇"一声就哭了起来。

秦霜哪知道她们之间发生了什么事，先一把捞起了小家伙，抱在怀里好好地哄着，等她不哭了，这才拿了毛巾给她擦脸。

秦苏窝在他的怀里，俏生生地问："爸爸你怎么那么好呀？"

秦霜笑了，捏了捏她的小鼻尖："你是爸爸的心肝宝贝啊，爸爸当然要对你好。"

小丫头打小就懂得看眼色，对秦霜那是怎么耍宝怎么来，当下哭完了就拿头蹭着他的胸口："爸爸，你会不会一直对我那么好啊？"

秦霜抱着小丫头坐在床头，正好压到了她的故事书，秦苏"哎呀"了一声，扑腾着过去抢："这是太爷爷送给我的故事书，爸爸你别弄坏了。"

小丫头俏生生的表情实在可爱得紧，他低头亲了小姑娘粉嫩的脸颊一口："那你告诉爸爸，宝贝下午干吗这么对妈妈？"

秦苏眨眨眼，又有些委屈起来。

"我中午的时候想吃糖醋排骨，妈妈不让我吃；我中午想跟太爷爷玩，妈妈也不让我去；后来我跟暖阳姐姐玩捉迷藏，不小心打翻了厨房的碟子，害暖阳姐姐扎破了手……"说着，她又委屈起来，"可是我道歉了的。"

秦霜听她说着,还一下下拍着她的背:"嗯,然后呢?"

小丫头的眼神一下子暗淡许多,她扯着秦霜的衣领很是可怜地说:"可是妈妈说我不乖,还打了我几下。"

秦霜觉得小丫头的表达能力不错,又亲了她一口,抱着她坐在床上和自己面对面。

"那宝宝知不知道妈妈为什么不让你吃糖醋排骨?"

秦苏想了想,眼睛一亮,那光彩就跟宝石一样绚烂夺目:"因为我牙齿不好。"

秦霜点点头,继续问:"那妈妈为什么不让你跟太爷爷玩?"

秦苏察觉到爸爸的意图,一张脸都暗淡了下来:"因为太爷爷中午要睡觉,太爷爷的身体不好。"

秦霜看出了女儿的失落,又揉了揉她的头:"那为什么要打你?"

秦苏似乎也想通了,拉着被角耷拉着脑袋低声承认错误:"是我错了,妈妈都是对的。"

秦霜觉得自家的宝贝闺女真的是世界上最好的,他的眼神越发柔和,拉着她的小手握在了掌心,轻声道:"因为秦苏牙齿不好,妈妈不让你吃糖醋排骨;因为太爷身体不好要睡午觉,所以妈妈不让你打扰太爷;因为秦苏不听妈妈的话,妈妈才打的宝宝,对不对?"

秦苏点点头,咬着手指问他:"可是我刚刚对妈妈发脾气了,妈妈会不会原谅我?"

秦霜心底暗笑,面上却是有些犹豫:"不如你明天早上起来跟妈妈道个歉吧?怎么样?"

秦苏认真地想了想,清脆地应道:"好。"

这认真的样子和某人太过神似,他一时入了迷,在小丫头的身上看见了当年苏清音的神采飞扬,内心越发柔软。

秦苏困得早,秦霜就在房里哄着她睡。等睡着了,给她拉了拉小被子这才轻手轻脚地出去了。

苏清音就在门口看着,看身材修长的秦霜窝在女儿的小床上,那眉目间的温存和暖意看得她不由得都有些嫉妒。

秦霜已经好久没这么看着她了。

见秦霜出来,苏清音站了一会儿和他对视了片刻,一声不吭地转身进了房间。

秦霜刚想说话呢,她这么一个转身走了,火气很大啊。

苏清音坐在梳妆台上,往脸上抹补水的护肤品。秦霜跟进来之后就坐在床边,解开上边的扣子,边漫不经心地问她:"今天你打宝宝了?"

苏清音的动作一顿,手里的盖子直接扔在了桌上:"是。"

秦霜皱了皱眉头:"这么大火气,谁折腾你了?"

秦苏是个鬼灵精,又有自己的主意,一天带下来苏清音往往累得不成样子。偏偏这个男人回家之后一句话都不说,吃完饭还先去陪女儿玩了,连一句话都不跟她说。

她可不是心里犯堵吗?

现在一进来就是语气平淡地问她是不是打了宝宝,他在公司照顾不到小丫头,他哪里知道这小丫头干了什么坏事。

苏清音心里有火,语气自然也不会和善,手里的东西乒乒乓乓地甩开,转身看着秦霜,一言不发地抿了唇。

秦霜眉头一皱,就看见她眼底有了水光:"怎么了这是?我骂你了还是打你了,这就哭给我看了?"

说话间,他已经起身,抬手去抱她。

苏清音侧了身子避开，二话不说绕开他就要往外走。

这时候怎么可能放她一个人，他几步上前抱住她，扳过她的身子和自己面对面："不要一个人偷偷躲出去难过，我宁可你对着我哭对我发脾气。"

苏清音抬手就捶了他一下："你浑蛋，你疼女儿不疼我了。"

秦霜顿时哭笑不得："你连秦苏的醋也吃？"

苏清音觉得面上臊得慌，抬手搂住他的腰把头埋到他的怀里紧紧抱住："你不准笑。"

"行行行，我不笑。"秦霜回抱住她，可嘴角的笑意却是怎么都掩不住，"秦苏现在还小，需要耐心地教她，你已经不小了，都能和我玩成人游戏了。"

苏清音想矫情也矫情不起来了，狠狠拧了他一把："你瞎说什么呢？"

秦霜拉开小怪兽看了看，低头吻了吻她的额头："我老婆吃起醋来都那么好看。"

眼见着秦霜又要用糖衣炮弹来轰炸，苏清音赶紧投降："少贫嘴，睡觉了。"

秦霜一把把她捞回来紧紧地抱在怀里："是我的错，再给我点时间，过几天工作忙完了我们出去旅游好不好？明天小丫头来跟你道歉，你就告诉她，你们娘俩挑个地方，老公请客。"

苏清音抬手抵着他的胸口笑眯眯地问："真的？"

秦霜点点头："我什么时候跟你说过假话？"我就算不告诉你，我也不会骗你。

秦霜的信用度在苏清音那里一直是满分的，当下她点点头，抬手环住他的脖子凑过去抵着他的鼻尖轻轻地蹭："你好久没有好好地抱过我了。"

秦霜顺从地把她抱进怀里:"我一般喜欢用激烈的方式来证明我爱你。"

苏清音弯唇一笑,笑得眉眼弯弯:"老公你真可爱。"

秦霜点点头笑纳了:"那我们现在就激烈地表达一下?"

隔日一大早,小丫头起来就跟苏清音道歉了。

她小脑袋一点一点的,握着爸爸的手很是诚恳地跟苏清音道歉。

"妈妈,对不起,是我任性了。是秦苏不听话,我以后会改的。"

苏清音哪里会真的生宝贝的气,蹲下身子揽过那小小软软的身子抱在怀里:"妈妈原谅你,你也不许生妈妈的气好不好?"

小丫头只觉得心口压着的沉甸甸的石头终于搬走了,开心得直眯眼睛。

具体的时间已经忘了,但在秦苏还小的时候,她躺在爸爸妈妈的中间,握着他们两个人的手,娇声问:"爸爸妈妈,我为什么叫秦苏啊?"

苏清音低头看一脸认真的小姑娘,说道:"因为爸爸姓秦,妈妈姓苏啊。"

小丫头"喔"了一声:"那我的名字就是爸爸爱妈妈的意思,可是宝宝呢?"

秦霜看向眉眼温柔的小怪兽,低沉着声音轻柔又认真地说:"宝宝就是秦苏啊,你是爸爸给妈妈的——情书。"

你从来就不是负担,秦苏。

洞房花烛夜

Special extra（特别番外）

秦霜被灌得有些醉，醒了好一会儿的酒，才能继续洞房花烛。

他怀里抱着温香暖玉，整个人热得都有些膨胀。他揉搓着怀里面色红红的小怪兽，压在她的身上，俯身吻她。

"小怪兽。"

他轻轻的低喃声淹没在两个人的唇齿交缠中。

苏清音还有些怕他不知道轻重，轻轻地推他："你轻点。"

秦霜比谁都清楚她肚子里还有他们的宝贝，他轻柔地亲着她，唇缓缓下移，沿着她的下巴落到她的锁骨上，亲吻着的同时另一只手已经滑了下去去掐她的腰。

苏清音浑身就是一颤，倒是让伏在她身上的秦霜轻笑出声。

她轻哼了一声，媚眼如丝地睁眼看他。

秦霜仰头紧锁着眉压制了一会儿："小怪兽，你感觉到了吗？"

苏清音红着脸，这么安宁的晚上，她在他的身下婉转承欢，他心里始终惦记着还有一个小生命，总是顾忌着不能尽兴。

苏清音显然是知道他在想什么，揽着他的脖子，坐起身来。

秦霜被她按在身下，浑身都紧绷得有些疼。

他一想到怀里的女人是他深爱那么多年的"小怪兽",终于觉得满心满怀都是暖暖的爱。

夜还深,他们有的是时间。

我什么都不用说,你已经是我最动人的情话。

Afterword（后记）
你们，也穿过我的心，来看一看

文写到这里就全部结束了，还有很多关于秦二爷和小怪兽的构想我并没有来得及书写出来，但仅仅就这样，我还是觉得很满足。

感谢你们陪我到现在。

这一篇比起《一线大腕》来，贴近生活许多，秦霜和苏清音就是我们触手可及的人。

现实生活中有太多的磕绊、太多的不如意，我只希望我能给你们一个安宁的、美好的、温馨的世界，里面满满的都是爱，满满的正能量。

这是我很喜欢的一篇文，越是走到结局，我越是不舍。

重修《与你清晨日暮》（即《一禽定音》），我想起了当初那个敢说"你害怕就来我心里看"的男人，也想起当年像秦二爷一样还未脱离幼稚却满怀热忱的自己。

我依旧很喜欢这个故事，喜欢像小狼狗一样的二爷，他是我众多男主中唯一一个让我觉得色彩鲜明到重温一遍就能再爱一遍的男人。

这段是曾经的后记——"写到结局的时候，我心里酸得想哭。我羡慕苏清音，能得到这么好的爱，他的一切都可以给她，他的一切也全部都是属于她的。"

而今天的我想说，我怀念。

怀念我的秦二爷，怀念我们的《与你清晨日暮》时光。

我大概能了解你们对这个系列的情怀了，我太久没有回头看，直到这次往回走，我才发现有那么多很美好的回忆都封存在了那个时光里。

那是一段，令我很动心的萌芽时期。

怀念那时候一往无前的我，也怀念那时候无往不胜的我，更怀念那时候彼此陪伴相互取暖的我们。

太多太多的感触，我说不完，也说不尽。

故事虽然到了这里，但是"他们"还在继续，我们也还在往前走着。

希望你们也能找到像秦二爷这样的男人，疼你在手心，宠你上天入地。

也希望，不久的将来或者更久，你们依然陪伴在我左右，和我一起，看尽这红尘繁华。我会继续给你们描述我心里美好的世界、美好的爱情，你们也能继续当我的读者，分享我的喜怒哀乐。

这已经成了我生命中不可或缺的一部分，我希望，你们和我同在。

直到今天，我依然能说——

你们，也穿过我的心，来看一看。

北倾

本书由北倾委托长沙大鱼文化传媒有限公司正式授权贵州人民出版社，在中国大陆地区独家出版中文简体版本。未经书面同意，本书的任何部分不得以图表、电子、影印、缩拍、录音和其他手段进行复制和转载，违者必究。